Sharièn

– Das Orakel der Spiegel –

Lavea Thoren

AF279872

Lavea Thoren

Sharièn

Band 3: Das Orakel der Spiegel

Fantasy-Roman für Erwachsene

Bibliografische Information der Deutschen
Nationalbibliothek:
Die Deutsche Nationalbibliothek verzeichnet diese
Publikation in der Deutschen Nationalbibliografie;
detaillierte bibliografische Daten sind im Internet über
http://dnb.dnb.de abrufbar.

Lavea Thoren
c/o autorenglück.de
Franz-Mehring-Str. 15, 01237 Dresden
Mail: kontakt@lavea-thoren.de
Web: www.lavea-thoren.de

Coverdesign: A&K Buchcover www.akbuchcover.de
Illustration: Annemarie Illustrations
Korrektorat: Annemarie Illustrations
www.annemarie-illustrations.com

Verwendete Bildlizenzen:
dovapi@depositphotos.com
leolintang@depositphotos.com
faestock@depositphotos.com
faestock@shutterstock.com

Verlag: BoD • Books on Demand GmbH, In de Tarpen 42,
22848 Norderstedt
Druck: Libri Plureos GmbH, Friedensallee 273,
22763 Hamburg
ISBN: 978-3-7597-3736-6

Der Blick hinter verschlossene Türen offenbart, was nach außen verborgen bleibt. Eine Ausprägung der Wahrheit, die niemand sehen soll – oder die niemand sehen will. Für deren Anerkennung man kämpfen muss, ist die Tür erst einmal aufgestoßen.

Denn nicht jeder wagt es, hindurchzusehen.

Die Wahrheit ist stets eine Frage des Blickwinkels. Was als Wahrheit verkauft wird, ist zeitweilig gespickt mit Lügen, um die Vision einer Richtigkeit zu erschaffen, wie sie sein sollte. Aus *einer* Perspektive.

Doch gibt es eine Wahrheit für alle?

11. Tag
des Wintermondes
im Jahre 100
Am Abend

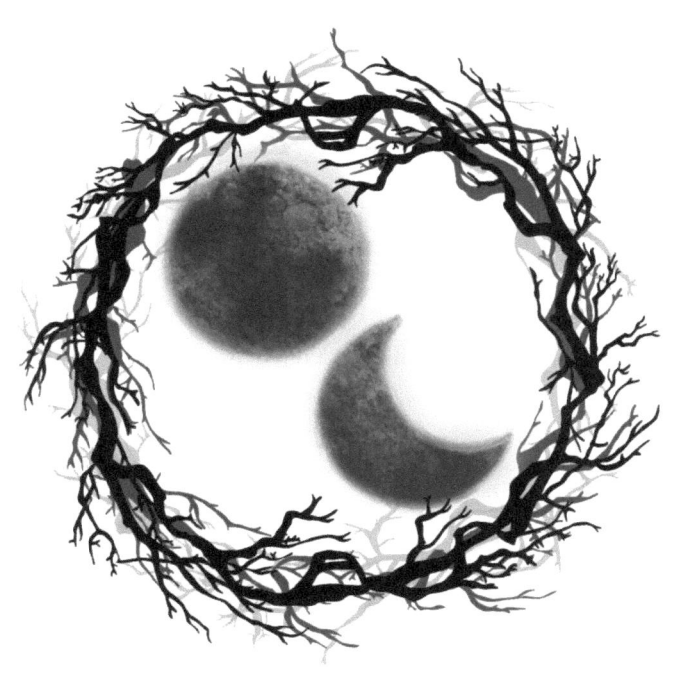

Stunden
vor
Mitternacht

* * * * * * * *

1

- Ein schwerer Fehler -

Schmerz schnellte durch seinen Armstumpf, als hätte ihn ein Hieb der eisernen Peitsche getroffen. Maroc stieß einen unterdrückten Schrei aus. Es gelang ihm nicht, den Arm stillzuhalten und zu hoffen, dass der Schmerz abebbte. Er hatte gar keine Möglichkeit dazu. Der Stumpf bewegte sich im starken Luftzug von allein und die Qualen bohrten sich unaufhörlich tiefer in seine Nervenbahnen, während Ka'ratak direkt ins Zentrum der Kämpfenden hinabstieß. Es kostete Maroc alle Energie, sich auf seinem Tier zu halten. Kraft, den angreifenden Vogel zu lenken, besaß er längst nicht mehr. Mit Schrecken begriff Maroc, dass es nicht nur an den Sekundenbruchteilen lag, die ihm zwischen den

Qualen für Wahrnehmung und Entscheidung übrigblieben. Es war die Lähmung. Nur kurz. Aber lang genug, um ihn begreifen zu lassen, dass sein Körper von nun an nicht mehr zuverlässig seinen Befehlen folgte. Und in dem Moment, in dem ihm, ob der Erkenntnis der kalte Angstschweiß ausbrach, prallte der Adler mit den beißwütigen Pardúk zusammen.

Kreischen und Brüllen, Klagelaute und Kampfesschreie mischten sich zu einer grausamen Melodie. Scharfe Krallen durchtrennten Fell und Fleisch der gegnerischen Raubtiere, zerrissen Sehnen und Muskeln mit entsetzlichen Geräuschen, die in den markerschütternden Schmerzenslauten der Sterbenden beinahe untergingen.

Marocs gesunde Hand griff tief in das dichte Gefieder und verhinderte damit nur knapp einen Sturz kopfüber von Ka'rataks Rücken. Mehr mit Willen als mit Stärke, die der von Schmerzen geschüttelte Körper nur noch zu einem Bruchteil aufbrachte, klammerte er sich mit den Oberschenkeln an dessen Rücken.

Sein Tier raste zwischen wütenden Pardúk und Sâras'ski hindurch, zog eine Schneise in die säbelzähnigen Bestien. Körper prallten hart gegen sie, wurden zu Boden geschleudert. Der Aufprall trieb ihm die Luft aus den Lungen und ließ selbst den Kampfeslärm in seiner Wahrnehmung verblassen. Er konnte sich nur noch festhalten. Die Vertégo, die er dringend benötigt hätte, um Ka'ratak zu unterstützen, hing nutzlos am Gürtel. Der Stumpf stieß gegen Körper und Wellen erneuten Schmerzes folterten ihn. Er bemerkte nicht, wie laut er selbst schrie.

Erneut hetzten Pardúk auf ihn zu, rissen ihre geifernden Mäuler auf, bissen nach ihnen, wurden im letzten

Moment von einem anderen Adler beiseitegefegt und im Staub des Kampfes außer Sicht geschleudert. Weitere wetzten heran, manche trugen noch Reiter auf ihrem Rücken. Eine der Bestien drängte sich näher an sie als die anderen und der Sâras'ski sprang von dem Rücken seines Säbelzahntigers auf Maroc zu. Mit einem Schrei riss der Angreifer sein Kurzschwert hoch, packte mit der anderen Hand Ka'rataks Gefieder und stach auf Maroc ein. Ka'ratak wand sich und schlug mit den Flügeln, um den Mann abzuschütteln. Maroc war zu langsam. Er wich nicht rechtzeitig aus. Das Schwert des anderen streifte ihn am Bauch, prallte jedoch von der Schnalle seines Gürtels ab. Die Vertégo flog aus ihrer Halterung und wurde hinunter und außer Sicht geschleudert. Maroc wusste nicht, ob der Hieb ihn verletzt hatte. Mit rasendem Herzen spürte er Übelkeit in sich aufsteigen. Instinktiv wollte er seinen rechten Arm zur Verteidigung nutzen, aber der Stumpf zuckte nur und ein erneutes scharfes Stechen zog sich durch seinen Oberkörper. Jegliche Kraft fiel von ihm ab. Seine Hand ließ das Gefieder in dem Moment los, als der Sâras'ski sich auf Ka'rataks Rücken hinaufzog. Abermals stach er mit der Waffe auf Maroc ein. Das Schwert verfehlte ihn. Maroc stürzte ins Getümmel hinunter. Er sah noch, wie sein Adler steil emporstieg, um den unwillkommenen Reiter abzuschütteln. Dann prallte er auf dem harten Boden auf. Erneut rang er nach Atem, verlor sein Tier aus den Augen. Er röchelte, hustete, rollte von dem verendeten Pardúk herunter, auf dem er lag und dessen Reiter er unter sich begraben hatte. Links und rechts brüllten die Raubtiere gegen das Kreischen der Adler an.

Der aufgewirbelte Staub verdichtete sich am Boden. Das Kampfgeschehen nahm er wie durch einen Schleier wahr.

Marocs Körper kippte bäuchlings zu Boden. Er sah nur noch zertretene Erde. Mit Bewusstseinstrübung und Atemnot kämpfend, erinnerte er sich daran, dass Ta'rish ihn gewarnt hatte, den Arm nicht zu sehr zu beanspruchen. Er hätte nicht einmal aus dem Bett aufstehen sollen.

2
Thien Justera

- Von der Möglichkeit
des Unmöglichen -

Der Mann auf dem Rücken des großen Adlers besaß nicht die gewöhnliche Gleichgültigkeit, durch die er sich im Kreise seiner Vertrauten auszeichnete. Das Tier trug ihn direkt zurück in Richtung Talimont, über die Gipfel der abgestorbenen Bäume des Toten Waldes hinweg, die weißen Mauern des Orakels von Arimâgart hinter sich lassend, ohne dass er erledigt hatte, wozu er hergekommen war.

Er hatte das Orakel zwar betreten, doch die Anwesenheit des Kommandanten der Sâras'ski hatte seine Pläne vereitelt. Er war nicht zu diesem Ort gereist, um die jämmerliche Brut der Menschen dort abzuliefern, damit der Kommandant sich neue Bestien für sein Heer kaufen konnte. Er war gekommen, um eine Frage zu stellen. Die Frage.

Je mehr er darüber nachsann, desto weniger gewichtig wurde die fehlende Antwort, die sich auf diese Frage ergeben mochte. Dabei war er kaum imstande zu glauben, dass er recht in seiner Vermutung hatte. Trotzdem nahm er die bittere Erkenntnis von diesem Ort mit, dass er es nicht nur *glaubte*. Er wusste es. Tief in seinem Innern wusste er die Antwort auf diese Frage. Als hätten die Monde Iranus und Irana ihm diese bereits gegeben, obwohl er noch nicht darum gebeten hatte.

Hatte er Torro als Vorwand genutzt, diese Frage nicht stellen zu müssen, oder war es nur die richtige Entscheidung gewesen, dieses in dessen Anwesenheit zu unterlassen?

So viele Jahrzehnte hatte er gelebt, mehr existiert, ohne nur den Funken eines Gefühls zuzulassen. Er hatte das Mädchen gesehen. Er hatte das Mal gesehen. Und die Ähnlichkeit. Was wäre, wenn seine Gedanken die richtigen Schlüsse gezogen hatten? War ihr Erscheinen nur eine Illusion? Ein Wunsch, den er in sich trug nun, nachdem alles, was er aufgegeben hatte, gänzlich vernichtet werden würde. Eine Art Sentimentalität? Nach so vielen Äonen ohne das Empfinden von Schmerz?

Aber ganz gleich, was er tat, um sich abzulenken. Dieser Gedanke fraß sich durch seine Hirnwindungen wie ein Parasit, der zu klein war, um ihn zu entdecken, und zu groß, um ihn nicht als störend zu empfinden.

Ich sollte umkehren und das Orakel um Gewissheit ersuchen, sagte er sich.

Doch der Valtórn hielt zielsicher auf Justera zu. Er würde den Vogel ohnehin nicht zum Umkehren bringen. Die Valtórn gehorchten allein Maroc oder folgten dem Ruf Ka'rataks. Und dieses eine Tier hatte nur die Aufgabe, ihn regelmäßig zu seinem Ziel und zurückzubringen. Aus früherer Erfahrung wusste er, wie streng die Vögel sich an Anweisungen ihres Hüters hielten.

Es tröstete ihn nicht, dass alles nach Plan verlief. Dass er einen Weg gefunden hatte, ohne Aufsehen diese lästige Na'nan Felina loszuwerden. Dass Torros Bestreben ihm nur in die Hände spielte. Nichts von alldem brachte ihm das triumphale Gefühl ein, nachdem er lechzte wie ein verdurstender Hund.

Was würde geschehen, wenn dieses unscheinbare schmutzige Mädchen mehr war als nur das Abziehbild einer Person, die ihm einst wichtig gewesen war? War ihm überhaupt jemand je wichtig gewesen? Maroc kauften sie es ab, dass er sich für die Menschen interessierte und sich darum kümmerte, was aus dem Überbleibsel der Sharièn wurde. Dass dem Adlerhüter jedoch der Blick für das gesamte Wohl aller getrübt war, interessierte sie nicht. Ihnen ging es nur um Macht. Die Macht *eines* Volkes. Genauso wie Torro es nur um die Macht der Sâras'ski ging. Er interessierte sich nicht einmal für die Menschen. Letzten Endes war der eine genauso verachtenswert wie der andere.

Niemand scherte sich noch darum, was das Orakel einst über das Weiterbestehen Vílevènas verkündet hatte. Dass dieses nur gemeinsam im Gleichgewicht aller Völker möglich wäre. Auch Maroc musste das wissen, er war lange genug der Hüter des Orakels gewesen. Doch der hatte die Wahrheit aus den Augen verloren.

Die Inschriften des Orakels hatten schon viele Dekaden keine Bedeutung mehr für ihn. Ob sie nun allesamt lebten oder starben. Die Menschen starben jeden Tag. Die Sharièn waren so gut wie tot. Auch das letzte Aufbäumen der Andúrien würde nichts nützen. Es gab nichts auf dieser

Welt, wofür es sich noch zu kämpfen lohnte. Das hatte er vor langer Zeit aufgegeben.

Eine Weile glitt das Tier über die Ländereien der sinkenden Sonne entgegen, und sein Kopf war still. Doch dann, wie eine leise Stimme in seinem Unterbewusstsein, drängte sich wieder die eine Frage in seine Sinne: *Was wäre, wenn?*

Vielleicht war sie längst tot. Gestorben bei dem Sturz in den Brunnen. Elendig verhungert auf dessen Grund. Verreckt an den Keimen verseuchten Wassers. Worüber machte er sich Gedanken? Er jagte einem Gespenst nach!

Wäre sie tot, wäre der Aufstand der Sharièn vereitelt. Alles würde weiterlaufen wie bisher und Vílevèna würde irgendwann elendig zugrunde gehen. So wie die Monde es prophezeit hatten. Maroc könnte das Mädchen nicht zu den Vier bringen. Sie wäre der einzige Beweis und die letzte Möglichkeit, das Überleben der Sharièn zu sichern. Aber das könnte Maroc vielleicht auch mit diesem Mädchen nicht beweisen. Nicht, wenn wahr wäre, was sein Hirn sich über dieses Kind zusammenspann.

Es gab keine Gewissheit für ihn. Keine Regung ließ den Valtórn zurück zum Orakel fliegen, um die Frage doch noch zu stellen. Kein Ruf lenkte ihn nach Silvánuba, um sich das Mädchen noch einmal genauer anzusehen. Um Zweifel zu beseitigen oder auch, um sich zu versichern, dass sie nicht mehr als eine Spukgestalt war, vor der er sich sorgte.

Denn er sorgte sich. Das erste Mal seit zwei Jahrzehnten sorgte er sich wieder um etwas.

3

- Zweifelhafte Rettung -

Als Cara erwachte, leuchtete der Himmel rot über dem Rand des Brunnens. Der kalte bröckelnde Stein schien sie mittlerweile von sich zu stoßen und gleichzeitig meinte sie fest an ihm zu haften. Ihr Magen meldete sich. Ihre Zunge klebte trocken am Gaumen. Blinzelnd starrte sie in das Rot hinauf, welches sie für die Dämmerung hielt. Ein zauberhaftes Licht, das Gleichheit versprach. Aber selbige entpuppte sich stets als ein Trugschluss, eine für kurze Zeit Realität gewordene Idee von etwas, das nicht existierte.

Die Flucht aus den Aschedünen hinauf auf das Plateau war von den Sâras'ski, den brutalen Pardúkreitern, zerschlagen worden. Kaum einer von ihnen hatte das Massaker überlebt. Die Lesá, augenscheinlich rechtschaffene Frauen, die Flüchtlinge aus den Aschedünen aufnahmen, hatten sich als bösartige Sklavenhalter entpuppt. Und den restlichen Bewohnern Talimonts entbehrte jedwede Vorstellung, was hier in Silvánuba vor sich ging. Oder sie verschlossen die Augen davor. Caras Gedanken schweiften ab zu der jungen Frau, einer Adligen, die aus einer der großen freien Städte nach Silvánuba gekommen war, um nach dem Rechten zu sehen. Sie hatte Cara das

Messer zurückgegeben, ihr Essen und eine Decke gegen die Kälte gebracht. Geholfen hatte ihr das letztes Endes nicht, denn ein Kapuzenmann hatte sie und Hant in diesen fast ausgetrockneten Brunnen werfen lassen. Irgendetwas in ihr hatte gehofft, Felina würde am Brunnenrand auftauchen und ihnen heraushelfen. Aber sie war nicht gekommen. Niemand war gekommen. Vermutlich hatte man überall erzählt, Cara wäre geflohen oder tot. Wenn sie noch länger hier unten lägen, würde es nicht mehr lange dauern.

Sie spürte Hants Körper neben sich, zusammengerollt wie eine Larve. Seine Haut fühlte sich kalt an, eisig. Er regte sich und hustete. Der Matsch hatte sich durch das Hemd gesogen, das Hant ihr gegeben hatte, und dieses bis auf die Haut durchnässt. Ihre Glieder fühlten sich noch steifer und kälter an als nach der Nacht in der Speisekammer. Es war ein ekliges Gefühl, nachdem sie sonst nur den trockenen Staub der Aschedünen gewohnt waren. Sie überlegte, ob es Morgen oder Abend war. Ein erneuter Husten schüttelte Hants Körper. Stöhnend drehte er sich aus seiner Embryohaltung zu ihr um, was sie nur aus den Augenwinkeln wahrnahm. In der Dunkelheit konnte sie ohnehin kaum etwas erkennen. Sein Blick folgte dem ihren zu dem roten Himmel hinauf.

„Siehst du das?", fragte er angespannt und mit kratziger Stimme.

Jetzt erst fiel ihr auf, was sie zuvor nicht wahrgenommen hatte. Dünne Schwaden schwarzen Qualms durchzogen die vermeintliche Dämmerung.

„Es brennt", flüsterte sie ungläubig, als sie erkannte, was die Farben zu bedeuten hatten. Ihre Nase versuchte, den typischen Geruch zu erspüren. Sie lauschte angespannt. Doch nichts von dem, was in Silvánuba vor sich ging, drang auch nur mit dem kleinsten Indiz zu ihnen hinunter.

„Wir sind hier unten! Helft uns!", schrie Hant plötzlich neben ihr und legte alle Kraft in seine raue Stimme. Das Echo hallte an den Wänden wider und ging im erstickenden Husten unter.

Cara spähte währenddessen in Richtung des Schachtes. Wenn es oben brannte, erschien es ihr nicht die klügste Idee, dort nach Rettung zu suchen.

„Vielleicht sollten wir es hier lang versuchen?", schlug sie vor.

„Nein, besser nicht. Der führt nur tiefer in die Erde", wehrte Hant ihren Vorschlag ab.

Oben reagierte niemand auf sein Rufen.

„Kannst du was sehen?", fragte Cara ihn nach einer Weile des Wartens.

„Ich sehe genauso viel wie du. Vielleicht steht ein Haus ganz in der Nähe in Flammen und sie können es nicht löschen."

„Sie verbrennen das Folterhaus und die Wiegenstube, damit ihnen niemand auf die Schliche kommt", mutmaßte Cara.

Die Zeit verrann. Niemand ließ sich blicken. Der Rauch ebbte nicht ab, wurde eher stärker. Immer wieder wehte der Wind dunkle Qualmwolken über den Brunnenrand hinweg. Je mehr Zeit verstrich, desto stärker spürten Cara und Hant die innere Unruhe. Da sie niemand hörte, gaben sie das Rufen schließlich auf. Was auch immer dort oben geschah, es würde ihnen nicht helfen, aus dem Brunnen herauszukommen.

Überraschend fiel nach weiteren Minuten des Wartens ein großer Schatten auf sie hinunter. Cara blickte nach oben und sah, wie sich jemand am Seil zu schaffen machte.

Hant rief erneut hinauf. Die Gestalt stutzte, sagte etwas, ohne dass sie deren Worte verstehen konnten. Sie sahen sie gestikulieren.

„Das ist keine von den Lesá", wagte Cara, ihre Hoffnung auszusprechen, „vielleicht sollen die Livris nun das Feuer löschen. Aber warum hat das so lange gedauert?"

„Helft uns!", schrie Hant erneut.

Ein zweiter Schatten tauchte oben auf.

„Sie lassen ein Seil hinab!", stellte Hant erleichtert fest, doch Cara wappnete sich innerlich vor dem, was sie dort oben erwarten würde. Sollten die Livris sie ohne die Zustimmung Na'nan Justeras befreien, mussten sie auf der Hut sein. Und für den Fall, dass diese ihre Zustimmung gegeben hatte, war vielleicht der Kapuzenmann zurückgekehrt. Dann war noch größere Vorsicht geboten.

„Wer weiß, was dort oben passiert ist", murmelte Cara nur, anstatt ihre Befürchtungen auszusprechen. Ihre Hand tastete wie in bedrohlichen Situationen gewohnt nach dem Messer, aber natürlich war es nicht bei ihr. Der Thien hatte es an sich genommen. In den Aschedünen war kein einziger Tag verstrichen, an dem sie diese Sicherheit nicht bei sich getragen hatte. Diese schon wieder verloren zu haben, ließ sie unruhig werden. Ihre Haut begann an den Amen zu kribbeln.

„Geh du zuerst", bat sie, als Hant wieder hustete und sprach ihm Mut zu. „Qaart würde uns nicht rausholen. Es müssen andere sein."

Nachdem Hant aus dem Brunnen herausgezogen worden war, ließen sie das Seil wieder zu ihr hinab. Sie atmete tief ein, versuchte, ruhig zu bleiben. Trotzdem zitterten ihre Hände, als sie sich am Seil festband. Sie setzte sich in die Schlaufe. Das Seil wurde angezogen und schnitt unangenehm in ihre nackte Haut. Das mulmige Gefühl im Magen verschwand nicht. Die Dunkelheit blieb unter ihr zurück wie das Maul eines Ungeheuers, das sie verschlungen hatte. Die Steine des Brunnens wurden in ihren Einzelheiten sichtbar, die höher gelegenen waren vollkommen trocken. Verschieden verfärbte Ränder zeigten die ehemaligen Wasserstände an. Dieser Brunnen war schon lange nicht mehr benutzt worden. Sie sah nach oben. Nur noch wenige Fuß trennten sie von der Erdoberfläche. Ihre Vermutung, dass die beiden Gestalten Livris waren, bestätigte sich, je weiter sie hinaufgezogen wurde. Keinen der beiden Männer hatte sie schon einmal gesehen. Kurz bevor Cara den Rand des Brunnens erreichte, gelangte beißender Rauchgeruch in ihre Nase. Nur einen Augenblick später sah sie über den Rand und der Anblick verschlug ihr den Atem.

Silvánuba stand in Flammen.

Das ganze Dorf brannte lichterloh, jedes einzelne Haus war zu einer lodernden Fackel angesteckt. Schwarze dicke Rauchschwaden verdunkelten den noch taghellen Himmel. Trotzdem waren viele Menschen zwischen den Gebäuden unterwegs. Viel mehr, als hier normalerweise lebten, schoss es durch ihren Kopf, der gar nicht so schnell in der Lage war, die Situation und deren Bedeutung zu erfassen. Sie stand schon auf festem Boden, als ihr Blick endlich auf die beiden Männer fiel, die sie heraufgezogen hatten. Deren Erscheinung war abgemagert und zerlumpt, wie sie es aus den Aschedünen kannte. Jäh zuckten Bilder durch ihren Kopf. Pardúk, die Menschen rissen, die das grüne Leuchten an ihren Kehlen mit scharfen Reißzähnen zum Erlöschen brachten. Der Geruch nach Blut drang in ihr Bewusstsein. Schreie aus undurchdringlicher Dunkelheit hallten an ihr Ohr, gefolgt von den bezeichnenden gurgelnden Lauten, wenn Blut die Kehlen der Sterbenden füllte. Eine Lampe, die sie blendete. Geifernde Bestien mit glühenden Pupillen. Die Bilder vor ihren Augen flackerten. Die Geräusche und der Geruch des Feuers drangen langsam durch die Trugbilder zu ihr durch. Panik drohte sich in ihr breitzumachen, schnürte sich wie ein Gürtel um ihren Brustkorb.

„Wer auch immer ihr seid, wenn ihr im Brunnen gefangen wart, gehört ihr zu uns!", sagte einer der beiden Livris und holte sie damit wieder in die Gegenwart. Die Bilder verschwanden aus Caras Kopf und ihre anderen Sinne befreiten sich von der Illusion. Sie konnte wieder atmen.

„Wir kommen aus den Aschedünen und waren einige Tage in diesem Lager", erklärte Hant. Auch sein Blick streifte das Feuer mit wachsender Sorge am Hals. Sie befanden sich am Rand der östlichen Mauer, hinter der Werkstatt. Der Wind zog nach Westen, sodass sie momentan weder Rauch noch Flammen an ihrer Position fürchten mussten.

„Was geschieht hier? Wo kommt ihr her?", fragte Cara.

Ihr Blick irrte umher, als erwarte sie, ihren Vater mit der kleinen Gélii auf dem Rücken irgendwo zu sehen. Es fiel ihr schwer, die Zeit einzuordnen, in der sie sich befand.

„Wir kommen wie ihr aus den Aschedünen. Wir sind mit Baren den Berg hinauf. Alle, die noch übrig waren und die es noch bewältigen konnten. Riesige Adler haben die Bestien abgewehrt und die Sâras'ski getötet. Jetzt hält uns nichts mehr auf. Kommt mit uns! Wir laufen zur Stadt hinter dem See. Dort gibt es frisches Wasser und etwas zu essen. Diesen Ort der Schande brennen wir nieder."

„Baren", flüsterte Cara abwesend, während ihre Augen die brennenden Gebäude Silvánubas betrachteten.

Er war doch hier gewesen? Oder nicht? War er nicht bei lebendigem Leib verbrannt worden? Wie kam er zurück in die Aschedünen?

„Sein Bruder, Cara", erinnerte Hant sie, „sein Bruder muss dort unten geblieben sein."

Cara nahm seine Worte nicht wahr. Ihr Gehirn versuchte, zu verarbeiten, was passiert war. Trotz der Nachricht, dass es Menschen aus den Aschedünen waren und dass die Adler sie vor den Bestien beschützt hatten, erkannte sie einen Fehler. Einen Fehler, dessen Ausmaß ihr Denken einnahm.

„Was habt ihr getan?", murmelte sie fassungslos, ohne den Blick von den brennenden Gebäuden zu reißen.

„Das, was sie verdient haben! Baren hat uns gezeigt, was sie hier treiben. Wie sie unsereins zu Sklaven formen. Dieser Ort gehört vernichtet!"

„Ihr habt das Schafott gefunden, wo sie alle verbrannt haben", vermutete Cara leise. Die Erinnerungen an die Flucht waren plötzlich allgegenwärtig in ihr, als wäre sie soeben erst beendet. Es gelang ihr nicht, die Gedanken zurückzudrängen, über Befreiung und Sieg Freude zu empfinden oder Hoffnung zu schöpfen. Im Geiste hörte und sah sie die qualvoll sterbenden Menschen auf dem vergitterten Karren, sah die Todesangst und die Folterqualen in den Augen des Anführers Baren, der um sein Leben flehte. Nahm den Geruch brennenden Fleisches in der Nase wahr. Es war so schrecklich gewesen.

Der Mann nickte.

„Sie haben drei ihrer Sklaven bei lebendigem Leibe verbrannt, als wir ankamen. Wir haben den Ort zerstört. Und diesen hier auch. So etwas soll nie wieder geschehen: Ihr müsst jetzt keine Angst mehr haben. Wir werden alle Menschen aus den Aschedünen befreien, die unter dem Joch des Bösen leben."

Die Männer hatten Barens Reden ausreichend lange gelauscht, dachte Cara im Stillen.

„Und was soll jetzt werden?" Sie fühlte sich wie betäubt, bemühte sich, einen klaren Gedanken zu fassen, aber es gelang ihr nicht. Sie teilte Hass und Groll der Menschen, die den Traum von den goldenen Städten auf dem Bergplateau genauso ausgeträumt hatten wie sie selbst. Normalerweise wäre sie unter den Ersten vorangestürmt, die sadistischen Aufseherinnen niederzustechen und ihrem Treiben ein Ende zu bereiten. Aber im Angesicht der Zerstörung kamen ihr plötzlich andere Dinge in den Sinn. Es ging hier nicht nur um sie. Um die beiden Männer allein. Oder um sie selbst und Hant. Sicher um die eintausend Menschen, die am Ende ihrer Kräfte waren, sich den Berg hinaufgeschleppt und sich aus dem Elend der Aschedünen hier hinaufgerettet hatten. Um dann in eine Welt einzubrechen, die sie nicht kannten und alles in blinder Raserei zu zerstören. So sehr sie Wut und Hass nachempfand, sogar teilte nach all dem Leid, das sie durch die Lesá und die Sâras'ski erfahren hatte, begriff sie dennoch, dass den Menschen aus den Aschedünen dieser Akt der Vergeltung nicht die verhoffte Hilfe einbringen würde, die sie so bitter nötig hatten. Auch wenn sie den Livris jedes Recht auf Wut und Rachegedanken zugestand, so würden sie mit diesen Taten nur dazu beitragen, noch mehr gefürchtet und abgelehnt zu werden, als sie es ohnehin schon waren.

Sie sah den beiden Männern in die von Leid und Elend gezeichneten Gesichter. Begriff, dass es unnötig war, sich auf die Seite der Menschen Talimonts zu stellen. Diese Menschen, mit denen sie Seite an Seite jahrelang dahingesiecht war, hatten gelitten. Ihr Leben lang. Wie konnte man von ihnen verlangen, beim Anblick der Folter und des Todes ihrer Leidensgenossen und im Angesicht weiterer Qualen und Gefahr vernünftiges Denken zu bewahren? Sie hätte es selbst nicht fertiggebracht. Hatte sie sich doch, getrieben von Hass und Schmerz, direkt auf den Kommandanten gestürzt, kaum dass sie die Gelegenheit dazu erhalten hatte. Aber jetzt? Als hätten die Stunden im Brunnen sie zu einer Besinnung gebracht, von der sie nicht geahnt hatte, dass sie dazu fähig war. Mit einem Schlag sah sie die Dinge mit anderen Augen.

„Wir haben die Vorratskammer gefunden, bevor wir das Dorf angezündet haben. Kommt mit uns und nehmt ein Stück Brot", bot der andere Mann freundlich an, als wäre es nichts Ungewöhnliches, durch das brennende Dorf zu laufen und die Reste zu plündern.

Wenn die Menschen aus den Aschedünen bereitwillig etwas zu essen mit uns teilen, muss es wahrlich schlimm um uns bestellt sein, dachte Cara.

Erneut versuchte sie, die Bilder abzuschütteln, die sich immer wieder in ihr Bewusstsein drängten. Mechanisch folgten sie den Männern durch die Gassen. Die Hitze der Feuer war spürbar, Gebälk stürzte neben ihnen in sich zusammen. Leichen lagen auf der Straße. Um sich vor dem giftigen Rauch zu schützen, bedeckten sie ihre Gesichter mit angefeuchteten Lappen. Der Qualm erinnerte sie an die Ruinen von Caritae, an denen sie sich täglich für ihre Essensrationen angestellt hatten. Eine Zeit, die erst wenige Tage her war und doch weit entfernt schien. Dort hatten die Feuer Nahrung bedeutet. Hier standen sie nur für Tod und Zerstörung.

Caras Augen suchten die Frauen ab, die auf dem Boden lagen. Die meisten waren in das Gewand der Aufseherinnen gekleidet. Viele wiesen dunkle Flecken auf. Blutlachen breiteten sich unter den leblosen Körpern aus und mischten sich mit dem Sand der Straße. Ihr Tod war wenig gnadenvoll gewesen. Die Patrons, die zur Bewachung der Tore zuständig gewesen waren, hatte sich ebenfalls nicht retten können. Auch ihre leblosen Körper fand Cara zwischen den Lesá und einigen Livris. Der Schein des Feuers ließ die Wunden zwischen dem Dreck noch heller glänzen. Sie wandte den Kopf ab, als sie spürte, wie Übelkeit in ihr aufstieg. Doch eine Stimme ertönte in ihrem Geist, wie sie immer erschienen war, wenn Cara meinte, etwas nicht mehr mit ansehen zu können: *Wenn du überleben willst, Cara. Dann musst du lernen zu ertragen. Alles. Und du kannst nur überleben, wenn du dir dein gutes Herz bewahrst. Wenn du wegsiehst, dann verlierst du es. Und ohne das bist du kein Mensch mehr.*

Also drehte sie den Kopf und sah hin, lenkte sich damit ab, dass sie Ausschau nach Felina hielt. Ob sie mit unter den Toten weilte, fragte sie sich und hoffte, dass dem nicht so war.

„Wen suchst du?", fragte Hant und biss von dem Brot ab, das ihnen gereicht wurde, als sie die Essensausgabe erreichten. Schmutzige knochige Gestalten wickelten alles Essbare in Lumpen, verschnürten es und trugen es weg. Sie ignorierten die Tatsache, dass um sie herum alles von Flammen aufgefressen wurde und atmen kaum möglich war.

„Felina – sie wollte mir helfen", raunte Cara zurück.

„Das weißt du nicht. Vielleicht sollte es ein Hinterhalt werden."

Sie nickte stumm. Sie kannte Felina nicht. Trotzdem war ihr nicht wohl bei dem Gedanken, dass auch sie vielleicht niedergemetzelt worden war, obwohl sie einer der wenigen Menschen mit einem Herz in diesem Land gewesen war.

Andererseits hatte sie keine Zeit, sich um sie weiter Gedanken zu machen. Sie hustete, denn der Wind drehte und wehte den Rauch in ihre Richtung. Die Männer bedeuteten abermals, ihnen zu folgen.

Cara warf einen Blick zum Haus der Lesá. Es war beinahe bis auf die Grundmauern niedergebrannt. Daneben stand die große Statue, die eine menschliche Silhouette dargestellt hatte. Auch sie war abgebrannt, nur ein verkohlter Stamm war zurückgeblieben. Stoff, ehemals glänzend wie silbernes Wasser, nun in Fetzen, eingestaubt und zertreten, lag am Rande des Platzes. Er blinkte kaum noch, aber Cara erkannte ihn trotzdem als das Gewand Na'nan Justeras. Die Livris hatten sie also genauso auf einem Scheiterhaufen zu Tode kommen lassen. Nicht anders, als sie es mit ihnen getan hatte. Sie empfand kein Mitleid für Na'nan Justera als Mensch. Aber sie fragte sich erneut, ob es zum Ziel führen würde, wenn stets Gleiches mit Gleichem vergolten wurde.

Zum Nachdenken blieb keine Zeit. Geduckt rannten sie zwischen schwelendem Gebälk und lichterloh brennenden Grundmauern hindurch und durchquerten die bereits an mehreren Stellen zerstörte Mauer nach Norden zum See.

Der Blick auf eine weitläufige Wiese wurde frei. Eine einsame Wiese, die Cara an den Ort erinnerte, an dem sie nach der Flucht durch die Wolkengrenze erwacht war. Er war so voller Verheißung gewesen, voller Hoffnung und wie ein gutes Omen als Startschuss in ein neues Leben. Der ihr jedoch verwehrt geblieben war. Diese Wiese war heute nicht leer.

Es war eine Welle von Emotionen, die über Cara schwappte und sie mit sich zu reißen drohte, als sie die vielen Menschen sah, die auf der Wiese lagerten. Die Beschreibung wurde diesen Kreaturen nicht einmal annähernd gerecht, die sich wie lebende Tote durch das Gras quälten. Die Vergangenheit, die sie hinter sich gelassen hatte, das fortwährende Existieren am Rande des Vergessens und Verwesens, dem sie endlich entflohen war – es trat so deutlich wieder hervor, holte Bilder in ihren Kopf und Gefühle in ihr Herz. Beklemmender Druck auf der Brust. Schmerz und Leere. Sie fragte sich, ob dieses

Gefühl und diese Erinnerungen je wieder aufhören würden. Ohne es zu wollen, traten Cara Tränen in die Augen.

Das hätten wir sein sollen. Vor etlichen Tagen. Meine Familie. Die Nachbarin und ihre Kinder. Doch nur Hant und ich sind übriggeblieben.

Und doch fragte sie sich, ob der Tod dieser Menschen weniger grausam erschien, wenn ihnen doch erspart geblieben war, was ihnen hier oben in Silvánuba gedroht hätte. Demütigung und Sklaverei. Dennoch wären sie am Leben geblieben – vielleicht. Um weiter für ein Leben zu kämpfen, von dem sie nicht wussten, ob sie es je finden würden. *Und trotzdem*, dachte Cara, *wäre das allemal besser als der Tod.*

Daneben hörte sie auch die andere Stimme in ihrem Innern. Die Stimme, die ihre Gedanken Lügen strafte. Die Stimme, die ganz tief in ihr saß und so leise wisperte, dass sie nicht immer zuhörte.

Es ist nur besser als der Tod, solange du bereit bist, dich zu fügen, sagte diese Stimme.

Caras Blick wandte sich von den Livris ab und wanderte hinauf zum Himmel. Gewaltige Raubvögel kreisten hoch über ihren Köpfen. Ihr Anblick wirkte gespenstisch, wie riesige Geier, die darauf warteten, dass die Menschen endlich ihr Leben aushauchten.

„Es sind Adler", erklärte einer der Männer, „sie haben uns vor den Pardúk beschützt."

„Warum sind sie nicht zu uns gekommen?", raunte Hant zu Cara.

Cara wusste keine Antwort darauf. Sie entsann sich an das Gespräch, das sie in einer Nacht belauscht hatte. Eine

Abmachung, die zwischen den Barenbrüdern und einem Fremden getroffen worden war. Dieser Fremde war auf einem großen geflügelten Wesen gekommen, das sie in der Dunkelheit nicht erkannt hatte.

Es wird ein Adler gewesen sein, dachte sie sich. Sie erinnerte sich an die Worte des Fremden: *Wir werden euch nicht aufhalten. Aber wir werden euch auch nicht helfen.*

Vor wenigen Tagen waren die Adler nicht gekommen, um sie zu schützen. Warum auch immer sie jetzt hier waren. Heute hatten sie dafür gesorgt, dass Hunderte von Menschen, die sich immer noch in den Aschedünen befunden und die nun endlich den Weg hinaufgewagt hatten, sicher auf das Plateau gelangt waren.

Das Bild und die Klagelaute der erschöpften Menschen, die sich am Ufer des riesigen Sees vor ihr sammelten, nahm ihre Gedanken nun mehr in Anspruch als die großen Vögel. Cara erblickte weinende Kinder, die nach ihren Eltern suchten. Kinder, die zu nah an der brennenden Mauer gewesen waren und sich wimmernd von den auf sie herabregnenden Funken und Glutnestern befreiten. Menschen, die bittere Wunden davongetragen hatten. Es war nicht laut. Es war das beständige Wimmern und Stöhnen, ein Wimmern, welches es nur in den Aschedünen gab und das dort niemals verstummte. Sie hatten es mit sich getragen. Der Geruch nach bitterem Elend zog sich durch den Gestank nach Feuer und Rauch und ließ keinen Duft der frischen Gräser durch.

Unerwartet holte Cara die Grausamkeit dessen, was sie in den Aschedünen zurückgelassen hatte, mit einer Wucht ein, die einem Hammerschlag auf den Kopf gleichkam. Und mit einem Mal schienen die Verhältnisse hier oben beinahe paradiesisch, verglichen mit denen, die in ihrem Zuhause vorgeherrscht hatten. War das Leben als Dienstbote wirklich so schlimm? Körperliche Arbeit gegen das Schlafen in einem richtigen Bett. Wasser und Essen für Gehorsam? Mehr wurde doch gar nicht verlangt. Warum nur sträubte sich nur alles in ihr, diese Bedingungen zu akzeptieren?

„Weil es Ausbeutung ist, Cara", ergänzte Hant ihre Gedanken, als könnte er sie lesen. „Weil es die Bewohner Talimonts sind, die diese Menschen ins Elend gestürzt haben. Und weil sie sie dort absichtlich belassen. Oder sie töten, wenn sie sich daraus befreien wollen. Ein besseres Leben schenken sie nur denen, die bereit sind, vor ihnen zu kriechen. Wer nicht gehorcht, wird zu Tode gequält. Du hast es mit eigenen Augen gesehen."

Sie nickte mechanisch, ohne seine Worte aufzunehmen. Zu sehr fesselten sie die eigenen Gedanken: Hätte sie sich beugen sollen, um leben zu können? Alles, was Hant sagte, war wahr. Natürlich war es das. Aber was hatte er soeben gesagt? Sie konnte sich an seine Worte nicht erinnern.

Cara wandte ihren Kopf von der Szenerie vor sich, um ihn zu fragen. Plötzlich baute sich ein Schatten vor ihr auf. Unwillkürlich zuckte sie bei dem unerwarteten Anblick zusammen.

Mehrere Verbände zierten Qaarts bloße Brust. Wundflüssigkeit sickerte durch sie hindurch. Die Schmerzen waren ihm in sein kantiges, eingefallenes Gesicht geschrieben, dessen Stirn von Schweiß glänzte. Mordlust und Hass schien sein roter Hals förmlich zu schreien, so stark leuchtete die Farbe.

„Baren wird sich freuen, dich zu sehen, Hure!" Er spuckte aus, traf sie aber nicht. Ein hämisches Grinsen zierte seine Fratze.

„Komm her, kleiner Bastard!", fuhr er plötzlich Hant an.

Cara sah, wie blass der Junge wurde. Rot flammte sein Hals auf, aber er wich zurück. Grün mischte sich hinein und wand sich um seine Kehle wie eine Schlange um einen roten Apfel. Wieder griff Cara unbewusst nach dem Messer, das sie längst nicht mehr bei sich trug. Sie sah Hants Beine zittern. Mit einem Mal spürte sie selbst unbändige Wut in sich aufsteigen, die sie sonst nur für die Sâras'ski aufbrachte. Doch dieser Mann war ebenso grausam.

„Das wirst du nicht wagen!", schrie sie Qaart an und machte einen Schritt auf ihn zu, als trüge die Welle des Zorns in ihrer Brust sie ungewollt voran.

„Lass den kleinen Bastard und kümmer dich lieber um dich selbst, Hure! Baren weiß, wer die Schuld am Tod seines Bruders trägt. Wer die Mission an die dreckigen Sâras'ski verraten hat." Qaart wischte sich Speichelreste vom Mund, während er sprach. Sein Blick flackerte.

„Ich habe keine Angst vor euch! Ich werde mich nicht vor euch verstecken!" Caras Stimme überschlug sich vor Zorn. Sie war nicht in der Lage, sich in ihren Worten zu bremsen. „Wenn ihr einen Sündenbock braucht, seht euch selbst ins Gesicht! Ihr habt dafür gesorgt, dass die Menschen verreckt sind! Ihr habt die Vorräte verwaltet und am Ende zerstört, damit wir den Bestien in die Arme laufen. Ihr habt den Tod all dieser Menschen genauso zu verantworten."

„Wir wollten ihre Leben retten, Miststück! Du solltest dich auf den Boden schmeißen und mir die Füße ablecken vor Dankbarkeit." Sein stinkender Atem und die säuerlichen Ausdünstungen seines Körpers stiegen ihr in die Nase.

„Ihr wolltet die Leben derer retten, deren Seelen ihr zerstört habt? Glaubt ihr, niemand weiß, was ihr unschuldigen Kindern angetan habt!"

Qaart lachte rau.

„Interessiert keine Sau. Sie sind tot, ihre Eltern sind tot. So hatten sie wenigstens ein bisschen Spaß im Leben!"

Es fühlte sich an, als explodierten ihre Adern vor Zorn. Mit einem Schrei stürzte Cara sich auf den großen Mann und schlug mit bloßen Fäusten auf ihn ein. Alles in ihr lechzte danach, Qaart für die Verbrechen zu strafen, die er begangen hatte. Sie wollte sein Leben mit einem gezielten Stich ins Herz auslöschen, stattdessen zerkratzten ihre Fingernägel nur seine Brust und rissen an den Verbänden. Mit einer einzigen groben Bewegung warf er sie zur Seite wie ein lästiges Anhängsel. Cara stürzte hart zu Boden. Die kochende Wut in ihr blendete den Schmerz an der Hüfte aus. Ohne zu zögern, stemmte sie sich wieder auf und setzte an, sich erneut auf Qaart zu stürzen. Bevor sie auf die Beine kam, war er plötzlich über ihr und packte sie am Genick. Dieses Mal schoss ein Schmerz scharf durch ihre Schultern. Skrupellos stieß er sie noch einmal vor sich her. Ihre Knie schlugen erneut auf den Boden, kaum dass sie sich aufgerichtet hatte. Ein weiterer Versuch, sich aufzurichten schlug fehl. Qaart warf sich mit seinem ganzen Gewicht auf sie, was ihr die Luft aus den Lungen presste und ihren nächsten Schrei erstickte. Seine Hände rissen an ihrem Hemd. Denn mehr trug sie nicht.

„Wollen doch mal sehen, ob ich dir nicht auch etwas Spaß bescheren kann", zischte er ihr ins Ohr und spuckte auf sie hinunter.

„Lass sie los", schrie Hant hinter ihr, bevor der Husten ihn schüttelte. Sie hörte die Panik aus seiner Stimme heraus, konnte aber den Kopf nicht wenden.

Cara kauerte, von dem Gewicht des großen Mannes eingekeilt, auf dem Boden, eine verschwitzte Hand Qaarts weiter in den Nacken gedrückt, die andere unter Hants Hemd.. Für einen winzigen Augenblick durchströmte sie Verzweiflung, der Wunsch, nicht kämpfen zu müssen und es einfach auszuhalten, bis es vorbei war. Doch ihr Zorn auf diesen Schänder und ihr Wille, sich gegen ihn zur Wehr zu setzen, waren stärker. Sie wusste, Qaart würde ihr innere Verletzungen und so starke Schmerzen zufügen, dass sie danach nicht mehr allein aufstehen könnte. Vielleicht sogar verbluten würde.

Verzweifelt versuchte sie, sich aufzubäumen, schlug mit dem Arm, der nicht unter ihrem Körper eingeklemmt war, um sich. Ihre Kraft reichte nicht aus, ihn abzuschütteln. Sie hörte, dass Hant gleichzeitig mit ihm kämpfte, aber auch er war viel zu schwach, um etwas auszurichten.

Cara rang nach Luft. Der ekelhafte Körper drückte sich stärker auf sie. Sein Gestank biss ihr in die Nase und sein Schweiß auf ihrer Haut ließ sie vor Abscheu würgen. Brutal griff Qaart ihr zwischen die Beine, dass sie vor Panik japste. Sie strampelte und trat, wand sich, biss nach ihm. Bekam ihn aber nicht zu fassen. Tränen schossen ihr in die

Augen vor Wut und Verzweiflung. Cara bekam den Kopf zur Seite gedreht, sah, dass sich in unmittelbarer Nähe Menschen befanden und schrie nach Hilfe. Doch sie schlichen und schleppten sich an ihnen vorbei, so nah, dass sie beinahe ihre Füße berühren konnte. Niemand kümmerte sich um ihr Schicksal. Niemand ging dazwischen. Es blieb nicht einmal jemand stehen. Als würde das nicht passieren. Das war das Leben, wie es in den Aschedünen gewesen war. Außerhalb von Familie war jeder für sich selbst verantwortlich. Die Barenbrüder und Qaart waren das Gesetz, alles andere wurde von Anarchie bestimmt.

Plötzlich stob Wind durch das Gras, ein Schatten schob sich vor die Sonne. Qaarts Hände ließen von ihr ab. Cara blickte hoch, rappelte sich geistesgegenwärtig auf und krabbelte rückwärts. Hant stürzte zu ihr und riss sie hoch. Gemeinsam stolperten sie an den Rand des freien Platzes, den die Menschen gebildet hatten, und tauchten hinter den ersten Reihen ab, um aus Qaarts Blickfeld zu verschwinden. Etwas Sand und Staub wurden neben ihnen aufgewirbelt, als einer der riesigen Adler auf der Wiese landete.

Selbst aus ihrem Versteck konnten Cara sehen, von welch gewaltiger Größe das Tier war. Seine Flügel waren so lang wie vier oder fünf ausgewachsene Männer. Der Schnabel stach scharf und spitz aus seinem bräunlich gefiederten Kopf hervor, ebenso wie die gelben Augen. Sie wirkten auf eine ungewöhnliche Weise intelligent, stellte Cara fest und vergaß beim Anblick dieses sonderbaren Wesens beinahe den Schrecken von eben. Ihr Herz hämmerte noch immer in ihrer Brust.

Weitere Riesenadler ließen sich zwischen den flüchtenden Menschen am See nieder und der Platz, von dem die Livris ehrfürchtig zurückwichen, vergrößerte sich. Cara drängte sich trotz der Warnung Hants, der Qaart auf der anderen Seite der Menschen nicht aus den Augen ließ, wieder nach vorn. Die Adler zeigten sich unruhig und beäugten die Livris mit einem ständig hin und her ruckenden Kopf.

Die Schnäbel müssen gefährliche Waffen sein, durchfuhr es Cara.

Ihr fiel auf, dass Gefieder, Schnäbel und auch Krallen mit Blut bespritzt waren. Da erinnerte sie sich, dass diese Vögel vor kurzem gegen die Pardúk und die Sâras'ski gekämpft hatten. Nur eines von ihnen trug einen Reiter, einen Mann. Sein schwarzes Haar war in lange Zöpfe geflochten, die völlig zerzaust waren. Dreck und Blut klebte an ihnen wie auch an der großen Decke, die seinen Oberkörper umhüllte, jedoch nicht sämtliche Kratzspuren verbarg, die er wohl im Kampf davongetragen hatte. In der rechten Hand hielt er eine Peitsche. Sie vermutete, dass er damit die Tiere antrieb. Der andere Arm war nicht mehr da. Nur ein Stumpf, der nicht einmal bis zum Ellenbogen reichte, schaute aus der Decke heraus. Überhaupt wirkte der Mann sehr entkräftet, schwankte in seinem Sitz. Über sein Gesicht zog sich ein feiner Blutfaden vom Scheitel über die Wange.

„Baren!", brüllte der Reiter laut und heiser über die Köpfe der Menge hinweg. Cara fiel auf, dass seine Stimme wütend klang, aber sein Hals zeigte kein Rot und auch kein Schwarz.

Die Menschen tuschelten.

„Baren!", wiederholte er seinen Ruf mit einem herrischen Unterton und blickte sich weiter nach dem Gesuchten um. Alles an seinem Verhalten schien seinen Zustand nach außen verbergen zu wollen, obwohl er sichtbar für die Menschen war.

Vom See her machte sich eine Gestalt bemerkbar. Der Adler hoppelte dort hinüber. Hant stieß Cara an. Da bemerkte sie, dass Qaarts Aufmerksamkeit nur noch dem Adlerreiter und Baren galt. Er folgte dem Adler und schien Cara und Hant völlig vergessen zu haben.

„Das wird nicht das letzte Mal gewesen sein. Du hast mehr Glück als Verstand gehabt", murmelte Hant.

„Ich habe dir gesagt, dass ich ihn töten werde. Und das werde ich." Caras fühlte ein Brennen in ihrem Körper. Nun spürte sie wieder die Wut in sich, während sie ihm nachsah. Sie fühlte ein Zittern in ihrem Innern, voll brodelndem Hass, den sie vor wenigen Minuten beim Anblick des brennenden Dorfes vergessen hatte. Sie wollte die Livris dafür rügen, dass sie Vergeltung übten an denen, die sie versklavten und töteten, wollte um Vernunft bitten, wo es keine geben konnte. Verlangte von anderen, den Hass auszublenden, als wäre er nicht da. Aber jetzt wusste sie selbst, dass er noch da war. Auch in ihr. Und er saß tief.

4

Felina

- Freund oder Feind -

Felinas Mine verfinsterte sich, als sie die festlich geschmückten Zinnen Justeras erblickte. Der unfreundliche Empfang ihres letzten Aufenthalts saß ihr noch im Hinterkopf. Heiter drangen die Musikklänge der feiernden Menschen aus den Straßen und über die Mauer hinaus, als würde der Wind sie absichtlich in der stillen Landschaft verteilen, um weitere Menschen anzulocken.

Felina warf einen Seitenblick auf ihre Begleiterin, was nur gelang, wenn sie den Kopf ganz nach hinten wandte. Kariis Augen waren unverwandt auf das Bollwerk gerichtet, und ihr Blick schwankte genauso zwischen Neugier und Staunen hin und her wie der Eselrücken, auf dem sie sich den Toren der Stadt näherten. Es war derselbe Esel, der Felina zuletzt von hier nach Silvánuba getragen hatte.

„Feiert ihr oft?", fragte das Mädchen mit ehrfurchtsvoller Stimme und schien vergessen zu haben, dass sie ihren Weg in die Stadt nicht angetreten hatten, um sich dem fröhlichen Treiben anzuschließen.

Felina spürte ein leichtes Mitleid in sich aufsteigen. Kariis war in den einfachen Verhältnissen eines Dorfes aufgewachsen und hatte noch nie die Gelegenheit gehabt, eine der Städte von nahem zu sehen, geschweige denn zu betreten, die Felina ihr Zuhause nannte. Für sie mussten die Mauern der Großstädte eine andere Welt beherbergen.

Was das erst für Cara bedeuten müsste, dachte Felina schuldbewusst.

Für Cara musste schon ein einfaches Dorf ein Luxus darstellen, den sie sich niemals erträumt hatte. Aber das waren nur ihre Gedanken. Sie wusste nicht, was Cara wirklich dachte, was sie fühlte. Und sie würde es auch nicht mehr herausfinden können. Denn Cara war verschwunden geblieben.

Gerne hätte sie gesagt, Kariis und sie hätten jeden Stein umgedreht, um sie zu finden. Die Wahrheit hingegen sah so aus, dass sie am frühen Morgen von den Lesá unmissverständlich zum Tor Silvánubas geleitet worden waren. Dort hatte man hinter ihnen das Tor verschlossen und ihnen erneuten Zutritt verwehrt.

„So groß wird nur jeder zehnte Jahrestag gefeiert", gab sie sich einen Ruck, freundlich zu antworten.

Gedanklich saß ihr die Enttäuschung im Nacken, die Maroc ins Gesicht geschrieben stehen würde, sobald er erfuhr, dass Cara nicht bei ihnen war. Die Speisekammer war leer gewesen und gleich, mit wem sie gesprochen hatte, in der Wahrnehmung der anderen schien sie immer leer gewesen zu sein. Als hätte man sie nie zur Zelle für das arme Mädchen umfunktioniert.

„Wie viele Menschen leben in so einer Stadt? Es sind sicher Hunderte." Ihre Begleiterin beschäftigten weiterhin andere Gedanken. Sie konnte es ihr kaum verübeln.

„Mehrere Tausend."

Eine Anzahl an Menschen, die Kariis sich wohl nicht vorzustellen vermag, dachte Felina.

„Was wird Maroc sagen, wenn wir das Mädchen nicht mitbringen?" Sie konnte nicht umhin, über das Thema zu sprechen. Auch wenn sie versuchte, Verständnis für Kariis Staunen aufzubringen. Es störte sie wie der Stich einer Mücke, dass die andere so gar kein Interesse an ihrem Problem zeigte.

Kariis, die dicht an ihren Rücken gelehnt saß, damit sie nicht vom Esel herunterrutschte, wandte sich von den verführerischen Klängen ab, denn ihre Stimme war nun dichter an Felinas Ohr zu hören.

„Die Adepten haben den Beweis verlangt, dass sie am Leben ist. Und das ist sie. Das können wir bezeugen", antwortete sie.

„Zumindest *war* sie das gestern Abend noch."

„Meinst du, sie ist geflohen? Vielleicht ist sie von allein nach Justera gegangen", überlegte Kariis.

„Ich hoffe es."

„Das wird sie! Sie ist eine Sharièn. Sie wird sich befreit haben. Und wo sollte sie sonst hin?" Kariis legte eine beinahe feierlich anmutende Entschlossenheit in ihre Worte, die Felina schon wahrgenommen hatte, als sie Marocs Leben unter allen Umständen hatte retten wollen. „Wir müssen Maroc sagen, dass sie am Leben ist. Er muss seinen Plan durchziehen. Sie dürfen nicht an ihm zweifeln."

„Wer sind sie? Die Adepten?" Felina wollte mehr erfahren. Sie verübelte Kariis nach wie vor, dass sie damals im Wirtshaus in Jonarae die Geheimnisse um den Schlot und die Sharièn nicht mit ihr geteilt hatte. Zu guter Letzt hatte sie sie auch noch allein zurückgelassen, nachdem sie wie eine gewöhnliche Magd geholfen hatte, den Boden von Marocs Blut reinzuscheuern.

„Die Anführer der Sharièn, die vier Ältesten und Mächtigsten, die überlebt haben. Sie werden heute Abend auf dem Festball sein."

„Und dann?", fragte Felina.

Aber Kariis machte ein Geräusch, als wäre sie nicht über die weiteren Pläne des Abends informiert worden. Maroc hatte Felina nie wirklich in seine Pläne eingeweiht, doch seit sie *das Buch Vílevèna* gelesen hatte, über die Entstehung der Welt, wie die Sharièn sie erzählten – nicht die falschen, umgeschriebenen Versionen aus der Thien'tia der Städte –, seitdem war sie überzeugt, ihm blind vertrauen zu können. Sie setzte zu weiteren Fragen an, da sie dieses spannende Thema von ihrem Problem ablenkte, aber sie kam nicht mehr dazu, die Unterhaltung weiterzuführen. Soeben erreichten sie das Tor zur Stadt Justera und das bunte Treiben lenkte ihre Aufmerksamkeit auf sich. Die Musik war jetzt lauter zu hören, fröhliche Spielweisen zum Tanz, welche die einfachen Stadtbewohner liebten und die sich von den höfischen Harfenklängen deutlich unterschieden. Blumengeschmückte Girlanden rankten sich um die Mauern und die Ketten der Vorrichtungen, welche für das Öffnen und Schließen der schweren Torflügel zuständig war. Pferde, von Ochsen gezogene, beladene Karren und eine Vielzahl an Menschen drängten sich dort, und die Patrons hatten alle Hände voll zu tun, Ordnung auf den Straßen zu schaffen. Rufe und Pfiffe zur Koordination des Verkehrschaos durchstachen das

Lachen und Musizieren wie kleine Insekten die Rücken der Lasttiere.

Felina hatte nicht vor, sich dort aufzuhalten. Mit ihrem Tier drängten die Frauen sich durch die Menge und wählten eine Route am Rande der Hauptstraße, um nicht in den Massen unterzugehen. Kariis schwieg und beachtete Felinas Fragen nicht. Sie schien vollkommen versunken in das Geschehen, was sich ihren Augen bot.

Daher erreichten sie das Herrenhaus Justeras erst nach einem größeren Umweg. Felinas letzter Besuch vor einigen Tagen trug nicht zu ihrer Begeisterung bei, erneut an diesem Ort zu weilen. Das letzte Mal war sie eindeutig nicht willkommen gewesen. Nun würde sie es noch weniger sein. Zumindest verschaffte es ihr das leise Gefühl von Genugtuung, dass die Kutsche ihres Vaters im Hof stand. Er würde nicht dulden, dass man erneut respektlos mit seiner Tochter umsprang. Und zugleich durchfluteten sie weitere Gedanken, die sie mit ihm besprechen würde. Sie würde ihn darüber zur Rede stellen, dass er ihr nichts über Torros Doppelleben als Kommandant erzählt hatte und ihn fragen, weshalb er die Machenschaften in Silvánuba bereitwillig duldete, wenn er doch wusste, welch schreckliche Foltermethoden dort angewandt wurden. Sie musste sich eingestehen, dass sie immer noch nicht glauben konnte, dass ihr liebevoller Vater wirklich über das Wissen verfügen sollte, was an diesem schrecklichen Ort vor sich ging, und – noch schlimmer – dass er nichts dagegen unternahm.

Aber, fuhr ihr ein eiskalter Schauder über den Rücken, *habe ich doch erfahren, dass Vater der wahre der Gründer der Sâras'ski ist.*

Noch etwas, was sie nicht glauben wollte. Sie musste ihn fragen. Sie würde es nur glauben, wenn sie es von ihm selbst hörte.

Felina bat Kariis, den Esel am Anbindeplatz im Hof festzumachen und den hiesigen Stallburschen zu beauftragen, ihm Wasser zu bringen. Als sie den Jungen erblickte, der sich vor Kariis verbeugte, kam ihr der schmächtige Junge aus Silvánuba in den Sinn, Caras Freund. Auch der Stallbursche war einer von ihnen, von den Livris. Er war durch die Sklavenstadt gegangen.

Wie habe ich nur so lange so blind sein können?, fragte sie sich mit einem Anflug von Schuldgefühlen.

Die Worte Na'nan Justeras fielen ihr wieder ein:

Aber die Menschen haben eine ganz besondere Angewohnheit. Sie sehen nur das, was ihnen angenehm ist. Vor allem anderen verschließen sie die Augen, solange das Elend nicht an ihre Tür klopft.

Ob sie es sich eingestehen wollte oder nicht. Es war die bittere Wahrheit. *Aber nicht alle*, durchfuhr es sie, *es sind nicht alle so.*

Entschlossen schritt sie die ausladende Marmortreppe zum Eingang empor.

„Bedaure", verwehrte ihnen ein Patron in ungehaltenem Tonfall den Zutritt, „zum Festball wird erst nach Sonnenuntergang geöffnet."

„Das müsst Ihr keineswegs bedauern. Ich bin Na'nan Felina, die Tochter Ne'nor Honestaes, der auf Justera zu Gast weilt. Bitte geleitet mich zu meinem Vater."

Die beiden Patrons wechselten zweifelnde Blicke.

„Ich bin vor wenigen Tagen erst hier gewesen, Ihr werdet Euch doch wohl erinnern", schimpfte Felina verärgert.

Die beiden Männer musterten sie von oben bis unten. Der eine unterdrückte vergeblich ein Grinsen.

„Bitte verzeiht", erwiderte der andere mit übertriebener Freundlichkeit, die ganz offensichtlich ins Sarkastische abrutschte, „Ihr seid nicht leicht zu erkennen, die ausgehängten Gemälde von Euch scheinen etwas älteren Datums zu sein. Aber Ihr habt recht, ich erinnere mich. Ihr seid das Mädchen auf dem Esel ohne Schuhe. Und auf dem Esel seid Ihr fortgeritten. Ihr scheint nicht weit gekommen zu sein."

„Dann eilt Euch! Ich habe nicht den ganzen Tag Zeit. Ich wünsche, meinen Vater zu sprechen", herrschte Felina ihn an.

Bevor sich herausstellte, ob der Patron geneigt war, ihrem Befehl nachzukommen, oder ob er gedachte, sich weiterhin ungebührlich zu verhalten, schwang die Tür auf und eine elegant gekleidete Dame rauschte heraus. Beinahe prallte sie mit Felina zusammen und blieb dann wie angewurzelt stehen.

„Felina?", rief sie verwirrt, als hätte sie jeden anderen nur nicht sie hier erwartet.

Dann fiel ihr Blick auf Kariis und anstatt, wie Felina es von ihrer Schwester gewöhnt war, abfällig die schmale Nase zu rümpfen, blitzte in ihren Augen etwas auf, was Felina noch niemals an ihr gesehen hatte. Furcht. Doch sie fing sich schnell und im Bruchteil einer Sekunde war dieser Funke in ihren Augen erloschen.

„Vater erwartet dich gar nicht. An den vorigen Feiertagen warst du schließlich auch nicht anwesend. Er war äußerst betrübt darüber", es gelang Femima nicht, ihren überheblichen Tonfall anzuschlagen, den sie Felina gegenüber für gewöhnlich gebrauchte.

Dieser kurze Moment sagte Felina, dass ihre Schwester Kariis kannte. Normalerweise etwas, das völlig unmöglich schien, denn Femima gab sich nicht mit Gesindel ab. Daher, schlussfolgerte Felina, konnte sie Kariis nur aus einem einzigen Grund kennen: Sie musste ebenfalls von Marocs wahrer Identität wissen. Sie musste wissen, wer er war und vielleicht hatte sie ihm wie Kariis bei etwas geholfen. Eine Möglichkeit, die ihr allerdings dermaßen abwegig erschien, dass Felina nicht sicher war, ob sie sich täuschte. Niemals würde ihre Schwester das System in Frage stellen, das ihr Vater ihr errichtet hatte. Von dem sie profitierte wie kaum eine andere in Talimont.

Felina warf einen Seitenblick zu Kariis hinüber. Die hielt den Kopf unterwürfig gesenkt. Das Weiß strahlte wie frischer Schnee von ihrer Kehle an den Seiten ihres Kinns vorbei, doch Felina entdeckte die Ansätze von Grün, die sich an den Rändern zeigten.

Sind meine Gedanken richtig? Haben sich die beiden schon einmal unter anderen Umständen kennengelernt?

„Führ mich zu Vater. Es war abgesprochen, dass ich erst heute zu den Festlichkeiten dazustoße", verlangte Felina. „Meine neue Zofe Kariis kann uns begleiten."

Kariis knickste ungeschickt, ohne aufzusehen. Ihre Finger zupften an ihrem Zopfende, eine Angewohnheit, die ihre Nervosität genauso verriet wie die Farbe ihres Halses.

Femima nickte und schien vergessen zu haben, wie eilig sie es zuvor in die andere Richtung gehabt hatte. Mit scharfen Worten schickte sie die beiden Patrons wieder auf ihre Posten und stakste rasch auf ihren hohen, klappernden Absätzen voraus.

„Warte", hielt Felina sie auf, als sie einen leeren Flur erreicht hatten.

Femima blieb stehen. Sie wandte sich zu ihr um und blickte sie mit gewohnt hochmütiger Mine an. Sie warf nicht einen Blick zu Kariis, als wäre sie gar nicht da, so wie auch diese nicht ein einziges Mal aufsah, und stattdessen eingehend ihre Schuhspitzen betrachtete. Felina spürte eine Anspannung in der Luft liegen wie ein drohendes Gewitter.

„Was ist?", fauchte Femima, da sie nichts sagte, „musst du mich noch länger aufhalten?"

Felinas Herz klopfte. Die Unsicherheit, ob sie ihrer Schwester trauen konnte, rang mit dem Wunsch, noch einen Verbündeten in den fremden Mauern zu haben. Aber wenn es misslang, würde sie sie vielleicht sofort verraten. Sekundenlang rang sie mit sich um eine Entscheidung. Noch war der Gang leer, aber es könnte jeden Moment jemand um die Ecke biegen.

„Ihr kennt euch", wagte sie mit klopfendem Herzen den Vorstoß.

Femima zog die Augenbrauen mit einem Blick hoch, als hätte sie sich verhört. Kariis hingegen schrumpfte in sich zusammen.

„Ist Maroc hier?", fragte Felina.

„Ich wüsste nicht, was ein gesuchter Verbrecher hier verloren hätte", gab Femima blasiert zurück. Ihre Augen hatten einen wachsamen Blick angenommen. Felinas Herz schien ihre Brust sprengen zu wollen. Hatte sie sich geirrt?

„Mein Gemahl wird ihn in Stücke reißen, sollte er hier auftauchen. Und jeden, der sich mit ihm verbündet, ebenso. Ich hoffe, ich habe mich deutlich ausgedrückt." Unüberhörbar schwang die Drohung in ihrer Stimme mit. Ihr Blick fixierte Kariis, die eifrig nickte, als hätte sie mit ihr anstelle Felinas gesprochen.

Femima ließ sie stehen und rauschte davon. Felinas Herz pochte immer noch ruhelos. Hätte sie besser schweigen sollen? Sie warf einen Seitenblick auf das Mädchen. Deren Hals war nun vollständig grün.

„Sprecht zu niemandem über Maroc", bat Kariis leise, „das ist gefährlich."

„Woher kennst du sie?" Es fiel Felina schwer, den freundlichen Ton zu wahren. Der Gedanke, dass jeder etwas zu wissen schien, und keiner sie einweihen wollte, kratzte an ihrem Stolz.

Kariis Finger zupften an ihrem Zopfende, so dass dieser wie ein Strohbüschel über ihre Schulter fiel.

„Belüg mich nicht!"

Kariis presste entschlossen die Lippen aufeinander.

„Femima wird uns nicht verraten", sagte sie dann, als Felina nicht aufhörte, sie zu fixieren. „Geht Ihr zum Ball und ich halte Ausschau nach Maroc. Ich falle hier nicht auf unter den vielen Bediensteten."

„Das kommt nicht in Frage", wies Felina den Vorschlag ab.

Sie hatte nicht vor, Kariis aus den Augen zu lassen. Sie wollte selbst mit Maroc sprechen.

5

Maroc

- Der Wettlauf beginnt -

Wer hat euch gestattet, dieses Dorf niederzubrennen, Baren!", herrschte Maroc den großen Mann an, kaum dass er ihn erreicht hatte. Er blieb auf Ka'ratak sitzen, weil er wusste, dass ihn seine Beine nicht mehr trügen. Das beständige Zittern seiner Gliedmaßen spürte er auch ohne, dass er auf ihnen stand. Mittlerweile pochte der Puls in seinem Arm wieder heftiger. Es hatte nicht viel gefehlt. Beinahe wäre er in der Schlacht unter den Pardúk begraben worden. Wieder hatte er es Ka'ratak zu verdanken, dass er nicht von den Bestien zerfleischt oder von den Sâras'ski massakriert worden war. Es war das zweite Mal, dass er seinem treuen Gefährten sein Leben verdankte. Er hatte sich eine Stunde Ruhe genehmigt und war wieder etwas zu Kräften gekommen. Dennoch hatte der Schmerz ihn fest im Griff. Aber der Wunsch, zu Ende zu bringen, was er angefangen hatte, jetzt, so kurz vor dem Ziel, trieb ihn unerbittlich vorwärts. Er kämpfte seinen Zustand in dem Glauben nieder, er dürfte nicht zur Schau stellen, wie es um ihn bestellt war. Der andere durfte ihn keinesfalls als unterlegen erkennen.

Baren hatte nur einen vernichtenden Blick für ihn übrig.

„Das war kein Dorf, das weißt du selbst! Eure Sklavenfabriken gehören verbrannt! Du und deine Adler, ihr habt uns hier hinauf verholfen. Und dafür bin ich dir dankbar. Aber du kannst uns nicht verbieten, unsere Landsleute zu befreien und uns an denen zu rächen, die für unser Leid verantwortlich sind! Ich habe unsere Männer und Frauen auf dem Schafott brennen sehen, Junge!"

Seine Augen traten aus den Höhlen beim Sprechen, als drückte die Erinnerung an das schreckliche Bild sie auf ihm heraus. Er spuckte durch seine gammeligen Zahnlücken.

„Ihr könnt nicht in einem Land um Unterschlupf bitten, das ihr mutwillig zerstört!", redete Maroc ihm ins Gewissen. Alle Konzentration lag auf seinem Auftreten.

„Ich *bitte* nicht um Unterschlupf", höhte Baren, „ich mache mein *Recht* auf ein anständiges Leben bei denen geltend, die selbst eines besitzen und das unsere nahmen."

„Das sollt ihr bekommen. Ich habe euch mein Wort darauf gegeben! Aber ich erwarte ein gewisses Maß an *Zusammenarbeit* als Dank für meine Hilfe." Marocs Wut über das Verhalten des anderen verstärkte den körperlichen Schmerz.

„Ihr gehört zu denen."

„Nein. Ich gehöre zu den Sharièn. Einem Volk, dessen Namen die meisten von euch wenn überhaupt nur noch aus Märchen und Legenden kennen. Aber wir sind noch da. Und wir werden heute Nacht *unser Recht* auf unsere Existenz zurückfordern. Das sollt ihr auch, Baren. Mit uns gemeinsam. Denn ihr kommt allein nicht in die Städte und wir können die Regierung allein nicht stürzen. Zusammen aber ist es möglich. Und zusammen wollen wir uns etwas aufbauen, das sowohl euch als auch uns ein vernünftiges Leben ermöglicht." Maroc legte all seine übrige Energie in diese Worte, in diese Mission, die er verwirklichen wollte. Es fehlte nicht mehr als der letzte Funke, um das Feuer zu entfachen.

Baren und Qaart, der ungefragt zu ihrem Gespräch hinzugekommen war, zeigten an ihren Hälsen Abscheu. Vielleicht konnte er es ihnen nicht verübeln nachdem, was sie mitgemacht hatten. Aber sein Herz war gerade bei seinem Ziel und dem letzten Funken. Allerdings, wenn er ehrlich zu sich selbst war, gab es zwei Funken, die fehlten. Baren war der Eine. Mit Enthusiasmus, dem Zorn und dem körperlichen Schmerz mischte sich die Angst, die Maroc einnahm, ohne dass er es an seinem Hals zeigte. Er hatte Kariis nach Silvánuba geschickt. Weil Felina dort sein sollte. Und das Mädchen Cara, das er brauchte. Welches der andere Funke war, ohne den sich das Feuer nicht entzünden ließ. Was, wenn alle drei umgekommen waren? Dann wäre alles verloren, was er für seinen Plan geopfert hatte. Er musste nach ihnen suchen. Aber zuerst musste er diesen unvernünftigen Sturkopf zurechtstutzen, bevor er das ganze Land in Brand steckte. Der Überfall auf Silvánuba würde in Justera auf der anderen Seite des Sees kaum unbemerkt bleiben. Also riss er sich erneut zusammen, blendete alle Gefühle, die in ihm konkurrierten, aus, und zwang sich, sich zu fokussieren.

„Ich werde jetzt gehen", sagte Maroc deshalb. „Wie ich sehe, habt ihr euch etwas zu essen besorgt und der See gibt frisches Wasser her. Bis zum Abend macht ihr am Ufer

Rast. In der Nacht brecht ihr nach Justera auf, der Stadt dort am Horizont. Zu dem Zeitpunkt, an dem die beiden Monde am Himmel sich überschneiden, kommt ihr zum Tor. Nicht vorher. Habt ihr das verstanden?"

Baren zögerte. Er schien abzuwägen. Seine Zunge spielte um die faulenden Zähne. Maroc wusste aus vorherigen Gesprächen, dass er nicht dumm war. Aber berechenbar. Ihm musste klar sein, dass es sinnvoller wäre, auf ihn zu hören, anstatt zu versuchen, sich selbst durchzuschlagen.

„Die Sâras'ski?", fragte Baren in skeptischem Tonfall.

„Seid unbesorgt, was die Bestien angeht. Die Adler haben viele von ihnen gerissen. Ich werde sie in der Nähe lassen. Aber ich glaube nicht, dass sie noch einmal angreifen werden. Zuletzt sah ich sie sich zurückziehen."

„Ich habe wieder keinen Beweis, dass ich mich auf dich verlassen kann, Maroc."

„Ich denke, dass ich euch geholfen habe, statt euch den Sâras'ski zu überlassen, sollte Beweis genug für meine Ehrlichkeit sein."

Er spürte kalten Schweiß auf seiner Stirn. Lange hielt er nicht mehr durch. Er brauchte Ta'rish. Und die würde ihm gehörig den Kopf waschen, wenn sie ihn so zu Gesicht bekam.

Schließlich nickte Baren.

„Wenn die Monde übereinanderstehen", sagte er, „werden wir eingelassen."

Maroc bestätigte das mit einem Kopfnicken. Ein leiser Pfiff kam wie ein Hilferuf über seine Lippen und Ka'ratak wandte sich zu einem freieren Stück Wiese, um dort in die Höhe zu steigen. Maroc war froh, dass Baren nicht mehr sehen konnte, wie ihm die Gesichtszüge entglitten. Er war bereits über das Ende seiner Kräfte hinaus, dabei blieben noch gut fünf Stunden bis Mitternacht.

Stunden
vor
Mitternacht

* * * * * * * *

6

Cara

- Warten -

Cara und Hant machten sich auf der Wiese am
See so unsichtbar wie möglich. Sie wollten
unter allen Umständen vermeiden, Qaart noch
einmal aufzufallen, nachdem sie ihm soeben
um Haaresbreite entkommen waren. Cara würde sich an
ihm rächen. Aber noch war weder die Zeit, noch besaß sie
die Kraft dafür. Daher drückten die beiden sich am äußersten Rand der Flüchtigen herum. Es waren viel mehr, als
nur ein paar Alte und Kranke, die man damals zurückgelassen hatte. Das konnte nur bedeuten, dass viel weniger
Menschen als gedacht zusammen mit Caras Familie aufge-

brochen waren oder sich weiter unten am Berg viel mehr Menschen vor den Angriffen der Sâras'ski hatten retten können. Tausende lagerten hinter den niederbrennenden Mauern Silvánubas und am Ufer des Silvá Sees. Der Gestank nach Rauch, wie Cara ihn aus den Ruinen in den Aschedünen kannte, zog sich über die gesamte Weite des Ufers. Und erinnerte einmal mehr daran, dass sie einem üblen Schicksal entronnen war. Nur, ob das andere Übel das kleinere war, hatte sich noch nicht herausgestellt. Wieder drehten sich ihre Gedanken darum, ob es nicht richtiger gewesen wäre, das neue Schicksal anzunehmen, anstatt sich weiter dagegen aufzulehnen.

Vielleicht sollte ich dankbarer sein, sagte sie sich im Stillen. *Vielleicht stimmt es nicht, dass jeder Mensch ein Anrecht auf ein würdiges Leben hat. Vielleicht ist es vielmehr so, dass sich jeder seinem Schicksal fügen und weniger jammern sollte.*

Sie blickte auf die schillernde Oberfläche des Sees hinüber, auf dem sich die Sonnenstrahlen dort brachen, wo der Rauch sie nicht einhüllte. Das Wasser glitzerte an diesen Stellen in der sinkenden Sonne, als versteckten sich Schätze darin. Eine Stadt war am anderen Ufer in der Ferne zu erkennen. Sie musste groß sein, das war selbst von hier zu erkennen, so groß und imposant, wie einst Caritae gewesen sein musste, wenn sie an die Reste der steinernen Gerippe dachte, die dort unten vor Jahren zerstört worden waren.

„Ich glaube nicht, dass man dort das Feuer und die Menschen nicht bemerkt", sagte sie und deutete auf die Stadt.

„Vielleicht verbarrikadieren sie in diesem Moment die Tore", gab Hant trocken zurück.

„Felina kam aus so einer Stadt. Sie war nicht so wie die Sâras'ski oder die Lesá, Hant. Es muss dort noch mehr Menschen geben, die so denken wie sie."

„Sie kam aus einer Stadt, in der die Livris Sklaven sind, Cara. Was erwartest du von denen?" Hant spuckte den Grashalm aus, auf dem er herumgekaut hatte.

„Wenn es nur einige wenige Menschen dort gibt, die uns nicht als Sklaven sehen, sondern als Menschen. Du hast selbst hierher fliehen wollen, Hant, weil du an die Geschichten der goldenen Städte geglaubt hast."

Er lachte freudlos und deutete mit den Augen auf ihren Hals.

„Das war vor Silvánuba, Cara, dass ich an irgendwas hier oben geglaubt habe. Du und deine Hoffnung. Hätte dich schon so oft fast das Leben gekostet, aber trotzdem schaffst du es immer wieder." Sie war nicht sicher, ob sie Verachtung oder Bewunderung aus seinen Worten heraushörte.

Sie spürte, wie ihr Hals sich verfärbte in dem Moment, als Baren, Qaart und ein paar weitere Männer die Reihen der Lagernden abgingen und den Erschöpften Instruktionen gaben. Hant beobachtete sie ebenfalls alarmiert. In ihre unmittelbare Nähe kamen sie nicht.

„Was haben sie gesagt?", fragte Cara eine Frau, nachdem die Männer in eine andere Richtung verschwunden waren.

„Wir rasten hier bis zum Abend. Sobald es dunkel ist, laufen wir am See vorbei zu den Toren der Stadt auf der anderen Seite."

„Und dann?"

„Es heißt, man würde uns die Tore öffnen. Aber wer weiß das schon. Der Mann auf dem Valtórn soll ein Verbündeter sein. Immerhin hat er uns vor den Sâras'ski gerettet. Vielleicht stimmt es, was er sagt."

„Die Nacht wird kalt", gab Hant zu bedenken.

„Wer gehen kann, geht mit. Wer es nicht kann, bleibt liegen. Nicht anders als gestern Nacht und die Nächte zuvor."

Die Frau schien unbekümmert. Gleichgültig. Nicht anders, als sie es gewohnt waren. Jeder kümmerte sich nur noch darum, seine eigene Haut zu retten. Das Gesetz der Aschedünen. So würden es wenigstens einige schaffen.

Cara sah sich um. Die Menschen hatten dieses Mal nur vereinzelt Karren dabei. So manch einer wirkte apathisch. Es gab Verletzte. Sie wusste, dass wieder eine große Zahl Menschen hier liegen bleiben würde, wenn die Stunde des Aufbruchs angebrochen war. Dieser Gedanke trieb ihr eine Gänsehaut den Nacken hinauf.

Noch immer prasselten die Flammen im Hintergrund. Es würde bis in die Nacht dauern, damit dieser schändliche Ort bis auf die Grundmauern niedergebrannt war.

„Wird das nicht weitere von ihnen anlocken?", gab sie zu bedenken und deutete auf die Flammen und den schwarzen Rauch.

Die Frau zuckte mit den Schultern.

„Die Adler haben viele der Bestien getötet. Vielleicht alle. Ihre Reiter sind zerstreut. Baren glaubt nicht, dass wir heute Nacht etwas zu fürchten haben."

„Vielleicht gibt es noch mehr. Wie sollen eine Handvoll Adler Hunderte von diesen Bestien erlegt haben? Früher ist das nie passiert", flüsterte Hant Cara zu. „Der Mann auf dem Adler, wenn das der war, den du damals mit Baren und Qaart belauscht hast, dann gebe ich nicht viel auf sein Wort."

„Nein. Der hatte eine andere Stimme und sprach ganz anders. Das war er nicht. Ich würde seine Stimme überall erkennen."

7
Ne 'nor Honestae

- Entscheidungsfragen -

„Ich denke nicht, dass Eure Meinung hier viel Wert ist."

Allein der Tonfall Recaros troff dermaßen von unterdrückter Wut, dass Ne'nor Honestae bereits an seiner Entscheidung zweifelte, die er heute Nacht zu treffen gedachte. War dieser Mann der Richtige für diese Aufgabe? Andererseits war der andere ganz klar der Falsche. Hatte er denn noch eine Wahl?

Angesprochen von Recaro war Heranz, sein Hofschneider, der vor dem versammelten Gremium der Ne'nors und Thiennen stand und vor Aufregung bebte.

„Wenn Ihr *Meldung* macht, Heranz, dann ist das Eure *Aufgabe*, und die habt Ihr brav erledigt. Eine *Einschätzung* der Lage hingegen obliegt den dafür ausgebildeten Patrons und den Herren der vier freien Städte. Habe ich mich ausreichend klar ausgedrückt."

Letzteres war keine Frage.

„Raus hier, Heranz, setz dich an dein Nähkästchen und mach deine Arbeit", setzte dessen Gemahl Primm mit einem verächtlichen Blick hinzu.

Im Gesicht des Hofschneiders zuckte es. Keiner der Anwesenden ergriff das Wort für ihn. Nicht einer der drei

Thiennen, nicht einmal Honestae selbst hatte Lust, seinen Schneider zu verteidigen.

„Ihr habt keinen Blick für die Menschen", gab Heranz bitter zurück und es war nicht eindeutig, ob er nur zu Recaro sprach oder die ganze versammelte Mannschaft meinte.

„Keinen für ein faules Stück wie dich! Alles andere sind Ausgeburten der Aschedünen und allesamt nicht mehr wert als der Dreck unter deinen Fingernägeln!", brüllte Recaro nun und strich sich verärgert die braunen Locken zurück über die Stirn. „Und jetzt scher dich raus!"

Ohne ein weiteres Wort verließ Heranz rückwärts den Raum. Recaros Wut hing wie eine große unsichtbare Seifenblase über ihren Köpfen und drohte jeden Moment zu platzen.

„Wenn wir uns dann den Fakten zuwenden könnten", wandte der Sohn des Ne'nor Misero sich zu den versammelten Männern um. Er stand nicht still, unablässig bewegte er seine Beine und Arme, als hätte er den unbändigen Drang in sich, auf jemanden einzuprügeln.

„Was wissen wir?", fragte nun Ne'nor Honestae.

„Rauchwolken ziehen am anderen Ufer des Silvá Sees auf. Es scheint, als stünde Silvánuba in Flammen. Das hat Euer Hofschneider berichtet", ließ Thien Honestae vernehmen.

„Außerdem macht eine größere Ansammlung von Menschen oder Tiere am See Halt. Unsere Fernrohre reichen nicht weit genug, um die Lage zu analysieren. Auch Eure Valtórn wurden in größerer Zahl dort gesichtet", ergänzte Thien Verates.

„Heranz denkt, dass die Livris heraufgekommen sind."

„Das ist Unfug!", fuhr Recaro dazwischen. „Es ist unmöglich. Die Wolkengrenze ist sicher geschützt. Dafür verbürge ich mich."

„Was ist, wenn dieser Adlerhüter Maroc seine Finger im Spiel hat?", gab Ne'nor Honestae zu bedenken und setzte zu einem kleinen Seitenhieb auf seinen Schwiegersohn an. „Er ist uns entwischt und bisher haben *deine* Partons ihn nicht aufgespürt. Ich habe keine Möglichkeit von hier aus zu prüfen, ob die Valtórn in ihrem Horst sind."

„Sind die Tiere nicht bewacht?", empörte sich Ne'nor Verates.

„Selbstverständlich ist der Horst bewacht, seit der Junge verschwunden ist. Das heißt aber nicht, dass die Tiere nicht einfach davongeflogen sind. Die Patrons haben schließlich keine Flügel."

„Wenn Silvánuba in Flammen steht, sollten wir die Feier hier abbrechen und nach dem Rechten sehen", wandte Thien Honestae ein, „die Na'nan Justera ist in dem Dorf vor Ort."

„Habt Ihr eine Ahnung, was die Vorbereitungen für diese Jahrhundertfeier gekostet haben?", hielt Ne'nor Justera dem entgegen, als wäre der Vorschlag der abwegigste von allen. „Wenn etwas Bedrohliches geschehen wäre, hätte meine Gemahlin uns einen Falken geschickt. Aber wie ihr seht, ist noch immer keiner eingetroffen. Ich glaube nicht, dass Grund zur Beunruhigung besteht", erklärte er und zwirbelte an seinem Bart, der weit über sein Kinn hinausragte.

„Ich denke auch, wir sollten uns beruhigen", warf Thien Verates ein, „es kam keine Nachricht. Ein Bote oder ein Falke wären längst hier. Es streifen genügend Patrons durch die Lande."

„Hier kann ich keinen meiner Männer entbehren", stellte Recaro klar. „Die Grenzen sind sicher, was auch immer dort drüben vorgefallen sein mag. Darauf könnt Ihr Euch verlassen."

„Ihr solltet ein Wort mit Eurem Bruder wechseln", gab Ne'nor Honestae mit einem bedeutsamen Kopfnicken an.

„Ich denke nicht, dass das nötig sein wird", lehnte Recaro ab. Das Gewissen nagte an Ne'nor Honestaes Nerven. War seine Entscheidung die richtige?

„Wir verstärken die Patrons an den Toren und verschärfen die Einlasskontrollen", erklärte Recaro.

„Sehr vernünftig", lobte Ne'nor Justera, „bei dem Vermögen, was mich diese Einhundertjahrfeier kostet, darf ich wohl meinen, dass wir das Fest nicht auf einen haltlosen Verdacht eines fetten Hofschneiders hin kurz vor der Eröffnung abblasen."

Er zwirbelte zufriedener.

„Es stehen bedeutsame Verkündungen an", erinnerte Haushofmeister Primm, „es gäbe keine geeignetere Gelegenheit, als diese auf dem heutigen Höhepunkt der Feierlichkeiten zu verkünden. Denkt an Eure Töchter, Ne'nor Honestae."

Warum kamen ihm heute Zweifel? Wo er doch sonst stets den Blick für den richtigen Weg gehabt hatte? Die Geschicke der vier Städte doch immer mehr als die anderen gelenkt hatte? Hatte er diese Macht verspielt, fragte er sich? Hatte er mit den Entscheidungen, die ihm dazu verhelfen sollten, die Macht Honestaes unter den anderen drei Mächten auszubauen, diesen sogar überlegen zu werden, die Gelegenheit dazu womöglich bereits vergeben?

Er dachte an seine beiden älteren Töchter und fragte sich das erste Mal, ob er sie allein für seine Zwecke missbrauchte, oder ob er nicht trotz dessen ihr Wohl im Auge behielt. Auch sein jüngstes Kind würde bei diesem Spiel nicht außen vor bleiben. Also hatte er sie aufs Dach hinaufgeschickt unter dem Vorwand, sie solle sich um die Beleuchtung kümmern. Sie würde diese Nacht des Festes nichts ahnend dort oben verbringen. Und wenn sie wieder herunterkam, würde sie eine verlobte Frau sein. Er wusste, dass sie widerspenstig reagieren würde. Also hatte er beschlossen, sie weder zu fragen, noch vorab zu informieren, sondern die Bekanntgabe in ihrer Abwesenheit zu machen. Diese Vermählung wäre die dritte politische, die er arrangiert hatte, um sich die Macht Honestaes zu sichern. Warum zweifelte er heute Nacht an seiner Entscheidung?

„Ne'nor?", er hörte die Worte und bemerkte, dass die anderen ihn erwartungsvoll anstarrten.

„Wo ist Euer Bruder?", fragte er Recaro.

„Momentan wohl seine Pflicht tun. Bevor ihn die neue erwartet. – Also ist es beschlossen: Solange uns kein Hilferuf aus Silvánuba ereilt, fahren wir mit den Festlichkeiten fort."

Womit Recaro bereitwillig das Zepter in die Hand nahm, das Honestae ihm zu übergeben gedachte. Und wieder schlug er sich mit dem Gedanken herum, ob diese Entscheidung klug sein würde.

8

 *orro*

- Wettlauf mit der Zeit -

Gnadenlos trieb Torro sein Tier mit den Stiefeln an. Blut klebte an seinen Absätzen. Die Zunge hing zwischen den Reißzähnen aus dem Maul des Pardúks und Schaum sprühte ihm ins Gesicht. Doch er hetzte es weiter und schlug mit der flachen Seite seines Schwertes auf dessen Hinterhand.

Das bestialische Tier stieß ein wehleidiges Fiepen aus. Unter großer Mühe und beständigem Hecheln jagte es noch schneller nach Osten. Die Sonne sank und die Dämmerung war nicht mehr fern.

Unaufhaltsam drängten sich bedrohliche Bilder in seinen Kopf.

Kreischende Adlerköpfe und mächtige Schwingen, rasiermesserscharfe Krallen, die sich auf die Tiere und Reiter herabsenkten und die Reihen seiner Männer mit großer Wucht in wenigen Atemzügen lichteten. Der Strom der Livris, der an den Fallenden vorbeizog, ungebremst sich nach Talimont ergoss, als würde ein schwarzer Fluss den Naturgesetzen trotzen und bergauf fließen. Etwas, was nicht geschehen sollte. Weil es anders vorgesehen war. Wie der Lauf der Flüsse, die sich stets ins Tal schlängelten.

Der Falke, der ihm die Botschaft seines Gardisten überbracht hatte, war wieder davongeflogen. Die Nachricht war kurz gewesen, dafür umso einprägsamer.

Tausende Livris erklimmen den Berg. Die Valtórn haben sich auf ihre Seite geschlagen und töteten die Pardúk. Wir wurden aufgerieben.

Wie lange der Falke geflogen war, konnte er sich ausrechnen. Die Nachricht war schon Stunden alt. Er hatte keine Zeit. Nun war es umso dramatischer, dass er die Pardúk in Arimâgart nicht bekommen hatte, die er dringend benötigte, um Justera vor dem Eindringen der Livris zu schützen. Als hätte er geahnt, dass genau das geschehen würde. Er hatte nur nicht kommen sehen, wie bald. Die Livris würden nach Justera gehen. Noch heute Nacht. Maroc schien das alles eingefädelt zu haben und Torro verdammte sich dafür, dass er das nicht vorausgesehen hatte. Ein fürchterlicher Fehler, der ihm als Kommandant unterlaufen war. Ein Fehler, der gerade ihm niemals hätte passieren dürfen. Sein einziger Fehler. Das würde die Sâras'ski ihren Ruf kosten. Ihn selbst seine Stellung. Und Talimont noch viel mehr.

Außer dem Hecheln seines Reittieres war nichts zu hören, während es weiter durch die Nacht sprintete. Unangenehm schlug ihm der Wind Speicheltröpfchen des Pardúk ins Gesicht.

Es brauchte drei Dinge.

Erstens musste er vor den Livris die Stadt Justera erreichen.

Zweitens musste deren Ankunft so lange unentdeckt bleiben, bis Ne'nor Honestae die Verlobung von ihm und Na'nan Farana bekanntgegeben hatte.

Und drittens musste er Felina finden. Und das so schnell wie möglich.

Danach konnte seinetwegen die ganze Welt zugrunde gehen. Aber er hätte seinen Status und seine Liebe gesichert. Er warf einen Blick zu dem Stand der Sonne, die noch einige Stunden brauchen würde, bis sie hinter den Frostbergen verschwunden war. Er überquerte die Brücke über einen Seitarm des Flusses. Bald würde er den Schlot Talimonts passieren. Bis zum Einbruch der Nacht würde er es nach Justera schaffen.

9

Maroc

- Vor den Mauern -

Seine Gedanken rasten mittlerweile wie sein Puls. Er atmete so schnell und angestrengt, als würde er selbst fliegen. Angespannt versuchte er, sich zu konzentrieren. Baren war pünktlich den Berg heraufgekommen und es hatten sich ihm wohl alle Verbliebenen angeschlossen, die noch auf den Beinen waren. Das war gut. Dass Baren sich nun nicht an seine Regeln halten wollte, eher weniger. Das machte ihn unberechenbar. Das Feuer und ihre Rachegelüste, die die Livris in Silvánuba entfesselt hatten – niemand verstand ihren Hass und ihre Wut besser als jemand wie er, der selbst vertrieben worden war. Der selbst seine Heimat und seine Familie verloren hatte. Aber es war zu früh. Er brauchte sie, um seinen Plan in die Tat umzusetzen, und das gelang nur, wenn diese riesige Masse an Menschen bis in die Nacht möglichst unentdeckt blieb. So gut wie aussichtslos bei dem Inferno, das sie entfacht hatten.

Er lenkte Ka'ratak mit seinem gesunden Arm auf Justera hinunter. Das Fliegen fiel ihm schwer, denn es fehlte ihm an ausreichender Übung, mit nur einem Arm zurechtzukommen. Zudem jagte jede kleinste Anspannung der Muskeln beißenden Schmerz durch den Stumpf.

Mit Pfiffen gab er den übrigen Tieren zu verstehen, dass sie sich zum Schlot aufmachen sollten. Es war Zeit, dass auch Karuun und die anderen Sharièn sich auf den Weg begaben. Die Vier weilten längst auf den Feierlichkeiten und warteten darauf, dass er heute Abend sein Wort einlöste.

Er beobachtete den Stand der Sonne. Es blieben ihm noch ein paar Stunden Zeit, um ungesehen in die Stadt zu kommen. Er hatte nicht vergessen, dass man nach ihm suchte. Daher hoffte er, Kariis und Felina waren erfolgreich gewesen und hatten Cara gefunden. Sie war die einzige Chance für ihn. Sonst waren die Sharièn verloren und Flammen würden die Letzten von ihnen heute Nacht verschlingen – bis auf die Vier. Egal, wie es heute Nacht ausging. Ihnen war eine angenehme Zukunft gewiss. Sie würden unerkannt die Puppenspieler der Menschen bleiben können.

Die Valtórn stiegen auf seinen Befehl hin weit nach oben auf und schlugen einen großen Bogen um die Stadt. Ka'ratak hingegen lenkte er an die nördlichste Ecke Justeras. Er wusste, dass er innerhalb der Mauern nicht landen konnte. Die Festlichkeiten waren in vollem Gange und die Straßen voller Menschen. Aber auch wenn er in der Nähe einen Landeplatz finden würde, fiel der große Vogel zu sehr auf. Daher ließ er Ka'ratak ein Stück nordwestlich auf dem Fluss in den Sinkflug gehen, der in den Silvá See floss. Das große Tier landete geschickt auf dem Wasser und begann mit den großen Flügeln zu schwimmen. Wasser schwabbte über dessen Rücken und durchnässte Marocs Hose. Ihm machte das Wasser nichts aus, im Gegenteil schien es das Fieber etwas herunterzukühlen, das in seinem Innern brodelte. Das angenehme Gefühl wich jedoch schnell. Schon nach kurzer Zeit fror er in den nassen Kleidern. Sein treues Tier schwamm weiter flussabwärts. Maroc hoffte, das Treiben in der Stadt lenkte die Wache ausreichend ab, damit sie den Fluss heute nicht so sehr im Blick hatten. In der Nähe der Mauer angekommen, krochen er und sein Adler an Land, bewusst Abstand zum nördlichen Tor haltend. Ka'ratak hoppelte ungelenk über den Boden und Maroc bibberte vor Kälte. Unbeholfener als gewöhnlich rutschte er von Ka'rataks Rücken.

„Danke, Bruder." Er strich ihm über die langen braunen Federn, die schon wieder getrocknet waren. „Bleib in der Nähe, falls ich dich brauche. Schwimm zurück und steig erst auf, wenn du weit genug weg bist."

Gehorsam hoppelte der Adler in Richtung Fluss davon.

Da stand er nun draußen vor der grauen Mauer. Der Stein war fast vollständig glatt, es waren kaum Risse oder Vorsprünge zu sehen. Steil zog sich das Mauerwerk in die Höhe, ragte wie ein unüberwindbares Bollwerk bis in den Himmel hinein. Selbst für einen gesunden Mann wäre es nicht einfach zu erklimmen. Für einen Einarmigen war es schlichtweg unmöglich.

Etwa einhundert Fuß entfernt befand sich das nördliche Tor, ein wenig genutzter Eingang, von dem er erwartete, dass er bewacht sein würde. Ohne Hilfe würde er nicht in die Stadt hineinkommen. Einen Patron niederzustrecken konnte er sich nicht erlauben – geschweige denn, diesen in seiner Verfassung überhaupt besiegen.

Das Licht zeigte ihm, dass die Sonne sich zu seiner Linken langsam senkte, noch war die Dämmerung nicht hereingebrochen. Geschwind tastete er in seinen Taschen nach der Feder von Ka'ratak. Es war eine der Kleineren, die großen konnte er gar nicht unauffällig mit sich herumtragen.

Mit den Lippen fuhr er langsam den Schaft entlang und schloss dabei für einen Moment die Augen, um sich zu konzentrieren.

Dann nahm er sie auf die flache Hand und pustete dagegen, dass, hätte jemand zugesehen, er wohl erwartet hätte, sie flöge eine Handlänge hoch, um dann sacht zu Boden zu trudeln. Die Feder hingegen zwirbelte sich wie von einem plötzlichen Windstoß getragen hinauf bis zum Rande der Mauer und verschwand trudelnd über deren Rand.

Er atmete auf. Es funktionierte noch. Wenigstens auf diese Kleinigkeiten war Verlass, solange die Dämmerung noch nicht angebrochen war. Jetzt hieß es warten.

- Die Feder -

Der Thien Justeras wandte sich von der Dame ab, deren aufgesetztes Lachen noch in seinen Ohren nachklang. Das dichte Drängen der feiernden Menschen behagte ihm nicht, denn er zog die Abgeschiedenheit auf Glacimont oder seinen Turm in Justeras Stadtvilla vor. Besonders jetzt, da ihn die Gedanken weiterhin verfolgten, hätte er sich lieber in Abgeschiedenheit begeben. Doch die Feiern verlangten die Anwesenheit der Thiennen beim Volke. Kaum dass der Adler hinter den Mauern Justeras gelandet war, hatten die übrigen Thiennen ihn in Empfang genommen. Also hatte er sich nicht davonstehlen können. Er hasste es. Das Volk. Verachtete die Menschen, die sich so leicht von ihnen blenden und lenken ließen. Die Wiederauferstehung der Sharièn, die Maroc versprach, würde alles nur noch schlimmer machen. Wenn er wollte, könnte er sich dieser nutzlosen Masse dummer Lemminge endlich entledigen. Aber andere würden kommen. Die Sharièn würden das Reich nur mit Hilfe der Flüchtigen aus Caritae wieder aufbauen können. Und eigentlich hatten sie kein Recht dazu. Allein waren die Sharièn nichts mehr. Und die Menschen auch nicht. Ohnmächtig und unbrauchbar.

Möglichst unauffällig schob er sich am Rande der Feiernden in den Straßen vorbei und beobachtete das Treiben mit verbitterten Gedanken. Überall flatterten sinnlos Bänder durch die Straßen. Unerträgliches Gefiedel von keinesfalls annehmbaren Musizi erfreute die einfachen Bürger mit ihren fragwürdigen Klängen. Bunt und hoch drehten sich die Röcke der Mädchen im Tanz, um mehr als nur die Beine entblößen. Einfallslosen glitzernden Zierrat hatten sie sich in die Haare gesteckt, als wären sie allesamt kleine Na'nans, während die Burschen unbeholfen um sie herumhopsten wie ein Haufen gackernder Hühner. Das Ganze ließ mehr wie ein Kinderzirkus anmuten, denn wie ein rauschendes Fest.

„Nicht einmal an einem Festtag wie heute legt Ihr Eure Kapuze ab", hörte er eine Stimme plötzlich neben sich und verübelte sich selbst, dass seine Gedanken ihn zu sehr von seiner Beobachtung abgehalten hatten.

„Das blaue Gewand steht Euch." Es war Primm, der Haushofmeister von Ne'nor Honestae, den dieser stets als Begleitung auf Geschäftsreisen mit sich schleppte, als verspräche ihm sein Bluthund eine spezielle Sicherheit, der er bedurfte.

Der Adept trug die Zeichen, die ihn von den Menschen abhoben, nicht gern offen. Zwar waren sie längst vergessen, da alle Geschichten und Legenden über die Völker der Sharièn und Andúrien verboten waren, aber er hielt es nicht für sinnvoll, jemanden damit auf dumme Gedanken zu bringen. Zu viel wurde unter dem einfachen Volk geflüstert, denn Verbotenes reizte die Menschen.

„Die nächsten Stunden werden darüber entscheiden, wie die Nacht zu Ende geht", ging er nicht auf die Worte des anderen ein. „Maroc wird hier auftauchen."

Aber er wird das Livri-Mädchen nicht bei sich haben, das er den Adepten versprochen hatte. Denn das hatte er persönlich in Silvánuba in einen leeren Brunnenschacht werfen lassen. Und mittlerweile hoffte er, dass sie tot sein würde. Dann würden auch seine kreisenden Gedanken endlich sterben. Und seinetwegen auch er selbst.

„Lasst die Patrons die Augen nach ihm offenhalten und nehmt ihn in Gewahrsam, sobald er sich blicken lässt. Die Anklage lautet Hochverrat."

Dann war er diese überaus lästige Plage eines Adlerhüters und ehemaligem Wächter des Orakels ebenfalls endlich los. Wenngleich es keinen Unterschied machte, ob er noch einige Zeit existierte oder nicht. Die Sharièn würden ihn ohnehin verstoßen.

Primm nickte.

„Sehr wohl. Heerführer Recaro hat bereits eine Verstärkung der Patrons an den Toren veranlasst."

„Dann ist da noch etwas."

Na'nan Felina, die neugierige und naseweise Tochter Honestaes, ahnte nichts von Marocs Plänen und traf heute vor Beginn des Festballs vermutlich wie mit ihrem Vater vereinbart in Justera ein. Sobald sich Na'Nor Honestae sich von ihrer Unversehrtheit überzeugt hatte, konnte er sie verschwinden lassen.

„Das Orakel verlangt nach einem Opfer." Wenn Torro nicht bereit war, dem Wunsch des Orakels zu folgen, würde er das tun. Felina war ihm zu lästig geworden. Im

Grunde seines kalten Herzens hatte er sie noch nie leiden können.

„Ich werde Euch welche besorgen, Herr."

„Nicht irgendwelche. Na'nan Felina."

Primm war nicht anzumerken, was er darüber dachte.

„Also werdet Ihr sie mitnehmen, sobald sie hier auftaucht?", fragte er nur.

„Lasst sie im Rummel des Festballs verschwinden, Primm. Ich fliege im Morgengrauen nach Arimâgart und nehme sie mit. Seht zu, dass einer der Valtórn im Hof bereitsteht."

„Ihr wisst, dass sie nur Marocs Befehlen folgen. Sollte kein Tier verfügbar sein, dass ohnehin fliegen soll ..."

„Seht zu, dass eines verfügbar ist. Belästigt mich nicht mit unsinnigen Details", knurrte der Thien.

Primm deutete eine Verbeugung an und wollte sich abwenden.

„Eins noch."

Unterwürfig blieb Meister Primm, wo er war, und wartete auf die Anweisung des Thien.

„Auch der Kommandant wird heute Nacht hier eintreffen. Ich wünsche nicht, dass er mit Na'nan Felina spricht. Sorgt dafür."

Primm nickte.

„Sehr wohl."

Der Thien entließ ihn mit einem Kopfnicken und schritt weiter um die feiernde Masse herum.

Plötzlich nahm sein Blick etwas Ungewöhnliches gefangen. Eine handgroße Feder flirrte in einiger Entfernung von der Mauer in Richtung des Herrenhauses, als würde sie von einem Wind dorthin getragen, den er nicht spüren konnte. Er begriff sofort, was das bedeutete. Eilends lenkte er seine Schritte zurück zum Haus.

Er hastete die marmorne Freitreppe hinauf, vorbei an den verblüfften Patrons am Tor, die schleunigst zur Seite auswichen. Die Feder schwebte in eines der Fenster im dritten Stock hinein und er verlor sie aus den Augen. Er ahnte, wo Maroc sie hingeschickt hatte. Thien Honestae sollte sie bekommen.

Vermutlich steht der Junge irgendwo vor der Mauer und macht sich die Hosen voll, weil er Angst hatte, entdeckt zu werden, dachte er abfällig.

Thien Honestae aber musste sich im Augenblick bei dem Ne'nor zur Vorbereitung auf den Festball befinden. Ärger darüber, dass er dieser Feder nachjagen musste, packte ihn. Aber sollte einer der anderen Thiennen von Maroc erfahren, würde er ihn nicht mehr einfach anklagen können. Die anderen würden das verhindern. Hastig bog er um die Ecke, rannte den Flur hinunter, nachdem er in den dritten Stock gestürmt war. Der Flur machte eine Biegung, hinter der er das Fenster wusste, durch welches die Feder geflogen war. Er stürzte um die Ecke und blieb abrupt stehen. Zwei Schritte vor ihm stand ein Mädchen, das er nicht kannte, und starrte ihn erschreckt an. Sie sah gewöhnlich aus, völlig fehl am Platz in einem prunkvollen Gebäude wie diesem. Ihr blondes Haar war geflochten, aber zerfranst wie Unkraut und fiel ihr über die rechte Schulter.

„Die Feder!", rief er in befehlendem Ton.

Sie gaffte ihn mit aufgerissenen Augen an und schien nicht zu begreifen, was er von ihr wollte.

„Ver-verzeihung", stammelte sie ungeschickt und machte dann einen schnellen Knicks.

„Wo ist die Feder?", fuhr er sie drohend an.

„Was für eine Feder?", sie schien ratlos, aber er traute ihr nicht. Ihr nackter Hals zeigte Angst vor ihm. Er sah ihre Hände zittern.

„Die Feder, die zum Fenster hereingeflogen ist. Gerade eben!"

„Ich habe keine gesehen", hauchte sie.

Obwohl seine Augen unter der Kapuze verborgen waren, spießte er sie mit seinen Blicken regelrecht auf. Wie ein verschrecktes Reh kauerte sie sich zusammen.

Nur mit Mühe unterdrückte er den Impuls, sie auf der Stelle zu töten. Einfach weil sie im Weg war. Aber Aufmerksamkeit brauchte er jetzt nicht. Er sah den Gang hinunter. Vielleicht war er zu langsam gewesen. Möglicherweise war die Feder schon weitergeflogen und einer der anderen Thiennen befand sich in der Nähe. Wütend stieß er das Mädchen beiseite, das gegen die Wand taumelte, und stürmte den Gang weiter hinunter.

Erst wenn er sicher sein konnte, dass die Feder ihren Bestimmungsort nicht erreichte, würde er den Jungen holen.

11

Kariis

- Auf der Suche -

Das Mädchen verbiss sich den Schmerz im Knöchel und stemmte sich von der Wand wieder auf die Beine. Sie brauchte über zwei Minuten, damit ihre Hände und Beine aufhörten zu zittern und sie stehen konnte, ohne sich an der Wand abzustützen. Ihre Kehle fühlte sich trocken an und ihr Herz raste vor Furcht. Felina hatte ihr genau beschrieben, wer dieser Mann war, den sie soeben getroffen hatte. Nämlich einer, vor dem sie Angst haben musste. Sie blickte sich noch einmal um, ob er wirklich verschwunden war. Dann zog sie die Feder aus ihrem Pantoffel, in den sie diese geistesgegenwärtig hineingestopft hatte, damit sie nicht entdeckt wurde. Die Feder sah zerrupft aus und war geknickt. Aber Kariis wusste genau, was sie bedeutete. Maroc war hier. Sie konnte die Botschaft nicht lesen, die er mit der Feder geschickt hatte. Sie glaubte, dass er vor den Toren der Stadt wartete.

Vielleicht braucht er Hilfe, vielleicht kommt er nicht herein, dachte sie und überlegte, was sie tun konnte.

Sie steckte die Feder wieder in den Schuh zurück und trat ans Fenster. Von hier aus konnte sie ihn nicht sehen. Die Mauer war zu weit entfernt. Sie wusste nicht einmal, von wo er die Botschaft geschickt hatte und entschied, dass sie Felinas Hilfe brauchen würde. Eigentlich hatte Felina sie vor wenigen Augenblicken hinausgeschickt, damit sie ihr etwas zur Stärkung aus der Küche brachte. Aber das hatte Kariis in diesem Augenblick vergessen. Also rannte sie zurück zu dem Gemach, welches Felina aufgesucht hatte, um mit jemandem zu sprechen, denn ihr Vater hatte keine Zeit für sie gehabt. Um wen es sich handelte, wusste Kariis nicht. Als sie das Zimmer verlassen hatte, war Felina noch allein darin gewesen. Als sie nun ohne anzuklopfen atemlos hineinstürmte, fand sie Felina in einer lebhaften Diskussion mit einem schlanken Mann. Er hatte ein glattrasiertes Kinn und sehr kurz geschnittene Haaren.

„Ich werde zu meinem Vater gehen! Er wird Euch aus Honestae, wenn nicht aus ganz Talimont jagen, Primm!" Ihr Kopf war hoch rot, sie atmete schnell und machte sich keine Mühe, ihre Stimme zu senken.

„Na'nan Felina, ich glaube nicht, dass Ihr dabei irgendein Wort mitzureden habt." Seine Stimme hingegen klang leise, beherrscht und doch scharf wie die Zunge einer Kobra.

Beide fuhren herum, als Kariis atemlos in der Tür stand.

Sie sah Felina sofort an, dass jetzt nicht der geeignetste Augenblick war, um über Maroc zu sprechen.

„Was ist geschehen?", fragte Felina trotzdem, doch ihre Aufmerksamkeit lenkte sie, noch während sie sprach, wieder zurück auf den Mann, den sie Primm nannte und den sie mit einer Wut anstarrt, dass es Kariis nicht verwundert hätte, wären Flammen aus ihren Augen gelodert.

„Es – nichts. Ich habe mich verlaufen", änderte Kariis ihren Plan.

„Ich gehe jetzt, Na'nan", schaltete sich Primm erneut ein, „ich kann hier nichts mehr für Euch tun."

„Ihr bleibt gefälligst, bis ich Klarheit habe, was mit meiner Zofe passiert ist! Wenn Ihr es gewagt habt, Ihr etwas anzutun, dann – wehe Euch, Ihr habt Hand an sie gelegt!" Felina schrie jetzt regelrecht.

„Ich finde den Weg schon allein", verdrückte sich Kariis verlegen aus dem Streit und schloss die Tür hinter sich. Die über den Flur schallenden Stimmen wurden abgeschnitten.

Sie hatte keine Ahnung, wer Primm war und weshalb sie stritten, aber sie wollte nicht zur Last fallen. Fest entschlossen, Maroc zu finden, schlich sie erneut die Treppe hinunter.

Stunden
vor
Mitternacht

* * * * * * * *

12

orro

- Zwei Leben in einem -

Der junge Kommandant erreichte Justera auf seinem vollkommen geschundenen Tier kurz vor Einbruch der Dämmerung. Die Menschen, die drohten der rennenden Bestie zwischen die Pranken zu geraten, sprangen angstvoll beiseite. Die Pardúk durften nicht in die Städte. Das wusste auch die Stadtwache, die ebenfalls nicht den Mut aufbrachte, sich ihm in den Weg zu stellen. Sein Ruf war mindestens so gefürchtete wie das der Bestien. Ungehindert preschte er so zum Eingang des Herrenhauses, wo der Pardúk unter ihm zusammenbrach. Gleichgültig ließ er die Bestie liegen und eilte an den auf Einlass

Wartenden vorbei die Freitreppe hinauf. Niemand wagte es, ihn aufzuhalten. Ihm war bewusst, wie er aussehen musste. Verschwitzt, verdreckt, nicht gerade gekleidet wie ein Verlobter in spe für einen Ball. Aber das war jetzt Nebensache. Er wusste, dass der Adept vor ihm hier eingetroffen war, denn dieser war auf einem Valtórn geritten, und dieses Wesen war dem Pardúk an Schnelligkeit deutlich überlegen. Es war ein regelmäßiger Flug zwischen Justera und dem Orakel, den Maroc auf Befehl eingerichtet hatte. Dieser fand zu genau festgelegten Tagen statt und durfte ausschließlich von den Thiennen genutzt werden. Ohne Marocs Befehl taten die Viecher überhaupt nichts. Das stellte ein Problem dar. Aber eines, dem er sich später widmen würde. Jetzt galt es, so schnell wie möglich Felina zu finden, bevor der Thien Hand an sie legte. Inständig hoffend, dass es nicht längst zu spät war.

Er hetzte an der Menschenschlange vorbei, die sich in einer halbwegs geordneten Reihe in den Ballsaal drängte. Wieder wichen die Menschen vor seiner Erscheinung zurück. Seine Hose kennzeichnete ihn als Mitglied der Patrons, aber die Narben auf Rücken und Schultern machten deutlich, dass er zu den Sâras'ski gehörte. Die Legende um den Kommandanten der Sâras'ski besagte, dass dieser sich selten persönlich blicken ließ und er der Einzige seiner Streitmacht war, der es wagte, die Farben seines Halses offen zu tragen. Und da die Dämmerung erst in wenigen Minuten hereinbrach, war genau dieses noch für alle sichtbar. Erschrockenes Tuscheln drang an seine Ohren, aber er blendete es aus. Sein Hals zeigte die Angst nicht, das wusste er, da seine Wut auf den Thien sie unterdrückte. Noch niemals hatte er seine Identität offen zur

Schau gestellt. Es war praktischer, wenn die Leute nicht wussten, dass er der jüngste Sohn des Ne'nor Misero war. Dass sein Gesicht und Alter nicht öffentlich bekannt waren, verleihte den Legenden um den Kommandanten eine noch größere Macht. Und es ermöglichte ihm, die Leben zweier Menschen mit zwei gänzlich unterschiedlichen Charakterzügen zu führen. Sein Vater, der hinter der ganzen glänzenden Illusion nicht mehr als ein Säufer und Hurenbock war und sich für Politik nur wenig interessierte, brauchte seinen zweifelhaften Schein nicht auf ihn übertragen und ihm den Ruf verderben, den er sich als Kommandant der Sâras'ski so mühsam aufgebaut hatte.

Als hätten Torros Gedanken ihn herbeigerufen, stand sein Vater plötzlich vor ihm, eingereiht in die Schlange des Adels, die auf Einlass in den Saal wartete. Aus einem stark geschminkten Gesicht, in dem Pasten und Puder die Spuren seiner Süchte nur mäßig übertünchten, starrte Ne'nor Misero seinen Sohn an, als sähe er einen leibhaftigen Geist vor sich. Torro verhielt in seinem Schritt, hielt dem Blick des Vaters stand. All seinen Hass und seine Macht, von der Torro wusste, dass er sie allein durch die Geschichten um den Kommandanten besaß, legte er in den Blick, mit dem er seinen Vater aufspießte wie mit einer stählernen Klinge. Seine Augen sollten dem alten Mann die Gewissheit geben, dass dieser Geist, den er fürchtete, schon längst Realität geworden war, und dass er selbst ihn dazu gemacht hatte. Ohne, dass er je geahnt hatte, zu welchem Mann sein Sohn geworden war, den er stets als simplen Patron gesehen hatte. Torro spürte das Zittern seines Bartes, den er im Vorbeistürmen beinahe berührte, als kühlte der von einer schwülen Abendluft geschwängerte Flur urplötzlich ab und ließ den Ne'nor Misero frösteln. Stocksteif blieb Torro hinter ihm stehen, wartete darauf, dass sein Vater ihn ansprach, doch weder kam ein Laut über dessen Lippen, noch drehte er sich zu seinem Sohn herum.

Nach wenigen Atemzügen nahm Torro seinen Schritt wieder auf. Er blickte nicht zurück. Im Vorbeigehen hatte er seine Mutter wahrgenommen, eine stolze stille Frau, die so viel mehr ertragen hatte, als er imstande gewesen war, sie zu schützen. Ihren Blick suchte er nicht, vermied ihn bewusst. Denn alles, was er an Angst in seinem Vater zu spüren wünschte, würde er zweifelsohne auch in seiner Mutter sehen. Etwas, was er nie gewollt hatte. Was die Offenbarung seiner Identität nun mit sich brachte und bei ihm denselben urplötzlichen erstickenden Schmerz auslöste wie der Gedanke daran, dass er zu spät sein könnte, um Felina vor dem Schlimmsten zu bewahren.

Alles das war jetzt nicht wichtig und er stampfte all diese Gefühle mit dem nächsten Schritt fest in den Boden. Er musste Felina finden. Das war das Einzige, was zählte.

Sein Sturm auf den Ballsaal wurde jäh unterbrochen. Zwei Patrons kreuzten die Lanzen vor seiner Brust, sodass er in seinem schnellen Marsch dagegen prallte.

„Verzeiht, Ne'nor, so könnt Ihr unmöglich hereinkommen." Dienstbeflissen versuchte der junge Bursche zu seiner Linken, dessen Uniform so frisch wirkte, als trüge er sie das erste Mal, ihn zurückzudrängen.

„Wisst ihr nicht, wer ich bin!", donnerte Torro.

Beharrlich kreuzten die beiden Patrons ihre Lanzen vor dem Eingang. Einer setzte an, etwas zu erwidern, doch Torro hatte nicht vor, diese Demütigung hinzunehmen.

Er packte den Linken mit der Hand am Hals, bevor dieser begriff, wie ihm geschah. Mit einem brutalen Ruck drückte er ihn gegen eine der marmornen Säulen, die den Eingang säumten. Mit einem lauten Knall schlug Knochen auf Stein. Ein dunkler Fleck blieb am weißen Marmor zurück, als der Mann zu Boden sank. Der zweite setzte an, mit der Lanze auf ihn loszugehen, doch Torro trat ihm mit dem rechten Bein schwungvoll in den Magen. Der Getroffene krümmte sich ächzend und seine Lanze verfehlte ihr Ziel. Mit einem Griff entwand ihm der Kommandant die Waffe und zerbrach sie über seinem Knie. Dann warf er sie zu Boden.

Ein Schrei lief durch die Menschen im unmittelbaren Umfeld.

„Wagt es nicht noch einmal, den Kommandanten der Sâras'ski in Frage zu stellen. Das nächste Mal kostet euch das Leben!"

Seine Stimme war nicht laut und trotzdem schien sie bis in den hintersten Winkel zu reichen.

Er stieß die Patrons von sich weg, die zu verängstigt waren, sich zu wehren, und schritt ungehindert in den Saal hinein. Aus dem Augenwinkel sah er, dass die Ne'nors und Na'nans, die das Intermezzo beobachtet hatten, wie gelähmt zurückblieben. Niemand wagte mehr ihn aufzuhalten. Auch wenn Zorn in ihm rauchte und er auf sein Ziel fixiert war, spürte er das Gefallen in seinem Innern, das er an ihrer Angst fand. Außer des engeren Adelskreises um die vier Stadthalter herum, hatten Menschen nur die Legenden im Kopf, die sich um ihn rankten. Und dabei sollte es bleiben. Die Figur des edlen jungen Mannes Torro, den wohlerzogenen charmanten Sohn des Ne'nor

Misero, würde er aufgeben müssen, wenn er sich diesen Ruf erhalten wollte.

Nur – werde ich dann noch Felina für mich gewinnen können?, schoss es ihm durch den Kopf wie die plötzliche Frage, ob er bereit wäre, diese Vorstellung aufzugeben. Zeitgleich stieg Ärger in ihm auf. Über sich selbst, über die Frage, warum ihm eine Frau mit einem Mal wichtig geworden war, wo er doch sonst nichts für Gefühle übrig hatte.

Warum kann ich sie nicht aus meinen Wünschen und Gedanken verbannen? Warum gebe ich meine Fassade für sie auf, indem ich mich hier offenbare, um nach ihr zu suchen?

Er hätte sich Zeit lassen, sich umziehen können. Aber je mehr Zeit verrann, desto mehr brächte sie das in Gefahr. Kurz schoss der Gedanke durch seinen Kopf, ob er sich nicht anders hätte entscheiden sollen: Nämlich dafür, die Figur des Kommandanten aufzugeben, sie in der Nacht hätte verschwinden lassen sollen wie ein Mythos, der niemals existiert hatte. Niemand hätte diese Seite von ihm kennenlernen müssen, niemand hätte ich ihn je dafür gefürchtet, gehasst oder verehrt. Er wäre nur Torro gewesen, der wohlerzogene Prinz, von dem die Na'nans des Nachts träumten.

Diese neuen, ungewohnten Gedanken brachten ihn aus dem Konzept. Er blieb hinter dem Eingang oberhalb der Treppe stehen, die in den eigentlichen Tanzsaal hinunterführte, und erfasste diesen mit einem Blick. Die Halle war groß genug, fünfhundert Tanzpaare und Begleitung aufzunehmen und bereits zur Hälfte gefüllt. Sein Blick schweifte zwischen den farbenprächtigen Kleidern der Damen und den klassischen roten Seidenblazern der Männer hin und her. Protz und Prunk leuchteten ihm von den mit Dutzenden Kerzenhaltern und goldenen Reliefen geschmückten Wänden entgegen, dass es ihn blendete. Von hier oben ließ es sich unmöglich feststellen, ob Felina sich unten in der Menge befand. Einzig ihr Vater Ne'nor Honestae und Ne'nor Verates waren in Begleitung ihrer beiden Thiennen in der Herrscherloge auszumachen, die am hinteren rechten Rand des Saals einige Meter oberhalb der Tanzfläche lag. Von diesem Platz hatte man einen ähnlich guten Blick über die Gesellschaft wie von der Treppe aus, auf der er sich befand. Außerdem entdeckte er seinen Bruder Recaro und dessen Frau Femima bei ihnen.

In größter Eile bahnte er sich einen Weg die Treppen hinunter und in die Loge hinüber. Dabei tastete er die Menschen um sich herum mit Blicken ab, doch Felina entdeckte er nicht. Die Umherstehenden tuschelten und warfen ihm fragende bis ängstliche Blicke zu, ein Raunen erfüllte die Menge, das bis zu seinem Bewusstsein durchdrang. Sie erkannten die Zeichen auf seinem Rücken und die Information verbreitete sich so schnell im Saal, dass sie seinem Schritt vorauseilte. Die Menschen wichen nun vor ihm zurück. Das lenkte auch die Aufmerksamkeit der Personen in der Loge auf ihn.

„Ne'nor Torro!", rief Ne'nor Verates ungehalten, als er Torros Aufzug bemerkte, in welchem er die Freitreppe zur Loge hinaufstürmte. Schweiß tropfte aus Torros Haaren auf seinen Arm, Dreck klebte auf der Haut an seinem Oberkörper, den er bei jeder Bewegung spürte. Sein Hals hätte rot wie Blut an seiner Kehle strahlen müssen, doch die Tageszeit löschte die Färbung momentan aus. Dennoch stand ihm die Wut vermutlich ins Gesicht geschrieben.

Auch Ne'nor Honestae starrte ihn fassungslos an.

„Ist etwas geschehen?", fragte er verwirrt.

Torro zügelte nur mühsam den erneuten Anflug von Wut, welche die Reaktion der beiden alten Männer in ihm hervorrief.

„Ich will meinen Bruder sprechen, allein", begann er ohne Begrüßung.

Recaros Blick war verschlossen. Er ließ mit keiner Regung des Gesichtes erkennen, was er von der Offenbarung seines jüngeren Bruders zu dessen Identität dachte. Nickend ließ er die Hand seiner Frau los, die er augenscheinlich freundlich gehalten hatte. Femimas Blick drückte den gewohnten Hochmut aus, als sie dem Torros begegnete. Trotz seines inneren Kampfes mit seinen zwei Charakteren entging ihm nicht, dass sie nicht ganz fest auf beiden Beinen stand. Sie wankte leicht, als Recaro sie losließ.

Torro gab seinem Bruder einen Wink, ihm zu folgen, und steuerte den Ausgang an der Rückseite der Loge an, der zu einem der Gänge des großzügigen Flures und Treppenhauses führte. Es war der einzige andere Ausgang aus dem Saal in der unteren Ebene neben dem Haupteingang.

„Kommandant, ich erwarte, dass Ihr Euch dem Anlass gemäß kleidet oder gibt es ein Problem?" Ne'nor Honestae war ungnädig gestimmt.

„Es obliegt meiner Verantwortung, dafür zu sorgen, dass es in Talimont keine Probleme gibt. Das ist meine erste Pflicht und darum kümmere ich mich jetzt. Seid sicher, dass ich zur Verkündung wieder hier sein werde."

Ohne respektvollen Gruß wandte er den hohen Herren den Rücken.

„Ihr seid doch nicht wegen des Feuers am anderen Ufer des Silvá Sees hier? Es ist doch nichts Bedenkliches geschehen?", rief ihm der Ne'nor noch nach, doch Torro würdigte ihn keiner Antwort.

„Selbst zu Eurer eigenen Verlobung bringt Ihr schlechte Nachrichten, Kommandant!", stichelte Femima hinter ihm, die zu den wenigen Personen gehörte, die über sein Doppelleben im Bilde waren.

Aus dem Augenwinkel sah Torro, der nicht vorhatte, ihr Beachtung zu schenken, sie straucheln. Dennoch reagierte er sofort und fing sie auf, bevor sie stürzte. Unwirsch wischte sie seine Hand beiseite und machte sich von seinem verschwitzten Körper los. Sie war nicht schnell genug, die blauen Flecken unter ihrem Ärmel zu verbergen. Unwillkürlich zog er erneut den Vergleich zwischen dem Charakter seines Vaters und dem seines Bruders, ein Thema, das er jetzt nicht lösen konnte. Dann fiel ihm ein, dass Femima vielleicht eine Möglichkeit darstellte.

„Seht zu, dass mein Gemahl zur Eröffnung wieder hier ist", fauchte Femima anstelle eines Dankeschöns.

Trotzdem folgte Torro seinem Impuls, sie um Hilfe zu bitten.

„Such Felina und bring sie hier weg", hauchte er so schnell und leise in Femimas Ohr, dass er nicht einmal sicher war, ob sie seine Worte verstand. Weder mit Blick noch mit Gestik ließ sie erkennen, ob sie seine Bitte überhaupt gehört hatte. Und ob sie bereit war, etwas für ihn zu tun, wenn sie nicht einmal wusste, weshalb. Femima war nicht gerade für ihre Großherzigkeit oder die Liebe zu ihrer jüngeren Schwester bekannt. Aber vielleicht war sein Impuls der Richtige gewesen und eine Möglichkeit für sie, einen Grund zu finden, um von diesem Fest zu verschwinden. Er hatte durchaus wahrgenommen, dass sie sich nicht wohlfühlte.

Die Anwesenheit der anderen verboten jedoch, das Thema deutlicher mit ihr zu besprechen. Er konnte nur hoffen, dass sie ihn erhörte.

„Wir sprechen dort hinten", wies er seinem Bruder den Hinterausgang der Loge.

Hinter dem Vorhang, der den Ausgang verbarg, wartete Recaro ein paar Schritte entfernt in einem Erker. Er hatte die Arme verschränkt und sich an die Wand gelehnt. Etwas fiel Torro in dessen Mine auf, das er nicht deuten konnte.

„Was ist das für ein Auftritt?", fragte Recaro in einem Unterton, der zu seinem Blick passte.

„Die restlichen Livris, die wir totgeglaubt hatten, haben die Wolkengrenze überquert und sind auf dem Weg hierher. Es sind viel mehr als das letzte Mal. Sie werden in der Nacht hier in Justera eintreffen und versuchen, die Stadt einzunehmen. Die Valtórn haben viele der Pardúk getötet. Das muss Marocs Werk sein."

„Hier ist kein Falke eingetroffen", erwiderte er langsam. Er ließ an seiner Mimik nicht erkennen, was er über die Nachricht dachte.

„Er kam zu mir."

„Dann haben die Rauchschwaden über dem See eine tiefere Bedeutung als angenommen", gab Recaro nachdenklich zum Besten.

„Wie viele Männer sind noch übrig?", wollte Torro wissen.

Recaro zuckte mit den Schultern.

„Ich hatte keine Männer zur Verfügung, die ich hier entbehren konnte. Ich wusste nicht, dass die Valtórn unsere Truppen angegriffen haben – wenn sie aufgerieben wurden, dann ist vielleicht niemanden mehr übrig."

Torro fluchte laut.

„Warst du nicht beim Orakel? Wo sind die neuen Pardúk, Bruder?" Recaro fixierte ihn auf eine Weise, wie er es seit Kindertagen nicht mehr gewagt hatte. Herausfordernd.

„Und?", hakte er erneut nach, als Torro nicht antwortete.

„Das Orakel hat mir den Handel nicht gewährt."

Recaro pfiff leise durch die Zähne, ein ungewohntes Glitzern war in seinen Augen auszumachen.

„Das Orakel hat *dir*, dem gefürchteten Kommandanten, die Unterstützung versagt? Wie kann das sein? Das ist noch nie passiert!"

„Ich habe keine Zeit für Erklärungen", entgegnete Torro unwirsch, „wir müssen die Tore schließen und die restlichen Pardúk hierherrufen. Dieser verdammte Maroc hat mit seinen Viechern wohl gewütet wie ein Berserker. Du warst dafür verantwortlich, dass er in Gewahrsam bleibt! Und dass Baren schon beim ersten Versuch alles Gesindel mitnimmt, was noch kriechen kann. Du hast versagt! Es sind viel zu viele übrig. Sie werden die Stadt überschwemmen, wenn wir nicht sofort etwas unternehmen."

„Ich reite los", bot Recaro an, doch er wirkte keinesfalls schuldbewusst. Torro entging nicht, dass er kaum getroffen schien von seinen Worten. Ein Gespür machte sich in ihm breit, das ihn selten trog. Irgendetwas stimmte nicht.

„Nein", entschied er deshalb, „sende nur Falken aus und sorge dafür, dass die Stadt gesichert ist. Es sollen sich die Truppen der anderen drei Städte hier sammeln. Die erste Verstärkung der Patrons wird nicht vor dem Morgengrauen eintreffen. Bis dahin müssen wir die Tore halten. Ich will, dass dieses Pack ein für alle Mal ausgelöscht wird."

„Was ist mit dem Orakel?"

„Darum kümmern wir uns später. Maroc hat seine Finger im Spiel, sonst hätten die Valtórn nicht angegriffen. Ich verlange, dass du ihn persönlich tötest, Recaro! Er stand unter *deiner* Verantwortung, als er geflohen ist."

„Dieser dreckige Bastard!", Recaro spuckte aus. „Gut, ich kümmere mich um die Verteidigung. Was wirst du tun?"

„Ich werde meine Verlobung verkünden lassen."
Recaro lachte hohl.

„Der große Kommandant, der gefürchteteste Mann des Landes, hat gerade seine berüchtigte Garde verloren und ist nicht in der Lage, die Stadt vor dem Einfall zerlumpter Livris zu verteidigen. Er wird auf seiner Verlobungsfeier erwartet. – Es ist kein Wunder, dass man dir nichts mehr zutraut! Und jetzt hast du auch noch deine Identität offengelegt. Es scheint, als hätte die Gier nach einem besseren Posten deinen Verstand komplett ausgeschaltet!"

„Es ist nicht an dir, mir zu sagen, wo ich meine Prioritäten setze! Du hast es versäumt, dich vernünftig um Maroc zu kümmern. Meine Identität ist meine Sache", gab Torro zurück. Die innere Unruhe wuchs in ihm wie ein Geschwür.

Recaro gab ein unwilliges Pfeifen von sich.

„Ich warne dich, Recaro. Du unterstehst noch immer meinem Befehl! Wir haben zu wenig Zeit, die Dinge jetzt auszufechten! – Du würdest ohnehin verlieren."

„Du magst der Kommandant sein, aber du bist immer noch mein Bruder, Torro. Im Übrigen soll ich dir ausrichten, dass unser Vater dich zu sprechen wünscht. Er verlangt, dass du nachhause kommst und – in seinen Worten: mit dem *Kinderkram* aufhörst. Er glaubt noch immer, dass du nicht mehr als ein einfacher Soldat bist."

„Dann wird ihm die Erkenntnis, dass ich jemand anderes bin, ohne Zweifel die Sprache verschlagen haben. Ich bin soeben an ihm vorbeigelaufen. Ich kümmere mich beizeiten um ihn. Jetzt habe ich Dringenderes zu tun."

„Weshalb du dich vielleicht um andere Dinge scheren solltest, als um die Verlobung mit einer Frau!", ließ Recaro nicht locker.

„Ich habe kein Interesse an Farana –"

„Ach?"

„– Ich brauche nur ihren Vater in meinen Händen."

Recaro lächelte plötzlich und das erste Mal jagte Torro ein kalter Schauer den Rücken hinunter.

„Wozu brauchst du ihn in deinen Händen, Bruder, wenn er schon in meinen ist?", Recaros Stimme war so freundlich, als spräche er mit einem Kind.

„Eigentlich", fuhr Recaro fort und trat freundschaftlich an Torro heran, „fehlt mir nur noch der Befehl über die Sâras'ski zu meinem Glück."

Er lachte. Torro entfernte sich blitzartig, wehrte geistesgegenwärtig einen Dolch ab, von dem er glaubte, sein Bruder trüge ihn in den Händen, bevor ihm bewusst wurde, dass er ihm den erwarteten Stoß auf eine ganz andere Art versetzen würde.

„Ich weiß, dass du schnell bist. Schneller als ich. Und ich brauche das gar nicht. Eigentlich muss ich nur auf deine bescheuerte Verlobung warten. Aber du bist dem schon zuvorgekommen damit, dass du öffentlich deine Maske hast fallen lassen. Jetzt kannst du nicht mehr zurück. Also geh ruhig."

„Rede!", fuhr Torro ihn an und baute sich dicht vor ihm auf, sodass sich ihre Nasenspitzen beinahe berührten.

„Ich halte zwei Tage die Tore geschlossen, bis sie draußen verhungert sind, dann hat sich das Thema von selbst erledigt", ging Recaro nicht auf seine Aufforderung ein. Er trat seitlich an Torro vorbei, ohne ihn zu berühren, und entfernte sich mit einem letzten bedeutungsvollen Blick in den Flur.

„Ich will, dass du sie tötest. Alle. Bis morgen Mittag, nachdem die Patrons eingetroffen sind, will ich keinen Einzigen des Gesindels mehr am Leben sehen!", rief Torro ihm hinterher. Doch sein Inneres quälten andere Gedanken. Das Gefühl, einen schrecklichen Fehler gemacht zu haben, wurde übermächtig in ihm.

Wir hätten die Aschedünen in der Nacht der Flucht abbrennen sollen, dachte er, *wir hätten das ganze verdammte Land in Brand stecken sollen. Aber wir haben es nicht getan. Das war mein Fehler. Diesen Maroc nicht direkt zu töten und ihn deshalb entkommen zu lassen, war Recaros Fehler.*

Aber viel schwerer schien etwas anderes zu wiegen, von dem er nicht wusste, ob es die Demaskierung war oder etwas, was er übersehen hatte. Was sollte das bedeuten, dass Recaro die Sâras'ski befehligen wollte? Er glaubte doch nicht etwa, Torro wäre so dumm, eine Frau zu heiraten und damit seinen Stand abzugeben? Wie konnte er auf diese jämmerliche Idee kommen? Trotzdem – ein ungutes Gefühl blieb, dass sein Bruder ihn hintergangen hatte, ohne dass er es bemerkt hatte.

Er atmete einmal tief durch. Er musste sich sammeln. Ruhig und berechnend war er handlungsfähig, doch die Worte seines Bruders und die Sorge um Felina füllten seinen Verstand aus. Was war nur los mit ihm? Noch niemals hatten solch erbärmliche Gedanken ihn vom Wesentlichen abgelenkt.

Nur wenig gefasster schritt er den Gang hinunter, den sein Bruder schon verlassen hatte, wählte im Gegensatz zu ihm jedoch die Treppe hinauf. Er braucht etwas zum Anziehen. Und da war wohl eine Schneiderin die beste Ansprechpartnerin. Ne'nor Justera pflegten sich mit Zierrat nicht aufzuhalten, aber er wusste, dass Ne'nor Honestae seinen Hofschneider mitgebracht hatte, der als absolutes Schmuckstück im Ring der Gestalter galt, den seine zukünftige Gattin leitete.

Während er lief, schwankten seine Gedanken zurück zu Femima. Ob sie tun würde, worum er sie gebeten hatte? Vielleicht sollte er sich davon überzeugen, dass sie Felina in Sicherheit brachte. Schließlich hatte sie keinen Grund, ihm zu helfen. Aber er wusste auch, wie bedeutsam die Verlobung für seine zukünftige Stellung im Land war. Wenn er Ne'nor Honestae noch mehr verärgerte, indem er nicht angemessen gekleidet oder verspätet auftauchte, überlegte dieser es sich womöglich anders. Die Vermählung mit Farana war ein entscheidendes Puzzleteil für ihn. Doch die Sorge um Felina ließ ihn nicht los. Würde Femima tun, worum er sie gebeten hatte?

13

- Sorge um Maroc -

Kariis stürzte Na'nan Femima beinahe in die Arme, als sie die Treppe hinunterstürmte, die zum Hintereingang des Anwesens führte.

„Was ist geschehen?", flüsterte Femima wachsam und hielt das Mädchen eine Armeslänge von sich weg. Sie wandte den Kopf, um zu sehen, ob jemand in der Nähe weilte, aber der Gang lag wie ausgestorben da.

„Wie gut, dass ich dich gefunden habe", erwiderte Kariis hastig und ebenso leise, „Felina ist beschäftigt und ich brauche Hilfe. Maroc ist draußen vor der Mauer und du kannst mir bestimmt helfen, ihn ungesehen hereinzubringen."

„Maroc?", fragte sie mit einer Mischung aus Sorge und Fassungslosigkeit. „Ich sagte doch, er darf sich hier nicht blicken lassen! Sie stellen ihn unter Arrest oder Schlimmeres, wenn sie ihn finden. Wo ist Felina? Ich habe das ungute Gefühl, dass sie in Gefahr ist."

„Nein, bitte, du musst mir mit Maroc helfen!" Kariis überkam Verzweiflung.

„Ich kann ihm nicht mehr helfen. Ich muss mich um Felina kümmern. Sie scheint in Gefahr zu sein."

„Oh", war alles, was der verwirrten Kariis dazu einfiel. Ihre Gedanken kreisten unaufhaltsam um Maroc. Sie könnte es nicht ertragen, stieße ihm etwas zu.

„Maroc darf auf keinen Fall in die Stadt, hörst du! Das wäre sein Todesurteil. Mein Gemahl lässt überall nach ihm suchen und das Wort Gnade ist ihm fremd. Ich weiß, wovon ich spreche. Verstehst du das?", wisperte Femima ihr eindringlich zu, doch die Worte kamen nur vereinzelt in Kariis Kopf an, ohne dass sie eine zusammenhängende Bedeutung erkannte.

„Er muss doch aber! Ich hatte ihm versprochen, ihm etwas zu bringen und wir wollten uns hier treffen." Die Verzweiflung darüber, dass auch Femima ihr nicht helfen würde, wurde allumfassend in ihrem Körper.

„Wo hast du es? Was du ihm bringen wolltest?"

Ihr Blick sagte wohl alles, auch wenn ihre schuldbewusste Färbung am Hals momentan im Licht nicht sichtbar war.

„Wenn du es nicht bei dir trägst, dann besteht für ihn kein Grund, hier hereinzukommen. Glaube mir, es ist sicherer für ihn! Du darfst ihn nicht hierherbringen, Mädchen."

Kariis konnte es nicht ändern, dass sie den Tränen nahe war. Warum half ihr niemand? Sie mussten sich doch alle um Maroc sorgen und ihn unterstützen. Femima verschwamm bereits vor ihren Augen.

„Meine Schwester muss hier weg." Sie wandte sich zum Gehen.

„Warum? Wir sind doch gerade erst angekommen." Sie verstand überhaupt nicht, was los war. Sollten nicht beide, Femima und Felina, sich darum reißen, Maroc zu helfen?

Sollten sie nicht alles dafür tun, ihn zu schützen? Stattdessen waren sie sich selbst die Nächsten. Eine tiefe Enttäuschung erfasst das Mädchen.

„Wenn der Kommandant etwas befiehlt, steht es mir nicht zu, es zu hinterfragen", wich Femima aus.

„Der Kommandant? Er wollte doch mit ihr sprechen? In Silvánuba sagte er, er würde heute Abend mit ihr sprechen."

Femima blieb widerwillig stehen.

„Weshalb?"

Kariis zuckte mit den Schultern. Was interessierte sie das Techtelmechtel zwischen den Herrschaften. Ihr Maroc war in Gefahr.

„Wo ist Felina untergebracht?", fragte Femima.

„Ich muss zu Maroc", sagte Kariis und wies Femima mit einer Armbewegung den Weg.

Sie blieb stehen, bis die Schritte Femimas verklungen waren. Mit dem Ärmel wischte sie sich die nassen Augen. Niemand wollte ihr helfen. Warum waren die beiden Schwestern so egoistisch? Hatten sie nur vorgespielt, Maroc helfen zu wollen? Waren sie in Wahrheit nur an sich selbst interessiert? War den beiden die Bedeutung der Sharièn nicht klar?

Ihr Herz zog sich schmerzhaft zusammen. Wie könnte sie Maroc vor den Toren stehen lassen? Was, wenn er Hilfe brauchte? Er verließ sich auf sie, und nun enttäuschte sie ihn. Aber es gab keinen Grund, dass er seinen Plan aufgab. Er musste es heute Nacht mit den Vier durchziehen. Und wenn Felina und Femima ihr nicht halfen, dann würde sie sich eben allein kümmern. Die Feder kitzelte an ihrem Fuß. Sie dachte an die gemeinsame Zeit mit Maroc, die wenige, die sie heimlich verbracht hatten. Niemals würde sie es übers Herz bringen, ihn im Stich zu lassen.

Kariis nahm allen Mut zusammen und schlich hinunter in die Küche. Von dort aus nahm sie den Hinterausgang der Dienstboten und lief eilig den Weg durch den weiten Garten hinunter. Auf der anderen Seite drängelten sich die Gäste zum Einlass. Viele waren es nicht mehr, denn die Dämmerung hatte bereits eingesetzt. Sie war froh darum, dass die Farben am Hals im Licht der Dämmerung unsichtbar waren, denn so wirkte sie vielleicht nicht so verräterisch, wenn sie sich hinausschlich. Sie erreichte das nördliche Tor und wurde hinausgelassen. Schnell atmend sah sie sich um. Wo war er nur? Und dann überfiel sie die Sorge, dass er vielleicht nur eine Nachricht geschickt hatte. Dass er selbst überhaupt nicht mehr hier war. Nervös lief sie die Mauer ab. Sie fand ihn nicht. Unruhig drehte sie um und lief die andere Seite entlang.

14

Felina

- Machtlos -

Felina war außer sich vor Wut. Meister Primm stand ihr mit verschränkten Armen gegenüber wie ein unbezwingbarer Fels.

„Mir war schon immer klar, dass Ihr kein Herz habt", schleuderte sie ihm die Worte in ihrem Ärger entgegen, „Ihr steckt doch mit diesen Lesá aus Silvánuba unter einer Decke!"

„Ich habe lange dort gearbeitet, wenn es Euch tröstet", erwiderte er bittersüß und seine Lippen kräuselten sich. Sein Blick verriet überdeutlich, dass er sie für ein trotziges verzogenes Kind hielt, und seine Art und Weise mit ihr zu sprechen, unterstrich diese Einstellung dermaßen unangenehm, dass Felina schon allein deshalb in Rage geriet.

„Das wird Euer letzter Abend hier sein! Mein Vater wird Euch aus Talimont verbannen", wiederholte sie ihre Drohung.

„Warum sollte er das tun?" Die Stimme kam von der Tür. Mit einem Ruck wandte sie den Kopf. Jemand, den Felina weder erwartet, noch erhofft hatte, dass er auftauchen würde, war ins Zimmer getreten. Der Thien mit der Kapuze aus Justera. Schon wieder kreuzte er ihren

Weg. Und schon wieder war die Situation keine angenehme.

„Mischt Euch nicht in meine Angelegenheiten", erwiderte sie wütend, „was wollt Ihr?"

Langsam trat er näher und wieder sah sie nichts weiter von ihm als seine schmalen Lippen.

„Das hier ist *meine* Stadt und Ihr seid nur zu Gast", erinnerte er wie beiläufig, „ich erlaube mir daher ungern, meine Gäste in ihren vermutlich sehr unterhaltungsvollen Auseinandersetzungen zu unterbrechen. Trotzdem eine Frage: Hier ist nicht versehentlich eine Feder hereingeflogen?"

Wovon redete er?

„Meister Primm", sagte er in einem gänzlich anderen Tonfall, als niemand ihm antwortete, „hattet Ihr nicht eine Aufgabe?" Mit einer Kopfneigung deutete er auf Felina. Ihr Blick wanderte zwischen den beiden Männern hin und her. Primms Augen blitzten aufmerksam. Er deutete eine Verbeugung an. Buchstäblich gefror Ihr das Blut in den Adern. Ein bedrohliches Gefühl beschlich Felina.

„Ich habe es nicht vergessen."

„Was hat das zu bedeuten?", fragte Felina und versuchte einen strengen Tonfall anzuschlagen. Das Herz klopfte ihr bis zum Hals und ein Grauen kroch ihr den Nacken hinauf, von dem sie nicht wusste, woher es rührte. Ganz ungewohnt brach ihr Schweiß aus. Angst schlich sich plötzlich in ihr Herz. Es war, als ob ihr Unterbewusstsein spürte, welche Gefahr von diesen beiden Männern ausging.

„Bis ich zurück bin, lasst sie nicht hinaus und niemanden zu ihr herein", befahl der Thien Primm.

„Ihr könnt Euch entspannen, Na'nan Felina. Immerhin werdet Ihr Eure nichtsnutzige Zofe wiedersehen", sagte der Thien zu Felina.

Er hielt sich nicht weiter auf und verschwand wieder aus der Tür.

Felina starrte ihm hinterher, dann flog ihr Blick verständnislos zu Meister Primm. Woher wusste der Thien von ihrer Zofe, die verschwunden war? Was hatte das Gespräch zwischen ihm und dem Haushofmeister ihres Vaters auf sich? Primm stand vor ihr wie ein versteinertes Selbstbildnis und fixierte sie. Das unangenehme Kribbeln im Nacken verstärkte sich.

„Diesen Unsinn höre ich mir nicht länger an!"

Sie versuchte zu ignorieren, dass ihre Beine zitterten, und bewegte sich auf die Tür zu. Sie musste hier raus, schnell.

„Ihr bleibt."

„Ich lasse mir von Euch nichts vorschreiben, Ihr Menschenschänder!" Keine fünf Schritte trennten sie noch von der Tür.

„Na'nan. Wenn ich sage, dass Ihr bleibt, dann meine ich das so."

Sie spürte seinen Atem in ihrem Nacken, ohne seine Schritte zu hören. Seine eiskalte Hand packte ihr Handgelenk und hielt es fest. Mit einem Ruck riss sie ihren Arm nach unten, doch er hatte damit gerechnet, und sie bekam den Arm nicht los.

„Lasst mich sofort los!", schrie sie, wobei ihre Stimme vor Angst fast versagte.

Seine Hand hielt die ihre umklammert wie ein Schraubstock. Alles Zerren nutzte nichts.

„Das Spiel mit Euch hat jetzt ein Ende, Na'nan."

Sein anderer Arm packte sie von hinten um den Oberkörper und nahm sie in einen festen Griff. Mit fahrigen Bewegungen stieß Felina ihre Hüfte nach hinten. Dabei stolperte sie über ihre Absätze. Ihr Fuß knickte um. Sie fand keinen Halt, um sich von ihm loszureißen. Vergeblich rang sie mit dem kleinen sehnigen Mann. Primm war zu stark.

Er drückte sie gegen die Wand und band gelassen ihre Hände auf dem Rücken zusammen, obwohl sie sich nach Kräften wehrte. Sie schrie abermals um Hilfe. Primm riss ein Stück Stoff aus ihrem Rock und stopfte es ihr grob in den Mund. Sie würgte und versuchte, weiter zu schreien, doch Stoff und Panik machten es unmöglich. Dann hob er sie hoch und trug sie zum Bett hinüber, wo er sie achtlos ablegte und sich nicht um ihre strampelnden Beine kümmerte. Ihre Arme nahm er über ihren Kopf und hängte sie dort mit den Fesseln an einen Haken, der dazu angebracht war, die Vorhänge am Pfosten zu halten. Felina spürte ein schmerzhaftes Ziehen im Oberkörper, die Seile schnitten in ihre Hände. Ihre Haut brannte an den Stellen. Sie wollte sich mit den Beinen hinaufschieben, doch er band ihre Füße fest an die anderen Pfosten. All ihre verzweifelte Gegenwehr nutzte nichts. Letzten Endes konnte sie sich kaum noch bewegen.

Ihre Gedanken rasten. Ihre Angst machte es ihr unmöglich, einen klaren Gedanken zu fassen. Trotzdem war ein Detail in ihrem Kopf hängengeblieben wie eine Blütenpolle an einer Biene. Der Thien Justeras hatte nach einer Feder gefragt. Vielleicht meinte er damit die Feder eines Valtórn? War es möglich, dass Maroc hier in der

Nähe war? Sie hätte Cara zu ihm bringen sollen, aber sie hatte versagt. Und jetzt geschahen Dinge, die sie nicht verstand. Sie war in Gefahr und wusste nicht warum. Und niemand schien sich darum zu kümmern, was geschehen würde, sollte ihr Vater herausbekommen, was sie seiner Tochter antaten. Sie hatte doch nur das Mädchen zu Maroc bringen wollen, um zu helfen. Wo um alles in der Welt war sie hier hineingeraten?

Tränen aus Angst, Schmerz und Selbstmitleid rannen ihr die Wangen hinunter.

15

Maroc

- Das Licht der Dämmerung -

Maroc entdeckte Kariis, als sie sich schon wieder umwandte. Er hatte nicht mit ihr gerechnet. Leise pfiff er und erhob sich mit Hilfe des gesunden Arms aus dem Gras. Tapfer biss er die Zähne zusammen. Sie sollte ihm nicht anmerken, was er durchmachte. Kariis wandte sich suchend um. Dann erstarrte ihre Gestalt und er glaubte, dass sie ihn erkannte. Viel zu hastig, um nicht aufzufallen, stürmte sie auf ihn zu.

„Du bist am Leben! Du hast es geschafft!"

Erleichtert zog er sie in die Arme, drehte den Stumpf jedoch zur Seite, damit sie ihn nicht berührte. Er verwehrte ihr den Kuss, nach dem ihre Lippen suchten, und bedeutete ihr, leise zu sein.

„Ist Felina unversehrt? Wo ist das Mädchen Cara?" Er spürte ihr Nicken an seiner Schulter. Ihre Arme umschlangen seinen Rücken und berührten seinem verletzten Arm. Ein scharfer Schmerz durchzuckte diesen. Sein Puls jagte, obwohl er seiner Auffassung nach ausreichend Gelegenheit gehabt hatte, sich auszuruhen. Aber in der Dämmerung war er schwächer als gewöhnlich.

„Was machst du hier? Wo ist der Adept?", fragte er leise.

„Deine Feder kam herein. Und dann kam der Adept mit dem blauen Feuer, einer der Vier, und suchte danach. Ich habe sie versteckt. Es tut mir leid, wenn er sie hätte bekommen sollen. Ich hatte Angst vor ihm", gab sie zu und schmiegte sich schutzsuchend an ihn.

„Nein, nicht der. Gut, dass du sie gefunden hast. Das war mutig von dir, sie zu verstecken! Habt ihr Cara gefunden?", beruhigend strich er ihr über das zerzauste Haar.

Sie nickte und senkte den Blick.

„Habt ihr sie nach Justera gebracht? Ist sie am Leben?" Er konnte die Aufregung in seiner Stimme nicht verbergen.

„Sie war am Leben – sie – wir wissen es nicht. Sie ist fort gewesen."

„Fort von wo? Wann?"

„Felina und ich verließen Silvánuba heute am Morgen. Wir wollten Cara mitnehmen, aber sie war nirgends zu finden. Den Abend zuvor hatte Felina noch mit ihr gesprochen. Es tut mir leid, Maroc. Wir haben sie überall gesucht. Wir –"

„Das heißt, ihr seid gegangen, bevor das Feuer ausgebrochen ist? Ihr wart nicht mehr dort, als die Livris ankamen?", unterbrach er sie.

„Was für ein Feuer? Wovon sprichst du?"

Er drückte sie fester an sich, spürte wieder diesen scharfen Schmerz und unterdrückte einen Fluch. Der Schmerz verging nicht mehr, er ebbte nur etwas ab. Das Fieber ließ ihn wanken.

„Ist jetzt nicht von Bedeutung. Ich hatte gehofft, der Adept Honestaes würde hier auftauchen und mich in die Stadt bringen."

„Wie willst du reinkommen? Du wirst gesucht! Und sie kontrollieren mittlerweile alle Passanten, das habe ich gerade selbst gesehen."

Er blickte in den Himmel. Das edelsteinfarbene Leuchten senkte sich und die Schatten wurden bereits lang. Bald brach die Nacht herein und die Farben an den Hälsen der Menschen tauchten wieder auf. Und er könnte seine Kräfte wieder nutzen.

„Ich bin zu schwach, Kariis. Ich komme mit dem Wind nicht über die Mauer. Und wenn ich die Valtórn hole, fällt es zu sehr auf. Wir haben nur die Möglichkeit, das Tor zu passieren."

Es fiel ihm nicht leicht, das vor ihr einzugestehen. Er genoss ihre Bewunderung und mochte diese nicht getrübt wissen.

„Sie werden dich verhaften, Maroc. Femima hat mich davor gewarnt! Sie suchen überall nach dir."

„Pass auf", sein Blick suchte ihre Augen und zwang sie, ihn anzusehen, „hör mir genau zu. Wir werden zum Tor gehen. Man wird uns kontrollieren. Sie werden mich erkennen."

„Das ist Wahnsinn!" Angst leuchtete an ihrem Hals auf.

„Nein, hör mir zu! Sie werden mich festhalten und überprüfen, ob ich tatsächlich der bin, für den sie mich halten."

„Natürlich werden sie das. Und sie werden an deinem Hals sehen, dass du lügst!"

„Sag mir, woran sie mich erkennen? Wer weiß das besser als du."

Sie zögerte.

„Dein Gesicht, deine Augen, dein —"

„Was noch? Was sind die unverkennbaren Merkmale eines Maroc? Was stünde auf jedem Steckbrief?"

„Deine Haare."

Mit der Rechten nahm er ein Messer aus seiner Tasche.

„Schneide sie ab."

„Ganz?", fragte sie entsetzt.

„Ganz", bestätigte er. „Beeile dich. Wir müssen noch in der Dämmerung zum Tor, sonst kommen wir nicht durch."

Mit zittrigen Fingern packte sie das Messer und berührte zärtlich sein vom Flug zerzaustes, glänzendes schwarzes Haar. Dann schnitt sie die Strähnen grob vom Kopf herunter, dass sie zu Boden segelten. Mit den Haaren fielen ihre Tränen, aber er beachtete sie nicht.

Als sie fertig war, vergrub sie die Strähnen am Rand der Mauer.

„Können wir gehen?", fragte sie und wischte sich die Augen. Ihr Blick zu seinem Kopf war voller Schmerz, als hätte sie ihm etwas Bedeutsames genommen.

„Was noch? Woran erkennen sie mich noch", fragte er Kariis.

„Das Mal auf deinem Oberkörper. Die Sylphe."

Er nickte.

„Richtig. So wie ich aussehe, werden sie sich nicht sicher sein. Und dann werden sie nach dem Mal sehen."

„Aber dann wissen sie es doch, Maroc. Und wozu brauchst du den Adepten oder mich, wenn du ohnehin allein in die Stadt kommst?"

Er erhob sich. Der Wind stich unangenehm über seinen geschorenen Kopf und er fröstelte.

„Komm. Du bist meine Frau und wir kommen aus Jonarae. Das ist unsere Tarnung. Den Rest mache ich."

Kariis stützte ihn im Gehen, obwohl er meinte, ihre Hilfe nicht nötig zu haben. Trotzdem brauchten sie lange für den Weg.

Die letzten drei Besucher vor ihnen wurden eingelassen. Die Patrons begannen bereits damit, die Tore zu schließen und würden nur noch die letzten Ankömmlinge hereinlassen. Ein jeder wurde kontrolliert. Die Einlassscheine überprüft. Wer keinen besaß, wurde abgewiesen.

„Ich habe keinen Schein", wisperte Kariis sorgenvoll, „das muss neu sein. Als ich mit Felina ankam, wurden die nicht verlangt."

„Wir spielen mit – fast – offenen Karten."

Sie waren an der Reihe. Maroc bemerkte, dass die Patrons sie schnell abfertigen wollten. Das Klimpern von gefüllten Krügen in der Wachstube läutete das Schichtende für sie ein. Sie hatten kein Interesse, sich allzu lange mit ihnen aufzuhalten.

„Ihr seid die Letzten für heute. Reichlich spät. Namen und Einlasspapiere! Laut Beschluss des Heerführer Recaro von Misero wird ohne ausgestellte Papiere niemand mehr eingelassen für heute."

Ein Patron streckte die Hand aus. Dann fiel sein Blick auf Marocs verstümmelten Arm und er fixierte ihn genauer.

Maroc langte mit der gesunden Hand in sein Wams und zog ein zerknittertes Stück Pergament hervor. Silbrige Farbspuren zogen sich darüber.

„Was ist das?", fragte der Wachmann streng.

Er riss ihm das Stück aus der Hand.

„Ein Brief an Ne'nor Honestae. Er kam in meinen Besitz und da ich hörte, er würde sich heute hier aufhalten, möchte ich ihm diesen überbringen."

„Ihr habt keinen Einlassschein! Wer seid Ihr? Wie kommt Ihr an Briefe des Ne'nors?", fragte der Patron unfreundlich und sichtlich unerfreut darüber, dass Maroc ihn länger als nötig aufhielt. Maroc entging nicht, dass seine Hand an die Hüfte auf den Griff seiner Waffe wanderte. Vielleicht hatte er das Desinteresse des Mannes unterschätzt.

„Ein Falke verendete vor unserem Gasthaus in Jonarae", erklärte Maroc unterwürfig.

Kariis trat ihm heimlich auf den Fuß, aber er hatte die Worte bereits ausgesprochen. Nun trat auch der zweite Wachmann heran und beäugte ihn skeptisch.

„Euer Name!"

„Terim aus Jonarae –"

Der Patron stieß den anderen an.

„Hatte er nicht lange Haare? Das Gesicht kommt mir bekannt vor."

Nun drückte Maroc Kariis Hand in der Hoffnung, dass sie es schaffen würde, ihre Angst zu beherrschen. Noch war die Dämmerung nicht vorbei. Noch waren die Farben nicht zu sehen.

Die Patrons zogen ihre Waffen, Maroc blieb ruhig stehen.

„Wir sind angehalten, einen gewissen Maroc zu verhaften, sollte er sich blicken lassen. Den Namen schonmal gehört?"

„Nein."

„Warst du zeitweilig in Honestae?"

„Nein."

„Zieh dein Hemd aus!"

Maroc nickte. Kariis half ihm, es über seinen Kopf zu ziehen. Die Männer hatten ihre Schwerter auf seine Brust gerichtet.

Als er sich ausgezogen hatte, war nicht das zu sehen, was sie erwartet hatten. Einer von ihnen kam heran und befühlte Marocs Haut, als rechnete er damit, Narben zu erspüren. Aber da war nichts.

„Das ist er nicht. Das Bild könnte er kaum abgewischt haben", hörte er die beiden Männer sich leise beraten.

„Ich hätte schwören können, bei seinem Gesicht."

„Was ist mit dem Arm? Zu dumm zum Bäume fällen? Die Wunde stinkt nach Verwesung!"

„Ich glaube kaum, dass er seine Haare so bescheuert abgeschnitten hätte. Außerdem bin ich ihm bereits begegnet. Das ist er nicht. Der würde sicher nicht ans Tor klopfen. Der kam mir nicht so dumm vor. Außerdem hatte der immer seinen Adler dabei. Dieses Riesenvieh."

„Darf ich mich wieder anziehen, bitte?", fragte Maroc höflich. Er fror.

Die Männer nickten.

In diesem Moment brach die Nacht herein und das Leuchten an den Hälsen der Menschen setzte wieder ein. In größter Eile streifte sich Maroc mit Kariis Hilfe das Hemd wieder über den Oberkörper. Erneut brach ihm kalter Schweiß aus. Nur mit Mühe widerstand er dem Verlangen sich auf den Boden zu setzen.

„Eine Probe noch", verlangte der Patron, „seid Ihr Maroc, der Adlerwärter?"

„Nein." Sein Hals, das wusste er, würde nicht die Lüge oder das Schuldeingeständnis in Türkis, sondern weiterhin ein zufriedenes und aufrichtiges Rosa anzeigen.

„Gut. Du kannst gehen. Den Brief kannst du am Herrenhaus abgeben. Vielleicht bekommst du einen Finderlohn. Was ist eigentlich mit deinem Arm passiert? Du solltest besser einen Heiler aufsuchen." Der Patron schien freundlicher und redseliger, nachdem er ausgeschlossen hatte, dass er der Gesuchte sein könnte.

„Eine unschöne Streiterei im Gasthaus", erwiderte Maroc leichthin.

Ein Stein fiel ihm vom Herzen und er setzte an, weiterzugehen.

Einer der Patrons packte Kariis am Arm.

„Richtig, beinahe hätte ich es vergessen. Das Gasthaus in Jonarae. Du bleibst hier! Ein junges Dienstmädchen soll dort ein unschönes Blutbad angerichtet haben. Diese Beschreibung hingegen passt ausgezeichnet."

Stunden
vor
Mitternacht

* * * * * * * *

16
Heranz

- Der Fehltritt -

Heranz schwitzte, während er halb über dem Boden hockte und den Saum von Faranas Kleid selbst festnähte, der an einem ihrer hohen Absatz hängengeblieben war. Farana war darüber derart verärgert gewesen, dass die hauchzarte Perlenseide noch vor Beginn der Feier gerissen war, dass sie ihn wutentbrannt dazu gezwungen hatte, den Schaden selbst zu beheben, anstatt diese Arbeit von einer seiner Näherinnen erledigen zu lassen.

„Hört auf zu schnaufen, Ihr Esel, und näht endlich schneller. Der Eröffnungstanz und meine Verlobung werden jeden Moment anfangen!", schnauzte sie ihn an.

„Es ist gleich fertig, Na'nan", erwiderte er, vergeblich bemüht das Ächzen in seiner Stimme zu verbergen.

Sekundenlang war nur sein Schnaufen zu hören, während er angestrengt kleine Stiche tat.

„Hast du unsere Nacht noch gut in Erinnerung", fragte Farana plötzlich unvermittelt. Ihr Unterton verhieß nichts Gutes.

Er sah sie nicht an, das Blut schoss ihm in den Kopf. Für einen kurzen Moment schloss er die Augen. Ein Streit mit Primm, eine Karaffe Wein zu viel und eine Prise Abenteuerlust – mehr war nicht nötig gewesen, um ihn sein Leben lang Buße tun zu lassen. Er war es gewöhnt, dass Farana ihn seitdem erniedrigte. Dass Primm den Rest seines Lebens verlangen würde, dass er Abbitte für einen Ausrutscher leistete, an den er sich nicht einmal erinnerte. Von dem er in nüchternem Zustand nicht einmal selbst glaubte, dass er ihn gewollt hatte.

„Antworte mir, Heranz!", wurde ihre Stimme scharf, als er nichts erwiderte.

„Ich möchte es vergessen, Na'nan. Ihr wisst, ich hatte über den Durst getrunken und war nicht bei Sinnen." Das war der einzige Satz, den er stets darauf erwiderte.

Sie wandte sich um und entriss ihm den Stoff, sobald er den letzten Stich getan hatte. Ihr Schuh erwischte seine Hand. Tief drückte sie den Absatz in sein Fleisch und nagelte es auf dem Boden fest. Ein unerträglicher Schmerz zog sich durch seine Knochen.

„Sag mir, dass es die beste Nacht war, die du je erlebt hast!", forderte sie.

Er musste sie nicht ansehen, um das böse Grinsen in ihrem Gesicht vor Augen zu haben. Der Schmerz bohrte sich weiter in seine Nerven und er musste sich beherrschen, nicht zu schreien.

„Du willst dem Ring der Gestalter nicht mehr angehören, nicht wahr, Dickerchen?"

„Na'nan, ich liebe meinen Mann. Ihr wisst, dass ich nie beabsichtigte, Euch anzufassen", er bekam die Worte nicht ohne Stocken heraus.

„Und trotzdem hast du es getan, Dickerchen. Aber es war dir wohl nicht gut genug." Sie verstärkte den Druck.

Er schwieg und verbiss sich den Schmerzenslaut, doch die Qual trieb Tränen in seine Augen.

Er wusste, dass sie die Lust daran verlor, ihn zu quälen, wenn er sich nicht wehrte. Sein Handrücken blutete.

Hätte er wenigstens sagen können, dass er die Schmach für Primm ertrug, weil er ihn so sehr liebte. Aber das konnte er nicht. Nicht mehr seit Primm angefangen hatte, sich mit dem Kommandanten und den Thiennen zu verbrüdern. Oder tat er es doch? Manchmal war er sich nicht sicher. Zumindest lenkte ihn diese Grübelei von dem Schmerz ab.

„Ihr seid eine Schande! Dass Ihr noch in den Spiegel schauen könnt! Primm täte gut daran, sich einen besseren Liebhaber zu suchen!"

Endlich riss sie ihren Schuh aus seiner Hand und rauschte aus der Tür. Geräuschvoll ließ sie diese ins Schloss knallen. Ihr Absatz hinterließ drei rote runde Flecken auf dem glänzenden Boden.

Er fühlte sich erbärmlich, wie er gedemütigt auf dem Parkett kniete und ihm die Tränen in den Augen standen. Seine Hand brannte stark.

Seit Wochen ertrug er ihre Schmach und Primms Wutausbrüche. Wochen, die ihn tief in seinem Innern verletzt hatten. Die ihn so tief unglücklich gemacht hatten, dass er nicht mehr wusste, ob es noch etwas in seinem Leben gab, über das er Freunde empfinden konnte.

Ihm blieb keine Zeit, darüber nachzudenken. Die Tür öffnete sich erneut. Ein Mann stand im Eingang, sein Oberkörper war nackt, dreckig und verschwitzt. Narben zierten seine Schultern. Heranz rappelte sich schleunigst auf und verbarg die geschundene Hand hinter dem Rücken. Er hatte sofort erfasst, dass der Kommandant vor ihm stand. Sorgenvoll fixierte er dessen Gesicht und versuchte, alle Emotionen in seiner Mine zu verschließen, die er dank des Kragens nicht offen zur Schau stellen musste.

Der Kommandant ließ nicht erkennen, was er über den Zustand dachte, in dem er den Schneider vorfand. Er schien selbst in seinen Gedanken gefangen zu sein, so dass er wohl nicht einmal bemerkt, wie Heranz sich verstohlen die Augen wischte.

„Heranz, ich brauche einen Rock, schnell. Ich muss zurück zum Fest", seine Blicke suchten bereits nach etwas Passendem in diesem Raum. Er sah Heranz nicht einmal ins Gesicht.

„Sehr wohl, Kommandant!" Er räusperte sich, um eine festere Stimme zu bekommen.

Geschäftig eilte er in den hinteren Teil des Raumes, wo er die großen Schrankkoffer platziert hatte. Er wagt es nicht, einen Blick auf seine Hand zu werfen, die vor seinem inneren Auge einem entstellten Fleischklumpen gleichen musste. Sie brannte und schmerzte, als steckten ein Dutzend Nadeln darin.

„Ich habe – ich kann Euch nicht mehr als die Uniform eines Patrons bieten, bitte verzeiht. Es ist mir unmöglich, innerhalb weniger Minuten einen Maßanzug für Euch zu schneidern. Und ich habe wohl keinen in Reserve, der Euch passt."

Er erwartete das Donnerwetter bereits.

„Ich nehme das Gewand dort am Haken", erklärte der Kommandant ungerührt. Er deutete auf die Festgewandung des Ne'nor Justeras, die dort oben darauf wartete, abgeholt zu werden.

„Kommandant", räusperte sich Heranz, bestrebt einen um Verzeihung heischenden Tonfall anzuschlagen, „diese kann ich Euch nicht herausgeben. Es ist eine Tracht der obersten Herren."

„Von daher vorzüglich geeignet. Her damit!"

Er schritt darauf zu und griff danach, ohne auf Heranz Verzweiflung zu achten. Da er fürchtete, seine verletzte Hand könnte den Stoff ruinieren, wagte er nicht, selbst das Gewand herunterzuholen. Also musste er zusehen, wie der gefürchtete und verdreckte Mann, nach der weißen Robe angelte.

„Was soll ich Ne'nor Justera sagen? Er wird jeden Moment hier auftauchen und sein Festgewand abholen wollen!"

„Ihr solltet Eure Zunge im Zaum halten! Ich brauche was zum Waschen."

Schweigend deutete Heranz auf den Waschtisch am Fenster. Der Kommandant säuberte sich notdürftig und zog die weißen Kleider über. Der Stoff spannte über seiner breiten Brust und Heranz dachte daran, dass er glücklicherweise auf Knöpfe verzichtet hatte, die ohne Zweifel mit einem lauten Klirren abgesprungen wären. Der Anzug besaß prunkvolle Muster und einen eleganten Schnitt, war verziert mit Goldfäden und roten Ehrenzeichen. Und er trug das Wappen Justeras, der Gerechtigkeit, auf seiner Brust. Was für ein Hohn, dass ausgerechnet dieser Mann es heute Abend zu tragen gedachte. Durch die Nähe von Primm zu Ne'nor Honestae war auch Heranz einer der wenigen, die über das Doppelleben Torros Bescheid wussten.

Nachdem der Kommandant ohne Dank gegangen war, machte Heranz sich daran, notdürftig seine Hand zu verbinden, möglichst ohne zu oft hinzusehen, da er den Anblick seines eigenen Blutes nicht ertrug. Einige Augenblicke setzte er sich auf das Sofa, um sich zu sammeln und abzuwarten, das das schwindelige Gefühl vorüberging.

Eine Verbindungstür trennte die provisorisch eingerichtete Schneiderstube von seinem und Primms Gemach. Von drüben waren gedämpfte Stimmen durch die dicke Wandtäfelung zu hören, also war er wohl noch da. Es war an der Zeit, dass auch sie sich auf den Weg in den Saal machten. Und Heranz wollte unter allen Umständen hier verschwunden sein, wenn Ne'nor Justera auftauchte und feststellen musste, dass sein Festgewand abhandengekommen war.

17

- Schwesternliebe -

N'a'nan Femima eilte die Stufen hinauf. Inständig hoffend, dass Kariis sich an ihre Worte hielt und Maroc vor den Toren der Stadt ließ. Das Risiko, dass man ihn in der Stadt finden und töten würden, war zu groß. Sein ganzer Plan, wie auch immer er im Detail aussah, drohte heute Nacht zu scheitern.

Seit ihrer letzten Handlung, Kariis den Brief mit einem verschlüsselten Gedicht zu schreiben, hatte sie weder von ihr noch von ihm etwas gehört. Jeden Tag hatte sie an ihn gedacht, gehofft, dass er noch am Leben war. Aber solange ihr Gemahl Recaro über ihn fluchte, war er zumindest nicht in die Fänge der Patrons geraten. Da Recaro sie immer schärfer beobachtete, hatte sie sich seit der letzten Begegnung mit Maroc generell zurückgezogen. Niemandem war es aufgefallen, dass der uralte Brief verschwunden war, obwohl er nicht verstaubt und vergessen in einer Schublade gelegen hatte. Vielmehr hatte sie ihn im Nachttisch ihres Vaters gefunden, das Papier dünn und die Schrift verblichen, als hätte jemand dieses Papier über viele Jahre tagtäglich in den Händen gehalten. Sie wusste schon seit Jahren, dass dieser Brief dort lag, doch erst vor kurzem hatte sie es gewagt, ihn an sich zu nehmen.

Es war zwar gelungen, Maroc diesen Brief zu überbringen, aber man hatte sie in den Straßen beobachtet und bei ihrem Gemahl verraten. Recaro glaubte nun, dass sie einen heimlichen Liebhaber hätte. Das hatte alles noch schwieriger gemacht, als es sowieso schon gewesen war. Die Qualen waren größer geworden und die Methoden, diese zu verstecken, mühsamer. Ihre Beine zitterten bei jedem Schritt, den sie vorwärts eilte. Wenigstens waren die Blutergüsse unter dem langen Rock nicht nach außen hin sichtbar. Aber es wäre möglich, dass Torro vorhin an ihrem Arm etwas entdeckt hatte, als er sie aufgefangen hatte.

Femima verabscheute ihren Mann. Einen Mann, dessen Gewalt sie sich zwang zu ertragen, weil sie glaubte, es tun zu müssen, um ihre Schwester vor einem ähnlichen Unheil zu bewahren.

Sie wusste ganz genau, welche Stellung sein Bruder innehatte. Sie wusste, dass Torro der gefürchtete Kommandant der Sâras'ski war. Sie mochte ihn nicht, vertraute ihm nicht. Auch wenn er sich ihr gegenüber immer höflich verhalten hatte, so war er doch der Bruder Recaros. Und sie waren ohne Zweifel beide sehr gefährliche Männer. Sie wusste, dass er ein Auge auf Felina geworfen hatte, spürte seine flüchtigen Blicke bei Tisch, die niemand sonst bemerkte, als kröchen sie wie Spinnen über die knusprige Haut des Bratens und zogen sich wie Ale durch den Eischnee des Desserts zu Felina hinüber. Und sie hatte erkannt, dass Felina diesen Mann vergötterte. Sie war so unendlich dankbar, dass ihr Vater sich für die Vermählung

Torros mit Farana eingesetzt hatte, die in ihrem grausamen Charakter so viel besser zu ihm passte als die naive unschuldige Felina. Doch solange sie nicht sicher sein konnte, dass diese Spinnen und Ale verschwunden waren, würde sie über ihre Schwester wachen. Sie durfte nicht das gleiche Schicksal erleiden wie sie selbst. Wenn es in ihrer Macht stand, Felina diese Fügung für ihr Leben zu ersparen, dann würde sie das tun.

Torros geflüsterte Worte hatten daher etwas in ihr ausgelöst. Erklären vermochte sie es sich nicht. Warum sollte sie auf ihn hören? Vielleicht war es der Unterton seiner Stimme gewesen oder das Flackern in seinem Blick, was so untypisch war für ihn. Da war dieses Ungewöhnliche in Torros Worten gewesen, was sie dazu bewogen hatte, sofort zu handeln. Eine Sorge, die sie an ihm nicht kannte. Irgendetwas musste sich hinter den Kulissen abspielen, ohne dass sie davon wusste. Dann dachte sie daran, dass Kariis hier war und Maroc sich vor den Mauern befand. Das konnte nur bedeuten, dass die Sharièn heute Nacht etwas vorhatten. Ihr war es recht. Sollten sie die falsche Ehrlichkeit und Aufrichtigkeit der Menschen niederreißen. Verdient hatten sie es!

Es war möglich, dass Torro und Recaro bereits von Marocs Plänen erfahren hatten. Vielleicht würde heute Nacht ein Krieg entfacht werden. Sie wusste es nicht. Sie wusste nur, dass sie unter allen Umständen dafür sorgen würde, dass ihre jüngste Schwester außer Gefahr gebracht wurde. Und wenn Torro Sorge um Felina äußerte, erschien ihr diese glaubhaft. An Farana hingegen verschwendete sie keinen Gedanken. Sie würde wie immer zusehen, dass sie für sich das Beste aus der Situation herausholte, und über die Leichen derer steigen, die zu gutgläubig gewesen waren, den Sturm unbeschadet zu überstehen.

Femima bog den Gang hinein und erblickte eine Gestalt an der Tür. Diese verließ eben jenes Zimmer, welches sie anstrebte und blickte sich nicht um. Es war einer der Thiennen, aber sie erkannte nicht welcher. Was hatte das zu bedeuten, dass einer von ihnen während des Festes durch die Gänge schlich?

Sobald er weit genug entfernt war, trat sie an die Tür und lauschte. Drinnen hörte sie Schreie, die schnell verschluckt wurden. Kariis hatte ihr den Weg zu dem Gemach gewiesen, in das Felina gegangen war. Hatte sie sich verlaufen? Oder könnte es Felina sein, die geschrien hatte?

Einen längeren Moment zögerte sie, lauschte, ob sie noch einmal Geräusche hörte. Es blieb still. Ohne zu klopfen, stieß sie die Tür auf und trat herein.

„Was geht ihr vor?", rief sie scharf und gebieterisch, wie es ihre Art war, vor anderen Menschen aufzutreten. Das Herz klopfte ihr innerlich bis zum Hals. Angst, dass sie sich nicht gerade auf den Beinen halten konnte, verursachte kalten Schweiß auf ihrem Oberkörper.

„Hat man hier vor niemandem seine Ruhe", fluchte Meister Primm.

Er ließ von seinem Gemahl Heranz ab, mit dem er auf dem Sofa beschäftigt gewesen war, während eine gefesselte Felina sich im Bett wand. Ein Knebel hinderte sie am Schreien. Ihr Augen waren weit aufgerissen.

Femima versuchte, innerlich ruhig zu bleiben und die Lage zu überblicken, ohne sich etwas anmerken zu lassen. Heranz wirkte verlegen ertappt. Es passte nicht in ihr Bild, dass er Felina etwas angetan hätte. Femima blickte kühl auf das Liebespaar hinunter. Sie bemühte sich, scheinbar keinen Blick auf ihre Schwester zu verschwenden. Innerlich brüllte alles in ihr danach, sich wie ein Pardúk auf Primm zu stürzen, weil er es gewagt hatte, Hand an sie zu legen. Doch wie immer behielt sie auch jetzt die Kontrolle über sich und legte die größte Herablassung an den Tag, die sie aufbringen konnte.

„Verzeiht, ich war auf der Suche nach Heranz. Darf ich am Abend des großen Jahrhundertballs vielleicht gnädigst auf die Unterstützung unseres verehrten Hofschneiders hoffen. Wofür werdet Ihr Nichtsnutz bezahlt?" Ihre schrille Stimme hallte von den Wänden wider.

„Na-natürlich, Na'nan", stammelte Heranz verlegen, sah ihr nicht in die Augen und rollte sich von der Couch auf die Beine. Mit hastigen Bewegungen zog er seine Hose hoch und befestigte den Gürtel.

Primm hingegen machte keine Anstalten, sich anzuziehen. Nackt, wie er war, und völlig frei von Scham blieb er auf dem Sofa sitzen. Als einziges Kleidungsstück verdeckte der Kragen die farbige Haut an seinem Hals. Seine Lippen, an denen der spitz über das Kinn zulaufende Kragen endete, kräuselten sich missbilligend.

„Ich bin sicher, meine Schwester wird die Unterbrechung dieser hochgradig spannenden Szene wirklich bedauern, aber ich habe jetzt keine Zeit, zu warten. Der Eröffnungstanz beginnt in einer Stunde!"

Sie wartete mit missbilligendem Blick, bis Heranz seine Garderobe weitestgehend gerichtet hatte. Sie spürte sein Unbehagen, doch vor Primm konnte sie nicht so freundlich mit ihm umgehen, wie sie es tat, wenn sie allein waren.

„Was kann ich für Euch tun, Na'nan Felina?", fragte Heranz unterwürfig.

Sie entdeckte das Blitzen eines Dolches, den er mit einer scheinbar beiläufigen Bewegung unter das Sofa kickte, und sich dabei räusperte, um das schleifende Geräusch zu verbergen. Das machte sie stutzig. Wieso trug er einen Dolch bei sich, wenn er sich auf ein heimliches Stelldichein mit seinem Gatten traf? Mit einem scharfen Blick betrachtete sie ihn. Was hatte er vorgehabt?

„Habt Ihr nichts zu tun, Meister Primm?", fragte sie den Haushofmeister, ohne sich umzuwenden.

„Selbstverständlich", erwiderte er süffisant, ohne sich von der Stelle zu rühren.

„Gut", griff Femima nach dem letzten Trumpf, der ihr einfiel, durchaus bewusst, dass sie sich damit verraten würde, wenn sie Pech hatte. Sie wandte sich zu ihm um.

„Recaro verlangt, Euch zu sprechen. Es gibt Ärger mit zwei Livri-Kellnern. Und einer davon", sie sah ihn lange an, bevor sie weiter sprach, „schwört bei seinem Leben, Ihr würdet nicht zulassen, dass man ihn ins Verlies würfe. Das kann sich niemand hier vorstellen. Nicht wahr, Heranz?"

Sie registrierte Heranz Blick dazu, der ihr sagte, dass sie zumindest bei ihm in einer offenen Wunde bohrte.

Primm betrachtete sie abschätzend.

„Ihr glaubt nicht wirklich, ich bin so dumm, darauf hereinzufallen."

„Mein Gemahl versteht sehr wenig Spaß, wenn man ihn warten lässt."

„Oh, ich weiß durchaus, was Euer Mann unter *Spaß* versteht, Na'nan", gab Primm mit einem Unterton zurück, der ihr alle Farbe aus ihrem Gesicht weichen ließ. Ihre Knie wurden weich und drohten, ihr den Dienst zu versagen.

Er weiß es. Er weiß, was Recaro mir antut.

Dieser Gedanke brachte ihre Fassade zum Bröckeln. Sie durfte sich nicht auf Spielchen einlassen! Primm würde sie nicht mit Felina allein lassen. Schnell überlegte sie, was sie tun könnte.

„Vielleicht sollten wir einmal nach der Geschichte sehen, Primm", schlug schließlich Heranz stockend vor, als niemand etwas sagte.

„Ich denke, wenn hier irgendjemand etwas über Geschichten zu erzählen hat, bist das ja wohl du", knurrte der ihn an.

„Wenn Ihr hier seid, Femima, um Eurer Schwester zu helfen, dann braucht Ihr Euch nicht weiter bemühen. Sie bleibt hier und Ihr könnt zu Eurem Tanz hinuntergehen. Meinetwegen nehmt Heranz mit. Soll er sich doch von Eurer angeblichen Geschichte mit dem Kellner überzeugen. Und danach kann er auf den Knien zurückgekrochen kommen und mich um Verzeihung anwinseln, weil er mich des Betrugs verdächtigt hat!"

Femima sah, wie Heranz die Zähne aufeinanderpresste.

„Verschwindet jetzt", knurrte Primm sie an. Er saß auf seiner Beute wie eine Spinne im Netz und er würde sich um keinen Preis dort wegbewegen.

In diesem Moment entdeckte Femima die Blutflecken, die sich durch die Hose des Schneiders ausbreiteten. Sie starrte darauf. Heranz Blick folgte ihrem, er tastete über sein Bein und berührte den nassen Stoff.

„Was ist hier passiert?", fragte Femima. Sie musste sich beherrschen, um das Entsetzen in ihrer Stimme zu verbergen.

Heranz Gesicht wurde wächsern.

„Ich vermute, du wirst dem Festball heute wohl fernbleiben müssen, Geliebter", sagte Primm überheblich.

Der Schneider wankte.

„Ich lasse Euch von den Wachen festnehmen", drohte Femima mit Blick auf Primm.

„Ich habe genug von diesem Zirkus." Schwungvoll war er auf den Beinen.

Femima warf sich auf die Knie und packte den Dolch, dessen Griff unter dem Sofarand hervorlugte. Die Angst in ihr brachte sie trotz ihrer umständlichen Garderobe zügig wieder auf die Beine. Entschlossen richtete sie die Waffe auf Primms Brust.

Der wirkte überrascht. Heranz taumelte zurück und ließ sich neben Felina auf das Bett sinken.

„Mach meine Schwester los, Heranz, sie wird die Patrons holen!", befahl Femima und ließ den Haushofmeister dabei nicht aus den Augen. Sie hörte das Ächzen des Schneiders. Sie wusste, sobald sie Primm aus den Augen ließ, würde er sie überwältigen. Das Gefühl, eine Waffe in der Hand zu halten, war unangenehm. Ihre Hand zitterte.

Primm schnellte vor, holte aus und schlug Femima mit der Faust gegen den Kopf. Ihr halbherziger Dolchstoß ging ins Leere. Sie wankte. Mit einem weiteren Schlag auf die Arme glitt ihr der Dolch aus den Händen.

Femima stöhnte, knickte ein und sank zu Boden. Sie hielt sich den Kopf, Schmerz explodierte darin wie ein Feuerwerk.

„Seid Ihr diese Position nicht von den Nächten mit Eurem Gemahl gewöhnt?", spottete der Haushofmeister.

„Ihr vergesst Eure Stellung", stammelte Femima. Sie konnte für einen Augenblick nichts sehen. Ihr Schädel dröhnte und es kostete sie alle Kraft, sich zu sammeln.

„Sie ist besser als Eure Stellung, Teuerste." Er griff nach der Waffe.

Unerwartet hatte sich Heranz mit letzter Kraft hochgestemmt. Er stürzte sich auf Primm. Ohne Rücksicht darauf, dass das Messer in Primms Hand ihm weitere Verletzungen zufügte, drängte er ihn von Femima weg. Primm holte zu einem weiteren Schlag aus, doch Heranz entwand ihm unter Ächzen die Waffe.

„Du hinterhältiger, widerlicher –", keuchte er. Völlig überrumpelt stürzte Primm zu Boden. Heranz fiel auf ihn und die beiden rangen miteinander.

Femima stemmte sich hoch, wankte. Licht flackerte durch die Schwärze und erst verschwommen, dann klarer nahm sie ihre Umgebung wieder wahr. Sie schmeckte den warmen dünnen Blutfaden, der ihr aus der Nase rann. Hastig wischte sie ihn mit dem Handrücken ab, damit er nicht aufs Ballkleid tropfte. Sie eilte zu Felina hinüber, die sie noch immer mit schreckensgeweiteten Augen anstarrte. Der Knebel in ihrem Mund ließ sie würgende Geräusche von sich geben.

„Wir müssen hier weg", flüsterte Femima und holte die Arme ihrer Schwester vom Haken.

„Primm macht gemeinsame Sache mit dem Thien Justeras", entfuhr es Felina, sobald Femima ihr den Knebel gelöst hatte.

„Das hatte ich befürchtet. Schnell, weg hier!"

Sie nahm Felina bei der Hand.

„Wir können Heranz nicht hierlassen! Er wollte mir helfen, aber Primm hat ihn durchschaut und überwältigt. Komm!"

Entschlossen rannte Felina auf die beiden Männer zu, die sich noch immer einen erbitterten Kampf am Boden lieferten. Sie packte eine Vase vom niedrigen Tisch und schüttete Wasser und Blumen achtlos auf den Boden. Dann holte sie aus und traf Primm mit dem Keramiktopf mitten auf den Kopf. Er ächzte. Sein Körper wurde schlaff und er verlor das Bewusstsein. Femima stützte Heranz und half ihm auf die Beine. Langsam wurde ihr Kopf klarer, aber ihre Beine zitterten trotzdem.

„Wir brauchen einen Heiler", sagte sie.

„Dieser widerliche Kerl", schimpfte Felina ungewöhnlich aufbrausend, „sie führen irgendwas im Schilde."

Ihre Handgelenke waren wundgescheuert von den Versuchen, sich selbst zu befreien. Sie nahm die Kordeln von den Vorhängen vor den großen Fenstern und band Primm grob die Hände auf den Rücken zusammen. Das gleiche machte sie mit seinen Beinen.

Sie schnürte und verknotete die Kordeln so fest, bis sie sicher war, dass er sich nicht ohne Hilfe befreien könnte.

„Vergiss nicht, ihn zu knebeln", erinnerte Femima.

Es war ein seltsames Gefühl, mit ihrer Schwester zusammenzuarbeiten, wo sie sich immer die größte Mühe gegeben hatte, sie nicht merken zu lassen, dass ihr das Wohlergehen Felinas am Herzen lag.

„Verzeiht mir, Na'nans", begann Heranz, der erschöpft auf dem Bett lag, „ich wollte nicht wahrhaben, was für ein schrecklicher Mensch er ist. Und mir blutet immer noch das Herz, wenn ich mitansehe, wie Ihr ihn fesselt."

„Ihr habt uns gerettet, Heranz. Ohne Euch hätten wir Primm nicht überwältigen können."

„Er quält die Sklaven. Er ist ein widerlicher und gefährlicher Mann. Ihr verdient etwas Besseres, Heranz!"

Femima sah sich die Wunde an.

„Ohne Heiler können wir hier nichts tun." Auch ihr Gesicht wurde blass. „Verzeiht, mir wird schlecht."

Und sie konnte es nicht verhindern, dass sie sich übergab.

Felina reichte ihrer Schwester ein Tuch und tätschelte unbeholfen ihren Arm. Sie hielt die Luft an und sah selbst auf die Wunde.

„Das sieht nicht so schlimm aus", sagte sie erleichtert.

Femima hatte ihre eigene Meinung dazu, wie schlimm es aussah. Aber Felina schien zu wissen, was zu tun war. Das Blut lief immer noch unaufhaltsam. Sie nahm den Dolch, der noch auf dem Boden lag und schnitt ein sehr unförmiges Stück Stoff aus der Bettwäsche. Beinahe fachkundig wickelte sie es um die Wunde.

„Ihr müsst was draufdrücken", sagte Heranz und reichte ihr eine Haarbürste vom Nachttisch, die sie in den Verband hineinband.

„Fertig. Könnt Ihr gehen?"

Femima, die aufgehört hatte, ihren Mageninhalt auf dem Boden zu verteilen, erhob sich. Ihr Magen fühlte sich flau an.

„Was habt Ihr vor?", fragte Heranz misstrauisch und erhob sich. Sein Gesicht war noch immer wächsern, aber er zitterte nicht mehr.

„Könnt Ihr gehen? Meint Ihr, Ihr könnt zum Ball gehen?", fragte Felina.

„Mein Vater darf nichts erfahren", erklärte Femima.

„Ich wurde abscheulich von dem Mann betrogen, den ich liebe", erklärte Heranz bitter. „Ich habe genügend Probleme und werde nicht die Ablenkung für Euch spielen. Was geschieht hier heute Nacht?"

Die Schwestern sahen sich erneut an. Beide wussten, dass jeder zusätzliche Mitwisser die ganze Unternehmung gefährden könnte. Aber dass auch jeder zusätzliche Verbündete, den Ausschlag zum Erfolg geben könnte. Nur war es schwer, noch jemandem zu vertrauen, wenn man sich selbst gegenseitig nicht wirklich vertraute.

„Heute Nacht werden die Sharièn ihr rechtmäßiges Erbe zurückfordern", sagte Felina würdevoll. „Sie werden sich ihrer Unterstützer erinnern."

Heranz starrt sie fassungslos an. Femima nickte. Sie verschwieg ihre Verwunderung darüber, dass Felina bescheid wusste. Aber da sie mit Kariis unterwegs gewesen war, hatte Maroc sie vielleicht eingeweiht. So war es also. Heute Nacht sollte es geschehen.

Langsam nickte Heranz.

„Ich will gar nicht wissen, wer die Sharièn sind. Das klingt nach den verbotenen Märchen, Na'nan Felina. Dass Ihr Na'nans Eure Nasen dort hineinstecken müsst. —

Meinetwegen tut, was ihr für das Richtige haltet. Ihr habt das Herz am rechten Fleck. Ich gehe auf den Ball. Aber mehr werde ich nicht tun. Ich will mich aus der Sache raushalten, was auch immer geschieht."

„Wir sind Euch sehr zu Dank verpflichtet", sagte Femima erleichtert, „Felina, du kommst mit mir!"

„Nein, ich muss Kariis suchen und auf Maroc warten. – Und ich muss mit Torro sprechen."

„Du musst hier weg, Felina. Heute Nacht werden vielleicht furchtbare Dinge geschehen. Ich weiß nicht, was passieren wird. – Torro ist der Kommandant der Sâras'ski, Felina. Er ist der gefährlichste Mann des Landes. Du kannst dir nicht vorstellen, welches Leid er über dich bringen würde, wenn du ihm vertraust. – Die Sharièn würden niemals gemeinsame Sache mit ihm machen." Die Gefühle, die sie so lange in ihrem Innern verborgen hatte, brachen aus ihr heraus, als brächen Dämme.

Ihr Herz brannte wie in einem Feuer, wenn sie daran dachte, dass Felina vielleicht nicht mit ihr kommen würde.

„Was meinst du damit?"

„Was du einmal gesehen hast, Felina", erzählte Femima stockend, „eines Nachts, mich und Recaro, – das war noch gar nichts. Die beiden sind Brüder."

Femima wusste, dass ihre Schwester heimlich die Szene einer Vergewaltigung mit angesehen hatte. Aber sie hatte nicht einmal ein Bruchteil dessen gesehen, was Recaro ihr angetan hatte. Verstand dieses Kind nicht, was sie ihr sagen wollte oder wollte sie es nicht verstehen?

Felina schwieg eine Weile und betrachtete das Gesicht ihrer älteren Schwester.

„Warum tust du das? Du hast mich immer gehasst", fragte sie dann.

Femima erstarrte plötzlich. Zwei Erkenntnisse reiften in ihr. Und sie begriff, dass ihr die Zeit davonlief.

Ohne dass Felina es erwartete, umarmte Femima ihre jüngere Schwester plötzlich inbrünstig.

„Ich möchte dich nur vor dem Leben beschützen, das mir zuteil geworden ist. Du weißt nicht, wie es ist, wenn man sich wünscht zu sterben." Sie versuchte, das Schluchzen zu unterdrücken, das sich aus ihrer Brust drängte. Zu lange hatten sie alles in ihrem Innern vergraben.

Felina versteifte sich unter ihrer Umarmung. Sie schwieg.

Heranz legte seine Hand auf Femimas Schulter und sah sie mitleidig an.

„Ich gehe jetzt hinunter."

„Ich begleite Euch", sagte Felina mit einem entschuldigenden Blick auf ihre Schwester.

„Tu das nicht. Lass uns gehen, solange noch Zeit ist. Hast du vergessen, was sie gerade noch mit dir gemacht haben?"

Felina schüttelte den Kopf. Die Blässe in ihrem Gesicht war nicht zu übersehen.

„Nein. Ich habe lange genug gebraucht, diesen Weg zu gehen. Ich werde jetzt nicht weglaufen."

Sie hakte sich bei Heranz unter. Ihre Mine machte deutlich, dass sie ihre Entscheidung nicht zu diskutieren gedachte. Femima begriff, das ihre Schwester sich nicht umstimmen ließ. Und sie begriff, was das bedeutete.

„Geht vor, ich komme nach. Ich muss mich etwas zurecht machen." Femima zitterte. Sie hatte das Gefühl, dass jegliche Kraft sie verließ, dass sie jeden Moment zu Boden fallen würde.

Felina öffnete den Mund, um noch etwas zu sagen, aber sie brachte kein Wort heraus.

„Maroc darf nicht in diese Stadt, bevor die Sharièn die Macht wieder übernommen haben. Merk dir das!", flüsterte Femima, bevor die beiden aus der Tür traten.

Die Tür fiel ins Schloss und der Druck wie ein schwerer Mantel von Femima ab. Sie starrte auf die Tür. Ein Ausgang, der für sie verschlossen bleiben würde.

„Da du dich so sehr darum bemüht hast, meine Wünsche zu erfüllen, werde ich dir nun gern deinen erfüllen, liebste Gattin. Auf die Knie."

Recaro war aus seinem Versteck hinter dem Wandvorhang herausgetreten, hinter dem sie ihn schon vor einer Weile entdeckt hatte. Seine Stimme war rau und voll grausamer, freudiger Erwartung.

Sie sank zu Boden. Kalter Schweiß bedeckte ihre Stirn. Sie konnte die Tränen nicht zurückhalten. Sie konnte nur hoffen, dass ihn ihre Ermordung lange genug aufhielt. Das war das Letzte, was sie für ihre Schwester tun konnte. Ihr Zeit verschaffen – wenn nicht zur Flucht, dann dazu, Maroc zu helfen. Sollten die Sharièn die Menschen allesamt aus dieser Welt jagen! Sie verdienten es nicht besser.

18

Maroc

- Eine neue Sichtweise -

M aroc stolperte durch die Straßen. Sein Gewissen, Kariis bei den Wachen gelassen zu haben, setzte ihm zu.

Ich habe keine andere Wahl gehabt, sagte er sich.

Jeden Wimpernschlag, den er sich den misstrauischen Blicken der Patrons länger ausgesetzt hätte, hätte ihn verraten können. Sein Plan drohte ohnehin zu scheitern. Er durfte keine weiteren Risiken auf sich nehmen. Selbstverständlich würde er das Mädchen in ein paar Stunden dort herausholen. Die Patrons würden ihr nicht mehr antun, als sie bis zum Morgen in einer kahlen Zelle festzuhalten, bis die Thiennen als Richter zur Verfügung stünden. Was sie morgen früh allerdings hoffentlich nicht mehr tun würden. Dann würden sie nur noch die Vier sein. Die obersten Adepten der Sharièn. Kariis würde ohne Probleme freigelassen. Er nahm sich vor, dafür zu sorgen, dass ihr Name bei den Vier schon sehr bald in der Gunst stehen würde. Sie hatte so viel für ihn getan.

Mit diesem Gedanken konnte er sie loslassen und sich auf sein nächstes Ziel konzentrieren. Die herrschaftliche Villa Justeras lag vor ihm. Der Haupteingang war nun leer bis auf die Patrons, die dort Wache hielten. Die Feiernden würden sich inzwischen drinnen aufhalten. Um weiteres Aufsehen zu vermeiden, wählte er nicht diesen Weg, sondern schlich sich zum Dienstboteneingang hinüber. Von dort erklomm er die Stufen zum Hintereingang des Herrenhauses. Er kannte sich in den Gängen nicht aus, aber die Herrenhäuser waren ähnlich strukturiert, dass er überzeugt war, den Weg leicht zu finden. Bevor er sich bei den Vier blicken lassen konnte, benötigte er etwas zum Anziehen. So wie er aussah, würde er auffallen. Wo um alles in der Welt würde er diesen Schneider finden, den Ne'nor Honestae überall hin mitschleppte?

Ständig auf der Hut schlich er sich durch die Gänge. Der beständige bohrende Schmerz begleitete jeden seiner Schritte, aber solange er den Armstumpf nicht bewegte, wurde es zumindest nicht schlimmer. Ihm war sehr wohl bewusst, dass einzig das Licht der Dämmerung die Wachen getäuscht hatte und das Zeichen der Sharièn nur deshalb verschwunden gewesen war. Wie die Farben an den Hälsen. Wie überhaupt alles, was von der Magie der Sharièn herrührte. Er brauchte schnellstens unauffällige Kleidung und musste die Adepten finden, um sie davon zu überzeugen, dass Cara noch am Leben war. Ohne selbst zu wissen, ob das der Wahrheit entsprach. Sollte sie tatsächlich tot sein, würden die Sharièn ihn sicher nicht am Leben lassen. Diesen Gedanken verdrängte er genauso erfolgreich wie die Schmerzen. Innerlich war es ihm nicht möglich, seinen so lange vorbereiteten Plan aufzugeben. Er hatte alles dafür getan, sein eigenes Leben aufs Spiel gesetzt, hatte alles in die Wege geleitet. Die Menschen aus Caritae waren auf dem Weg hierher. Die Sharièn aus dem

Schlot steuerten die Stadt heute Nacht auf den Valtórn an. Es war alles vorbereitet. Und es würde nur diese einzige Chance geben.

Auf dem dritten Flur schließlich hörte er Schritte. Sein geschultes Ohr erkannte die Schrittgeräusche von zwei Menschen, die nicht gleichmäßig klangen. Hinkte einer von ihnen? Vorsichtig spähte er um die Ecke. Zu seiner Überraschung erkannte er eine der Gestalten sofort als den Schneider, den er suchte. Erst auf den zweiten Blick begriff er, wer die in einen schwarzen Hosenanzug gekleidete Frau an seiner Seite war. Das ungewöhnliche Kleidungsstück ähnelte einem eleganten Reiterkostüm ohne Rock. Sie war kaum geschminkt, wie er sie noch nie gesehen hatte, und trug die Haare zu einem Zopf nach hinten gebunden. Trotzdem erkannte er Felina.

So entschlossen, wie er ihnen in den Weg trat, so erschrocken sog Felina die Luft ein.

„Maroc!", hauchte sie entsetzt, denn trotz seines Aufzugs blitzte auch in ihrem Blick Erkennen auf.

Abwechselnd starrte sie seinen verunstalteten Kopf und seinen verstümmelten Arm an. Er hatte sich vorgenommen, etwas zu sagen, zu erklären. Aber ihm fehlten schlichtweg die Worte, als er ihr gegenüberstand.

Ohne Vorwarnung fiel sie ihm um den Hals. Der Schwung riss an seinem Arm und er stöhnte vor Schmerz, der sich anfühlte, als hätte sie ihm ein glühendes Eisen ins Fleisch gedrückt.

„Ich habe kaum zu hoffen gewagt, dass du wohlauf bist!", flüsterte sie.

Beinahe sackte er zusammen, Felina stütze ihn. Er antwortete nicht auf ihre Worte und machte sich vorsichtig von ihr los, als der Schmerz nachließ. Er wandte er sich zu Heranz um, der bisher zu der Begrüßungsszene geschwiegen hatte. Maroc entdeckte auf den ersten Blick, dass eines seiner Hosenbeine aufgeschlitzt und blutgetränkt war und darunter ein behelfsmäßiger Verband hervorblitzte. Auch eine Hand war verbunden. Vielleicht konnte der Schneider ihm behilflich sein.

„Ich brauche was zum Anziehen, ich falle hier zu sehr auf", krächzte er.

Felina trat zwei Schritte zurück und maß ihn mit einem Blick, für den er sich nicht die Zeit nahm, diesen zu interpretieren.

„Das löst ein eleganter Anzug auch nicht mehr", gab Heranz zweifelnd zurück, betrachtete dabei Arm und Kopf.

„Wir konnten Cara nicht mitbringen, sie war verschwunden", gestand Felina schuldbewusst. Sie wirkte hektisch, atemlos. Machte schon wieder Anstalten, sich ihm zu nähern. Er wehrte ab. Er hatte keine Zeit für sie.

„Ich weiß schon, sei leise."

Er warf einen Blick auf den Schneider.

„Ich brauche Euer Schweigen und was zum Anziehen, Heranz. Falls Ihr bereit seid, mir zu helfen, stehe ich in Eurer Schuld."

Heranz zögerte. Sein Kinn zitterte leicht. Den Ausdruck seiner Augen konnte Maroc nicht deuten, aber vielleicht war er nur nicht bereit, ihn zu verstehen.

„Neben meinem Gemach befindet sich die Kleiderkammer. Dort liegen Reserveuniformen der Patrons. Und ein paar Kleinigkeiten."

Verblüfft nahm Maroc den Schlüssel entgegen. Er hatte gehofft, dass Ne'nor Honestaes Hofschneider ihm vielleicht mit einem Anzug aushelfen würde, dass er ihm aber so freimütig seinen Schlüssel anvertraute, hatte er nicht erwartet.

„Ich komme mit!", sagte Felina schnell, bevor Maroc ein Wort des Dankes sagen konnte.

Sein erster Ansatz war, Felina abzuweisen und mit Heranz zur Feier hinunterzuschicken. Er betrachtete sie, ihren neuen Aufzug, den stolzen Blick. Ihr Gesicht, in dem das kokette Lächeln erloschen und das stattdessen mit einer erwachsen wirkenden Ernsthaftigkeit gekennzeichnet war. Er erinnerte sich an seinen Wunsch, aus dem Mädchen würde eine Verbündete werden. Er hatte immer mehr in ihr gesehen als das verzogene kleine Püppchen. Also nickte er entgegen seiner Absicht zustimmend.

„Viel Glück, Na'nan Felina, was auch immer uns alle heute Nacht noch erwartet. Maroc kann Euch besser schützen als ich. Ich denke, es wäre eher im Sinne Eurer Schwester, wenn Ihr mit ihm geht. Ich habe mein eigenes Päckchen zu tragen", wünschte Heranz, ohne dass Marocs die Bedeutung seiner Worte verstand, und humpelte die Treppe hinunter.

Felina übernahm die Führung, da sie den Weg kannte. Maroc folgte ihr durch die ausgestorbenen Gänge. Alles, was Beine hatte, schien sich tatsächlich auf dem Ball aufzuhalten.

„Ich habe dein Buch gefunden", wisperte Felina und wandte den Kopf im Gehen zu ihm um, „die Geschichte über die Sharièn. Die Entstehung von Vílevèna."

„Und?", fragte er abwesend.

136

„Ich kann es nicht fassen, dass ich so blind gewesen bin. So viele Lügen."

Er wusste nicht, was er sagen solle. Warum fühlte er sich so unbeholfen ihr gegenüber? Vielleicht lag das am Fieber, dachte er sich.

„Kariis sagte, du hast geholfen, mein Leben zu retten", erwiderte er schließlich.

„Soweit ich eben helfen konnte."

Sie wurde langsamer. Er betrachtete sie, während sie nebeneinander her liefen. Sie schien sich völlig verändert zu haben, alles Puppenhafte war von ihr abgefallen. Als wäre das kleine verwöhnte Mädchen über Nacht erwachsen geworden. Es entging ihm nicht, dass sie seine verschnittenen Haare und den Arm hin und wieder mit einem Blick streifte. Dabei fiel ihm auf, dass sie sich bemühte, ihre Schritte zu zügeln, denn er hielt kaum mit. Und dann spürte er wieder die Anstrengung, die ihn das normale Laufen kostete.

„Ich stehe in deiner Schuld", sagte er.

„Ich habe dir Cara nicht bringen können, Kariis sagte mir, dass du sie unbedingt brauchst. Aber sie war wie vom Erdboden verschluckt. Wo ist Kariis? Hast du sie gesehen?"

„Mir wird etwas einfallen, keine Sorge. Ihr habt sicher getan, was möglich war. – Kariis hatte Probleme am Tor. Aber keine Sorge, ich hole sie später." Er sagte das, obwohl er Verärgerung in sich spürte. Aber konnte er ihr die Schuld dafür geben? Sie schien ihm wirklich helfen zu wollen.

Felina nahm die Information über Kariis zwar mit einem Stirnrunzeln auf, aber sie fragte nicht weiter nach ihr.

„Ich muss in den Saal hinunter und die Vier davon überzeugen, heute Nacht den Umsturz durchzuziehen. Sie dürfen nicht wissen, dass wir Cara verloren haben. – Glaubst du, sie ist noch am Leben?"

„Ich hoffe es", kam zögernd. „Wer sind die Vier? Sind sie hier?"

„Ich brauche dich auf den Stadtmauern. Dein Vater hat dich beauftragt, für die Beleuchtung zu sorgen", ging er nicht auf ihre Frage ein.

Felina prustete verärgert bei diesem Thema.

„Ich brauche dich, damit du die Tore öffnest", fuhr er ungerührt fort.

„Für wen?"

„Die Valtórn werden kommen und auf dem Dach des Herrenhauses landen. Mit den Sharièn aus dem Schlot."

„Dem Vulkanschlot? Bei Jonarae?"

„Und die Flüchtlinge aus dem Tal kommen von Silvánuba aus nach Justera. Du musst ihnen das Tor öffnen."

„In Silvánuba sind nicht viele. Und sie haben Angst. Man hat sie dort furchtbar gequält. Bist du sicher, dass sie kommen? Was wollt ihr mit ihnen?" Er spürte, dass sie ihn nun ihrerseits fixierte, aber er blickte starr geradeaus.

„Ich rede von denen, die bis gestern noch unterhalb der Wolkengrenze gelebt haben. Sie kommen herauf und sie werden sich den Sharièn anschließen."

Er bemerkte den Schauder, der sie überkam. Ihre Hand umfasste ihren Hals, als müsste sie etwas verbergen, was ohnehin nicht zu sehen war. Nur einen Augenblick später erreichten sie Heranz provisorische Schneiderstube und schlichen sich hinein. Maroc steuerte die großen Schrankkoffer an, die inmitten von Stoffbergen geöffnet auf dem Boden lagen. Er ging vorsichtig in die Knie und wühlte mit der verbliebenen Hand durch die Kleider. Während Maroc nach einer passenden Uniform suchte, sprach er weiter. Felina bedeutete ihm, leise zu sprechen.

„Ihre Anführer heißen Baren und Qaart. Vielleicht ist das Mädchen Cara unter ihnen. Du musst ihnen das Tor öffnen und ihnen den Weg zum Herrenhaus weisen. Sie sollen die Rede der Ne'nors um Mitternacht unterbrechen."

„Was wird dann passieren?", fragte sie und er hörte den Argwohn aus ihrer Stimme heraus.

Er sah kurz auf.

„Was denkst du, was passieren wird, wenn ein Volk einem anderen die Macht streitig macht?"

„Rede nicht mit mir, als wäre ich ein Kind", fuhr sie ihn energisch an, „für ihre Lügen verdienen die Ne'nors nichts anderes. Ich habe gesehen, was in Silvánuba geschieht, wo sie sich ihre Sklaven mit Angst und Rauschmitteln heranzüchten. Wie sie Menschen quälen und behandeln wie Ungeziefer."

„Um Mitternacht, wenn dein Vater seine Festrede hält, wird das alles für immer vorbei sein."

„Was habt ihr vor?" Sie stellte sich mit verschränkten Armen vor ihn.

„Felina", er legte die Uniform zur Seite, die er für sich herausgesucht hatte, und erhob sich ächzend. Nun stand er ihr gegenüber. Plötzlich spürte er leichten Schwindel aufkommen. Aber vielleicht bildete er sich das nur ein. Er hob die gesunde Hand, als wollte er damit über ihre Wange streichen. Dann zog er die Finger zurück.

„Ich werde nicht zulassen, dass jemandem etwas geschieht, der sich als unser Verbündeter gezeigt hat", versuchte er sich an einem beruhigenden Tonfall.

Sie rührte sich nicht, sondern blickte ihm fest in die Augen.

„Was wird um Mitternacht geschehen? Warum braucht ihr das Mädchen?"

„Die Vier haben nur in den Plan eingewilligt, wenn die Sharièn als Volk eine Zukunft haben. Und es gibt nur eine Person, die noch in der Lage ist, uns eine Zukunft zu schenken."

Er sah, wie sie über die Bedeutung seiner Worte nachsann. Er gedachte nicht, sie darüber aufzuklären.

„Ihr wollt sie auch zu einer Art Sklavin machen, nicht wahr?", fragte sie dann.

„Das ist nicht wahr! Sie wird sehr gut behandelt werden."

„Hast du dieses Mädchen je gesehen? Sie weiß nicht einmal, wer sie ist. Sie ringt jeden einzelnen Tag ihres Lebens um ihr Überleben. Glaubst du wirklich dieses Mädchen, wenn es denn noch lebt, lässt sich von euch einsperren?"

Erstaunt über ihre Erregung sah er sie an. Eine seltsame Kälte griff nach seinem Herz. So wie Felina hatte er diese Dinge nie gesehen. Was war mit ihr geschehen, dass sie nicht mehr das Püppchen war, dass nach Liebe und Verständnis suchte, sondern ihm nun mit einer eigenen Meinung entgegentrat. Er hatte immer gewusst, dass sie zu mehr imstande war, als sich hübsche Kleider anzuziehen und auch, dass sie ein gutes Herz besaß. Aber in diesem Augenblick war er sich nicht sicher, ob ihm diese Verwandlung tatsächlich gefiel.

„Sie wird viel Macht bekommen. Sie wird eine Art Königin sein. Es wird ihr besser gehen als je zuvor. Du musst dir keine Sorgen um sie machen", sein Tonfall rutschte ins Unwirsche ab. Maroc bemerkte das und entschuldigte es sich selbst mit seinem Zustand.

„Habt ihr sie gefragt, ob sie das will?" Immer noch stand sie da wie eine Statue, nicht bereit, nachzugeben.

„Schluss jetzt damit, Felina. Ich habe keine Zeit für diesen Kinderkram. Hier geht es um *mein* Volk! Um mein Erbe und eine Zukunft weit ab vom Buckeln vor den menschlichen Ne'nors und Na'nans, die meinen, mit Lügen könnten sie sich ganz Vílevèna kaufen. – Und Cara gehört zu diesem Volk."

Sie nickte, aber nicht auf die Art, wie er sie gern gesehen hätte.

„Es ist nicht an mir, zu verhindern, was ihr vorhabt. Eigentlich wollte ich dir helfen, nachdem ich so viel über die Geschichte der Sharièn gelesen und gesehen habe, was die Lügen der Menschen angerichtet haben. Vielleicht ist es sogar das Beste für diese Welt, wenn ihr ihre Herrschaft stürzt. Ich wollte dich nur davor warnen mit Caras Folgschaft allzu bereitwillig zu rechnen. Sie wird sich nicht benutzen lassen."

„Es gibt Frauen, die würden alles für diese Ehre tun. Frauen, die einfach nur dankbar wären, aus dem Elend der Aschedünen zu entrinnen, um ein richtiges Leben führen zu können. Das kannst du dir als kleine behütete Prinzessin natürlich nicht vorstellen, in deiner privilegierten Welt aus Perlen und Seide!" Maroc war laut geworden. Er spürte selbst, wie eine ungeahnte Wut in ihm aufstieg, die er nicht zu zügeln vermochte. Wie konnte sie es wagen, sich derart in seine Entscheidungen einzumischen. Ein neuer Wesenszug an ihr, der ihm überhaupt nicht gefiel. Und der Streit mit ihr kostete ihn Kraft. Kraft die er nicht übrig hatte. Und auch das machte ihn wütend.

Aber sie ließ sich nicht aus der Ruhe bringen. Sie schaute nicht beschämt zu Boden oder bat um Verzeihung. Wieder stellte er fest, wie sehr sie sich in nur wenigen Tagen verändert hatte und wie wenig es ihm gefiel, dass sie jetzt zu diskutieren in der Stimmung war. Sie war dazu da, ihm zu helfen, nicht ihn zu belehren.

„Ich habe dir das Leben gerettet. Du hast es bisher nicht einmal für nötig gehalten zu fragen, was mich kleine, behütete, privilegierte Prinzessin davon überzeugt hat, mit dir gegen *meine Familie* und gegen *mein Land* einen Aufstand zu wagen. Und du willst mir nicht einmal sagen, was ihr vorhabt."

Er schwieg verärgert.

„Du hast nicht gesehen, was ich gesehen habe –", sprach sie weiter, doch er fuhr sie an.

„Hast *du* die Leichenberge unter der Wolkendecke gesehen? Hast *du* den Gestank nach Verwesung gerochen, der dort aufsteigt. Hast *du* die verhungernden Menschen in ihrem Elend angesehen? Hast *du* gesehen, wie die Letzten meines Volkes in einem stickigen Vulkanschlot hausen, sich dort seit einhundert Jahren vor den Menschen verbergen, die sie einst gestürzt hatten? Hast *du* gesehen, wie die

Ne'nors Menschen bei lebendigem Leibe verbrennen, weil sie ihnen nicht gefällig sind?"

„Ich habe einen Teil davon gesehen!", rief sie zurück.

Ihr Streit war laut geworden, ohne dass sie es bemerkt hatten.

„Du hast dein ganzes Leben immer nur daran gedacht, wie es dir ergeht oder deinem Vater oder irgendeiner einzelnen Person, aber du hast dich niemals gefragt, ob vielleicht andere leiden müssen! Hast du jemals daran gedacht, wie deine eigene Mutter hat leiden müssen! Ich habe geglaubt, du bist mehr im Herzen als das kleine Mädchen. Ich habe mehr in dir gesehen. Ich wollte dir die Augen öffnen und dich an meiner Seite haben."

Es war ihm herausgerutscht. Er hatte das nicht sagen wollen. In seinem Ärger hatte er sich zu einer Eröffnung hinreißen lassen, die ihm niemals hätte über die Lippen kommen sollen. An ihrem Blick sah er sofort, dass sie es bemerkt hatte.

„Was weißt du von meiner Mutter? Was meinst du mit *an deiner Seite*", wiederholte sie in einem hölzernen Tonfall.

Er wusste, dass sie für Torro schwärmte. Natürlich hatte sie es ihm anvertraut im Glauben daran, er wäre ein einfacher Diener, der ihren Worten unterwürfig lauschte.

„Das ist nicht länger von Bedeutung", wischte er seine Worte weg, als hätte es sie nie gegeben. „Ich werde dafür sorgen, dass dir nichts geschieht. Du musst keine Angst haben. Deinen Torro hingegen musst du aufgeben. Er ist der Kommandant der Sâras'ski. Der gefährlichste Mann überhaupt. Er wird heute Nacht sterben." Seine Worte klangen so hart, wie er meinte, dass die Eröffnung dieser Tatsache sie treffen musste.

Einen Moment lang sahen sie sich schweigend in die Augen. Die Wut fiel plötzlich von ihm ab. Er fühlte sich schlecht. Als stiege das Fieber weiter an.

„Dein Hals hat sich überhaupt nicht verändert", bemerkte Felina dann, ohne auf die Eröffnung um Torro zu reagieren, „er ist immer noch orange."

„Die Sharièn brachten die Farben zu den Menschen, um sie zu kontrollieren. Aber sie unterliegen ihrem eigenen Zauber nicht", erklärte er mühsam und fragte sich, warum er die Kraft, die er so dringend benötigte, in die Diskussion mit einem kleinen Mädchen steckte.

„Also habt ihr auch gelogen. Die Sharièn. Die Thiennen – die keine Wissenschaftler sind. Und du."

Er atmete tief durch und dämpfte seine Stimme. Er spürte seine Energie schwinden, die Diskussion raubte ihm zu viel Kraft.

„Felina. Alles, was ich gesagt oder nicht gesagt habe, spielt keine Rolle. Ich würde dir niemals Schmerzen zufügen. Egal welcher Art. Sobald diese Nacht zu Ende geht, werde ich eine andere Stellung und andere Aufgaben haben. Dir wird nichts geschehen. Wir werden die Zeit zum Reden finden, später."

„Ist das mein Denkzettel, weil ich dir auf der Terrasse im Adlerhorst nicht zuhören wollte? Weil ich Angst vor Märchen hatte. Vielleicht habe ich in meinem Innersten geahnt, dass sie wahr sind."

„Menschen glauben den Lügen leichter, weil es einfacher ist, mit ihnen zu leben. Du musst dir keine Vorwürfe machen."

Ihr Blick wurde wieder wütend.

„Du siehst uns als geringere Rasse an, wie die Ne'nors die Livris, nicht wahr? Ich bin nicht dein neues Haustier!"

Er begann sich umständlich umzuziehen. Sie machte keine Anstalten, ihm zu helfen und rührte sich nicht aus ihrer Pose. Die Zeit verrann und das Schweigen hing über ihren Köpfen wie Gewitterwolken.

„Wie wir jetzt auch auseinandergehen, Felina. Ich will das nicht auf diese Weise. Ich habe – du hast –", er stockte im Sprechen und fand nicht die richtigen Worte, um auszudrücken, was er fühlte, ohne sich zu verraten. Obwohl er im Moment überhaupt nicht sagen konnte, ob er überhaupt irgendetwas fühlte. Als wäre sein Herz mit seinem Arm abgeschnitten worden.

„Wir erkennen uns heute Abend wohl beide nicht wieder", sagte sie stattdessen ernst. „Wir sollten getrennte Wege gehen und sehen, ob sie sich heut Abend noch einmal kreuzen."

Maroc hatte mittlerweile die Uniform eines Patrons angelegt. Felina trat nun doch heran und half ihm, den leeren Ärmel mit Stoffstücken und einem ausgepolsterten Handschuh zu präparieren. Währenddessen sprachen sie kein Wort miteinander und sahen sich nicht an.

Er würde eine Weile unerkannt bleiben, durch das zur Uniform gehörige Stirnband würde auch sein fast kahl geschorener Kopf weniger auffallen. So gern er sie überzeugt hätte, er musste gehen. Also nickte er kurz und widerstand dem Impuls, sie in den Arm zu nehmen. Eigentlich war er immer noch wütend über ihre Art. Er dachte an Kariis, die vermutlich im Wachturm gefesselt saß bis zum Morgengrauen. Und plötzlich überkam ihn eine unglaubliche Müdigkeit. Auf seinem gesamten Weg schien er nur Schmerz zu hinterlassen. Und Enttäuschung bei denen, die ihm vertrauten.

„Verschont meine Familie", sagte Felina, als er an der Tür war.

„Das kann ich dir nicht versprechen." Er versuchte, ihren Blick aufzufangen, doch sie erwiderte ihn nicht.

Ohne ein Wort des Abschieds verschwand er auf den Flur hinaus, obwohl es ungewiss war, ob und wie sie sich am Ende der Nacht wiedersehen würden.

19

- Der Preis -

Felina ließ sich auf einen Stuhl sinken, kaum dass er aus dem Zimmer war. Sie fühlte sich wie betäubt. Hatte sie doch geglaubt, Maroc wäre stets ehrlich zu ihr. Als Einziger. Aber er hatte gelogen. Wie alle anderen auch. Er hatte ihr eine Fassade vorgespielt. Und was sollten diese Worte: *und dich an meiner Seite haben.*

... Torro wird sterben ... Die Flüchtlinge aus dem Tal. Alle Worte von ihm drehten sich in einem ständigen Durcheinander in ihrem Kopf. Eine gefühlte Ewigkeit saß sie da, starrte vor sich hin, verloren in ihren Gedanken wie in einem Irrgarten.

Sie wünschte sich irgendjemanden zum Reden, jemand Vertrauten, der ihr helfen würde, ihre Gedanken zu ordnen. Kariis vielleicht? Aber die saß am Tor fest. Sie dachte an Femima, verspürte tatsächlich das erste Mal, seit sie denken konnte, das Bedürfnis, ihre Empfindungen mit ihrer älteren Schwester zu teilen. Auch sie hatte gelogen. Hatte sie sie wirklich so schlecht behandelt, um sie zu schützen?

Vielleicht, dachte Felina hoffnungsvoll, *ist sie noch nebenan und säuberte ihr Kleid.*

Der Eröffnungstanz musste zwar längst begonnen haben, aber vielleicht war sie noch da. Steif erhob sie sich von ihrem Stuhl und ging zur Verbindungstür hinüber. Sie lauschte, aber kein Laut drang herüber. Primm musst noch ohnmächtig sein. Sie glaubte nicht, dass er so schnell erwacht war, nachdem sie ihm die Vase über den Schädel gezogen hatte. Vorsichtig öffnete sie die Tür einen Spalt.

Totenstille schwoll ihr entgegen. Eine Stille, die so laut war, als schrie jemand das Zimmer zusammen. Dabei war es leer. Trotzdem stimmte etwas nicht. Und das bewog sie dazu, die Verbindungstür ganz aufzustoßen. Nun war es ein echter Schrei, der in ihrem Hals erstickte.

Femima lag auf dem Boden in einer dunklen Lache. Sie erkannte sie sofort. Das weiße Kleid war über und über mit Blut bespritzt. Leblos lagen ihre Arme zur Seite ausgestreckt. Schnitte bedeckten den ganzen Körper, selbst das Gesicht war furchtbar entstellt. Die Farbe ihres Halses unter dem abgerissenen Kragen war erloschen.

Primm, der ohnmächtig neben dem Sofa gelegen hatte, war verschwunden. Zertrennt lagen die Kordeln am Boden.

Stunden
vor
Mitternacht

* * * * * * * *

20

orro

- Der Tanz -

Zurück im Ballsaal, bahnte Torro sich einen Weg durch die voluminösen rauschenden Kleider, deren Trägerinnen nicht schnell genug vor ihm zurückwichen. Noch spielte keine Tanzmusik, nur eine die Gesellschaft in ihrem Treiben begleitende Melodie, und bisher tanzte niemand. Die Menschen lachten ausgelassen, man kokettierte miteinander, trank Wein im Übermaß und verstummte plötzlich, sobald er an ihnen vorbeistürmte. Selbst die Gewänder des Ne'nor Justera ließen also nicht mehr darüber hinwegtäuschen, dass er der Kommandant war. Die Reaktion der Menschen sagte ihm, dass diese Tatsache sich längst herumgesprochen hatte. Dieses Bekenntnis hatte er heute Abend machen müssen. Aber er hielt sich damit nicht auf. Er war auf der Suche nach Felina, die er in Sicherheit wissen wollte, bevor der Abend in einer vorausschaubaren Katastrophe endete. Bisher hatte er geglaubt, gut auf diese vorbereitet zu sein, aber momentan ahnte er, dass er nicht einmal erwägen konnte, welches Ausmaß sie heute Nacht annehmen könnte. Das machte ihn unruhig. Genauso wie die Tatsache, dass er sie nicht unter den Gästen fand. Er hatte Femima befohlen, sie in Sicherheit zu bringen. Da sie beide nicht im Ballsaal anwesend waren, müsste er beruhigt sein. War er aber nicht. Die Anspannung ließ ihn die ganze Zeit über nicht los. Außerdem dachte er daran, dass, wenn sie tatsächlich in Sicherheit wäre, er nicht mehr mit ihr sprechen könnte. Etwas, was ihm einmal wichtig gewesen war. Nichts war ihm im Moment recht und noch weniger, dass ihm seine sonst so kalte Art abhandengekommen war. Diese verdammte Unruhe in ihm zerrte an seinen Nerven, wie es sonst nichts vermochte.

Was plant mein Bruder? Wagt er es, mich zu hintergehen? Wo ist Felina?, waren die Fragen, die sein Hirn marterten.

„Ne'nor Honestae", grüßte er zum zweiten Mal an diesem Abend und dieses Mal wieder in auffälligem Äußeren. Er hatte den Saal zweimal umrundet, durchquert und quasi durchpflügt, ohne fündig zu werden. So hatte er beschlossen, sich erst einmal wieder in die Herrscherloge zu begeben. Im Moment konnte er nichts tun.

„Ihr tragt Gewänder Justeras?", der Ne'nor wirkte abermals verstimmt.

Torros Vater, der zwischen ihm und seiner Mutter mittlerweile in der Loge auf einem mit schwarzer Seide bezogenen, gepolsterten Sessel Platz genommen hatte, starrt seinen jüngeren Sohn verbittert an. Voller Zorn klammerten sich seine Arme um die silbernen Schnörkel, die den Sessel einrahmten.

„Ich kam Eurer Bitte nach geziemender Kleidung nach, Ne'nor Honestae. Und als Zeichen meiner Stellung erschien mir das Wappen Justeras in Bedeutung der Gerechtigkeit durchaus passend."

„Na dann wissen wir ja, wo Ne'nor Justera bleibt", verkündete Na'nan Verates lachend und schwenkte ihr Weinglas, „er traut sich wohl nicht nackt zu uns in die Loge." Sie gab ein unangenehmes schrilles Lachen von sich. Niemand stimmte ein.

Torro warf einen Seitenblick zu Heranz hinüber. Der hatte sich an den Rand der Loge gesetzt und blickte starr geradeaus, als würde er das Gespräch nicht hören. Neben ihm stand Haushofmeister Primm, hatte mit einer Hand fest dessen Schulter gepackt. Er wirkte ungewöhnlich bleich. Ein Blick streifte Torro, den er nicht einordnen konnte. Als wartete Primm auf etwas. Torro fiel auf, dass die Hosenbeine des Schneiders seltsam verfärbt und eine Hand bandagiert war, aber der Disput mit den Ne'nors lenkte ihn davon ab.

„Der Eröffnungstanz beginnt wenige Minuten nach Ende des Intermezzos", versuchte Ne'nor Honestae seinen Ärger zu unterdrücken. Augenscheinlich gelang es ihm nicht. Er hatte sich aus seinem Sessel erhoben und schwankte zwischen Bewegungsdrang und der Etikette, sich angemessen vor seinen Untertanen zu verhalten.

„Die Hälfte der Ehrengäste ist noch nicht anwesend! Wo sind meine Töchter Femima und Felina? Keine der beiden hat sich bisher blicken lassen! Recaro?", herrschte er seinen Schwiegersohn an, musste dann aber feststellen, dass auch dieser nicht zurückgekehrt war.

„Wo ist er? Er war vorhin doch noch hier?", wunderte sich Ne'nor Misero, beachtete seinen anderen Sohn hingegen überhaupt nicht.

„Mein Bruder war in seiner Funktion heute leider unabkömmlich und bittet um Entschuldigung." Torro deutete eine Verbeugung gegenüber Ne'nor Honestae an, ignorierte genauso seinen Vater, als wäre er nicht anwesend.

„Ausgerechnet zur Balleröffnung! Ein ungeheuerliches Benehmen ist das! Farana, Kind, du und Torro seid wenigstens da, um den Ball zu eröffnen. Begeistert bin ich davon nicht, dass Ihr ein Gewand der Ne'nors tragt. Ihr vergesst Eure Stellung, Torro!"

„Wenn es Euch recht ist, verkündet doch die Verlobung mit der Eröffnung", schlug Torro ungerührt vor, „das beugt Getuschel und Spekulationen vor und gibt mir eine Legitimation, dieses Gewand zu tragen, als hättet Ihr selbst es so angeordnet."

„Wir machen das um Mitternacht! Hinunter jetzt mit Euch!", scheuchte er die beiden verärgert auf die Tanzfläche.

Geübt galant nahm Torro Faranas Arm und führte sie die Treppen hinunter. Sie lächelte sehr zufrieden über die Menge hinweg, die ihnen Platz machte, sobald die ersten Takte des Eröffnungstanzes ertönten.

Routiniert bewegten sie sich inmitten der Tanzfläche im Takt der Musik. Nach der ersten Runde durch den Saal, stiegen weitere Paare mit ein. Torro bemerkte wohl, dass ihnen mehr Abstand gewährt wurde als gewöhnlich und dass dies nichts mit Höflichkeit zu tun hatte.

„Ihr seht sehr zufrieden aus", sagte er im Tanz zu seiner Partnerin, doch seine Augen suchten den Saal ab.

„Mir wäre es lieber, Ihr würdet erwähnen, wie unglaublich hinreißend ich heute aussehe", erwiderte Farana mit einem breiten Lächeln. Ihre großen, mit vielen Farben betonten Augen glitzerten. Doch er nahm sie nicht wahr.

„Das seht Ihr in der Tat", bestätigt er höflich.

Er konnte ihr nichts abgewinnen. Sie war dürr wie eine Bohnenstange, und er wusste um ihre intrigante Art. Die feine Gesellschaft allerdings lag ihr zu Füßen. Das war ein Umstand, den er akzeptierte und den er sich zu Nutze machte.

„Was haltet Ihr davon, unsere Hochzeitsnacht auf heute vorzuverlegen?", schlug sie aufreizend lächelnd vor, „heute wird es ja praktisch offiziell. Ich wüsste nicht, was uns davon abhalten sollte. Ihr habt lange genug öffentlich Höflichkeit bewahrt. Ich weiß genau, wie gern du mir das Kleid jetzt ungestört vom Leib reißen würdest", flüsterte sie.

Er lächelte ungerührt weiter.

„Nichts lieber als das", raunte er.

Er wusste, dass ihn diese Nacht ganz andere Dinge erwarteten, als ein Schäferstündchen mit einer Frau. Seine Augen suchten weiter nach Felina.

Doch er fand sie nicht.

21

Felina

- Zwei Seite einer Medaille -

Felina erspähte Torro, kaum dass sie die Treppe erreicht hatte. Zitternd stützte sie sich auf das Geländer, noch immer taumelnd von dem erlittenen Schock um Femimas bestialischen Tod. Er war in eines der Gewänder der Ne'nors gekleidet und tanzte mit der auffälligsten Dame im Saal. Faranas hauchzartes Kleid aus leuchtend roter Perlenseide stellte alle anderen mühelos in den Schatten. Heranz hatte ganze Arbeit für seine Vorsteherin geleistet. Sie sah sich um und entdeckte ihn in der Herrscherloge. Er hatte also Wort gehalten. Neben ihm stand Primm. Er weilte dort oben, als wäre nichts geschehen. Ein tiefer Schmerz zog sich durch ihre Brust. Hatte er ihre Schwester getötet? Wie hatte er sich nur befreit?

Alles, was sie sah, nahm sie wie durch einen Tunnel wahr, als wäre es weit weg von ihr, wäre vielleicht nicht einmal real. Ihre Gedanken kreisten um die unterschiedlichsten Dinge, aber sie konnte sich auf keinen davon konzentrieren. Wie Fische, die sich nicht fassen ließen, entglitten ihr diese immer und immer wieder. Und zurück blieb das Bild der toten Femima. Ein Bild, was viel darüber aussagte, welches Schicksal einer Na'nan drohte, wenn sie sich nicht ins System pressen ließ. Ihr war nicht einfach nur die Kehle durchschnitten worden. Jemand hatte sie regelrecht abgeschlachtet. Und dabei war Femima gewiss eine Frau gewesen, die den Schein mehr als nur gewahrt hatte. Wie hatte sie Felina so lange vorspielen können, sie hätte sie gehasst? Dabei wollte sie sie nur vor etwas bewahren. Vor einem Schicksal wie dem ihren. Felina konnte das kaum begreifen. Es waren zu viele verschiedene und gleichermaßen absurde Dinge, die auf sie einprasselten. Das Streitgespräch mit Maroc saß ihr zusätzlich in den Knochen.

Es hatte lange gedauert, bis sie in der Lage gewesen war, das Zimmer zu verlassen, in dem ihre Schwester lag. Sie hatte nichts mehr für sie tun können. Dieses schreckliche Bild würde sie nie wieder aus ihrem Kopf bekommen. Es reihte sich ein in eine Galerie von Schrecken und Grausamkeiten, die sie in den letzten Tagen gesehen hatte. Szenen, undenkbar, dass solche inmitten ihrer Gesellschaft existierten.

Ihr Blick wanderte zurück zu Torro. Sie erinnerte sich daran, dass sie hierhergekommen war, weil sie mit ihm sprechen wollte. Unbedingt. Seit Tagen hatte sie darauf gewartet. Wie sehnsüchtig wünschte sie sich, er würde alles erklären können. Zumindest hatte sie sich das bis vorhin gewünscht. Nun fühlte sich alles nur noch taub an. Keine Glücksgefühle wallten bei seinem Anblick auf. Ihr Herz schien immer noch starr vor Schreck. So sehr hatte sie sich gewünscht, Torro könnte die Bilder mit harmlosen Erklärungen verändern und vor allem: ihr beweisen, dass er der Mann war, für den sie ihn hielt. Und nicht der, dessen Bild alle anderen zeichneten. Den des gefährlichsten Mannes des Landes. Vielleicht hatte er ihrer Schwester das angetan. Sie wusste es nicht. Hatte die Realität heute Abend doch eine Grenze überschritten, sie jetzt noch mit Erklärungen wieder angenehmer darzustellen. Dafür war es zu spät.

Als hätte Torro ihre Gedanken gehört, flog sein Blick zu ihr hinauf. Felina wusste, dass auch sie mit ihrem Hosenanzug aus Obsidiantuch aus der Menge der farbenfroh gekleideten Damen herausstach und viele ungehaltene Blicke auf sich zog. Eine vertrauliche Unterhaltung unter diesen Umständen gestaltete sich als schwierig.

Er fixierte sie immer noch. Ohne zu wissen, warum sie das tat, ging sie wie von einer unsichtbaren Hand geführt die Treppe hinunter auf ihn zu. Sie spürte die vielen Blicke, die ihr wie Wespen folgten. Auch Farana wurde auf sie aufmerksam. Ihre Augen spien Gift und Galle, als Torro sich mit einer Verbeugung und einem Handkuss entschuldigte und sie stehen ließ. Er schritt auf Felina zu. Normalerweise wäre sie vor Verlegenheit am liebsten im Boden versunken und furchtbar verschüchtert gewesen. Nach dem Geschehen aber fühlte sie sich wie eine unbeteiligte Dritte, die nur zusah, was in diesem Ballsaal geschah.

„*Ein* Tanz", hörte sie die unwillige Stimme ihrer Schwester, „dann kommst du wieder zu mir!"

Hoch erhobenen Hauptes rauschte sie an ihr vorbei.

Was sie wohl sagen würde, wenn sie von Femima wüsste, schoss Felina der Gedanke durch den Kopf. *Ob sie traurig wäre? Ob auch sie alle nur täuschte?*

Torro trat an sie heran. Die Musik zum nächsten Lied setzte ein. Er verneigte sich galant und lächelte siegessicher, aber sie nahm es kaum wahr. Ihre Gedanken drehten sich um die Geschehnisse der letzten Stunden.

„Ihr habt mir einen Tanz versprochen, Na'nan Felina."

Da war er. Dieser Unterton in seiner Stimme. So weich und anziehend, als würde er sich wie ein flauschiges Kissen um ihr Herz schmiegen. Ein Tonfall, der sie für gewöhnlich dazu brachte, nur noch von ihm in den Armen gehalten und endlos geküsst werden zu wollen. Aber jetzt konnte diese Stimmung nicht zu ihr durchdringen. Mechanisch nahm sie seine Hand.

„Warum seid Ihr hier?", raunte er in ungeduldigem Tonfall. „Ihr solltet aus der Stadt sein!"

„Warum?", fragte sie und versuchte, sich zwischen all ihren Gedanken daran zu erinnern, wann und mit wem sie geplant hatte, die Stadt zu verlassen.

„Heute Nacht ist viel Unruhe. Ich möchte, dass Ihr mir versprecht, Euch in Sicherheit zu bringen. Eure Schwester Femima hätte Euch längst fortbringen sollten."

„Das kann sie nicht mehr." Sie wusste nicht, ob sie es ihm sagen sollte oder vielmehr, wie. Doch er ging nicht auf diesen Satz ein.

„Ihr habt es gehört, wir haben nur einen Tanz. Danach muss ich mich meinen Pflichten widmen. Und Ihr geht. Geradewegs aus diesem Saal, aus diesem Haus und aus dieser Stadt. Ich bitte Euch."

„Seltsam seine angehende Verlobte jetzt schon als Pflicht anzusehen", entfuhr es ihr, da sie seinen Gedanken nicht folgen konnte.

Sie standen bereits im Saal und die Musik begann zu spielen, ohne dass sie sagen konnte, was für ein Stück es war.

„Ihr seht blass aus", flüsterte er mit weicher Stimme. Seine rechte Hand legte sich an ihre Taille und zog sie ganz nah an sich heran. Sie spürte seinen warmen Atem auf ihrem kalten Gesicht. Mit besorgtem Blick forschten seine Augen in den ihren, als sähe er die Leere in ihrem Herzen.

„Wir haben nicht viel Zeit zum Reden und ich bedaure, dass es unter diesen Umständen sein muss", fuhr er fort, als sie nicht antwortete.

Elegant drehten sie sich im Kreis. Felina folgte ihm, ohne darüber nachzudenken. Tanzen war eines der Dinge, die sie gelernt hatte, im Schlaf zu tun. Hätte sie sich doch einmal früher mit sinnvolleren Fertigkeiten beschäftigt, kam ihr in den Sinn, während sie sich drehte und in seine Augen starrte.

„Es ist der Wunsch Eures Vaters, dass ich Farana heirate."

„Ist es auch Eurer?"

„Sie zu heiraten – ja."

Der Schock in ihrem Innern löste sich langsam und seltsamerweise war ihr Gehirn plötzlich wieder fähig, klare Gedanke zu fassen. Als hätte seine Aussage den Schleier ihrer ganzen Betäubung von ihrem Kopf weggewischt.

„Dann weiß ich nicht, was wir zu bereden hätten."

„Ich schrieb Euch einen Brief, erinnert Ihr Euch?"

„Ja." Der Brief. Wann hatte sie ihn erhalten? Es schien Monate her. Der Brief, in dem er ihr seine Liebe gebeichtet und versprochen hatte, alles zu erklären. Heute Nacht.

„Alles darin war die Wahrheit. Mein Herz verlangt nicht nach Eurer Schwester, Felina."

„Niemand zwingt Euch, sie zur Frau zu nehmen."

„Heirat hat viel mit Politik zu tun, etwas, wovon Ihr nichts versteht." Es klang nicht spöttisch, sondern sanft, als würde er sie vor schlechten Dingen schützen wollen.

Sie zog die Augenbrauen zusammen.

„Ich brauche Faranas Einfluss als Führerin des Rings der Gestalter. Ihre Stellung in der Gesellschaft. Eine, die Ihr nicht habt. Es ist wie ein Geschäft. Mehr nicht."

„Na wenigstens habt Ihr für diese Erklärung keinen ganzen Tanz gebraucht." Ihre Gedanken schienen plötzlich so klar wie nie. Wie hatte sie sich nur etwas anderes erhoffen können?

„Es gibt eine Sache, von der ich möchte, dass Ihr sie wisst. Ich begehre Euch. Ich liebe Euch. Und ich will nicht ohne Euch sein." Sie hörte das Stocken in seiner Stimme, doch sie sah an ihm vorbei. War es nicht das, was sie immer hatte hören wollen? Aber nun nicht mehr.

„Es ist Eure Entscheidung, welche Frau Ihr um Eure Hand bittet", gab sie zurück.

„Wir können zusammen sein, wann immer wir wollen. Ich verbringe die Nächte bei Euch", seine Lippen langen an ihrem Ohr und bei seinem Geflüster wurde ihr heiß und kalt. „Nur offizielle Termine zusammen wird es nicht geben. Das ist alles. Und diese haben keine Bedeutung für uns als Paar."

War das nicht das, was sie sich immer erträumt hatte? Mit ihm zusammen zu sein, ganz gleich unter welchen Umständen?

„Nein", sagte sie. Da war noch etwas anderes, was sich durch ihre Gedanken bahnte. „Ich kann Eure Liebesschwüre nicht annehmen. Ich muss etwas wissen. Etwas, was mir wichtig ist."

„Gut."

„Ist es wahr? Seid Ihr der Kommandant der Sâras'ski? Der, von dem alle sprechen?"

„Ja, auch der bin ich." Sie spürte, wie sich seine Haltung versteifte, als wartete er auf das Urteil eines Richters.

„Dann ist also wahr, was sie über Euch sagen? Ihr tötet Frauen. Kinder. Sind die Legenden über Euch wahr?"

„Legenden übertreiben oft. Ich würde keiner Frau und keinem Kind in Talimont jemals etwas antun. Schon gar nicht Euch."

„Was ist mit den Livris?" Ihr Herz pochte zum Zerspringen. Unfassbarer Schmerz ließ sie begreifen.

„Felina", er trat ganz nah an sie heran und sah ihr tief in die Augen. „Das sind keine Menschen. Das, was dort unten in Talival geschieht, das zählt hier oben nicht. Es sollte nur zählen, dass wir beide uns lieben."

Das war es also. Sie hatte es geahnt, diese Wahrheit gefürchtet. Hatte Erklärungen erhofft, vielleicht Lügen vertraut, nur um mit ihm zusammen zu sein. Aber er sagte die Wahrheit. Eine schreckliche Wahrheit. Sie war sich nicht sicher, ob er Femima so brutal zugerichtet hatte. Er hatte das mit vielen anderen getan, deren Leben er keinen Wert beimaß.

„Also ist es wahr? Ihr seid der Schrecken, den alle fürchten?"

„Ich weiß, dass Ihr das nicht versteht, Felina. Als Kommandant der Sâras'ski müssen sie mich fürchten. Sonst würde dieses ganze Leben hier oben in Talimont nicht so funktionieren, wie Ihr es kennt. Aber das sind zwei unterschiedliche Dinge, um die Ihr Euch nicht Euren hübschen Kopf zerbrechen solltet. Das ist Politik."

Mitten im Tanz ließ sie ihn los und trat einen Schritt zurück.

„Nein." Energisch schüttelte sie den Kopf. „Ihr seid dafür verantwortlich, was diese Menschen im Tal erleiden. Ob sie Liviris sind oder Menschen oder Sharièn. Das spielt keine Rolle. Aber zu wissen, dass Ihr wehrlose Menschen, Frauen und Kinder tötet, tut es sehr wohl."

Sie trat noch weitere Schritte von ihm zurück. Die Tanzenden um sie herum richteten ihre Aufmerksamkeit auf das Paar.

„Felina, das spielt keine Rolle", mit zwei Schritten war er bei ihr und nahm sie wieder zärtlich in die Arme. Sie wand sich heraus. „Hier bin ich, Torro. Alles andere ist für unsere Liebe nicht von Bedeutung."

„Doch, das ist es." Der Schmerz saß tief, als bohrte ihr jemand mit einem spitzen Messer bis ins Herz und drehte es ein paar Mal langsam herum. Sie hatte es nicht wahrhaben wollen. Und er wollte ihr helfen, es auszublenden. Aber das konnte sie nicht zulassen. Wie könnte sie, da sie nun die Wahrheit kannte, weiterhin die Augen davor verschließen?

„Felina. Ich würde alles tun. *Alles*, versteht Ihr mich!"

Sein Blick war so durchdringend und sie wollte so gern nachgeben. Aber die Wahrheit überstrahlte alles an seiner hellen Liebe mit düsterer, brutaler Realität.

„Alles, was in meiner Macht steht, damit wir zusammen sein können."

Sie schüttelte den Kopf.

„Felina. Ich flehe Euch an. Ich habe zu lange gewartet." Er stockte im Sprechen, als scheute er sich davor, etwas auszusprechen, was er nicht rückgängig machen konnte.

„Wenn Ihr es verlangt, werde ich Eurem Vater sagen, dass ich Farana nicht heirate."

Sie spürte, was ihn dieser Satz kosten mochte. Wenn sie es verlangte, würden alle seine Pläne zusammenstürzen. Er lief Gefahr, jeglichen Status und Erbe zu verlieren. Seine Worte waren ein wahrgewordener Traum, der sich mit den Albträumen biss, die in ihrem Kopf herumspukten.

Wieder entwand sie sich seinen Händen. Sie war den Tränen nahe.

„Ihr könnt nicht mehr ändern, was Ihr getan habt. An Euren Händen klebt das Blut unschuldiger Menschen!"

„Felina, das sind keine Menschen. Sie sind nicht wie wir."

Sie liebte ihn, und doch stieß der Ekel sie von ihm weg. Wie konnte sie einen Mann lieben, der so gewissenlos und grausam war?

„Zwei Dinge will ich wissen", sagte sie mit erstickender Stimme und bemühte sich nach Kräften, die Tränen zurückzuhalten. Sie wünschte sich, seine Gefühle sehen zu können. Das Gewand des Ne'nors verbot ihr diesen Blick. Fühlte er kein Bisschen Schuld in sich für seine Verbrechen?

„Weiß Farana, wer Ihr seid?"

„Ja. Sie akzeptiert das."

„Habt Ihr meine Schwester getötet?" Diese Worte trieben ihr die Tränen nun endgültig in die Augen.

Sein Blick drückte Unverständnis aus. Er sah zur Loge der Ne'nors hierauf, in der sich Farana mit verschränkten Armen niedergelassen hatte.

„Nein", sagte er. Und als es ihm dämmerte, dass sie von Femima sprach, schien er das erste Mal die Fassung zu verlieren.

Er wirkte aufrichtig bestürzt, wollte nach ihr greifen, aber sie wich seiner Hand aus. Sie wollte nicht, dass er sie noch einmal berührte.

„Ihr seid nicht der Mann, für den ich Euch gehalten habe!"

Es fühlte sich wie eine tonnenschwere Last auf ihren Schultern an. Die Hoffnung, er würde ihre schlimmsten Befürchtungen entkräften, war nicht in Erfüllung gegangen. Immerhin hatte er sie nicht belogen. Aber die Wahrheit sprengte alle Vorstellungen. Wie konnte er sagen, dass die Livris keine Menschen waren? Wie konnte es ihm nichts ausmachen, sie zu töten? Wie konnte er so grausam sein? Als wäre er zwei Personen in einer. Ihr Verstand hatte Schwierigkeiten, das zu begreifen. Wie konnte sie jemanden lieben, der so schreckliche Dinge getan hatte?

Das Musikstück endete. Farana erhob sich von ihrem Platz.

„Bitte geht jetzt! Seid bis Mitternacht aus der Stadt. Nehmt ein Pferd und reitet nach Jonarae. Ich werde Euch holen lassen, sobald es ungefährlich ist." Er bemühte sich, ihren Blick aufzufangen, doch sie wandte sich ohne ein weiteres Wort von ihm ab und eilte hinaus.

22

Maroc

- Eingeständnisse -

Ausgestattet mit neuer Kleidung und Stirnband auf dem Kopf, fiel Maroc kaum auf zwischen den vielen Menschen, die er antraf, sobald er sich dem Eingang des Ballsaals näherte. Glücklicherweise hatte Felina seinen Arm sehr ordentlich ausgestopft. Er vermied dennoch die großen Massen und mischte sich möglichst unauffällig unter die Wachen, ohne mit ihnen näher in Berührung zu kommen. Mitternacht war nicht mehr allzu fern, die Feierlichkeiten in vollem Gange.

Um einen Überblick zu erhalten, strebte er die oberen Ränge an, welche die Aussicht über den kompletten Ballsaal und die Logen erlaubten. Eine Art Rundgang über dem Saal, der heute nicht genutzt wurde, da sich alles in der untersten Etage tummelte. Als Maroc sich allein glaubte, zog er wieder eine der kleineren Adlerfedern aus der Tasche, ein flaumiges handgroßes Federchen vom Bauch Ka'rataks. Er schloss die Augen, sandte seine Botschaft dort hinein und schickte sie mit einem leichten Pusten auf die Reise. Wie schwerelos und kaum bemerkt im Trubel des Festes fand sie ihren Weg in die Loge der Ne'nors hinunter. Er beobachtete, wie sie einem der Vier ins Auge fiel und dieser sie unauffällig auffing. Dessen Blick wanderte zu ihm hinauf und Maroc hob die Hand. Dann zog er sich von der Brüstung zurück und wartete, dass sie zu ihm hinaufkommen würden, um gemeinsam die Lage zu besprechen.

Es dauerte mehrere Minuten, bis einer der beiden Feueradepten zu Maroc hinaufgestiegen war. Dankbar registrierte Maroc, dass es nicht der Vierte war. Es war der Thien Honestaes. Er kam allein.

„Du bist hier, wie ich sehe."

Eingehend betrachtete er Marocs ausgestopften Ärmel. Maroc konnte über seine eigentliche Verfassung nicht hinwegtäuschen. Kalter Schweiß perlte auf seiner Stirn.

„In den letzten Tagen scheint einiges passiert zu sein."

„Ich hoffe, dass heute Nacht noch mehr passieren wird. Und zwar zu unseren Gunsten."

„Hast du sie gefunden?", fragte der Erste.

„Ja, das Mädchen wurde gefunden. Taarishienna ist auf dem Weg hierher, gemeinsam mit Karuun, Moora und den anderen Überlebenden aus dem Schlot. Sie treffen vor Mitternacht hier ein."

Der erwartete Begeisterungssturm blieb aus.

„Das war nicht abgesprochen, Maroc. Deine Aufgabe war es lediglich, die Tochter zu finden und zu uns zu bringen", äußerte sich der Erste ungehalten.

„Du könntest dich darüber freuen, dass Taarishienna lebt, nach allem, was geschehen ist", gab Maroc zurück. „Mein Leben jedenfalls verdanke ich ihr."

„Wenn du das noch Leben nennst – ich spüre, wie deine Flamme langsam erlischt, Maroc. Wo ist das Kind?" Es klang kein Mitleid aus seinen Worten.

„Sie war in Silvánuba. Wir haben sie aufgespürt und mit ihr gesprochen. Sie weiß nicht, wer sie ist, aber sie trägt eindeutig das Zeichen der Sharièn. Sie ist eine Wind-Adeptin." Er musste Luft holen, bevor er weitersprach. „Die Menschen aus den Aschedünen sind nach Silvánuba gekommen und haben den Ort in Flammen aufgehen lassen. Sie sind auf dem Weg nach Justera und wir werden ihnen die Tore öffnen. Sie wissen, dass man sie betrogen hat, und sie werden sich an unsere Seite stellen."

„Wenn ich es richtig verstehe, dann ist es zu spät, sie aufzuhalten?"

„Es ist alles vorbereitet. Wir können uns die Macht mit ihrer Unterstützung heute Nacht zurückholen. Oder wir wenden uns an der Seite der Ne'nors gegen sie. Aber ich hoffe, das wollt ihr nicht tun."

„Das Mädchen ist bei den Livris?"

„Ja", bestätigte Maroc. Er blendete das Schicksal aus, das ihm blühte, sollte sie das nicht sein. Sollte sie gar tot sein.

„Du hast Dinge eingefädelt, die nicht in deinem Ermessen lagen, Maroc", tadelte der Erste streng.

„Ihr habt versprochen, die Sharièn an die Macht zurückzuholen, sollte ich das Mädchen finden. Und ich habe sie gefunden! Heute Nacht ist die einzige Chance!", begehrte er auf.

Mit einem Handzeichen gebot der Erste ihm zu schweigen.

„Trotz deines unerlaubten Vorstoßes haben wir Vier uns abgestimmt. Wir werden den Weg gehen, den wir zugesagt haben. Um Mitternacht wird Ne'nor Honestae die Verlobung seiner Tochter mit dem Kommandanten der Sâras'ski bekanntgeben. Er wird seine Rede halten und dann schlagen wir zu. Alle vier auf einmal. Sieh zu, dass die Livris zur rechten Zeit hier sind, damit alles nach Plan läuft. – Über dein Vergehen, die Anmaßung die Entscheidung ohne unsere Zustimmung zu treffen, reden wir morgen früh."

Hörte er richtig? Er baute das Reich wieder auf, fädelte den Umsturz über Monate hinweg ein, damit die Sharièn nur noch zuschlagen brauchten, um sich ihre alte Macht zurückzuholen – und sie sprachen von einem Vergehen!

„Ihr werdet die Ne'nors töten?"

„Und die Na'nans. Erinnerst du dich nicht an das Gemetzel an den Sharièn? Erst wenn man der Schlange den Kopf abbeißt, ist sie handlungsunfähig."

„Dann tötet den Kommandanten. Er hat zu viel Macht."

„Nein. Der Vierte von uns hat entschieden, dass er am Leben bleibt. Wir haben Verwendung für ihn."

Der Vierte. Der, der Maroc am liebsten tot sehen wollte.

„Er traut ihm doch nicht!" Marocs Ärger stieg wieder an wie in der Auseinandersetzung mit Felina. Seine Gliedmaßen zitterten. Er spürte ganz genau, dass er einem Streit nicht mehr standhielt.

„Nein. Aber es genügt, wenn wir ihn kontrollieren können. Wir lassen ihm sein Spielzeug. Er kommandiert die Pardúk."

„Wir brauchen sie nicht", presste Maroc hervor, „die Valtórn haben seine Bestien gemeuchelt. Sie sind mächtiger und stärker und unterstehen *meinem* Kommando."

Maroc spürte den funkelnden Blick unter der Kapuze des Ersten.

„Das wäre vielleicht eine hilfreiche Information gewesen, die du uns hättest zuspielen können."

„Was ich soeben getan habe! Es geschah gestern Nacht an der Wolkengrenze, um die Livris zu schützen." Er konnte seinen Ärger schwer beherrschen, fand aber nicht die Kraft, lauter zu sprechen.

Der Schmerz in seinem Arm pulsierte unaufhörlich. Er fror.

Der Blick des Adepten fiel darauf.

„Wie ist das passiert?"

„Ein Pardúk", erklärte Maroc leichthin, „eine Meute griff mich an, als Ka'ratak zu dicht am Boden flog."

„Wo war das?", fragte der Erste plötzlich scharf.

Maroc zögerte. Wenn er auf die Frage ehrlich antwortete, dann zwang er sich, damit etwas auszusprechen, was er verdrängt hatte. Eine Wahrheit, die er jetzt nicht brauchte, mit der er sich später beschäftigen würde. Die genau genommen nicht mehr als ein Ammenmärchen war.

„Nahe des Orakels", gab er dann zu.

Eine Stille entstand. Ein Eingeständnis mit Tragweite. Der Erste wusste das genauso gut wie Maroc selbst. Sie kannten beide die Inschrift des Orakels. Dieser Augenblick war der erste, in dem er daran dachte. Aber es immer noch nicht wahrhaben wollte.

Er wartete auf eine Reaktion, aber es kam keine.

„Du hast die Wunde nicht ausreichend geschont. Du brauchst Heilmittel. – Sonst überstehst du womöglich die

Nacht nicht. Denke daran, morgen sind die Magiaatiden vorüber."

Der Erste ließ nicht erkennen, was er dachte. Ob er sich der Bedeutung bewusst war und was er daraus ableitete.

„Hätte ich das getan, stünde ich nicht hier!", fluchte Maroc aufgebracht.

„Nun denn. – Ich habe keine Zeit mehr für weiteres Theater heute Abend. Nach der Bekanntgabe um Mitternacht lasst die Livris und die übrigen Sharièn herein. Um den Rest kümmern wir uns. Der Kommandant bleibt am Leben, das ist beschlossen. Du bringst das Mädchen mit. Um Mitternacht muss sie da sein – andernfalls ist es vorbei, Maroc."

Die Tonlage des Ersten machte deutlich, dass die Drohung mehr umfasste, als den geplanten Umsturz heute Nacht.

Maroc nickte, obwohl er sich fragte, ob er in seinem Zustand noch so lange durchhalten würde.

„Eins noch. Die Töchter von Ne'nor Honestae – verschont sie. Wenigstens zwei von ihnen haben mich und die anderen sehr unterstützt. Ohne sie wären das Mädchen und ich längst tot."

Der Erste antwortete nicht.

23

- Bitteres Warten -

Die Stunden verstrichen und das Jammern nahm kein Abbruch. Der Zug der Livris bewegte sich langsam um den See herum wie eine sehr gemächliche Schnecke. Cara blickte nicht zurück. Sie wusste, was sie sehen würde. Sie hatte es den Abend über schon beobachtet. Wieder blieben einige liegen. In dem Augenblick, in dem sie erkannt hatte, wer zurückbleiben würde, hatte ihre Haut an den Armen angefangen zu jucken. Wie anderer Leute Narben bei schlechtem Wetter spannten, schienen ihre zu kribbeln, sobald das Leid um sie herum zu groß wurde. Sie besaß nichts, um sich Erlösung zu verschaffen, außer ihrer Fingernägel. Wieder dachte sie an die Infektionsgefahr und kämpfte das starke Gefühl nieder, ihre Haut einzuritzen. Ihre Finger verkrampften sich um das Hemd und in Hants Hand. Zuckten ihre Finger zurück, nahm er sie erneut, als verstünde er den inneren Kampf, den sie mit sich ausfocht und der ihr eine innere Unruhe bescherte, die durch ihre Adern hüpfte wie ein Sack Flöhe. Er deutete auf den Himmel und Cara folgte seinem Blick.

„Es geht bald auf Mitternacht zu."

„Woher weißt du das?"

„Ich glaube, die beiden Monde stehen dann hinter-einander. In Silvánuba hat eine Lesá das mal erklärt."

„Ob sie uns die Tore öffnen?"

Dankbar ließ Cara sich von ihm ablenken und dachte wieder daran, dass sie nicht wussten, was sie erwartete.

„Der Adlerreiter war sich sicher, dass man uns in die Stadt lassen würde", sagte sie, „die Frage ist nur, ob es dort besser ist als in Silvánuba."

„Du kannst niemandem trauen. Wir werden sehen, ob er die Wahrheit gesagt hat."

Trotz ihrer Befürchtungen hatten sie sich dem Zug der Männer und Frauen aus den Aschedünen angeschlossen, der sich zu der Stadt am anderen Ufer hinschleppte. Was hätten sie auch sonst tun sollen? Cara betrachtete das mit Fackeln besetzte Bollwerk. Die Stadtmauer Justeras erschien ihr imposant im Gegensatz zu dem kleinen Wall, der Silvánuba umgeben hatte. Und selbst hinter der Mauer erhoben sich beleuchtete Dächer und Zinnen, die von weitem zu sehen waren, und die den Anschein eines fried-lichen Ortes erweckten. Je näher sie kamen, desto mehr verschwand die Sicht auf das, was hinter der Wand lag. Die Mauer schien plötzlich unüberwindbar. Das Lodern der Fackeln in den Wachtürmchen unheilvoll.

Die Livris riefen, als sie Tor erreichten. Sie flehten um Einlass. Cara entdeckte Männer in Uniform oben auf der Mauer. Sie sahen zu ihnen hinunter. Doch die rührten sich nicht. Vielleicht waren sie nicht echt, schoss es ihr durch den Kopf. Aber vielmehr schien es so, dass sie ihrem Rufen kein Gehör schenken wollten. Als wären sie nicht da. Als existierten der Schmerz und das Leid dieser Menschen nicht, wenn sie wegsähen. Als hätten sie dann sagen können, sie wüssten nichts davon und müssten sich nicht zwischen Barmherzigkeit und dem Befehl entscheiden, das Tor geschlossen zu halten. Denn das war es. Verschlossen.

Die Männer im Umkreis von Baren an der Spitze des Zuges schlugen gegen die fest verankerten Torflügel. Unerhört verhallten ihre verzweifelten Rufe und Schläge. Immer mehr Menschen um sie herum brachen in lauten oder stummen Schreien zusammen. Caras Herz pochte wild in ihrer Brust. Sie hatten alles ertragen und waren über ihre Grenzen den Berg hinauf und den Weg hierhergekrochen. Mit dem Ziel, dass diese Stadt sie vor dem drohenden Tode bewahrte, der stets einen Schritt hinter ihnen hereilte. Dass man sie sehr wohl hörte und ihnen doch nicht öffnete – das zerstörte den letzten Funken Hoffnung in ihnen, der sie noch am Leben erhalten hatte. Es war ein unstreitbares Todesurteil für jeden von ihnen.

Cara fühlte sich unter den Livris wie eine Fremde, die am Rand stand und zusah, wie alles in diesen Menschen zerbrach. Sie fühlte sich ohnmächtig, fand nicht die Kraft, ebenfalls zu rufen, während Hant alle Energie in seine vom Husten geschüttelte Stimme legte, um die Aufmerksamkeit der Patrons auf sich zu lenken.

Lange harrten sie aus. Es wurde kalt. Die Sterbenden blieben zwischen den Lagernden liegen. Niemand besaß noch die Kraft oder den Willen, sie zur Seite zu schaffen. Das hatten sie schon am See nicht mehr getan. Wozu auch? Im Morgengrauen würde das ganze Gebiet vor den Toren der Stadt ein einziges Grab sein.

Wieder und wieder hörte sie Baren und seine Männer um Einlass bitten, flehen und betteln, wie sie niemals geglaubt hatte, dass dieser schreckliche Mensch dazu fähig wäre. Cara hasste ihn. Sie verachtete ihn. Aber das erste Mal fragte sie sich, ob er vielleicht die Wahrheit darüber gesagt hatte, dass er Menschenleben retten wolle. Es schien ihr kaum möglich, einem Mann, der so Schreckliches getan hatte, eine gute Tat zuzugestehen. Aber war es denkbar, dass dieser Mann nicht vollkommen abgrundtief böse war?

„Was passiert, wenn sie uns nicht einlassen?", hörte sie das Flüstern eines Kindes zu seiner Mutter.

„Sie warten sicher, bis es hell wird. Schlaf ein und träume von einem Bett und warmen Essen. Sie werden uns wecken", log die Mutter.

24
Ta'rish

- Schmerzliche Erinnerungen -

Es war das traurige Rüsten zu einer letzten Schlacht. Kaum dreißig in die Jahre gekommene Männer, Ta'rish und die alte Moora zählte die Schar. Ihr gesamtes Hab und Gut ließen sie an diesem Ort zurück, der die letzten einhundert Jahre ihr Versteck und ihr zuhause gewesen war. Die Vorräte waren gänzlich aufgebraucht, das letzte Getier, war es noch so mager gewesen, zuvor geschlachtet und verzehrt worden. Ta'rish hatte dafür gesorgt, dass die Verletzungen der Verwundeten heilten, aber sie hatte auch die sterben lassen, für die es keine Zukunft mehr geben würde.

Ein Jeder nahm eine, gewöhnlich mehr als Praxisgegenstand verwendete Waffe zur Hand und harrte der Dinge, die kamen. Oder die auch nicht kamen. Ta'rish kannte dieses Gefühl. Sie hatte es mehrmals in ihrem Leben durchgemacht. Und trotzdem war es jedes Mal wieder schwer.

Die Sharièn versammelten sich auf dem Platz, der am Eingang des Seitenarmes im Vulkanschlot mit den Jahren zu einem Versammlungsort geworden war. Selbst hier war das beständige Rauschen der mächtigen Wasserfälle noch zu hören, auch wenn diese am anderen Ende des kilometerlangen Tunnels lagen.

Alle wussten, dass es heute Nacht nur einen von zwei Wegen geben würde. Entweder nach oben, hinaus nach Talimont in die Freiheit. Oder hinab ins heiße Magma des Vulkans, um die Geschichte der Sharièn damit für alle Ewigkeit zu beenden. Eine dritte Option sahen ihre Pläne nicht vor.

„Glaubt ihr, dass er Wort hält?", fragte jemand.

„Maroc hat immer sein Wort gehalten", erwiderte Ta'rish automatisch und musste doch daran denken, dass ihre Worte nicht der Wahrheit entsprachen. Trotzdem wollte sie heute Nacht daran glauben.

Es war Angst gewesen, die sie ihr halbes Leben lang getrieben hatte, die Angst davor, dass sich Erlebnisse wiederholen könnten. Die Befürchtung etwas zu verlieren, was sie schon einmal verloren hatte. Jahrelang hatte die Angst um Cara, der tägliche Kampf ums Überleben und die Geborgenheit, die sie bei Arem empfinden durfte, sie davon abgehalten, über die Vergangenheit nachzudenken. Über ihre eigene Geschichte und die Erinnerungen, die diese Ängste bei ihr ausgelöst hatten.

Doch jetzt, hier unten im Schlot, hatte sie nicht viel zu tun. Sie musste warten. Und mit dem Warten kamen die Gedanken, ob sie es wollte, oder nicht.

„Glaubt ihr, die Valtórn kommen bis Mitternacht?", hörte sie die Stimmen im Hintergrund, das Flüstern, obwohl sie wusste, dass der Sprung ins Feuer schon längst beschlossen gewesen war, noch bevor die Hoffnung durch Maroc wieder an sie herangetragen worden war.

Hoffnung, dachte sie, *ein Funken Hoffnung kann so vieles ändern. Aber wird er enttäuscht, kann er so vieles zerstören.*

Welche Hoffnung ist es gewesen, die mein eigenes Leben zerstört hat?

Sie hielt sie nicht mehr auf. Die Erinnerungen kamen, überfluteten sie, als hätten sie nur darauf gewartet, endlich Einlass in ihr Herz zu finden …

Das Bett wackelte unter ihrem Rücken, die Pfosten am oberen Ende knallten zweimal laut gegen die Wand. Dann sackte der schweißnasse Männerkörper über ihr zusammen. Sie spürte seinen Speichel am Hals und den schwitzigen Film auf ihrer Haut, als er sich ächzend von ihr herunterrollte.

Verkauft, dachte sie. *Sie haben mich verkauft.*

Ta'rish spürte, wie seine Hände sie noch liebkosten und den Schweiß auf ihrem Oberkörper verstrichen, als wollte er sie damit einreiben. Alles, was sie fühlte, war Ekel. Und Wut. Wut über den Verrat, den man an ihr begangen hatte. Die Vier hatten sie an Ne'nor Honestae verkauft. Wie ein Schwein geopfert. Oder wie ein seltenes Schmuckstück eingetauscht für ihr eigenes Interesse. Wo sie ihnen doch so viel gegeben hatte. Und eigentlich immer so wichtig gewesen war. Doch war der Bund der Sharièn mit den Menschen nun auf einmal bedeutender als der Zusammenhalt untereinander. Also hatten sie Ne'nor Honestae gegeben, was er haben wollte. Selbst der Mann, den sie liebte, hatte sie dazu gezwungen, diesen Menschen zu heiraten. Sie dachte darüber nach, ob sie eher das Opferschwein oder das seltene Schmuckstück war. Aber spielte das überhaupt eine Rolle?

Das Bild verwischte in ihrem Kopf, brachte sie zurück in einen ähnlichen Zustand, Monate später, in dem sie erneut in einem Bett lag, nass von Schweiß, den Kopf gefüllt mit Leere und dem Gedanken an Verrat. Die Worte „es war nach der Geburt nicht am Leben", nicht verarbeitend. Sie erinnerte sich daran, dass sie darum gebeten hatte, es zu sehen, doch Ne'nor Honestae hatte es verboten.

„Es war nicht am Leben, mein Schmuckstück. Du sollst so etwas nicht sehen müssen."

Als müsste er sie, die ehemals oberste Heilerin des Volkes der Sharièn vor einem Anblick schützen, den sie nicht verkraften könnte. Hatte sie dieses Kind doch nie gewünscht. Das Kind, das das Ergebnis des Verrates war, den man an ihr begangen hatte. Aber jetzt, wo es tot war, wollte sie es haben. Fragte sich, ob es sie nicht doch glücklich gemacht hätte. Sehnte sich nach etwas, was sie hätte besitzen können, ein Stückchen Glück, welches sie den Schmerz des Verrates vielleicht mit der Zeit vergessen lassen könnte. Doch es war tot.

Der Schmerz holte sie ein. Tag und Nacht blickte sie hinaus auf die Monde. Während die äußeren Wunden heilten, fingen die inneren an zu eitern. Tiefe Traurigkeit und Verzweiflung erfasste alles in ihr. Gefühle für Ne'nor Honestae waren nie dagewesen. Gleichgültigkeit brachte sie seiner Zuneigung und dem Akt entgegen, den er immer seltener einforderte. Kontakte zu Besuchern und Bediensteten reduzierte sie auf das Mindestmaß, das von ihrer Stellung gefordert wurde. Sie wurde einsam inmitten dieses Lebens. Eine Traurigkeit erfasste sie, von der es ihr nicht gelang, sie auszulöschen.

Und dann, eines Abends, waren die Vier zu Gast bei Ne'nor Honestae gewesen. Ta'rish hatte ihre Teilnahme am Abendessen verweigert und sich in ihr Gemach zurückgezogen. Doch an diesem Abend war etwas geschehen. Sie erinnerte sich an die aufgeladene Stimmung nach dem Essen. Ihr Gemahl hatte sie aufgesucht, wütend, zitternd vor Erregung. Er hatte ihr die Kleider vom Leib gerissen und das Mal betrachtet. Und da hatte sie begriffen, dass ihm jemand etwas verraten haben musste. Jemand musste ihm gesagt haben, dass sie kein Mensch war. Sie wusste, wie sehr er sich gegen die Existenz anderer Völker aussprach. Welcher Hass ihr drohte, wenn er sich von ihr hintergangen fühlte.

Sie entschied zwei Dinge. Erstens würde sie fliehen. Aber zuvor drängte alles in ihr danach, mit dem Mann zu sprechen, der sie an Honestae verkauft hatte. Und der sie einmal geliebt hatte. Zumindest hatte sie das geglaubt. Da er heute Nacht im Haus weilte, schlich sie zu ihm, in den Flügel des Herrenhauses, den die Vier bewohnten und der abseits der übrigen Gemächer lag. Kalt und menschenleer gähnte der Flur, den sie auf Zehenspitzen hinunterschlich. Ihre Wangen fühlten sich heiß an und ihr Herz bebte wie ihre Beine bei jedem Schritt, den sie tat.

Einmal in ihrem Leben hatte sie geliebt. Nur einmal. Und er hatte sie verraten. Trotzdem hatte das ihre Liebe zu ihm nicht auslöschen können. Das war es, was diesen Verrat noch so viel bitterer schmecken ließ.

Sie wusste, dass er das hinterste Zimmer gewählt hatte, weil es das Zimmer war, in dem sie zuletzt miteinander gesprochen hatten. Würde er sie erwarten?

Ta'rish hob die Hand, um zu klopfen, da öffnete sich die Tür von allein. Er stand direkt vor ihr. Sie sah in sein Gesicht, das nicht hübsch und für gewöhnlich unter einer Kapuze verborgen war. Trotz dessen war es ihr so vertraut, als wäre es das Erste gewesen, was sie jeden Morgen nach dem Erwachen gesehen hätte.

Sein Blick war nicht überrascht. Sie hielt den Atem an.

Er öffnete die Tür ein Stück weit und ließ sie eintreten. Da sah sie, dass er nicht allein war.

Der Erste war bei ihm. Er hatte seine typische Thiennenkapuze ebenfalls nicht aufgesetzt. Sein Blick drückte Unzufriedenheit aus. Ta'rish blieb hinter der geschlossenen Tür stehen und sah beide Männer abwechselnd an. Viele Gefühle wallten durch ihre Brust und sie konnte nicht sofort entscheiden, welchem sie die Oberhand überließ.

„Ihr habt mich zum Tode verurteilt", sagte sie schließlich in die unerträgliche Stille hinein.

„Er hat das Mal längst gesehen oder willst du mir erzählen, dass ihm das nicht aufgefallen ist, während er etliche Male versucht hat, dir ein Kind einzupflanzen?"

Seine Stimme war hart und kalt.

Der Erste winkte verärgert ab, als er noch weitersprechen wollte.

„Honestae hatte keine Ahnung von der Bedeutung dieses Zeichens, bis es ihm heute Abend jemand verraten haben muss", beharrte Ta'rish aufgebracht. „Was habt ihr ihm gesagt? Warum trachtet ihr mir nach dem Leben, nachdem ihr dafür gesorgt habt, dass es die Hölle ist? Ich habe alles getan, was ihr verlangt habt, um euch zu helfen. Ich habe mein Leben aufgegeben, um euch das Bündnis zu den Menschen zu sichern! Damit ihr sie weiter als Marionetten nutzen könnt. Und nun? Ihr zerstört nicht nur mich. Ihr zerstört euch selbst damit! Honestae kennt keine Gnade mit Verrätern. Ich nehme an, dass ihr natürlich nicht offenbart habt, dass ihr die gleichen Male tragt wie ich?"

Der Zorn war aus ihr herausgebrochen, ohne dass sie etwas dagegen tun konnte. Ihre Brust hob und senkte sich vor Erregung.

„Du wirst es Honestae gegenüber nicht erwähnen, hast du das verstanden!", drohte der Erste.

„Warum habt ihr das getan?", rief sie verzweifelt. Sie hatte alles für sie getan. Immer. Weil sie an die Sharièn geglaubt hatte.

Beide Männer schwiegen.

„Er will meinen Tod. Und ihr wollt mich nicht schützen", sagte Ta'rish schließlich leise.

„Es steht dir frei, zu fliehen", erwiderte der Erste ernst. „Von unserer Seite aus werden wir das Bündnis nicht gefährden. Ich bedaure, dass es so kommen musste. Auch uns spielt das nicht in die Karten. Sieh zu, dass du vor dem Morgengrauen verschwunden bist."

Er verließ das Gemach, ohne ihr anzubieten, sie zurückzugeleiten.

Doch das Opferschwein, dachte sie. Die bekannte Leere breitete sich wieder in ihrem Körper aus, die von ihr Besitz ergriffen hatte, seit sie verkauft worden war.

„Ist das wirklich das Einzige, was du dazu zu sagen hattest?", fragte sie leise, ohne sich zu ihm umzudrehen, „dass er das Mal doch längst gesehen hat?"

180

Mit keinem Laut gab er zu verstehen, dass er ihr zuhörte, dass er überhaupt noch da war. Sie spürte, dass er ihren Worten lauschte.

„*Du* hast es ihm gesagt, nicht wahr?", fragte sie dann direkt den Mann, den sie einmal geliebt hatte.

Sie drehte sich zu ihm um. Er stand unmittelbar hinter ihr. Sein Mund wirkte verkniffen, aber er sah immer so aus. Selbst wenn er fröhlich gewesen war, hatten nur seine Augen geleuchtet. *Warum liebe ich diesen Mann*, fragte sie sich in diesem Augenblick, wo *er doch mein Leben zerstört hat. Zum zweiten Mal.*

Seine Stimme war sehr leise, als er sprach.

„Ich ertrage es nicht, dass du in den Armen eines anderen liegst, der dich nicht liebt. Ich sehe deine Qualen jede Nacht vor mir. Es fühlt sich an, als ertrüge ich dieselben."

„Das sagt sich so leicht, nicht wahr? Du hast mich gebeten, zu gehen. Du hast mich angefleht, den Wünschen der Vier zu entsprechen, um den Frieden nicht zu gefährden. Um euch die Macht zu sichern. Und nun setzt du mich seinem Hass aus. Mehr Beweise deiner angeblichen Liebe kann ich kaum ertragen."

Sie hätte nicht gedacht, dass sie es schaffen würde, so mit ihm zu sprechen. Es fühlte sich an, als ob ihr Inneres dabei zerbrach.

„Du hörst mir nicht zu, Taarishienna. Ich ertrage es nicht. Habe es nie. Aber ich kann die Entscheidung nicht rückgängig machen, die ich mitgetragen habe. Ich kann dich nicht wieder zurück in meine Arme holen. Aber ich kann dich noch weiter von mir wegtreiben. Und damit von ihm."

Ihr Blick erstarrte.

„Was redest du da?"

„Er liebt dich nicht, Taarishienna."

„Als ob du das tätest. Es je getan hättest."

Er wandte sich ab, ging zwei Schritte zu einem Stuhl hinüber, um sich auf dessen Lehne abzustützen. Seine Haltung krümmte sich, seine Finger krallten sich in die Stuhllehne.

„Wie niemals ein anderer Mann eine Frau zu lieben wusste", hauchte der die Worte, die sie ihm am liebsten wie einen Bumerang ins Gesicht zurückgeschleudert hätte.

„Ich hätte nicht herkommen sollen." Von Schmerz und Wut geschüttelt, trat sie einen Schritt zurück. „Ich hätte gleich fliehen sollen, anstatt zu riskieren, dass Honestae mich diese Nacht noch an die Sâras'ski ausliefert. Um den Worten eines Mannes zu lauschen, dessen Stimme wie leises Gift ist. Bis heute Nacht habe ich daran geglaubt, dass du mich geliebt hast. Dass du nicht derjenige warst, der entschieden hat, mich an Honestae zu verkaufen. Dass du nicht der warst, der ihm die Bedeutung des Mals verraten hat. Doch ich lag falsch. So falsch." Ihre letzten Worte waren nicht mehr als ein Flüstern.

Seine Stimme war rau, als er sprach.

„Nein. Nein, du lagst nicht falsch. Ich liebe dich noch immer. So sehr, dass dein Anblick, den ich heute das letzte Mal in meinem Leben haben werde, mich schmerzt wie der Tod selbst."

„Elender Lügner." Sie wandte sich ab und stürzte zur Tür. Ihr Inneres hielt weder seine Stimme noch seine Worte länger aus.

„Deine Tochter lebt, Taarishienna."

Sie erstarrte erneut.

„Das ist nicht wahr", hauchte sie mit bebenden Lippen.

„Ich sage dir, dass sie lebt. Sie wird von einer Amme aufgezogen als das jüngste Kind des Ne'nor Honestae."

Ta'rish schwieg, wankend zwischen dem Wunsch, es ihm zu glauben und dem Wissen um die bittere Realität, derzufolge es kaum sein könnte.

„Für Honestae bist du ein Besitz. Ein Spielzeug, das er haben kann, weil er mächtig ist. Welches für seine Gelüste zur Verfügung steht und das sich keine Mühe macht, sich in seine Geschäfte einzumischen, weil es alles hier verabscheut. Aber es ist schön und angesehen und es war ein Geschenk, also behält er es. Aber Glück schenkt er ihm nicht. Genauso wenig wie Liebe. Ein jedes Kind, dass du ihm gebärst, wird er dir als totgeboren glaubhaft machen, während es im andren Flügel des Schlosses von den Ammen großgezogen wird. Auch die Mutter seiner beiden älteren Töchter war nicht mehr als sein Spielzeug. Und selbst diese Kinder hält er von dir fern. Du wusstest nicht einmal, dass es sie gibt, nicht wahr? Obwohl du schon bald fünf Jahre bei ihm bist. Niemand weiß, wer deren Mutter ist. Und niemand wird wissen, dass das jüngste Kind deine Tochter ist."

„Du hast sie gesehen?" Der Schock saß so tief, dass sie kaum atmen konnte.

„Ich habe sie gesehen. Sie ist wohlauf. Ein Menschenmädchen, mit blonden Haaren und grünen Augen – so klar und schön wie die deinen."

Mit einem Schluchzen brach sie zusammen. Als risse das den Wall zwischen ihnen ein, stürzte er zu ihr und fing sie auf, bevor ihr Kopf auf dem Boden aufschlug. Seine

Berührung zerschnitt die Kälte ihrer Herzen wie ein Schwert einen Vorhang. Zitternd schloss er sie in seine Arme, strich mit bebenden Händen über ihre Haare. Küsste und liebkoste ihr Gesicht. Und Ta'rish erwiderte seine Berührungen, seine Zuneigung. Als hätte es den Schmerz, das Gespräch gerade eben, die schweren Entscheidungen und die schlimme Zeit niemals gegeben.

Seine Tränen mischten sich mit den ihren. Die Monde wanderten Richtung Horizont und er hielt sie einfach nur fest.

„Erinnerst du dich an das, worum ich dich damals gebeten hatte?", sagte sie nach langer Zeit, „eine Nacht. Um mir zu schenken, was ich mir sehnlichst erhoffe. Ein Glück, dass Honestae mir nahm und das du damals nicht wagtest."

Die Blicke beider trafen sich. Voller Sehnsucht, unerfüllter Liebe und Schmerz.

„Nein", raunte er, aber seine Stimme klang nicht überzeugt, „das Kind könnte Kräfte entwickeln, die niemand kontrollieren kann."

„Vielleicht wären es gute Kräfte."

„Du wirst vielleicht nicht einmal den morgigen Tag überleben. Sie werden dich auf dem Scheiterhaufen verbrennen und es gibt nichts, was ich dagegen tun könnte."

„Ich werde fliehen. Sofort. Ich werde gehen, ohne mein Kind einmal gesehen zu haben und ohne es mitnehmen zu können. Auch du wirst mich niemals wiedersehen. Darum bitte ich dich heute Nacht erneut: Schenke mir einen Teil von dir, der mich glauben lässt, dass diese Liebe zwischen uns echt war."

„Sie ist echt. So echt wie du und ich sind."

„Dann schenk es mir. Sonst kann ich das nicht glauben."

„Ich weiß, wer du bist, Taarishienna. Vergiss das nicht."

„Du hast dafür gesorgt, dass mein Leben zerstört wird. Zum wie vielten Mal? Erst hast du mich bei den Sharièn als Heilerin eingeschleust, um zu erreichen, dass diese Welt besser wird. Dann hast du mich an Honestae verkauft. Wieder um zu erreichen, dass diese Welt besser wird. Aber dieses Mal für die Sharièn und nicht für alle. Und nun hast du dafür gesorgt, dass man mir nach dem Leben trachtet, weil man denkt, ich wäre eine Sharièn. Und dieses Mal hat niemand etwas davon gewonnen. Nur du. Du musst meinem Leiden nicht länger zuschauen. Es wird so weit weg sein, dass du beruhigt schlafen und dir einreden kannst, dass du mich geliebt und das Beste für mich getan hast. Während ich leiden werde. Jeden einzelnen Tag meines Lebens dafür bezahlen werde, dass ich an die Liebe zu dir glaubte.

Du schuldest mir etwas. Ich verlange nur den Beweis deiner Liebe, damit ich die Qualen für den Rest meines Lebens ertragen kann. Nichts sonst. Aber wenn du das nicht kannst – dann war ich für dich genauso sehr nur ein Spielzeug wie für Honestae."

Bei diesen harten Worten bröckelte sein innerer Widerstand und brach endgültig. Er packte ihre Haare und zog sie an sich, voller Lust und Verlangen, das er verspürte, küsste und liebkoste sie wild und schweigend, während sich ihre beiden Körper vereinten.

Bevor der Morgen anbrach, war Ta'rish unerkannt aus der Stadt verschwunden. Sie wandte sich nach Osten, möglichst weit weg vom Orakel, wo Honestae sie vielleicht suchen würde. Sie wusste, dass sie sein Reich verlassen musste und auch bei den Vier im Norden keinen Schutz suchen durfte. Sie war auf sich allein gestellt. Daher würde sie nach Süden gehen. Hinter dem Wald der Säulen, hieß es, war man frei.

Zumindest, dachte sie, nahm ihre Hand aus der Tasche, die sein abgeschnittenes Haar gehalten hatte, und strich sacht mit den Fingern über ihren Bauch, *bin ich nun nicht mehr allein.*

Stunde
vor
Mitternacht

* * * * * * * *

25
Thien Justera

- Nachricht aus den Aschedünen -

Der Vierte hatte sich in die Loge der Herrschaften zurückgezogen. Am liebsten wäre er zurück in die Frostberge geflogen, um sich diesem verfahrenen Spiel zu entziehen, aber seine Anwesenheit war von Nöten. Wenn er nicht hier war, dann trug niemand dafür Sorge, dass wenigstens etwas funktionierte, wie abgesprochen. Die Frage war nur, wohin sich das Ganze entwickelte. Es behagte ihm nicht, was sich heute Nacht hier abspielte. Er wusste, dass Maroc es hierhergeschafft hatte. Die Feder, die aus den oberen Rängen hinabgesegelt war, hatte das deutlich bewiesen. Bedauerlicherweise hatte der Erste sie vor ihm entdeckt und eingefangen.

Hatte Maroc dieses Mädchen gefunden? Dieses Mädchen, das seine Gedanken wieder in eine Richtung trieb, die er nicht wahrhaben wollte. War sie es und war sie im Brunnen gestorben? Brachte er vielleicht eine andere?

Der Erste war zu Maroc hinaufgegangen und kehrte soeben zurück. Er gab nur ein unmerkliches Zeichen, doch die übrigen Thiennen verstanden es sofort: Es lief alles nach Plan. Der Umbruch würde um Mitternacht stattfinden.

Aber das bedeutete auch, dass sie hier sein musste. Mit diesem Gedanken kamen wieder die anderen. Wie wäre alles gekommen, wenn er diesen einen großen Fehler in seinem Leben nicht gemacht hätte? Wenn er dem Bedürfnis widerstanden hätte, wieder gut zu machen, was er getan hatte, weil er einem Idealismus hinterhergelaufen war, von dem er damals nicht gewusst hatte, dass er ihn niemals würde erreichen können. Die Gedanken stürzten auf ihn ein, obwohl die anderen neben ihm standen, obgleich er sich dagegen wehrte. Er konnte nichts anderes tun, als sie über sich ergehen zu lassen ...

Der Rat der Vier hatte sich eingeschlossen in seinem Versteck in den Frostbergen, im obersten Raum, um ganz unter sich zu sein.

„Taarishienna ist seit fast einem Jahr fort", verkündete der Erste den anderen, „wie ihr wisst, blieb das Bündnis der vier freien Städte bestehen. Wir haben es so drehen können, dass sie selbst diejenige war, die ihre wahre Identität verschleierte und Honestae täuschte. Sie hat dazu geschwiegen."

„Wir haben Glück, dass er keinen neuen Preis eingefordert hat."

„Niemand weiß, ob sie noch lebt, nicht wahr? Niemand hat das ganze Jahr auch nur ein Lebenszeichen von ihr gehört", sagte Maroc.

Der Erste nickte.

„Bis heute. Heute traf ein Brief bei Honestae ein. Ich habe ihn lesen können."

„Was steht darin?", fragte der Zweite.

„Ein Kind wurde in den Aschedünen geboren. Mit dem Mal des Windes."

Entsetztes Schweigen breitete sich aus. Ihm wurde kalt.

„Sie lebt!"

„Bei Iranus und Irana, sie lebt", rief auch Maroc.

„Ja, sie lebt. Honestae hat bereits die Sâras'ski losgeschickt, die Stadt erneut zu strafen."

„Warum tun wir nichts dagegen?", ereiferte sich Maroc.

„Was sollten wir dagegen tun? Sein ganzer Hass verfolgt sie und ihr Kind. Hast du vergessen, dass Honestae seine Späher hinter ihr her schickte, Jagd auf sie machte? Er hat Caritae, die Stadt am Fuße des Berges, nur wegen des Verdachts, dass sie sich dort versteckt halten *könnte*, vollkommen vernichtet, und die Überlebenden für den Rest ihres Daseins in großem Elend zurückgelassen. In Talimont ist es verboten, Märchen zu erzählen, da sie Lügen enthalten. Die Menschen werden streng nach der Wahrheit erzogen, oder ihrer Version davon. Wir schreiben auf Ne'nor Honestaes Weisung alle Geschichtsbücher um. Der Ort Caritae wurde vollständig aus der

Geschichte getilgt. In ein paar Jahren weiß niemand mehr, weshalb die Menschen dort im Elend leben. Er wird sie für die Ewigkeit dafür bestrafen, dass sie ihr Unterschlupf gewährten. – Wir werden uns nicht zwischen ihn und sie stellen."

„Das hat sie nicht verdient, das wisst ihr! Die Menschen in Caritae auch nicht." Maroc konnte nicht an sich halten.

„Sie gehört uns Vier nicht an. Und wir sind nicht verantwortlich für die Probleme der Menschen." „Sie ist die Heilerin unseres Volkes gewesen! Ihr habt sie verkauft wie ein Stück Vieh!"

„Hüte deine Zunge, Maroc!", entfuhr es dem Ersten.

„Es war Euer Wort über Ihr Mal, welches sie zur Flucht aus Honestae zwang", regte sich erneut Wut in Maroc, „es war Euer Wort, das ..."

„Das, was?", fuhr er nun dazwischen. „Sie hat ihr Schicksal selbst gewählt."

„Das ist so einfach für Euch, nicht wahr? Es ist so leicht, jemanden aufzugeben, sobald er Euch nicht mehr von Nutzen ist", Maroc hatte nicht vor, Ruhe zu geben. Dem Vierten missfiel seine Einmischung in die Entscheidung der Vier hochgradig.

„Wahre Worte, Adlerreiter." Sie starrten sich an, hasserfüllt, beseelt von dem Wunsch, sich aufeinander zu stürzen.

„Du warst für das Orakel verantwortlich und hast es verloren. Welchen Nutzen hast *du* noch für uns?", fragte er herausfordernd.

„Es ist genug!", ging der Erste zwischen sie.

„Ihr wollt Taarishienna also nicht helfen, sie nicht zu uns zurückholen und das Kind schützen?" Maroc wurde auf eine unangenehme Weise anstrengender, seit er seine Stellung als Hüter verloren hatte.

„Nein. Sie ist dort hinuntergegangen in dem Wissen, was geschehen würde. Nun soll sie dort bleiben."

„Und das Kind? Ist es nicht ein Kind unseres Volkes? Es trägt das Zeichen der Sharièn! Wollt ihr sein Leben nicht retten?", fragte Maroc weiter. „Jeder von uns in diesem Raum wird sich hoffentlich dessen bewusst sein, dass das erste Kind Taarishiennas ein Menschenkind ist. Der Vater des zweiten Kindes ist *nicht* Honestae. Es muss einer von uns Sharièn sein."

„Also sollen wir jetzt nach ihm suchen oder was ist dein Ansinnen?", fragte der Zweite.

„Honestaes Hass wird alle verfolgen, die sich bei diesem Thema gegen ihn stellen."

„Seit wann fürchten wir die Menschen? Ihr prahlt doch damit, sie zu lenken und zu kontrollieren! Und nun habt ihr Angst vor einem Mann?"

Dieser Adlerhüter ging ihm nur noch auf die Nerven. Wie er dastand, mit seinen schwarzen langen Haaren, aussah wie ein Wilder und nach Vogelkot stinkend, einen Stolz im Blick, der nicht zu seiner Stellung passte.

„Honestae wird irgendwann zu unserem Schattenkönig hier in Talimont. Der Hass, der ihn treibt und der ihn so stark macht, dass er für uns nützlich ist, den werden wir zu füttern wissen. Solang dieser Hass ihn blind macht, können wir frei agieren. Damit müssen wir uns arrangieren. Taarishienna ist das Zielobjekt seines Hasses. Und das Kind, das sie als seine Gemahlin gebar und das nicht seins ist, ebenfalls. Darauf wird er sich solange konzentrieren, wie Taarishienna sich in den Aschedünen verbergen kann."

„Das Gift, das ihr sät, wird euch irgendwann selbst zum Verhängnis werden!"

„Nicht, wenn wir es uns zunutze machen, Adlerhüter", drohte der Vierte.

Lange noch nach dem Streitgespräch blieb er allein im eisigen Saal, gefangen in seinen Gedanken.

Dieses Kind. Es war seines. Keinen anderen Schluss ließ die Nachricht zu. Es war geschehen, was er am meisten gefürchtet hatte. Aber die Umstände hatten sie verdammt. Verdammt dazu, dieses Kind zu verstecken und seine Kräfte, die er so fürchtete, vor der Welt zu verbergen, wenn sie leben wollten. Aus den Aschedünen würden sie nicht mehr fliehen können. Entweder, sie blieben ihr Leben lang dort gefangen oder sie starben eines qualvollen Todes.

Vielleicht war das ihre Strafe für das, was sie getan hatte. Der Erste hatte es vorhin gesagt. Taarishienna hatte Zuflucht an einem Ort gesucht und damit diesen und alle seine Bewohner in ein fürchterliches Verderben gestürzt. Ihre einzige Möglichkeit, sich selbst zu retten. Doch Tausende Leben fielen dieser Rettung zum Opfer. Und das wusste sie.

Maroc, den er hasste, weil er nur die Sharièn sah, das große Ganze verkannte und nicht verstehen wollte, dass die Welt nicht nur aus einem einzigen Volk bestand. Der wollte ihr helfen, weil sie zu ihrem Volk gehörte. Aber nicht um ihretwillen. Nie hatte er darum gebeten, das erste Kind Taarishiennas zu den Sharièn zu holen. Weil dieses das Zeichen nicht trug. Weil es damit kein Kind ihres

Volkes war. Aber das andere Kind, das mit dem Mal, das war ihm nun wichtig.

Und dann fragte er sich, warum er sich selbst nie um das Kind gesorgt hatte, das Taarishienna zurückgelassen hatte. Schließlich war es ihr Kind. Dann dachte er daran, dass er jedes Mal einen Grund fand, nach dem Mädchen zu sehen, wenn er in Honestae gastierte, wenn auch mit Abstand. Und sobald er sich vergewissert hatte, dass es dem Kind gut ging, machte sich zumindest ein beruhigtes Gefühl in ihm breit.

Aber das andere Kind, das war seins. Sollte das nicht Grund genug sein, es zu retten? Doch bitter bewusst war ihm, dass es dafür zu spät war. Und dass er selbst es gewesen war, der das Urteil über Taarishienna gesprochen hatte. Ohne zu ahnen, dass sie kurze Zeit später ein Kind von ihm in sich tragen würde. Er hatte mehr getan, als nur irgendeine Liebe aufzugeben. Denn sie war nicht irgendeine gewesen. Sie war diejenige gewesen, die nicht zu lieben einen körperlichen Schmerz in ihm auslöste, der ihn jede Sekunde seines langen Lebens quälte. Und in einem schwachen Augenblick, in dem er wusste, dass er diesen Schmerz doch nur für den Moment schmälern könnte, in diesem einen Atemzug der Schwäche hatte er sie verdammt. Und sie hatte diese Verdammnis an Caritae weitergetragen.

Wie konnte es nur so weit kommen?, fragte er sich. Wo er einst doch nur im Sinn gehabt hatte, die Völker zu einen. Ihnen zu zeigen, dass sie gemeinsam alles erreichen und friedlich miteinander in Vílevèna leben können. Das war es gewesen, was er gewollt hatte, als er Taarishienna zu sich geholt hatte. Die Intention zu einer besseren Welt. Doch stattdessen hatten sie ihren Untergang eingeläutet.

Er nahm wieder wahr, dass er auf einem Fest in der Herrscherloge saß, doch seine Gedanken spannen sich dort weiter, wo er vor zwanzig Jahren aufgehört hatte. Gab es etwas in den letzten zwanzig Jahren, was die Welt besser gemacht hatte? Und er musste die Frage, die er sich selbst gestellt hatte, mit nein beantworten. Einzig die bittere Erkenntnis blieb, dass er die Schuld an allem trug, was den weiteren zerstörerischen Lauf der Dinge bis heute bestimmt hatte. Alles, was er versucht hatte, gut zu machen, hatte sich ins Negative verkehrt. Der Gram hatte seine Gefühle über die Jahre abgestumpft, hatte ihn in eine bösartige Kreatur verwandelt. Er wünschte anderen Leid an den Hals. Weil er selbst so viel davon erfahren hatte, dass er den Gedanken nicht ertrug, es selbst verursacht zu haben.

Die Frau, die er liebte, hatte er zwanzig Jahre lang im Elend dahinsiechen lassen.

Das Kind, was sein Kind war, hatte er im Brunnen in Silvánuba zurückgelassen, ohne Mitleid zu empfinden. Vielleicht war es tot.

Das Kind, was Taarishienna zuerst geboren hatte, nervte ihn mit seiner Neugier und puppenhaftem Getue. Er hatte schon vor Jahren aufgehört, sich um ihr Wohlergehen zu sorgen. Und nun wünschte er sie einfach nur aus dem Weg.

26

- Das Tor -

Erhitzt trat sie in die kühle Nachtluft hinaus. In ihrem Kopf drehte sich alles. Maroc, Torro, Femima. Heute Nacht schien die Welt auseinanderzubrechen, nach der Erschütterung, die sich durch Marocs Märchen angekündigt hatte. Heute Nacht würde noch irgendetwas geschehen. Die Sharièn würden zurückkehren. Ob dieses Unterfangen gelingen würde, war völlig offen. Und ob diese Rückkehr friedlich oder zerstörerisch ablaufen würde ebenfalls.

Felina war froh, dem Geruch nach Schweiß, Parfum und Alkohol zu entkommen. Hier oben auf dem Dach sollte sie nach dem Willen ihres Vaters sein. Weit genug weg von den sich amüsierenden Herrschaften, die sich brav den Vorstellungen der vier Ne'nors fügten. Die die Welt und ihre Geschicke nicht hinterfragten. Weiter ihre Sklaven für sich arbeiten ließen und sich noch in dem Gefühl sonnten, ihnen etwas Gutes zu tun. Sie selbst entsprach nicht der Norm der vier freien Städte. Aber diese Erkenntnis fühlte sich das erste Mal gut an.

Sie hatte so sehr an Maroc geglaubt, seit sie ihn halb tot gefunden hatte. Seit sie gesehen hatte, was Silvánuba für ein grauenvoller Ort ist. Seit sie angefangen hatte, die

Geschichte der Sharièn zu lesen. Aber war es auch richtig? Marocs Haltung ihr gegenüber hatte sich verändert. Er hatte ihr das erste Mal zu verstehen gegeben, dass er nicht ihr huldvoller Diener war, der an den Lippen des adligen Fräuleins hing in der Hoffnung, ein freundliches Lächeln zu erhaschen. Es schien, als hätte sich ihr Verhältnis plötzlich umgekehrt. Er war kalt gewesen, berechnend, befehlend. Eine Art, die sie auf eine Weise abstieß, wie sie sie auf eine andere anzog. Was hatte er sich gedacht mit dem Ausspruch, *sie an seiner Seite haben*? Hatte er vorgehabt, sie zu heiraten? Oder als seine erste Mätresse zu nehmen? Welche Idee verbarg sich hinter seiner Vorstellung? Wie konnte er nur wagen zu denken, Felina akzeptiere einen Mann, der jahrelang ihr Diener gewesen war? Er zeigte sich tapfer, und er war ohne Zweifel ein Mann, der es gewohnt war, Befehle zu erteilen, wie sie heute erkannt hatte. Ein Umstand, den er bisher gut verborgen hatte. Dieser Gedanke führte sie nun zu Torro, der lange Zeit ebenfalls seine andere Identität verborgen hatte. Was hatte dieser Mann an sich, dass sie ihn so sehr wollte? Dass sie ihn liebte, was einfach nur wehtat. Ein Schmerz darüber, dass er ihre Zuneigung sehr wohl und endlich erwiderte, zu einem Zeitpunkt, da sie hatte erkennen müssen, was für ein schrecklicher Mensch er war. Ein gewissenloser Mörder, ganz gleich, hinter welcher Etikette er sich versteckte. Das Gefühl der Liebe ließ sie nicht los. Das war es vielleicht, was sie am meisten erschreckte. Dass sie ihn immer noch liebte, seine warmen Worte an ihren Ohren und seine Arme um ihren Körper spüren wollte. Und gleichzeitig dieses Gefühl der Übelkeit und eines zerbrechenden Herzens in ihrer Brust, weil sie wusste, was sie wusste. Weil sie nicht die Augen davor verschließen würde, was er tat. Trotzdem tat es weh. Dass sie sich so getäuscht hatte.

In ihren Gedanken war sie einmal die Balustrade abgelaufen, die um das obere Dach des Herrenhauses herumführte. Nun stand sie an der Brücke, die das Herrenhaus mit der nördlichen Mauer verband. Sie verhieß die Möglichkeit, ungesehen aus dem Herrenhaus zu verschwinden. Heute allerdings patrouillierten Patrons in Zweierpaaren auf der Mauerseite, um die vermeintliche Sicherheit der Bürger während des Festes zu gewährleisten.

Unwillkürlich fragte Felina sich, was sie hier oben tun sollte. Ihr Vater wünschte, sie solle dafür sorgen, dass die Lichter auf dem Dach und der Mauer um Mitternacht hell erstrahlten.

Eine Aufgabe, eines Lakaien würdig, dachte sie bitter. *Eine Aufgabe, die die Wachen ohne große Mühe selbst erledigen können.*

Sie betrachtete die Lampen auf dem Dach. Es handelte sich um große, weiße, kunstvoll geblasene Glasballons. In ihrem Innern flackerte Feuer. Durch ihre stabile Hülle und die kleine abgerundete Öffnung zum Boden hin, waren diese Laternen so gut vor dem Wind geschützt, dass sie unmöglich ausgingen. Es war völlig sinnlos, sie hier heraufzuschicken.

Von den Straßen klangen frohe Weisen herauf. Die Menschen tanzten ausgelassen auf den mit Fackeln erleuchteten Plätzen. Im Festsaal wurde fröhlich aufgespielt zum Tanz. Nur hier oben nicht. Weshalb hatte ihr Vater gewollt, dass sie hier heraufkam? Monatelang hatte er damit verbracht, seine drei Töchter täglich an ihre wichtigen Aufgaben zu erinnern. In Felina erhärtete sich immer mehr der unschöne Verdacht, ihr Vater wollte sie aus dem Weg haben. Als sollte sie Ereignisse nicht sehen, die bereits von langer Hand geplant waren. Wobei fürchtete er wohl ihren Widerspruch? Dieses Fest und die Aufgaben seiner Töchter waren lange festgelegt worden, bevor Felina angefangen hatte, sich für die Livris und ihr Schicksal und damit für die Geschichte Talimonts zu interessieren. Das konnte es also nicht sein. Langsam wanderte sie vom Dach über die Brücke und folgte der langen Biegung der Stadtmauer in östlicher Richtung.

Obwohl sie sich innerlich weigerte, sich Torros Worten zu beugen und dem Willen ihres Vaters zu gehorchen, hatte sie doch den Wunsch von diesem Ort zu fliehen. Sie wollte weit weg. Weg von den Lügen. Weg von den Intrigen. Auf einen Valtórn steigen und hinter den Horizont blicken. Wie Maroc es ihr versprochen hatte. Ein Versprechen zu einer anderen Zeit.

Einer der Patrons, der still auf seinem Posten gestanden hatte, setzte sich plötzlich in Bewegung und trat an ihre Seite, wie um sie zu begleiten. Unwirsch wollte sie ihn abweisen, denn sie wünschte, mit ihren Gedanken allein zu sein.

„Verzeih meinen Ärger", sagte er so unerwartet mit Marocs Stimme, dass sie erschrocken zusammenzuckte. „Ich wollte nicht mit dir streiten." Sie hörte ein Stocken zwischen seinen Worten, das sie aufsehen ließ. Er sprach leise, klang schwach. Schweiß perlte auf seiner Stirn und sein Gesicht war aschfahl. Das erkannte sie selbst im rötlichen Schein der Lampen. Außerdem zitterte er leicht.

Sein Aussehen brach ihren Zorn und ihr Inneres fokussierte sich auf die Sorge um einen Mann, der ihr wichtig war.

„Was ist mit dir?" Forschend betrachtete sie ihn.

„Nur der Arm", erklärte er knapp.

„Das ist nicht gut." Unruhe wuchs in ihr. Sie hatte die Bilder seines zerrissenen Armstumpfes nicht vergessen.

„Ein paar Stunden wird es noch gehen."

Felina zog die Augenbrauen hoch.

„Die Monde verdecken sich gleich. Siehst du." Er deutete auf den Nachthimmel und den kleineren Mond Iranus, der sich vor den größeren Irana schob. Zu Mitternacht würde er den anderen komplett umschließen und so gemeinsam einen schmalen Mondring bilden.

In diesem Augenblick schoben sich Schatten vor die Monde. Große Schwingen trugen riesige Adler auf sie zu.

„Sie kommen", sagte Maroc. Das Zittern war nun selbst in seiner Stimme unüberhörbar.

Doch Felina entdeckte noch etwas anderes, Bewegungen weiter unten am Horizont im Osten, die nicht von den Valtórn herrührten.

„Dort hinten kommen Menschen", Felina wies nach Osten hinüber zum See, der das Mondlicht und die Fackeln widerspiegelte.

„Das sind die Menschen aus dem Tal, Felina. Sie sind mit letzter Kraft hierhergeflohen. Kümmere dich darum, dass sie durch das Tor kommen."

In diesem Moment waren die Adler heran und rauschten über ihre Köpfe hinweg. Auch die Patrouille war darauf aufmerksam geworden. Befehle gellten, Lanzen wurden kampfbereit gemacht. Die Adler steuerten das

Dach des Herrenhauses an und ließen sich dort nieder. Die Wachen stürmten über die Brücke auf sie zu. Die Menschen bei der Feier bemerkten den Aufruhr oben nicht, zu laut spielte die Musik und zu ausgelassen feierten die Bürger.

„Öffne das Tor", bat Maroc erneut.

„Wo willst du hin?", fragte sie, doch in demselben Moment landete einer der Valtórn neben ihnen und begrüßte seinen Herrn.

„Ka'ratak, endlich." Mit gequältem Gesichtsausdruck kletterte Maroc auf den Rücken des Tieres hinauf.

Vom Dach des Herrenhauses erklangen Schreie und Adlerkreischen herüber. Es war nur eine Frage der Zeit, bis die Menschen in den Gassen und auf dem Platz darauf aufmerksam würden.

„Ich bitte dich, öffne das Tor", sagte er ein letztes Mal. Dann rauschte der Adler hinauf in den Nachthimmel und ließ sie stehen. Ungläubig starrte sie beiden nach. Dann richtete sie ihren Blick wieder auf die Menschen vor den Toren. Sie bewegten sich langsam näher, wie eine dunkle Masse krochen sie über die Erde, ließen den See hinter sich und bewegten sich damit auf das Haupttor im Süden der Stadt zu. Sie erkannte sie nur deshalb als Menschen, weil sie Fackeln trugen. Sonst hätten es auch Tiere sein können. Sollte sie ihnen helfen? Die Menschen aus dem Tal, dämmerte es ihr, das waren die Livris, Menschen wie Cara, die aus dem Elend kamen. Doch Silvánuba mussten sie nun nicht mehr ertragen. Und sie benötigten wahrscheinlich Hilfe. Selbstverständlich würde sie ihnen helfen. Sie straffte die Schultern. Sie würde das Tor öffnen.

Um selbst dorthin zu gelangen, hatte Felina mehrere Kilometer zu laufen. Irgendwann stand sie keuchend oben auf den Toren und sah auf die sich drängende Menschenmenge an den geschlossenen Torflügeln hinunter, die in der Zwischenzeit dort eingetroffen war. Sie wirkten wie Tiere, da sie mehr krochen als gingen. Kinder weinten. Schreie hallten hinauf. Sie forderten, die Tore zu öffnen. Sie bettelten. Sie flehten. Und dann waren dort die Menschen, die gar nichts sagten. Felina starrte auf sie hinab. Ein grauenhafter Schauder überzog ihren ganzen Körper. Es waren Hunderte, vielleicht Tausende. Und sie waren so dürr. Das Licht der Fackeln ließ sie nur undeutlich erkennen, wie die Menschen aussahen. Sie wirkten wie aus Gräbern gestiegen. Felinas ganzer Körper begann zu zittern. Das war es. Die harte Realität. Das, wovor die feinen Herrschaften ihre Augen verschlossen. Leid und Elend vor ihren Toren. Und sie öffneten sie nicht. Von außen war das Tor nicht bewacht. Aber dahinter sammelten sich Reiter auf Pferden. Erschrocken entdeckte sie Recaro an deren Spitze, der die Truppen der Stadt sammelte. Er würde die Livris niederreiten. Gnadenlos. Eifrig kommandierte er Patrons in die gewünschte Formatierung. Schwerter wurden gezogen. Unruhig tänzelnde Pferde in die Reihen gedrängt. Er musste erfahren haben, was ihn draußen erwartete.

Die Rufe von unten wurden lauter. Doch Felina rührte sich nicht. Sie hatte erkannt, wie die Konstruktion funktionierte. Um das Tor zu öffnen, musste unten im Hof das Kreuz gedreht werden. Unmöglich, das von hier oben aus zu steuern. Egal, was sie tat. Diese Nacht würde in einem schrecklichen Blutbad enden.

27 Ta'rish

- Das Tor -

Voller Hast bestieg Ta'rish erneut den Valtórn, der sie aus dem Schlot hierhergebracht hatte. Es fühlte sich immer noch ungewohnt an, nach so vielen Jahren wieder auf dem Rücken eines solchen Tieres zu sitzen. Pünktlich waren die Greifvögel im Schlot erschienen und hatten die verbliebenen Sharièn an die Oberfläche hinaufgetragen und zu dieser Stadt gebracht. Sie waren auf dem Dach und der Mauer gelandet, hatten mit den wenigen Wachen kurzen Prozess gemacht.

„Du findest sie am südlichen Tor", erklärte Maroc in stockenden Worten ebenfalls vom Rücken seines Tieres aus. Ta'rish sah, wie seine Gedanken beim Sprechen immer wieder abdrifteten. Das Fieber setzte ihm zu.

„Sie sollte das Tor öffnen, aber ich weiß nicht, ob sie es allein schafft. Sie kann nicht schwer zu finden sein, ein Mädchen mit blonden Haaren. Hier oben ist sonst niemand außer der Patrons."

„Hat sie einen Namen?"

„Felina."

Ta'rish entschied, den Rücken ihres Tieres noch einmal zu verlassen, stieg herunter und zu Maroc hinauf. Beide Hände legte sie wie beschwörend auf seinen Armstumpf.

Er zuckte unter ihrer Berührung zusammen und unterdrückte einen Schmerzenslaut. Sie warf ihm einen Blick zu und er nahm ihn auf. Er nickte.

„Wie lange?", fragte er.

„Du musst dich ausruhen", beharrte sie.

„Nicht heute", sagte er.

„Maroc –", begann Ta'rish warnend.

Er nickte erneut. Ihre Hände hatten die Schmerzen auf ein halbwegs erträgliches Maß reduziert, doch das Fieber vermochte sie ohne Heilkräuter nicht zu senken. Den letzten Rest hatte sie im Schlot aufgebraucht.

„Es wird in den Vorräten der Stadt Heilkräuter geben", begann sie, aber er schnitt ihr das Wort ab und machte die Andeutung einer unwirschen Geste mit dem Kopf, die er nicht zu Ende führte.

„Wir haben keine Zeit!"

„– wenn ich zurück bin, wirst du mich brauchen, wenn du Mitternacht noch erleben willst. Der Tod windet sich bereits durch deine Adern."

„So schnell wird er nicht –"

„Und wie er das wird. Sei kein Narr, Junge!", warf Moora ein.

Ta'rish sah genau, wie sie ihm außer ihrer Worte die fliegenden Gedanken schickte, doch sie zweifelte daran, dass er noch in der Lage war, die Botschaft zu empfangen. Sie zweifelte auch daran, dass Maroc in seiner Unvernunft noch vor dem Tod gerettet werden könnte. Wenn er sich heute Nacht nicht helfen ließ und im Morgengrauen die Magiaatiden vorüber waren, würden selbst die richtigen Heilkräuter mit dem Atem Vílevènas nicht mehr ausreichen, den Tod aufzuhalten.

Aber das war eine Entscheidung, die er selbst treffen musste. Ihr war es recht, dass sie von diesem Ort erst einmal verschwinden konnte. Die Vergangenheit war nur allzu gegenwärtig geworden, die Jahrzehnte lang verdrängten Erinnerungen an diesen Schmerz hatten etwas in ihr wachgerüttelt. Eine Angst, die immer stärker wurde, je näher sie den beiden Begegnungen war. Und sie wusste nicht, welche von beiden sie mehr fürchtete.

Also lenkte sie das Tier in den Himmel hinauf und zum südlichen Tor hinüber. Der Wind rauschte ihr durch die verfilzten Haare und erspürte einige kahle Stellen an der Kopfhaut. Einen kurzen Moment lang wünschte sie, sie hätte auf dem Valtórn davonfliegen können. In ein besseres Leben. Doch der Gedanke verging. Die Entfernung zum südlichen Tor war für das Tier nicht groß und sie erspähte das beschriebene Mädchen im Schein der großen runden Lampen und Fackeln, welche die Mauer säumten. Die langen blonden Haare zu einem Zopf gebunden, stand sie in einer Art schwarzer Männeruniform auf dem Wehrgang. Darunter entdeckte Ta'rish die Reiter, die sich zum Angriff bereit machten. Auf der anderen Seite hinter dem Tor die Menschen, deren Wehklagen und Rufen wie bittere Galle die Mauern hinaufkroch.

Ta'rish ließ den Adler auf der Mauer direkt neben dem Mädchen aufsetzen. Das sprang vor Schreck zur Seite und wandte sich um. Überrascht erkannte Ta'rish sie als das Mädchen, welches sie im Gasthaus zurückgelassen hatte, um den verwundeten Maroc mit Kariis zum Schlot zu schaffen. Auch im Blick Felinas regte sich Erkenntnis. Erstaunlicherweise lief sie nicht weg, sah Ta'rish nur unsicher an, als erwartete sie etwas Schlechtes von ihr.

„Maroc schickt mich, du musst keine Angst haben", sagte sie zum Gruß und rutschte von dem Rücken des Tieres herunter.

„Diese Menschen dort unten – ich muss das Tor öffnen. Aber dann werden die Reiter sie niederreiten." Felina blickte sie zweifelnd an.

„Warte noch einen Moment. Die Valtórn werden hinunterstoßen und die Reiter angreifen. Alles, was laufen kann, wird fliehen. Dann kannst du das Tor für die Menschen draußen öffnen."

„Gut. Ich schaffe das", sagte das Mädchen mit fester Stimme. „Solltet Ihr nicht bei Maroc sein? Er kann kaum stehen und braucht Hilfe. Ihr seid doch die Heilerin aus dem Gasthaus. – Und Ihr habt ihn schon einmal gerettet."

„Wir kümmern uns jetzt um das Tor", entschied Ta'rish.

Die Konstruktion zur Öffnung des Eingangs befand sich unten neben dem Tor im Hof. Das Tor selbst wurde aus zwei nach oben spitz zulaufenden Flügeltüren gebildet, die aus massivem Holz bestanden. Jede der Türen war über eine eigene Seilkonstruktion mit Winden und Zahnrädern verbunden, die dafür sorgten, dass sie mithilfe einer Handkurbel geöffnet und geschlossen werden konnte. Zusätzlich befand sich als Absicherung für beide Türflügel ein Fallgitter auf der Innenseite des Tores. Und dessen Kurbel, ähnlich konstruiert wie das der Türen, lag hier oben auf der Mauer. Normalerweise hätte sie nicht unbewacht sein dürfen. Jetzt aber war niemand mehr hier oben, da sich alles auf die großen Adler konzentrierte, und weil ohnehin niemand vorhatte, das Tor heute Nacht noch zu öffnen.

Entschlossen packte Felina die Kurbel und begann mit aller Kraft, das Fallgitter hochzuziehen. Obwohl der Mechanismus es ihr einfacher machte, sah Ta'rish, wie sie sich anstrengen musste, damit ihr die Kurbel nicht aus den Händen glitt. Sie kam heran und packte ebenfalls mit an. Mit vereinten Kräften zogen sie das Fallgitter Stück für Stück nach oben. Laut knirschten die Ketten. Das Klagen der Menschen aus den Aschedünen mischte sich mit den Schlachtrufen der Patrons. Im gleichen Moment fiel das Kreischen der Adler in den Lärm mit ein. Über ihnen gingen die Valtórn nieder und griffen die Reiter an. Ta'rish erkannte Maroc, der als erster auf Ka'ratak vorauseilte. Was für einen Siegeswillen dieser Mann doch besaß! Und was für eine Dummheit!

Die Schlachtrufe wandelten sich in Schreie. Die feiernden Menschen in den Straßen flohen in ihre Häuser und manche versuchten, die Mauer zu erklimmen aus Angst, die Raubvögel würden auch über sie herfallen.

Das Fallgitter war oben.

„Steig auf", forderte Ta'rish Felina auf und reichte ihr die Hand.

Felina zögerte.

„Mach schon, Mädchen, wir haben nicht viel Zeit."

Der Adler senkte seinen Flügel und ließ Felina hinaufklettern, die sich zaghaft und behutsam auf den Rücken des Tieres begab.

„Halte dich fest!" Das Tier schlug mit seinen Flügeln und erhob sich in die Luft. Felina klammerte sich an dem Federkleid fest und Ta'rish hielt sie zur Sicherheit am Arm gepackt. Der Adler stürzte sich ebenfalls auf die Reiter hinunter. Mit seinen Schwingen fegte er einige von ihnen von den Pferden. Die Tiere wieherten, scheuten und versuchten auszubrechen. Da das Tor noch verschlossen war, galoppierten sie in die Stadt zurück.

„Spring!", befahl Ta'rish.

Der Adler setzte für einen kurzen Augenblick auf dem Boden nahe des Tores auf. Sie selbst sprang von seinem Rücken und Felina folgte ihr. Ta'rish lief zu der Kurbel, die ihr am nächsten war, und fing an zu kurbeln. Sie sah, wie Felina sich am Tor entlangdrückte. Niemand beachtete sie im Getümmel. Hufe schlugen aus, Männer flogen durch die Luft, Schnäbel griffen nach allem, was ihnen in den Weg kam. Ein Speer flog gegen das Tor, unter dem sie sich schnell duckte. Dann hatte sie die zweite Kurbel erreicht. Unter großer Anstrengung bewegten sie die schweren Torflügel um wenige Zentimeter. Kaum war ein Spalt geöffnet, drängten sich die Menschen dort hinein.

Ta'rish besaß nicht die Kraft, die Kurbel noch weiter zu drehen, aber es genügte, dass die Wartenden durchkamen. Hinter sich hörte sie die eisernen Peitschen, die Vertégos, knallen und die Adler kreischen. Der Vogel würde nicht noch einmal hier landen können, um sie abzuholen. Sie würde sich unter die Livris mischen, was anderes blieb ihr nicht übrig. Schnell warf sie einen Blick zu Felina hinüber, die ebenfalls die Kraft an der Kurbel verloren hatte und sich Schutz suchend gegen die Mauer drückte. Eigentlich interessierte sie das Mädchen nicht, aber dann dachte sie an Cara. Daran, wie dankbar sie wäre, wenn es jemanden gäbe, der ihr helfen würde. Also entschied sie, sie nicht hierzulassen. Sie war auf der Seite der Sharièn und auch wenn sie der lügenden und betrügenden Oberschicht angehört, bedeutete das nicht automatisch, dass sie ein schlechter Mensch war.

Es blieb keine Zeit mehr, nachzudenken. Der Strom der Livris riss sie einfach mit sich mit. Sie rief nach Felina, drängte sich zu ihr durch und bedeutete ihr, mitzukommen. Sie sah selbst in der Dunkelheit, wie leichenblass das Mädchen war, das auf die entkräfteten Gestalten starrte und nicht wusste, was es tun sollte. Ta'rish packte Felina an der Hand und zog sie mit sich mit. Das Gefühl war ein sonderbares, als hielte sie Cara an der Hand. Und doch war es nur ein fremdes Mädchen. Das Herrenhaus war in der Ferne sichtbar. Die Adler ließen von den letzten Reitern ab und schwenkten wieder hinauf.

„Nur Mut", sagte sie, sowohl zu sich selbst als auch zu Felina, „zeigen wir ihnen den Weg nach dort oben."

Sie erblickte Baren und seine vertrauten Gesellen an der Spitze des Zuges, der sich mit einem Holzbalken bewaffnet den Weg freimachte, wo er ihm noch vereinzelt verstellt wurde. Schritt für Schritt folgte sie ihnen, als eine von den Aschegestalten, wo sie doch keine von ihnen war, niemals gewesen war und trotzdem ihr Leben unter ihnen verbracht hatte. Sie hatte sich dort immer nur versteckt. Sie hielt Felina an der Hand, was ihr das Gefühl des verlorenen Kindes noch viel deutlicher machte als ohnehin schon. Immer wieder drehte sie ihren Kopf und suchte nach Cara, ohne zu wissen, ob sie noch am Leben war.

28

- Die Zeremonie -

Ohne, dass sie es verhindern konnte, wurde Cara von der Menge mitgerissen. Sobald ein Spalt zu sehen war, schubsten und drängelten sich die Menschen hinein, getrieben von der nackten Angst, die Torflügel könnten sich sogleich wieder schließen. Vor ihnen bauten sich Patrons auf stampfenden Pferden auf, die Waffen gezogen. Bereit, ihnen einen blutigen Empfang zu bereiten. Dennoch nahm der Strom keinen Abbruch. Die Livris ergossen sich durch das sich öffnende Tor wie ein Fluss durch einen brechenden Damm. Aus der Luft jagten die Riesenadler herab, stießen mit scharfen Krallen und Schnäbeln auf die Reiter nieder. Adergeschrei, Wiehern, Schwerterklirren erfüllte die Luft. Und der Geruch nach Blut.

Es war eine Angst, welche die Menschen erfasst hatte, wie damals, als die Pardúk die erste Gruppe angegriffen hatte. Eine Angst, die sie dazu trieb, weiterzurennen, obwohl das ihr Verderben bedeuten könnte. Weil es nichts anderes gab, was sie tun konnten. Niemand wusste, wie weit die nächste Stadt entfernt lag. Aber sicher zu weit, um sie lebendig zu erreichen.

Ein Ellenbogen stieß Cara ins Gesicht, dass ihre Schläfe schmerzte. Sie knickte um, rappelte sich wieder auf. Die Masse drängte weiter durch den Torspalt. Sie wurde eingequetscht, hatte das Gefühl, keine Luft mehr zu bekommen. Sie japste, spürte einen unsichtbaren Ring um ihren Brustkorb, der sich immer enger zog. Hinter dem Tor wurde es etwas besser. Sie konnte atmen. Sie sah nichts weiter als Köpfe vor und die Adler über sich. Das Wiehern von Pferden und unmenschliche Schreie drangen an ihr Ohr. Plötzlich stoben Reiter durch die Reihen. Wahllos streckten sie mit ihren Schwertern Menschen nieder. Mit aller Kraft klammerte sie sich an die Hand ihres Freundes und duckte sich in der Menge. Sie waren viele. Viel mehr, als die Wachen aufhalten konnten, die sich gleichzeitig verzweifelt gegen die Adler wehrten. Vielleicht würden sie durchkommen. Für Gefühle blieb keine Zeit. Ihr Körper stand unter Anspannung und höchster Wachsamkeit, fokussierte sich nur aufs Überleben.

Auf einem der Adler entdeckte sie den Mann mit dem verstümmelten Arm, der eine Peitsche schwang und damit den Vogel anzutreiben schien. Er sah seltsam aus, aber sie wusste nicht, warum. Ihre Aufmerksamkeit musste ihr selbst gelten, um nicht unter den Kämpfenden begraben zu werden. Männer stürzten vor ihr, neben ihr. Kinder wurden von ihren Eltern getrennt, bekamen einen Schlag auf den Kopf und blieben liegen. Doch sie hätte sich nicht umdrehen können. Wie eine Welle trug die Menge sie weiter in Richtung eines großen Gebäudes, auf dessen Dach seltsame helle Lichterkugeln erstrahlten. Adler landeten dort oben und es bewegten sich Menschen neben ihnen.

„Nehmt ihnen die Waffen ab", schrien Männer in der Nähe.

Cara sah, wie sie zwei Patrons zu Boden rangen, die zuvor von einem Adler vom Pferd geschleudert worden waren. Die Schwerter wurden aufgehoben. Baren und Qaart hielten bereits eines in den Händen. Hant versuchte, an eines heranzukommen, aber es war kein Durchdringen. Cara, der das Schwert zu lang und zu schwer erschien, versuchte es nicht. Sie hätte gern ein Messer gehabt, aber fand keines.

Als sie den großen Platz erreichten, verteilte sich die Menge. Der Kampfeslärm hinter ihnen ebbte ab, denn die Schlacht konzentrierte sich ausschließlich auf den Platz vor dem Stadttor. Diejenigen, die lebend dort durchgekommen waren, ließ man in Ruhe, stellte Cara verwundert, aber auch erleichtert fest. Wie einige andere ließen auch sie und Hant sich erschöpft auf den Stufen eines Hauses nieder. Manche klopften noch an die Türen, aber nirgends wurde ihnen geöffnet. Aber das machte nichts. Der Brunnen führte Wasser und die entkräfteten Menschen konnten zumindest ihren Durst löschen. Als Cara sich einen Moment erholt hatte, sah sie sich um.

Der große runde Platz, der von Häusern gesäumt war wie eine Umzäunung, sah aus, als hätte man hier zuvor gefeiert. Bunte Girlanden hingen zerrissen zwischen Bauwerken und Holzstangen. Stände, deren Schilder Bilder von Essbarem zeigten, standen herum. Doch die Reste waren längst von ihnen eingesammelt worden, sodass die Auslagen bereits leer waren, als Cara sie entdeckte. Ein Podest war errichtet worden und Cara dachte unwillkürlich an das Schafott zwischen dem Auffanglager und Silvánuba, auf dem die anderen verbrannt worden waren. Ein Grauen kroch ihren Nacken hinauf. Es war kein Holz zu sehen. Trotzdem roch sie plötzlich Asche und verbranntes Fleisch. Sofort wurde ihr übel. Ihr Atem ging schneller. Sie blickte sich um, wie in Trance und mit unerklärlicher Panik im Herzen, suchte nach dem Ursprung des Geruchs, denn auf dem Podest lagen nur Gegenstände herum, die nicht gebrannt hatten. Dann entdeckte sie die Feuerstelle auf der anderen Seite eines Standes. Darüber ein Spieß. Verbrannte Fleischreste hingen von den Knochen herab.

„Sie essen sie", hauchte Cara. Eine noch größere Panik packte sie plötzlich, wie sie noch nie eine gespürt hatte. Sie sprang auf, im Begriff wegzurennen, ohne zu wissen, wohin. Sie sah die Arme und die Beine an den Spieß gebunden, sah einen Kopf hängen. Sie konnte nichts dagegen machen, dass sie schrie. Sie kreischte in hohen Tönen, hörte ihre eigene Stimme nicht mehr. Ihr Körper krümmte sich. Sie hielt sich die Hände über den Kopf und schrie alles aus sich heraus. Jemand packte sie und wollte sie auf die Beine zerren. Doch ihre Angst wuchs und sie schrie noch mehr und schlug um sich.

„Cara! Cara! Es ist ein Tier! Es ist ein Tier! Sieh hin!", drang eine Stimme so weit entfernt zu ihr durch, als wäre sie auf der anderen Seite eines Berges und zu weit entfernt, um sie zu hören.

„Cara! Komm zu dir! Es ist ein Tier, das sie gebraten und gegessen haben."

Das Keuchen schüttelte ihren Körper, aber das Schreien hörte auf. Die Übelkeit drängte sich ihren Hals hinauf und sie musste sich übergeben. Es dauerte, bis sie in der Lage war, den Worten dieser Stimme eine Bedeutung beizumessen. Bis sie begriff, dass es Hant war, der sie auf die Beine zog und sie schüttelte, damit sie ihre Fingernägel aus ihrem blutigen Arm zog, die darin eingekrallt waren.

Noch viel länger brauchte sie, bis sie ihre Augen wieder auf die Feuerstelle wenden konnte, die vor ihr lag. Nun erkannte sie, dass es stimmte, was Hant zu ihr gesagt hatte. Es war ein Tier, dessen Überreste dort vom Spieß hingen. Kein Mensch. Kein Livri.

„Los, komm weiter!", drängte Hant sie.

Sie zitterte so sehr, dass sie sich auf ihn stützen musste. Die anderen Livris schlugen einen Bogen um sie und zogen an ihnen vorbei. Es dauerte den ganzen Weg bis zu dem beleuchteten Gebäude, bis sie wieder zu sich und ohne seine Hilfe vorwärtskam. Kalter Schweiß stand ihr auf der Stirn und nur allmählich beruhigte sich ihre schnelle Atmung und ihr rasender Puls, der durch ihre Adern hämmerte. Das anhaltende Kribbeln in Armen und Beinen ließ endlich nach.

„Was war das? Warum habe ich gedacht, es wäre einer von uns", fragte sie Hant endlich, während sie die Leute beobachtete, die sich auf dem Dach sammelte.

„Ich weiß es nicht. Es war gruselig, Cara. Jeder hat gesehen, dass es ein Tier war. Hast du etwas von diesem Pulver aus Silvánuba genommen?"

„Nein", erwiderte sie schwach.

„Cara?"

Der Ruf kam vom Eingang eines großen, imposant wirkenden Gebäudes und Caras erste Intention war, dass dieses vielleicht ein Schloss sein müsse. Die Livris gingen dort hinein, aber der Ruf kam nicht von ihnen her. Die

Stimme, die ihren Namen genannt hatte, klang heiser und kratzig. Cara blickte vom Schlosseingang, durch den die letzten Livirs verschwanden, hinunter zu den Stufen und entdeckte eine zerlumpte Gestalt. Sie wirkte unverhohlen knochig, war in Lumpen gekleidet und ihre Haare bis zur Gänze verfilzt. Das Gesicht erkannte sie.

„Mutter", flüsterte sie verständnislos, als betrachtete sie eine Fata Morgana.

„Cara, Cara, Cara", rief die Frau weiter, stürmte ihr entgegen und riss sie in ihre Arme.

Sie drückte Cara so heftig an ihre Brust, dass die Rippen durch den Stoff zu spüren waren. Sie rang nach Luft, begriff nicht, wieso ihre Mutter hier war. Hatte sie sie nicht sterben sehen?

„Du lebst", waren die einzigen Worte, die sie fand, während sie ungläubig ihr alterndes Gesicht und ihre schmutzigen Haare betrachtete.

Wie ist das möglich?, dachte sie nur.

„Mein Kind."

„Wo sind Arem und Gélii?", regte sich ganz plötzlich etwas in ihrem Herzen.

Wenn ihre Mutter noch am Leben war, war es dann möglich, dass auch die anderen überlebt hatten? Eine drängende Hoffnung, an die sie nicht zu glauben wagte und die jäh wieder zerstört wurde, als ihre Mutter sie nur noch fester an sich drückte.

„Wie kommst du hierher?", fragte Cara immer noch ungläubig. Beinahe zaghaft befühlte sie mit den Fingern Ta'rishs Arm, als müsste sie sich vergewissern, dass ihre Mutter wirklich aus Fleisch und Blut war.

„Wir sollten hineingehen", unterbrach jemand diesen Moment.

Von der Treppe her kam eine weitere Frau auf sie zu.

„Du bist Felina. Aus Silvánuba", erkannte Hant sie, bevor Cara den Kopf gehoben hatte.

Cara sah über die Schulter ihrer Mutter hinweg. Felina trug ein schwarzes eng geschnittenes Kostüm, das an der Schulter einen Riss hatte und staubig wirkte. Ihre geflochtenen Haare waren zerzaust.

„Hallo Cara", begrüßte Felina sie und trat einen Schritt auf sie zu, „ich bin sehr froh, dass du am Leben bist! Wir haben jeden Stein in Silvánuba nach dir umgedreht."

Cara machte sich von ihrer Mutter los. Die jungen Frauen berührten sich nicht bei der Begrüßung. Cara wusste nicht, was sie erwidern sollte. Wusste nicht, was sie von Felina denken sollte. Die ganze Zeit über hatte auch sie gehofft, dass Felina nicht unter den toten Lesá gelegen hatte. Aber sie sprach es nicht aus. Dafür bemerkte sie, dass ihre Mutter und Felina sich bereits kannten, und sie fragte sich, wie das möglich war. Wo kam ihre Mutter so plötzlich her? Warum hatte sie in der Stadt auf sie gewartet? Denn sie war nicht beim Zug der Livris dabei gewesen.

„Ich weiß, Cara", sagte Ta'rish, als hätte sie ihre Gedanken erraten, „du hast viele Fragen. Es ist eine lange Geschichte."

Obwohl sie gefasst schien, bemerkte Cara das stärker werdende grüne Leuchten an Ta'rishs Hals. Ihre Mutter hatte schon immer schreckliche Angst gehabt, diesen Weg nach Talimont hinaufzugehen. Aber sie wusste nicht, warum. Vielleicht, dachte sie, hatte sie gewusst, was die Lesá hier oben mit den Livris trieben.

„Bitte kommt erst einmal mit hinein", forderte Felina sie auf, „wir werden sicher später Gelegenheit finden, über alles zu sprechen."

„Was geschieht dort drinnen?", fragte Cara argwöhnisch.

„Es ist nicht klug, sich hinter verschlossene Türen zu begeben", flüsterte ihr Hant zu.

Ta'rish legte ihre Hand auf Caras Schulter. Cara bemerkte, wie sie ihre Angst zurückdrängte und sich Hoffnung an ihrem Hals zeigte.

„Dort drinnen werden wir uns heute Nacht unsere Freiheit zurückholen, Cara. Für alle Menschen hier, alle Geflohenen aus den Aschedünen. Und für das Volk der Sharièn."

„Das Volk der Sharièn?", wiederholte sie zweifelnd und erinnerte sich an die Geschichten ihrer Mutter über ein uraltes Volk. Was aber hatte das mit den Menschen hier oben zu tun?

„Wir werden es euch später erklären", wiederholte Ta'rish.

„Im Moment hält uns niemand auf. Wir können überall hingehen. Lass uns von hier verschwinden", warf Hant ein. Er nahm Caras Hand und drückte sie. Sein Hals zeigte keine Angst, aber Wut. Cara wusste genau, dass er niemandem traute. Dass er die Weigerung von ihrer Mutter und Felina, ihnen offenzulegen, was geschehen war und geschehen sollte, zum Anlass nahm, sie nicht länger als Verbündete zu betrachten.

„Cara, wo wolltet ihr hin? Ihr braucht die Unterstützung der Menschen hier, wenn ihr Leben wollt. Die Lesá werden euch nichts mehr antun. Es wird nichts ändern, in eine andere Stadt zu gehen. Bitte, kommt mit uns", bat Felina.

„Komm, Cara, vertrau mir. Heute Nacht wird sich alles ändern. Niemand wird uns mehr Schaden zufügen. Wir werden ein Leben haben", drängte auch ihre Mutter.

„Du hattest immer Angst vor diesen Städten", flüsterte Cara ihrer Mutter verständnislos zu, doch sie erwiderte nichts darauf.

„Ich zeige euch den Weg", bot Felina an.

Cara sah Hant an und der zuckte mit den Schultern. Das zeigte ihr, dass er mit ihr gehen würde, auch wenn er ihre Entscheidung nicht guthieß. Keiner von beiden fühlte sich sicher an diesem Ort. Sollte sie nicht ihrer Mutter vertrauen? Sie hatte ihr ihr Leben lang vertraut.

Es war das erste Mal, dass Cara ein Haus betrat, dessen Wände mit Bildern und kunstvollen Ornamenten geschmückt waren. Die Decken zogen sich so hoch, das drei oder vier Menschen übereinander stehen müssten, um sie zu berühren. Voller Staunen und den Kopf in den Nacken gelegt, folgte sie den anderen durch den langen, mit goldbestickten blauen Teppichen ausgelegten Flur, der zu ihrer Überraschung völlig ausgestorben wirkte. Felina führte sie nicht geradeaus dem Stimmengewirr nach, sondern eine Treppe hinauf und auf eine Art Balkon. Cara stellte fest, dass dieser sich einige Meter über den Menschen befand, die sich im Gebäude aufhielten, sodass sie einen Blick über den gesamten Saal und auf das Schauspiel hatten, das sich ihnen dort unten bot.

Die Lichter und Farbenpracht blendeten Cara. Dieser Ort war derart mit Eindrücken überladen, dass sie nichts weiter tun konnte, als diese aufzusaugen. Das Bild der in prachtvolle Kleider gehüllten Damen wirkte unecht, als gäbe es sie nicht wirklich. Musik erfüllte den Saal wie die Melodie eines fantasievollen Traumes. Lachen und fröhliches Stimmengewirr mischte sich mit ihr, als gäbe es keine Sorgen an diesem Ort. Große goldene Kronleuchter, bestückt mit Hunderten von Kerzen, deren Schein die Spiegel an den Wänden reflektierten, tauchten die Szenerie in ein warmes Licht.

Cara fiel es schwer zu begreifen, was sie sah. Was für eine Welt direkt neben der ihren existiert hatte. Nachdem sie sich einige Augenblicke von der Pracht hatte blenden lassen, entdeckte sie die Livris zwischen der feinen Gesellschaft, die in Silvánuba zu Dienstboten herangezogen worden waren. Offen trugen diese die Gefühle an ihren Hälsen, reichten Getränke herum oder richteten die Kleider der Damen. Das Bild der fröhlichen Gesellschaft wurde trüber. An den Rändern des Saals spürte sie mehr und mehr kranke und schwache Gestalten auf, die nicht ins Bild des Prunks und Protzes passten. Gemurmel wurde laut, welches das Lachen und die fröhlichen Stimmen verdrängte. Unruhe entstand im vollen Saal. Die leise Musik verstummte. Schreie gellten und immer mehr Livris strömten in die riesige Halle, selbst irritiert und ahnungslos, wo sie hingehen sollten. Die Scheu trieb sie an den äußersten Rand, während die Feiernden sich vor ihnen in der Mitte des Saals zusammendrängten, da der Ausgang versperrt schien. Anders als auf der Straße gingen die Menschen nicht aufeinander los. Die Hälse der Bediensteten und die der Flüchtlinge zeigten leuchtendes Grün. Eine Atmosphäre der Angst von allen Seiten stülpte sich wie eine Käseglocke über den Saal.

Die Eindrücke prallten so heftig auf Cara ein, dass sie eine ganze Weile überhaupt nichts weiter tun konnte, als auf die Geschehnisse hinunterzustarren. Ihre Mutter trat neben sie und fasste ihre Hand, die andere hatte Hant nicht losgelassen.

„Wir werden ein Zuhause haben, wenn diese Nacht vorbei ist. Wir werden keine Angst mehr haben müssen." Cara entging der Klang ihrer Stimme nicht. Als müsste sie sich selbst einreden, dass ihre Worte der Wahrheit entsprachen.

Cara antwortete ihr nicht. Sie wollte wissen, was dort unten vor sich ging. Die Ankunft der Livris aus den Aschedünen sorgte zwar auf der einen Seite des Saals für Unruhe, schien aber nicht so weit vorgedrungen zu sein, die Zeremonie auf der anderen Seite zu unterbrechen. Auf einem anderen, viel größeren Balkon, der schräg unter ihnen lag, sodass sie ihn nicht sofort entdeckt hatte, standen Männer. Eine Treppe führte aus dem Saal direkt zu ihnen hinauf. Drei von ihnen waren in weiße Gewänder gekleidet, einer trug ein gelbes Gewand und vier von ihnen dunkelblaue Roben. Sie standen farblich im Wechsel im Halbkreis um ein Paar herum: ein weiterer Mann in einem weißen Gewand und eine Frau in einem leuchtend roten, glitzernden, ausladenden Kleid. Keiner von ihnen schien bemerkt zu haben, dass etwas nicht stimmte. Sie nahmen das Aussetzen der Musik als Zeichen dafür, dass nun alle Aufmerksamkeit bei ihnen lag. Die Stimme eines der Männer schallte bis zu Cara herauf.

„... so werden meine Töchter Na'nan Farana und Na'nan Felina sich heute Nacht gemeinsam verloben. Ich beglückwünsche Ne'nor Torro von Misero, der mich um die Hand Faranas bat, ebenso wie meinen Haushofmeister Primm, der meine Tochter Felina heiraten wird. Die Ehe zwischen Primm und Hofschneider Heranz erkläre ich vom heutigen Tage an für unwirksam. Beide Vermählungen werden vor Frühlingsbeginn vollzogen."

„Was?", hörte Cara den entsetzten Ausruf Felinas hinter sich.

Sie starrte auf die Figuren hinunter. Felina war die Tochter dieses Menschen. Warum stand sie hier, wenn sie heiraten sollte?

Der Mann sprach weiter.

„Daher wird Ne'nor Torro seinen Pflichten als Kommandant der Sâras'ski nicht mehr ausreichend nachkommen können. Wir Ne'nors der vier freien Städte und deren Thiennen bedanken sich für Eure treuen Dienste, Ne'nor Torro. Nun erwarten Euch andere Aufgaben. An seiner statt ernenne ich seinen Bruder Ne'nor Recaro von Misero zum Kommandanten der Sâras'ski. Kommt herauf, wo steckt Ihr?"

Cara zuckte bei seinen Worten zusammen. *Der Kommandant der Sâras'ski.* Ihre Finger ließen Ta'rishs und Hants Hände los, die sich versteift hatten, krallten sich an der Brüstung fest. Der Angesprochene wandte den Kopf. Ganz kurz, als suche er jemanden. Jetzt erkannte sie ihn. Wie er dort unten stand, ganz in weiß gekleidet neben der Frau in rot. Das war er. Der schreckliche Kommandant, der den Befehl erteilt hatte, die Livris lebendig zu verbrennen und der die übrigen nach Silvánuba gebracht hatte.

Der Tumult, der in der Menge losbrach, war sowohl der Bekanntgabe des Sprechers als auch dem weiteren Vordringen der Livris auf der anderen Seite geschuldet. Ein Zeichen, dass der Plan der Menschen aus den Fugen zu laufen begann.

Was ist es, was heute Nacht hier passieren soll?, fragte sich Cara. *Warum sind wir, Mutter, Hant und ich hier und plötzlich mit offenen Armen empfangen worden?*

Wie hatte sie das übersehen können, dass hier etwas nicht stimmte. Mit einem Mal durchzuckte Cara das mulmige Gefühl, einen großen Fehler begangen zu haben.

12. Tag des Wintermondes im Jahre 100

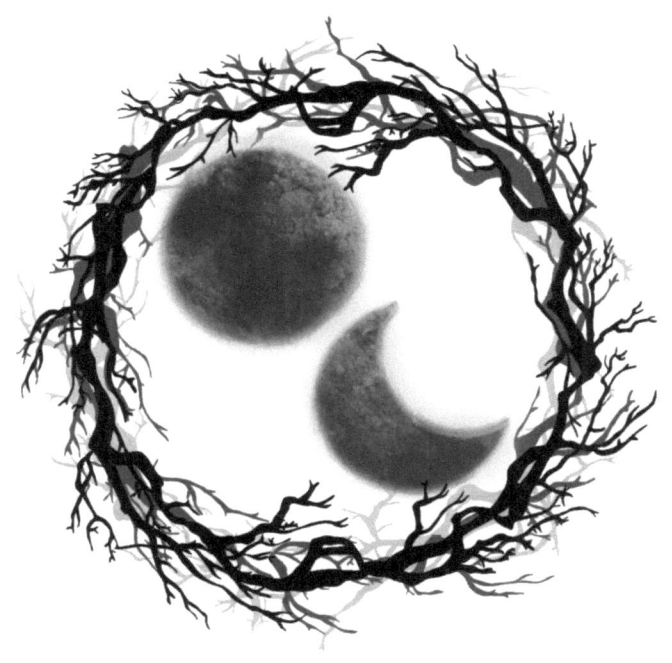

Der letzte Morgen der Magiaatiden

Mitternacht

* * * * * * * *

29
Maroc

- Die neue Ordnung -

Maroc sah, wie Torros Fingerknöchel weiß wurden, so stark presste er die Hände zu Fäusten zusammen. Mit allerletzter Kraft und Hilfe von Ka'ratak hatte er sich aus dem Kampfgeschehen vor dem Haupttor hinauf aufs Dach und dann zu Fuß wieder in den Saal hinunter-geschleppt. Dabei war er in eine Zeremonie hereingeplatzt, die bereits durch einen beginnenden Tumult unterbrochen worden war. Livris säumten die Wände und die Menschen wichen vor ihnen zurück. Ein Hauch von Angst zog sich durch die Atmosphäre, die Maroc kaum wahrnahm. Seine

Augen versuchten, die Lage zu erfassen. Er betrachtete die Männer in der Loge, die Vier in ihren dunkelblauen Roben zwischen den Menschen. Er entdeckte Ta'rish, die sich in ihrer Erscheinung auffällig von dem Prunk des Saals abhob, auf einem kleinen Balkon schräg über der Herrscherloge, neben ihr zwei zerlumpte Gestalten und Felina. *Eine davon muss sie sein*, hoffte er, *das Mädchen Cara*. Diese Hoffnung verlieh ihm noch einmal zusätzliche Kraft.

Er folgte der marmornen Treppe nach unten, sich am Geländer abstützend, weil er sonst gestürzt wäre. Humpelnden Schrittes durchquerte er den Saal und auch vor ihm drückten sich die Menschen weiter zusammen, um ihn nicht zu berühren. Trotzdem war er sich nicht sicher, ob er vorn ankommen würde. Das Fieber drückte wie eine steinerne Last auf seine Glieder und es fiel ihm schwer, sich auf sein Vorhaben zu konzentrieren.

Er erblickte die Livris im Saal. Sie wirkten nicht kampfbereit wie am Tor. Mehr eingeschüchtert blieben sie in ihren Gruppen zusammen, drängten sich dicht aneinander und warteten, was er tun würde. Manche folgten ihm einfach. Die verängstigten Menschen wichen vor den zerlumpten Gestalten zurück, schreiend, murmelnd oder schweigend. Manche Na'nan sank ohnmächtig zu Boden. Maroc sah und fühlte die schockierten und angeekelten Blicke auf sich und wusste, dass sie ebenso auf den anderen lasteten.

Das sind sie, dachte er, während er sich vorwärts kämpfte, *die Menschen wie sie in ihrem Reichtum leben und die Augen vor dem verschließen, was vor ihren Toren geschieht. Und nun, anstatt Güte und Hilfsbereitschaft zu zeigen, würden sie uns gern wieder zurück in unsere Löcher und in das Elend kehren, das sie verursacht haben. Damit sie ihr Leben im Wohlstand weiterleben können wie bisher.*

Doch er fokussierte sich auf sein Vorhaben und schüttelte die Blicke ab wie lästige Käfer.

Plötzlich drängten sich zwei Männer je rechts und links an seine Seite. Es waren Baren und sein Handlanger.

„Was wird das hier?", zischte Baren. Er hielt ein Schwert in der Hand, sein Körper war mit Blut bespritzt. Qaart schwitzte stark und jeder Schritt schien große Anstrengung für ihn zu bedeuten.

„Das ist kein freundliches Entgegenkommen, das du uns zugesichert hast. Was geht hier vor?", verlangte er zu wissen.

Maroc antwortete nicht, sondern konzentrierte sich auf sein Ziel. Er erreichte die Stufen zur Herrscherloge und beachtete Baren und Qaart nicht weiter, die sich hinter ihm aufbauten.

„Es gibt etwas, was ich zu sagen habe", er hörte selbst, wie seine Stimme schwankte. Als hätte er zu viel Met getrunken. Mit aller Macht riss er sich zusammen. Seine Stimme war nicht laut genug, gegen den Tumult im Saal anzukommen. Doch Torros war es. Der Sohn des Ne'nor Misero wandte sich langsam zu ihm um.

„Der Adlerhüter!", rief Torro. Seine Stimme übertönte das Geschrei im Saal. Es wurde totenstill.

„Ihr seid wegen Hochverrats angeklagt, Maroc! Nehmt ihn in Gewahrsam!"

Niemand kam, um seinen Befehl auszuführen. Torros Blick suchte die Ränge ab.

„Was ist hier los?", entrüstete sich Ne'nor Honestae mit zitterndem Bart. „Wo sind die Patrons? Wo ist Euer

Bruder, Torro? Ich erwarte, dass der Verräter verhaftet wird!"

Ein unglaubliches Triumphgefühl überkam Maroc in diesem Moment und er fand seine klare Sprache für einen Augenblick wieder.

„Heute Nacht ist das Ende Eurer Terrorherrschaft, Ne'nors. Heute Nacht, zu eurem hundertjährigen Bündnis – zur Feier darüber, dass Ihr vor einhundert Jahren geglaubt habt, ein Volk ausrotten zu können. Zu dieser Stunde wird sich dieses Volk – die Sharièn – wieder erheben. Und Ihr werdet Buße tun für all das Blut, das an Euren Händen klebt. Der Kommandant und seine Sâras'ski haben in diesem Land keine Macht mehr!"

Maroc sah, wie verunsichert die Ne'nors auf seine Worte reagierten. Torro und Farana hingegen wirkten unnatürlich gelassen. Was hatte der Erste gesagt? Torro sollte am Leben bleiben. Sie hatten ihn also eingeweiht, was heute Nacht hier passieren würde. Er durfte sich jetzt nicht beirren lassen.

„Ich bin Maroc", erklärte er. Es kostete ihn alle Kraft, den Weg zur Loge zu gehen, einen Fuß vor den anderen zu setzen. Er schien sich auf mehrere Kilometer auszudehnen. Sein Körper brannte, als leckten Flammen an seinen Eingeweiden.

„Ich bin der Hüter des Orakels von Arimâgart, die rechte Hand der Vier, die das Volk der Sharièn lenken. Die die Überlebenden dieses Volkes geschützt haben. Bis heute. Und sie haben auch euch geschützt, unsichtbar, im Hintergrund."

Maroc blieb auf halber Treppe stehen. Inzwischen waren alle Vier hinter ihre Ne'nors getreten und hatten je einen langen zweischneidigen Dolch gezückt, deren Köpfe an den Haaren nach hinten gerissen und ihnen die Waffen an die Kehlen gesetzt.

Nacheinander führten sie die Worte Marocs fort.

„Jene, die für die Ungerechtigkeit dieser Menschen aus Caritae verantwortlich sind ..."

„... Jene, die das Andenken an die Sharièn verboten und bestraft haben ..."

„... Und jene, die die Verantwortung dafür tragen, dass in dieser Welt ein Ungleichgewicht herrscht ..."

„... werden sterben!"

Mit einer schnellen Armbewegung schlitzte der Adept Justeras die Kehle seines Ne'nors auf. Blut spritzte in einem Schwall auf dessen Festanzug, der nicht weiß war wie die der anderen, sondern gelb. Zuckend glitt er zu Boden. Seine Frau war nicht anwesend. Maroc vermutete, dass sie bereits in Silvánuba umgekommen war.

Ne'nor und Na'nan Verates wurde im Bruchteil eines Augenblicks dasselbe Schicksal zuteil. Dann folgten nur ein Wimpernschlag später Ne'nor Misero und dessen Frau. Die Frauen hatten sich nicht gewehrt, waren erstarrt stehen geblieben, als ihre Männer getötet worden waren. Lautlos sanken sie neben ihnen zu Boden.

Baren und Qaart stürmten an Maroc vorbei die Loge hinauf, Torro und Farana wichen zur Seite, doch Primm stellte sich ihnen in den Weg.

Maroc quälte sich hinter ihnen die zweite Hälfte der Stufen hinauf und erreichte Torro. Der hatte der Hinrichtung tatenlos zugesehen und nur unmerklich zusammengezuckt, als seine Mutter ihr Leben ausgehaucht hatte. Maroc wusste, dass er zu schwach war, um mit ihm zu kämpfen. Aber er konnte nicht akzeptieren, dass ausgerechnet der Schlächter verschont werden sollte. Er war nicht bereit, ihn am Leben zu lassen. Die Macht, die dieser junge Mann innehatte, war so gefährlich, dass sie ausgelöscht gehörte. Er packte die Eisenpeitsche, die an seinem Gürtel hing. Ka'ratak hatte sie ihm, nachdem er ihn gerettet hatte, unter den Leichen der Pardúks herausgezogen. Maroc holte damit aus. Doch das Fieber setzte ihm zu sehr zu. Er schwankte. In der Sekunde, die er zu lange benötigte, um die stählernen Klingen auf Torro niedersausen zu lassen, versetzte dieser ihm einen kräftigen Tritt in die Magengrube. Maroc stürzte zu Boden, rutschte rückwärts einige Stufen hinunter und schlug hart mit dem Kopf auf. Es wurde kurz dunkel um ihn, doch er rappelte sich wieder auf.

Zwischen den Menschen brach Panik aus. Hatte die Hinrichtung sie zuerst wie versteinert zurückgelassen, versuchten sie nun zu fliehen. Die Livris, die am Rande der Halle standen, wichen zurück. Die Männer mit den Schwertern, welche sie den Patrons abgenommen hatten, stellten sich den Fliehenden in den Weg und griffen sie an. Keiner der Feiernden trug eine Waffe. Und mit jedem Patron, der fiel, ging ein weiteres Schwert an die Menschen aus den Aschedünen.

„Haltet ein!", rief der Erste und seine Stimme hallte so laut durch den Saal, dass die Menschen jeden Volkes allesamt erstarrten.

„Es ist nicht in unserem Interesse, ein Blutbad anzurichten. Es sind genug Menschen gestorben. Eine neue Welt kann ohne ein Miteinander nicht existieren. Als einer eurer neuen Herren gebiete ich Euch, die Waffen niederzulegen. Alle!"

Stille kehrte ein, Angst schwebte über ihren Köpfen. Die Ruhe würde nur so lange halten, bis einer im Saal die Nerven nicht mehr bei sich behielt.

„Wir kennen euch und wissen, dass ihr Menschen aus Talimont gute Menschen seid. Daher werden wir einem jeden von euch, der sich uns aus freien Stücken anschließt, kein Leid zufügen. Wir werden Seite an Seite miteinander in Frieden leben, so wie es vorgesehen war, als Irana und Iranus die Welt Vílevèna schufen. Die Menschen aus Talival sind unseren Rufen gefolgt und sammeln sich unter euch. Ihr werdet noch heute Nacht in eure Häuser zurückkehren und die Patrons werden für Ruhe auf den Straßen sorgen und die Toten fortschaffen. Ebenso werdet ihr die Menschen aus den Aschedünen mit Essen und Schlafplätzen versorgen, jeder Verletzte wird versorgt. Niemand muss unter unserer Führung sterben, also beruhigt euch."

Maroc kam mühsam auf die Beine. Alles in seinem Körper, Kopf, Gliedmaßen schienen ihn wie Gewichte zu Boden zu drücken. Torro und Farana hatten sich nicht vom Fleck gerührt. Er sah zum Sprecher. Dieser hatte Ne'nor Honestae bisher nicht getötet. Noch immer war er in seiner Hand, doch er lebte.

„Bevor Ihr geht, sind hier einige Dinge, die ihr wissen sollt:

Wir vier sind die obersten noch lebenden Adepten der Sharièn. Des Volkes, das nicht einmal mehr in Legenden und Märchen existiert, denn sie sind von den Ne'nors verboten worden. Wir vier kamen als Thiennen zu euch, als Wissenschaftler. Und wir brachten euch die Farben an euren Hälsen. Da sie uns nützlich sind, werdet ihr sie behalten. Doch jeder soll das Recht haben, diese Farben zu verdecken, wenn er es wünscht. Ganz gleich, welchem Stand er angehört. Wir vier werden ein Gericht bilden, das über Recht und Unrecht entscheidet, Wünsche hört und Gesetze erlässt. Mit dem obersten Ziel eines friedlichen Miteinanders von Menschen und Sharièn. Niemand, der einträchtig mit uns leben will, wird verbrannt oder eingesperrt. Zum Zeichen unseres guten Willens werde ich dem Letzten der Ne'nors das Leben schenken.

Die Nachkommen der Ne'nors und Na'nans werden am Leben bleiben. Ihre Familien haben das Blutgeld bezahlt und sie sollen mit uns gemeinsam eine neue und bessere Welt aufbauen."

Mit einer Geste lud er Torro, Farana und Primm ein, näher zu treten, und sie folgten. Heranz drückte sich im Hintergrund herum, wich den Blutlachen aus, die sich ausbreiteten, und schien nicht zu wissen, was er mit sich anfangen sollte. Marocs Sicht verschwamm vor seinen Augen.

„Mit uns kamen die, wie ihr sie nennt, *Liviris*, die unschuldigen Menschen aus den Aschedünen, einst Bewohner der Stadt Caritae. Eine Stadt wie eine der vier hier oben in Talimont. Doch sie sind *Menschen* wie ihr und ihr alle werdet Menschen sein, diese Unterscheidung wird es nicht mehr geben. Sie wurden von den Sâras'ski geächtet und gestraft, ohne dass sie etwas dafür getan hätten. Den Anführer der Sâras'ski jedoch verurteilen für seine schrecklichen, menschenverachtenden Taten. Bringt den Kommandanten hier herauf!"

Niemand rührte sich.

„Ich fürchte, mein Bruder ist nicht anwesend", sagte Torro ungerührt, als wäre er nie derjenige gewesen, der diese Gräueltaten allesamt begangen hatte.

„Dieser Mann wird für seine Taten büßen! Wir werden Truppen nach ihm ausschicken und seine Hinrichtung soll die letzte sein, die von uns vollzogen wird, um die Ordnung in diesem Land wieder herzustellen und für Sicherheit unter allen Menschen zu sorgen", entschied der Zweite laut.

„Von den Menschen aus den Aschedünen werden sich die beiden Männer, die alle Überlebenden sicher zu uns nach Talimont gebracht haben, zu uns gesellen und mit uns die neue Ordnung bestimmen. Ich bitte auch euch, Baren und Qaart, meinem Ruf zu folgen."

Da beiden Angesprochenen wandten sich von Primm ab und nickten zustimmend. Das war wohl das, was sie erwartet hatten. Ein Platz am Regierungstisch. Maroc hatte nicht geahnt, dass der Erste sie direkt mit einbeziehen würde, aber es war in der aktuellen Situation wohl das Beste, um Ruhe in die aufgeregten Livris zu bekommen.

„Zum Zeichen des Friedens werden wir Vier als Gericht und Rat fungieren und in den nächsten Tagen ein neues Königspaar für ganz Vílevèna ausrufen. Sobald er genesen ist, wird Maroc, der Hüter des Orakels der Spiegel von Arimâgart und damit Sprachrohr zu den Göttern Iranus und Irana, die Tochter der Heilerin unseres Volkes zur Frau nehmen, ein Kind der Aschedünen, eine von euch! Zudem ist sie eine von den Menschen aus Talimont, denn ihr Vater ist Ne'nor Honestae. Und Taarishienna, ihre Mutter, wird sich als größte Heilerin unseres Zeitalters um das Wohl unserer vereinten Völker kümmern." Mit einer Geste wies er zu ihnen auf den Balkon hinauf.

Die Lügen hören niemals auf, dachte Maroc.

30
Ta'rish

- Entsetzen -

Ta'rish hörte und sah nichts, obwohl sie ihre Augen aufgerissen hatte und die Worte des Sprechers laut und deutlich zu verstehen waren. Bilder und Geräusche prallten an ihr ab wie an einer unsichtbaren Mauer. Ihr Blick fokussierte sich auf zwei Männer. Als der Erste Taarishiennas Namen erwähnte, wandten beide ihre Köpfe und sahen zu ihr hinauf.

Der eine trug die dunkelblaue Robe und die Kapuze ins Gesicht gezogen. Trotz all der vergangenen Jahre wusste sie sofort, wer er war. Vor ihm lag ein Leichnam, dem er soeben die Kehle durchgeschnitten hatte. Das blutverschmierte Messer hielt er noch in der Hand. Der Mann, den sie so sehr geliebt hatte. Der sie so sehr verraten hatte. Caras Vater.

Der andere Mann stand mit dem Messer an der Kehle vor dem Sprecher. Laut Gesetz immer noch ihr rechtmäßiger Gemahl. Sie hatte impulsiv gewünscht, der Erste würde das Messer ebenso schnell durch dessen Kehle ziehen, doch er hatte ihn verschont. Weshalb hatte er das getan? Der Erste hatte Ta'rish soeben öffentlich wieder als eine von ihnen aufgerufen, wollte jedoch nicht dafür sorgen, dass wenigstens der Mann, der ihr Jahrzehnte lang nach dem Leben getrachtet hatte und der verantwortlich dafür war, dass Caritae im Elend leben musste, für seinen Hass und seine Taten bestraft wurde. Die Vier hatten nicht einmal mit ihr gesprochen, ob sie überhaupt bereit war, noch einmal an deren Seite zu stehen. Entweder schien Maroc das eingefädelt zu haben, oder sie gingen davon aus, dass sie mitmachen würde. Weil ihre Tochter zur Königin ausgerufen werden sollte.

Doch Honestae lebte, er würde weiter leben. Und sie konnte sich nun nicht mehr verstecken. Sie musste sich ihnen stellen. Etwas, wovor sie sich die letzten Tage gefürchtet hatte, aber von dem sie wusste, dass es unweigerlich kommen musste.

31

- Bestürzung -

Felina hielt sich an der Brüstung fest, um nicht den Halt zu verlieren. Ihre Beine zitterten. Sie konnte es nicht verhindern, dass ihr Tränen in den Augen standen. Aber niemand beachtete sie. Ihr Blick war starr auf das Blut der Ne'nors und Na'nans gerichtet, das sich in dunklen Lachen unter ihren Körpern ausbreitete, in den Teppich einzog wie Tinte und ihn ebenso für immer verfärben würde.

War es das, was Maroc gemeint hatte? Sie hatten heute Nacht vor, alle zu ermorden, die ihnen im Weg standen? Ihre Schwester war tot. Und ihr Mörder lebte. Ihr Vater wäre beinahe getötet worden, doch sie hatten ihn im letzten Moment verschont. Sie wollten gerechte Herrscher werden, behaupteten die Vier. Aber zuvor töteten sie. Mörder und Verbrecher wie Torro und Primm aber ließen sie am Leben. Und ihr Vater wollte sie mit Primm vermählen? Er hatte sie mit ihm offiziell verlobt, ohne dass sie anwesend gewesen war. Diesen widerwärtigen Mann, der sie gefesselt hatte. Der doch eigentlich mit dem Schneider Heranz vermählt war. Nichts von alldem schien einen Sinn zu ergeben. Wenigstens ihren Vater und Farana hatten sie am Leben gelassen.

Die Zweifel, ob die Sharièn wirklich so viel bessere Herrscher werden würden als die Menschen, verstärkten sich in ihr. Sie sah Maroc dort liegen, der kaum noch Kraft hatte, von allein aufzustehen. Aber niemand half ihm. Hatten sie nicht soeben angekündigt, ihn zu König krönen zu wollen? Daneben stand Torro mit Farana, die überhaupt nicht aus der Fassung gebracht schien angesichts der Gräueltaten, die sich vor ihren Augen abspielten.

Wenn die Vier einen Mann am Leben lassen, der so schlimme Dinge getan hat wie Torro, wovon sie Kenntnis haben, und mit dem sie gemeinsame Sache machen, was sagt das dann über den Charakter der Sharièn aus?

Diese Heilerin gehörte zu diesem Volk, das hatte Felina schon im Gasthaus erahnt, und sie war anscheinend Caras Mutter, wie Felina überrascht festgestellt hatte, als sie sich am Eingang zum Herrenhaus begegnet waren. Dass ihr Vater nun auch noch Caras Vater sein sollte, wie die Vier dort unten verkündeten, das glaubte sie nicht. Diesen Gedanken wischte sie weg. Aber der an ihre Mutter, die sie nicht gekannt hatte, blieb. Das erste Mal im Leben war Felina beinahe dankbar, dass sie keine Mutter hatte, die diese Hinrichtung heute miterleben musste. Dabei hatte sie bei dem emotionalen Wiedersehen der beiden Frauen vorhin noch gewünscht, so etwas auch einmal erleben zu dürfen.

32

- Fassungslosigkeit -

Cara stierte unverwandt auf den Sprecher hinunter. Er sprach nicht von ihr. Das war unmöglich. Sie gehörte nicht zu den Sharièn. Ihre Mutter gehörte nicht zu den Sharièn. Die Sharièn waren nur Geschichten gewesen, Märchen über eine andere Welt, um sie von dieser realen, elenden Welt abzulenken.

Wer ist dieser Maroc? Sie begriff überhaupt nicht, was dort vor sich ging. Ihr Herz raste, weil sie nicht wusste, wie sie sich wehren konnte. Und gegen was sie sich wehren musste.

„... *die Tochter der Heilerin unseres Volkes zur Frau nehmen, ein Kind der Aschedünen, eine von euch! Sie ist auch eine von den Menschen aus Talimont, denn ihr Vater ist Ne'nor Honestae. Und Taarishienna, ihre Mutter ...",* hörte sie die Worte wie ein Echo in ihrem Kopf.

Alle Gesichter starrten zu ihnen hinauf.

Aber Mutter heißt doch Ta'rish, sagte sie sich, *und dieser Mensch ist nicht mein Vater.*

Trotzdem starrten die Leute sie an.

„Cara, ist das wahr?", hörte sie Hant neben sich fragen. Sie konnte nicht antworten.

„Cara, was geschieht hier?"

Vor der Tür dieses Hauses hatte sie noch geahnt, dass es keine gute Idee war, hineinzugehen. Wäre sie doch bloß davongelaufen. Die Erinnerung der Quälerei in Silvánuba spukte ihr durch den Kopf. Die öffentlichen Demütigungen. Das Wort *Königspaar* geisterte durch ihren Verstand. Gehörten zu einem Paar nicht immer zwei? Meinten sie etwa den Mann mit nur einem Arm, der auf dem Adler geritten war?

„Bringt die beiden Frauen hinunter und zeigt ihnen die Zeichen!", drang die Stimme des Sprechers erneut an ihre Ohren.

„Sag mir, dass er nicht uns meint", zischte Cara zwischen zusammengebissenen Zähnen ihrer Mutter zu. Ta'rish antwortete nicht. Das war Bestätigung genug.

Ihre Fingernägel drückten sich tief in den Unterarm, sie konnte es nicht verhindern. Warmes Blut lief über ihre Finger. Aber es brachte keine Erlösung. Sie spürte keine Erleichterung, drückte fester zu, aber es half nicht.

Felina neben ihnen erwachte wie aus einer plötzlichen Erstarrung.

„Ich zeige euch den Weg", murmelte sie.

„Ich will da nicht runter", sagte Cara entschieden, „ich bin keine eurer Spielfiguren. Ich kenne diese Leute nicht."

Sie fühlte sich wie in einem Tunnel, durch den sie mit einer Lore fuhr, die sie nicht bremsen konnte. Sie nahm die Menschen um sich herum nicht mehr wahr, bemerkte gerade noch, dass Ta'rish ihre Hand packte.

„Es wird alles gut, mein Kind", murmelte sie. Wieder machte ihre Tonlage Cara nur noch misstrauischer.

Ich hätte weglaufen sollen, sagte sie sich voller Wut auf sich selbst und ihre Entscheidung, dieses Haus zu betreten.

Hant schloss sich ihnen an, als sie mechanisch hinter Felina die Stufen hinabging. Einmal folgte sie dem Impuls, loszurennen, doch Ta'rish hielt ihre blutbedeckte Hand fest. So war es nicht mehr als ein kurzes Aufbäumen gegen ein Schicksal, dem sie nicht mehr entrinnen konnte. Wo war sie hier nur hineingeraten?

Sie betraten den prachtvollen Saal, für den Cara keinen Blick mehr hatte. Die Menschen bildeten eine Gasse. Alle Augen waren plötzlich auf sie gerichtet.

Sie sah, wie jemand den Mann stützte, der auf dem Adler geritten war, diesen Maroc. Der einen leeren Ärmel hatte.

Er sieht krank aus, schoss es ihr durch den Kopf.

Im Gegensatz zu der Begegnung auf der Wiese besaß er keine Haare mehr, jemand schien ihm unordentlich den Kopf geschoren zu haben. Sein Gesicht wirkte grau und eingefallen, tief lagen die Augen in den Höhlen.

Aus den Augenwinkeln nahm sie wahr, wie ihre Mutter ihm im Vorbeigehen auf die Schulter fasst und ihm etwas zu murmelte. *Ist es möglich, dass sie ihn kennt?*

Sie bemerkte, dass Hant in der Menge zurückgeblieben war, aber sie drang nicht mehr zu ihm durch. Sie blickte nach oben. In der Loge standen ihr Baren und Qaart gegenüber. Sofort brodelte Hass in ihr auf. Qaarts Blick sagte ihr, dass er sie erkannte. Pure Mordlust sprang aus seinen Augen. Die vier Robenträger ließen ihre Augen nicht sehen, hatte die Gesichter hinter Kapuzen verborgen. Sie wirkten gruselig. Die Toten hatte man bereits hinuntergeschafft, doch die Blutlachen weichten den prunkvollen roten Teppich durch. Jeder Schritt darüber schmatzte unangenehm. Niemanden schien es zu stören.

Ihr Blick fiel auf den Kommandanten, diesen Mörder. Er stand immer noch hier oben, ganz in weiß gekleidet, im Bündnis mit diesen Männern, die etwas Gutes tun wollten. Wussten sie nicht, wer dieser Mann war? Oder wollten sie es nicht wissen?

Felina stürmte plötzlich an ihnen vorbei und fiel dem verschonten, weißgekleideten Mann um den Hals, der mit gefesselten Händen auf den Knien lag, die weißen Hosenbeine in dunkles Rot getränkt.

„Vater!", rief sie und bestätigte damit Caras Vermutung.

Ta'rish neben ihr stockte kurz im Treppensteigen, als wollte sie ein Stolpern verhindern, fing sich jedoch. Starrende Blicke folgten ihnen und manche davon hätten sie wohl gern aufgespießt.

Cara wurde ein Platz neben ihrer Mutter und Maroc zugewiesen mit Sicht auf den Saal. Letzterer war nicht mehr in der Lage, sich auf den Beinen zu halten, und wurde auf einen Sessel gesetzt. Ihr Blick fiel auf die bunten Kleider, das Gold an den Wänden, durchzogen von geisterhaft mageren zerlumpten Gestalten, die sich kaum noch auf den Beinen halten konnten. Die Absurdität dieses Anblicks fraß sich in ihr Gehirn und schien sich in einem fort mit sich selbst abzuwechseln. Wie von fern drang eine Stimme an ihr Ohr.

„Cara ist die Tochter der großen Sharièn-Magierin Taarishienna, einer Erdadeptin, und des Ne'nor Honestae, einem Anführer der Menschen. Als letzte Überlebende steckt das Erbe der Sharièn in dieser jungen Frau, mit der

Kraft des Windes. Und auch Maroc, der Hüter des Orakels, trägt die gleiche Gabe in sich.

Vereinen sich die Kräfte zweier Windadepten miteinander, die in den Magiaatiden geboren wurden, werden die Sharièn wieder mit ihrer ursprünglichen Macht gesegnet sein. Mit dieser können wir die Welt wieder zu dem zu machen, was sie einmal war. Für uns alle. Menschen und Sharièn. Zeigt ihnen die Zeichen."

Und ohne Vorwarnung rissen die Robenträger den beiden Frauen und Maroc die Kleider herunter, sodass sie plötzlich mit freiem Oberkörper zur Menge standen, um ihnen die angeborenen Zeichen der Sharièn zu präsentieren. Reflexartig bedeckte Cara ihren mageren Brustkorb mit den Armen. Sie war zu benommen, um etwas zu sagen. Die Demütigung, die sie in Silvánuba erfahren hatte, schoss ihr wieder durch den Kopf.

Wird es wieder von Neuem beginnen? Ich soll eine Magierin sein? Mutter soll eine Magierin sein? Ich soll die Tochter dieses Mannes sein? Ist das der Grund, aus dem die Sâras'ski mich auf der Flucht damals verschont haben? Weil sie mich erkannt haben? Aber wie? Dieser Mann ist der Vater Felinas. Also sind wir Schwestern? Kann das alles wirklich wahr sein?

Ihre Gedanken rasten unaufhörlich und sie konnte sich kein klares Bild schaffen. Dazu stand sie nackt vor einer Menschenmenge, die sie anstarrte. Sie fühlte sich hilflos, ausgeliefert. Dann sah sie Maroc an, den halb sterbenden Mann. Das Wort *Königspaar* geisterte wieder durch ihren Kopf. Was hatten sie mit *miteinander verbinden* gemeint?

33

Maroc

- Die Sylphe -

Maroc starrte zurück. Selbst im Sitzen war er noch auf eine Stütze angewiesen. Sein Kopf wog schwer wie Stein und viele seiner Muskeln versagten den Dienst. Taarishienna würde sich gleich um ihn kümmern, das hatte sie versprochen. Aber daran konnte er im Moment nicht denken. Die Tatsache, dass Torro – dieser Schlächter – hier oben mit ihnen stand, nahm einen Teil seiner Aufmerksamkeit in Anspruch. Ungestraft für all das, was er getan hatte. Ausgerechnet in dem Moment, in dem Torro hätte überwältigen können, war er nicht in der Lage dazu gewesen. Es kratzte an Stolz und Ehre, diesem Mann unterlegen zu sein.

Maroc betrachtete das Mädchen, das er überall gesucht hatte. Felina und Kariis hatten sie gefunden. Und sie hatten sie hergebracht. Zum ersten Mal sah er sie. Er konnte nicht einmal sagen, was er erwartet hatte. Sie sah mager, krank und kraftlos aus. Kaum mehr als ein Gerippe aus Haut und Knochen. Vielleicht hatte er geglaubt, da sie eine von ihnen war, besäße sie mehr Widerstandskraft als die Menschen. Vielleicht hatte er gedacht, er würde einer Kriegerin gegenüberstehen, die ihr Schicksal heroisch annahm. Nichts von dem kam ihr nahe. Sein Blick wanderte zu dem

Mal der Sylphe auf ihrer Brust. Sie hatten recht. Es war das Zeichen des Windes. Wie seines. Sie war eine Windadeptin. Und nur sie würde seinem Volk die langersehnte Zukunft schenken können. Vielleicht brauchte sie Zeit, sich von den Strapazen des Lebens in den Aschedünen zu erholen, Kraft zu tanken. Ob er sie lieben könnte? Das Fieber ließ nicht viele klare Gedanken zu, lange betrachtete er ihren vor Abscheu schwarzen Hals. Ihr aschfahles Gesicht und ihre tief in den Höhlen liegenden Augen, die nichts begriffen. Und dann sah er ihn. Den Fehler, der niemandem aufgefallen war. So unscheinbar und doch von so großer Bedeutung. Der winzige Unterschied zu seinem Symbol der Sharièn.

Die Sylphe auf Caras Brust besaß kein Herz.

Stunde
nach
Mitternacht

* * * * * * * *

34

orro

- Der Wandel -

ie Welt hatte sich in einer Art und Weise weitergedreht, als hätte sie mit einem Mal die zehnfache Geschwindigkeit angenommen. Sein Gehirn war nicht fähig, dem Lauf der Geschichte um sich herum in gleichem Tempo zu folgen.

Vieles war geschehen, was er eingeplant hatte. Aber darüber hinaus waren Dinge passiert, die nicht absehbar gewesen waren.

Er hatte sein Ziel erreicht und hatte sich öffentlich mit Farana verlobt. Doch dafür hatte er seinen Posten an seinen älteren und schwächeren Bruder abtreten müssen. Ohne, dass er etwas davon geahnt hätte. Und trotzdem war es sein Glück, denn dieser würde nun für seine, Torros, Taten den Kopf hinhalten. Er selbst blieb verschont. Trotzdem nagte die Frage an ihm, ob er diese Tatsache einem glücklichen Umstand verdankte, oder ob auch dieses Detail eingefädelt worden war.

Die weniger glücklichen Umstände hatten ihn allerdings begreifen lassen, dass die Frau, für die er tatsächlich Gefühle entwickelt hatte, nichts als Abscheu für ihn empfand. Um sie zu schützen, hatte er seine geheime Identität preisgegeben. Er hatte nicht gewusst, dass sie bei der Verlobung von Ne'nor Honestae ohnehin offengelegt werden würde. Und Felina war nun offiziell mit einem anderen verlobt worden, zweifellos ohne davon zu wissen.

Und letztendlich war die ganze Verlobungstirade völlig umsonst gewesen. Die Macht, die er dadurch in der Riege der Ne'nors übernehmen wollte, war ihm mit dem Umsturz, den er nicht vorhergesehen hatte, genommen worden. Nichts von allem, woran er die letzten Jahre gearbeitet hatte, schien noch einen Sinn zu ergeben.

Alle Macht, die er ausgeübt, allen Schutz, den er dem Land gebracht hatte, das alles schien sinnlose Zeitverschwendung gewesen zu sein. Denn nun stand er vor dem Nichts.

Seine Familie war heute Nacht mit einem Schlag ausgelöscht worden. In Anbetracht dessen sein ewiger Kampf mit seinem Vater sinnlose Vergeudung von Energie gewesen war, wo sie ihn doch heute hingerichtet hatten.

Die Pardúk waren beinahe vollständig ausradiert. Ausgelöscht in einem aussichtslosen Kampf gegen die übermächtigen Valtórn vom Verräter Maroc. Seine Truppe der Sâras'ski, deren Legenden blutig und düster von den Livris gefürchtet waren, in einer einzigen Nacht zerstört — überrannt von den Sterbenden aus den Aschedünen. Von den Überresten eines Volkes, das Jahrzehnte lang für ein Verbrechen bezahlt hatte, von dem sie nicht einmal etwas wussten. Für den Hass eines einzigen Mannes. Und ausgerechnet der war am Leben geblieben, zwar entmachtet, aber am Leben. Was für ein Hohn des Schicksals! All seine Arbeit an der gewünschten Verlobung, die ihm die gesellschaftliche Stellung ermöglichen sollte, die er brauchte, um Talimont eines Tages in seinen eigenen Händen zu halten, war sinnlos gewesen. Talimont war für ihn heute Nacht verloren. Was blieb, war ein zum Tode verurteilter Bruder, der ihn hintergangen hatte. Eine Verlobte, die er nicht ertrug. Und eine Liebe, für die er alles opfern würde, die ihn jedoch hasste.

Zwei Hände strichen ihm mit langen Fingernägeln über den vernarbten Rücken. Doch es fühlte sich an, als kratzten sie über eine Schiefertafel.

Mit einem Ruck löste er sich aus seiner sitzenden Position und ging ein paar Schritte zum Fenster. Weg von Farana, die nur darauf lauerte, ihn ins Bett zu zerren.

„Dafür, dass du dich so sehr um die Verlobung mit mir gerissen hast, hast du wirklich wenig Anstand, mir jetzt mal die Kleider vom Leib zu reißen", pikierte sie sich mit spitzer Zunge und stolzierte hinter ihm her. Das Rascheln sagte ihm, dass sie sich hinter seinem Rücken selbst auszog.

„Die Sharièn haben die Macht in Talimont übernommen, die Ne'nors und Na'nans wurden getötet, ebenso deine Schwester. Und du hast nichts Besseres im Sinn, als es jetzt zu treiben", es gelang ihm kaum, seine

Abscheu über ihre aus seiner Sicht unangebrachte Wollust zu verbergen.

„Warum auch nicht? Wir leben immerhin noch. Und irgendetwas könnten wir schließlich anfangen. Ich muss doch wissen, ob du dich für die Ehe gut eignest oder ob ich mir gleich mehrere Liebhaber zulegen muss", sagte Farana ungerührt.

Er fragte sich, ob er sich hätte überreden lassen, wenn sie irgendeine andere Frau gewesen wäre. Um den ganzen Frust loszuwerden, die ganze Sinnlosigkeit aus seinem Hirn zu stoßen. Für gewöhnlich störte ihn der Akt nicht einmal, wenn noch Blut an seinen Händen klebte. Heute hatte er keine Antwort darauf.

Ihre Hände berührten seine Hose. Er unterdrückte den Impuls, sie grob von sich zu stoßen. Dann wäre er nicht besser als sein Bruder, dachte er sich. Anstand und Respekt gegenüber den Na'nans – das war es, was seine Mutter ihn gelehrt hatte, etwas, was bei Vater und Bruder nur auf Hohn und Spott gestoßen war. Aber er hatte dieser Frau, die Jahre unter dem Charakter seines Vaters gelitten hatte, zeigen wollen, dass es bessere Männer gab. Männer, die sich gegenüber einer Na'nan zu benehmen wussten, gleich ob sie sie mochten oder nicht. Er hatte ihr von klein auf bewiesen, dass er in jeder Lebenssituation Anstand beweisen konnte. Nun, da sie tot war, würde er ihr Andenken nicht verraten. So trat er stattdessen zur Seite und wich Faranas Berührungen aus.

„Die Hochzeit findet nicht statt", sagte er nur.

„Bitte?" Sie ließ den Unterrock zu Boden fallen.

„Verzeiht. Aber es ist nun nicht mehr nötig. Und wenn Ihr einen oder gleich mehrere Männer fürs Bett sucht, da werdet Ihr sicher ausreichend fündig. Und falls nicht – wie ich hörte, habt Ihr einen gewissen Hang zum Hofschneider entwickelt. Sicher trocknet er bereitwillig Eure Tränen."

„Wag es nicht zu sagen, dass du nur hinter meinem Vater her warst. Ich warne dich!" Er spürte die Blitze ihrer Blicke im Rücken.

„Wie dem auch sei. Die Hochzeit findet nicht statt."

„Torro, ich meine es ernst. Wage es nicht, mir den Rücken zuzukehren. Als mein zukünftiger Gemahl erwarte ich von dir, dass du mir zu Füßen liegst – und zwar ergebenst!", keifte sie.

Er wandte sich wie gewünscht zu ihr um und sah sie abschätzend an. Er kannte ihre aufbrausende Art, wenn sie nicht bekam, was sie wollte. Diese war ein zuverlässiger Vorbote dafür, dass sie sich nehmen würde, wonach es sie verlangte, ganz gleich, über welche Leichen sie dafür gehen musste.

„Ich lasse eine Garde Patrons schicken, Euch zufriedenzustellen, wenn es Euch beliebt", erwiderte er trocken.

„Widerling!", kreischte sie. Ihre Hand packte eine Vase vom Tisch. Sie machte sich nicht einmal die Mühe, die Blumen daraus zu entfernen, bevor sie damit wutschnaubend nach ihm warf.

Torro wich aus. Das Glas zerschellte am Spiegel hinter ihm. Mit lautem Klirren ging auch dieser zu Bruch.

„Vielleicht bringst du es nicht, was? Hast es lieber mit deinen Bestien als mit Frauen getrieben, du Perverser! Vielleicht war meine Nacht mit dem fetten Schneider tatsächlich besser, als sie mit dir wäre."

Ihr Gekeife interessierte ihn nicht. Er schwieg gelangweilt.

„Es ist eine andere, nicht wahr? Das fette Stück Schweineschwarte Felina, richtig?"

Schäumend vor Zorn suchte ihr Blick nach einer zweiten Vase.

„Ich verbiete mir diese Aussagen über Na'nan Felina. Euer Anstand sollte größer sein als Eure Wut über mein fehlendes Interesse an Euch!"

„Mein Anstand!", ihre Tonlage schnellte in die Höhe, „Femima ist die Ältere und Klügere, sie bekommt den Mann ihrer Träume und soll Vaters Nachfolgerin werden. Und was hat sie davon? Sie ist tot! Felina ist die kleine Dicke, die ständig von allen umsorgt wird wie ein Püppchen, obwohl sie dumm und hässlich ist. Und was ist mit mir? Ich will, dass du auf den Knien darum bettelst, mich heiraten zu dürfen. Du wirst kaum eine andere standesgemäßere und hübschere Frau in den Adelskreisen finden als mich!"

Die Tatsache, dass er sie weiterhin ignorierte, schien sie nur noch mehr in die Raserei zu treiben. Die nächste Vase flog krachend gegen die Wand.

Er packte seine Waffe, die am Schreibtisch lehnte.

„Ich habe eine Zusammenkunft mit den Sharièn. Wartet nicht auf mich", verabschiedete er sich von seiner nun nicht mehr zukünftigen Frau.

„Ich verlange, dass du mich daran teilnehmen lässt! Ich bin ebenso wie du ein Bündnis mit ihnen eingegangen. Wegen dir!"

„Nein, nicht wegen mir. Sondern weil Ihr die Tochter Honestaes seid. Wie dem auch sei. Ich kann Euch nicht aufhalten, wenn Ihr beschließt, an dem Treffen teilzunehmen. Aber ich kann nicht für die Sharièn sprechen."

„Du wirst es ihnen erklären", keifte sie weiter, aber Torro war schon auf den Gang hinausgetreten und hatte die Tür hinter sich zugezogen.

Eiligen Schrittes begab er sich zum Audienzsaal, ihre Schreie in der wieder aufgerissenen Tür hinter sich ignorierend. Während er lief, dachte er über die Position nach, die er einnehmen würde. Er hatte geschwiegen, als Recaro an seiner statt als Kommandant der Sâras'ski ausgerufen worden war. Doch in dieser Position hatte er sein Bündnis mit dem Vierten vereinbart. Wie würde seine Stellung sein? Wäre es klug, die Chance zu nutzen und von vorne anzufangen? Sein Vater, mit dem er einen ewigen Zwist ausgetragen hatte, war tot. Seine Mutter, die einzig gute Seelen in seinem Leben, war ermordet. Sein Bruder würde für Torros Vergehen in den Feuern brennen, als Symbol der Vergeltung für die Ermordung der Livris. Die Gesellschaft, in der er sich einen Platz erarbeitet hatte, war zusammengebrochen. Die Grenzen mussten nicht mehr geschützt werden.

Was blieb ihm noch?

Er könnte erneut den Platz des Kommandanten einnehmen, der Kommandant der Armee der Sharièn werden. Der Söldner eines Volkes, das für ihn bisher nicht existent gewesen war. Versuchen, dort weiterzumachen, wo er aufgehört hatte. Doch dafür müsste er die schützen, die er zuvor wie Ratten zertreten hatte. Denen gehorchen, die er nicht als gleichwertig ansah. Für ihn waren weder die Livris noch die Sharièn Menschen seiner Art. Er müsste sich neuen Herren beugen und erneut versuchen, nach Unabhängigkeit zu streben. Das würde dauern. Lange Zeit. Und verlangte Loyalität denen gegenüber, für die er nicht einmal Respekt aufbrachte.

Die andere Variante war, alles, was er bisher gewesen war, über Bord zu werfen. Sich neu zu positionieren, als Mensch neu zu erfinden. Seinen Charakter dahingehend zu ändern, dass er zu dem Mann wurde, den Felina sich wünschte. Er wusste, dass ihr Herz ihm schon gehörte, sie hingegen die Seite des Kommandanten an ihm so sehr verabscheute, dass er dieses Herz nicht vollständig gewinnen konnte. Er wollte sie haben, aber nicht in der Art, sie als Gegenstand zu besitzen. Er wollte der Mann sein, der dafür sorgte, dass sie glücklich war. Er wollte der Mann sein, den sie als Mensch respektieren und lieben lernte. Aber dafür musste die Seite des Kommandanten weg. Gänzlich und für immer.

Während er den Gang hinunterschritt, erahnte er nur im Entferntesten, was er mit dieser Entscheidung aufgeben würde, sollte er sie wirklich treffen.

35

- Verwirrung -

D as Zimmer, in welches man sie gesteckt hatte, glich einem winzigen Palast. Es wirkte so prunkvoll auf das in größter Armut aufge- wachsene Mädchen, dass sie es nicht wagte, einen der Gegenstände zu berühren, die im Schein des prasselnden Kaminfeuers allesamt golden glänzten und sehr wertvoll wirkten.

Durcheinander schossen ihr die Ereignisse der vergan- genen Stunden durch den Kopf. Wie ein Traum hatte sie diese durchlebt, immer noch nicht begreifend, dass sie wach war und sich in der Realität befand, wenn auch in einer vollkommen neuartigen. Und auch nicht begreifend, was eigentlich zuletzt geschehen war. Jetzt, wo sie allein war, versuchte sie, ihre Gedanken zu ordnen.

Erst gestern noch hatte sie ums harte Überleben in einer Welt gekämpft, in welche sie aus einer anderen geflohen war, um dem Tode zu entrinnen. Und nun war sie plötzlich mitten zwischen die Fronten eines anderen Krieges geraten. Eines Krieges zwischen den Menschen und den Sharièn, von dem die Bewohner der Aschedünen nie etwas mitbekommen hatten.

Das Mal auf ihrer Haut zeugte davon, dass sie kein normaler Mensch war. Etwas, das sie bis zuletzt nicht gewusst hatte. Es zeichnete sie als Angehörige jenes alten Volkes der Sharièn, zu dem auch ihre Mutter gehörte. Aber warum hatte sie ihr das nie gesagt?

Ihre Mutter war noch vor ihrer Geburt in die Aschedünen geflüchtet, um sich vor den Menschen zu schützen, die ihnen nach dem Leben trachteten. Sie hatten sie ermorden wollen, weil sie Sharièn waren. Und nun erhoben sich eben diese Sharièn plötzlich aus der Versenkung. Nach so vielen Jahren. Cara wusste nicht, wie viele es waren. Und wie konnte es sein, dass dieser Herrscher der Menschen ihr Vater sein sollte? Dass Arem nicht ihr leiblicher Vater gewesen war, hatte sie kurz vor seinem Tod erfahren, wenn er sie auch wie sein eigenes Kind aufgezogen hatte. Außerdem war dieser Mann der Vater von Felina. Was wäre das für ein außerordentlicher Zufall. Und dieser Mann – hatte er ihre Mutter verfolgt für das, was sie war? Oder hatte er sie nicht ausreichend schützen können? Fragen über Fragen türmten sich in Caras Kopf, ohne dass sie eine davon zu beantworten wusste.

Dann waren da nun diese Sharièn. Die Sharièn brauchten sie, Cara, dazu, die Herrschaft wieder an sich zu nehmen. Sie sollte eine Art Königin der Sharièn und der Menschen werden. Aber warum sie? Ihre Mutter war keine Königin gewesen, sondern Heilerin. Nichts davon ergab irgendeinen Sinn. Sie spürte, dass etwas an der Geschichte nicht stimmte, ohne zu wissen, welches Puzzleteil nicht passte.

Niedergeschlagen wünschte sie, mit Hant reden zu können. Aber sie hatte keine Ahnung, wo er sich aufhielt.

Vor der Treppe zur Loge hatte sie ihn verloren und ihn dann nicht mehr wiedergesehen. Sie dachte daran, dass auch Baren und Qaart nun Teil der neuen Herrscher sein sollten und hoffte, dass Hant ihnen nicht in die Quere gekommen war.

Wieder stellte sie sich die Frage, wie klug die Entscheidung gewesen war, dieses Haus zu betreten. Immer noch hatte sie das Gefühl, es wäre besser, unerkannt von hier zu fliehen. Und zwar schnell. Trotzdem hielt sie etwas zurück. Sie schob es auf den Schock.

Eine Weile starrte sie vor sich hin, betrachtete in Gedanken versunken den Protz und Prunk, der in filigranen Goldarbeiten Wände und Decke schmückte. Ein unvorstellbar großer Schatz, der allein in diesem Zimmer lag, und trotzdem konnte man ihn nicht essen. Vielleicht besaßen die Menschen in Talimont genug zu essen und mussten nur das Gold dafür hergeben, wenn sie neues brauchten.

Doch ihre Gedanken lenkten sie wieder in andere Bahnen. Wenn diese Leute alles besaßen und so reich waren, was wollten sie dann von ihr? Oder gehörte das alles nicht den Sharièn? Waren es womöglich Diebe, die den Menschen ihre Schätze stehlen wollten? Wo sie doch gemeinsame Sache mit diesem Kommandanten machten, obwohl er keiner von ihnen war. Der, der alle getötet hatte. Waren sie dann nicht Verbrecher? War sie selbst der Spross eines Verbrechervolkes? Und dann war da noch dieser Mann mit der Kapuze, der sie in den Brunnen hatte werfen lassen. Sie hatte ihn sofort wiedererkannt. Diese schmalen Lippen vergaß sie nicht. Er gehörte zu den Sharièn, aber auch er hatte sie töten wollen. Selbst Baren und Qaart steckten mit ihnen unter einer Decke. Wie konnten diese Leute nur erwarten, dass sie ihnen – auch nur einem von ihnen – vertraute? Nach allem, was geschehen war? Nach all den Menschen, die ihre Leben gelassen hatten.

Steif erhob sie sich in ihren neuen Gewändern, einem Kleid, ein ganz und gar ungewohntes Kleidungsstück. Es war einfach geschnitten und saß locker um die schmale Hüfte. Sie hatte sich geweigert, eines dieser schillernden Gewänder anzuziehen, wie die Frauen auf der Feier sie getragen hatten. Also hatte man ihr nach dem Bad Dienstmädchenkleider gegeben. Auf Begeisterung gestoßen war ihr Wunsch bei den Kapuzenträgern nicht. Aber Hemd und Hose, wie sie es gewöhnt war, war unter noch größerer Missbilligung abgelehnt worden. Dass sie, anstatt Schuhe zu tragen, es vorzog, ihre Füße eng mit Stoffstreifen zu umwickeln, hatte dann schließlich nur noch für hochgezogene Augenbrauen gesorgt.

Das Zimmer besaß eine Verbindungstür.

Vielleicht sollte ich wirklich davonlaufen, kam ihr der Gedanke in den Sinn. Wieder einmal. Ohne zu wissen, wohin. Das schien ihr nach wie vor der einfachste Ausweg. Sie blieb. Warum wusste sie nicht.

Cara hätte schlafen sollen, aber das Adrenalin, das durch ihre Adern pumpte, ließ keine Ruhe zu. Mehrmals wanderte sie durch den Raum. Im Kreis, quer hinüber und dann zu jedem Fenster. Es war noch immer Nacht. Vor den Toren des Herrenhauses erleuchteten Fackeln die Vorgänge. Auf Befehl der Kapuzenmänner wurden die Livris auf die Häuser der Menschen verteilt und mit dem Nötigsten versorgt. Aber es waren viele. Und es dauerte.

Zahlreiche Gestalten drängten sich durch die Gassen. Sie schätzte, dass es länger dauern würden, alle Hilfsbedürftigen unterzubringen, als die Nacht währte.

Schließlich stand sie vor der Verbindungstür und entschied, sie zu öffnen. Sie warf einen Blick hinüber. Der Raum war leer. Genauso groß und prunkvoll wie der vorige erstreckte sich das langgezogene Zimmer bis zu einer weiteren Tür. Dahinter meinte sie, Stimmen zu hören. Leise schlich sie durch den Raum und öffnete die gegenüberliegende Tür nur einen winzigen Spalt.

Sie hatte sich nicht getäuscht. Die vier Adepten der Sharièn und einige weitere Leute befanden sich dort. Sie stritten miteinander. Gebannt lauschte sie.

36

Maroc

- Enttäuschung -

In seinem Kopf rauschte das Blut. Das Fieber machte seine Glieder immer noch schwer und auch wenn Ta'rish es gesenkt hatte, hatte er nach wie vor Schwierigkeiten, den Gesprächen zu folgen. Sein Puls raste, als wollte er seine Adern zum Platzen bringen. Sie hatte ihm Schmerzmittel verabreicht und noch bevor der Morgen graute, den Atem Vílevènas heraufbeschworen, der ihn vor dem sicheren Tod bewahren sollte. Die Herrenhäuser Talimonts verfügten über Vorräte des wertvollen Heilkrauts Rote Adlerzunge, erklärte Taarishienna ihm, denn die dazugehörige Pflanze wuchs nicht zu allen Jahreszeiten.

Der Nebel in seinem Kopf klarte langsam auf. Er spürte, dass er wieder zurück ins Bewusstsein fand.

„Das ist alles, was ich tun kann", eröffnete Ta'rish ihm matt, „sobald der Morgen graut, sind die Magiaatiden vorüber und meine Kraft wird zu gering sein, dich am Leben zu erhalten, solltest du selbst nicht dazu fähig sein."

Maroc nickte schwach. All seine Kraft, all sein Wille, der ihm diese Kraft geschenkt hatte, den sein abgekämpfter Körper schon gar nicht mehr besaß, hatte er in dieses Ziel gesteckt. Heute Nacht den Umsturz herbeizuführen. Heute Nacht die Sharièn wieder zum Leben zu erwecken. Und er hatte dieses Ziel erreicht. Es fühlte sich an, als könnte er jetzt loslassen. Und doch türmten sich Aufgaben und Erwartungen vor ihm auf. Es war nicht an der Zeit, loszulassen. Seine Gedanken drehten sich erneut um das Mädchen Cara. Und die Erkenntnis, die er gewonnen hatte.

„Du hast deiner Tochter nie gesagt, wer sie ist, nicht wahr?", fragte er und stellte fest, dass sein Kopf nun schneller wieder klar wurde.

„Nein."

„Du wolltest sie schützen."

„Natürlich."

„Taarishienna, hast du geglaubt, ich würde es nicht sehen?", fragte er leise.

„Was meinst du?"

„Honestae ist nicht ihr Vater. Glaubst du, die Vier werden diese Lüge glauben?"

„Nein, sie wissen, dass es nicht so ist. Sie wissen genau wie du, dass kein Mann der Menschen ein Kind der Sharièn zeugen kann. Sie lassen die Menschen in dem Glauben, um ihnen die Illusion zu vermitteln, Cara wäre ein Kind sowohl aus den Aschedünen als auch aus Talimont, sowohl eine Tochter der Sharièn. Die Symbolik der Vereinigung aller Völker."

„Und nichts davon ist sie in Wirklichkeit."

Ta'rish sah ihn an. Ihr Blick verriet, was er ihr das gut gehütete Geheimnis direkt ins Gesicht gesagt hatte. Sie wirkte plötzlich alt.

„Du hast dieses Kind versteckt", brachte Maroc nun hervor, „vor dem Hass Honestaes, vor seiner Wut und

259

seiner Rache hast du es in der Stadt Caritae verborgen, und damit das Schicksal Tausender Menschen besiegelt. Alles, was die Livris in den Aschedünen erleiden mussten, haben sie wegen *dir* erlitten, Taarishienna. Weil du dich dort versteckt hieltest."

„Die Vier haben mich gezwungen, mir einen Unterschlupf zu suchen. Nicht einmal du hast mir geholfen, Maroc. Ich musste um mein Leben fürchten. Und letzten Endes war es Honestae, der die Menschen zu ihrem Dasein in den Aschedünen verdammte", sagte sie leise.

„Honestae wusste, dass du dich dort verborgen hast. Er wusste das, weil Arem ihn informierte, als Cara geboren wurde. Er glaubte, Cara wäre sein Kind. Denn er hatte selbst alle Bücher über die Sharièn vernichten lassen und hatte daher keine Ahnung, dass er als Vater nicht in Frage kam. Arem, der früher der Ne'nor Caritae gewesen war, brach den Kontakt zu Honestae ab, da er sich in dich verliebte und euch schützen wollte", fuhr Maroc fort, „war es nicht so?"

„Ich wusste bis vor wenigen Tagen nicht, dass Arem es war, der uns verriet." Er hörte die Bitterkeit aus ihren Worten heraus.

„Trotzdem wusstest du um einen Verrat. Denn Honestae beschloss daraufhin, dass jeder in Caritae verdammt sein sollte, solange ihr euch dort versteckt hieltet. Die Menschen in den Aschedünen wusste nicht einmal, wofür sie gestraft wurden. Aber du wusstest es. Er rief die Sâras'ski ins Leben, eine Horde blutrünstiger Mörder, die die Grenzen zu Talimont schützen sollten. Alle, die es dennoch schafften, hinüberzugelangen, quälte er und machte sie zu Sklaven. Du wusstest das – zwanzig

Jahre lang. Und du hast nie etwas getan, um die Menschen von ihrem Elend zu erlösen. Dein Kind hat nur überlebt, weil viele Tausende gestorben sind. Und ihr ganzes Blut klebt an deinen Händen, Taarishienna. Nach allem, was ich nun weiß, muss es sich so zugetragen haben.

Aber ich erzähle dir diese Geschichte nicht, um die Schuldfrage zu ergründen. Sondern weil Cara nicht die ist, für die sie alle halten. Du hast dich vor mehr versteckt, als nur vor dem Zorn Honestaes, nicht wahr? Den Tod dieser vielen Menschen, das Leben im Elend ertragen. All das hast du aus Angst getan. Aber es war nicht allein die Angst vor Honestae. Es war die Reichweite eines anderen, die du gefürchtet hast. Du kannst die Wahrheit nicht länger verbergen."

Während er sprach, hatte sie ihn angestarrt. Ungläubig, im Schein ihres blau- und türkisfarbenen Halses voller Trauer und Schuldbewusstsein. Vielleicht hatte sie geglaubt, niemand würde es jemals erkennen. Und er hatte den Eindruck, als wollte sie vor der unumstößlichen Tatsache fliehen, dass ihr Geheimnis gelüftet worden war.

Schweigend verließ Ta'rish den Raum. Sie sagte kein Wort zu seiner Version der Geschichte. Ihr Blick war starr zu Boden gerichtet, als sie die Tür hinter sich schloss.

Enttäuschung machte sich in Maroc breit, während er sich auf den Rücken drehte und versuchte, seine Glieder zu strecken. Taarishiennas Geschichte hielt etwas verborgen, eine Erklärung über Caras Herkunft, die für die Wissenden nur einen Schluss zuließ. Er war sicher, dass die Vier es noch nicht bemerkt hatten. Und er fragte sich, wie es sein konnte, dass sie es niemals bemerkt hatten. Nicht einmal, als sie sich damals das Zeichen von Taarishienna als Beweis für ihre Herkunft hatten zeigen lassen.

Er hatte vorgehabt, ihr zu offenbaren, was er wusste. Ihr einen kleinen Trost als Vertrauensvorschuss zu schenken, damit sie mit ihm redete. Er hätte ihr gern etwas über den Verbleib ihres ersten Kindes, das nach der Geburt totgesagt wurde, berichtet. Er hatte ihr Frieden geben wollen nach dieser schrecklichen Zeit, in der sie ein Leben in Elend gelebt hatte, um sich und ihr zweites Kind zu schützen. Aber stattdessen hatte er sie mit Vorwürfen und Schuldzuweisungen überhäuft. Taarishienna hatte ihn und die Vier genauso hintergangen, wie sie Honestae hintergangen hatte. Die Erkenntnis war bitter. Hatte er ihr doch immer vertraut.

Die Tür öffnete sich.

„Hoch mit dir", befahl der Erste, der den Raum nur Augenblicke, nachdem Ta'rish ihn verlassen hatte, betrat. „Du hast bekommen, wofür du gekämpft hast, Maroc. Nun trage deinen Teil dazu bei, diese neue Ordnung zu halten."

Maroc fühlte sich immer noch schwach auf den Beinen. Das ernüchternde Gespräch mit Ta'rish hatte ihm die Motivation genommen. Vielleicht hatte er sich etwas vorgemacht. Vielleicht war sein Teil dieser Geschichte hiermit erzählt und ein anderer musste das Volk weiterführen. Vielleicht hatte er auch einfach für eine ganz falsche Sache gekämpft.

Nichtsdestotrotz rappelte er sich schweigend von seinem Lager auf und folgte dem Ersten hinunter in ein Beratungszimmer. Das Schmerzmittel wirkte gut genug, dass er sich allmählich wieder halbwegs sicher auf den

Beinen fühlte. Er sah auf die Monde hinaus, die sich langsam voneinander trennten und gen Horizont wanderten. Es blieben nur Stunden. Vielleicht sollte es einfach nicht sein.

Mehrere Männer waren anwesend. Maroc erkannte die Adepten in ihren Festroben, Honestae, Torro, Baren und einen seiner Handlanger.

Diese Männer sollen die Köpfe der neuen Ordnung sein?, fragte er sich unwillkürlich. Das war nicht das Bild, das er sich vorgestellt hatte. Und er selbst – nichts weiter als ein Schattenkönig – allein existent aufgrund einer Symbolik, ohne Macht, ohne echte Anerkennung. Denn die Männer, die hier versammelt waren, brauchten ihn nicht. Sie respektierten ihn nicht einmal mehr. Für sie war er nur ein Werkzeug. So wie die Ne'nors eines gewesen waren. Im Grunde, wurde ihm jäh bewusst, änderte sich für diese Welt kaum etwas.

„Wir sind hier, weil uns die Zeit davonläuft. Der Plan der Sharièn ist aufgegangen. Wir haben die Macht in Talimont übernommen. Wir haben Bündnisse geschlossen. Mit Baren und Qaart, den Anführern der Livris. Mit Torro, dem Anführer der Sâras'ski", ergriff der Erste ohne große Umschweife das Wort.

„Das ist er nicht mehr!", warf Honestae verärgert ein. Er lehnte in einem Sessel an der Wand, hielt sich im Hintergrund und Maroc erkannte, dass seine Hände nach wie vor von Fesseln zusammengehalten wurden. „Er hat sein Amt an Recaro abgegeben. Müsstet ihr das nicht am besten wissen, immerhin habt ihr ein Kopfgeld auf ihn als angeblichem Kommandanten ausgesetzt!"

„Ihr seid nur aus unserer Gnade am Leben, Honestae, Mann der *Ehrlichkeit*", warf der Zweite schneidend ein, „denkt nicht, dass Ihr hier viel zu sagen hättet. Wir sind ein Bündnis mit Torro als Kommandant eingegangen, nicht mit Euch."

Der Erste räusperte sich und wandte sich zu ihm, als er sprach.

„Da wir gerade von Torro sprechen. Maroc, es ist notwendig, dass du deine Valtórn unter Torros Kommando stellst. Er wird ab sofort unter dem Titel *Heerführer* die Pardúk und die Valtórn befehligen."

„Das kann nicht Euer Ernst sein!", entfuhr es Maroc.

„Als König und Hüter des Orakels wirst du keine Zeit für derartige Spielerein haben, Junge!"

„Ka'ratak folgt allein meinem Befehl, das wisst Ihr! Und die Übrigen folgen Ka'ratak."

„Dann ist es an der Zeit, das Tier durch ein gezähmteres zu ersetzen", konterte Torro gelassen.

Maroc konnte sich nur schwer beherrschen, sich nicht auf ihn zu stürzen, was der Zustand seines gepeinigten Körpers ohnehin nicht zugelassen hätte.

„Ihr verdient es nicht, hier in dieser Runde zu stehen, Torro, *Kommandant* der Sâras'ski – elender Mörder!"

„Ruhe!", zischte der Vierte. „Niemand in diesem Raum hat das Recht, die neu geschaffene Ordnung in Frage zu stellen! Nur gemeinsam werden wir das Land wieder aufbauen können."

„Und ihr wollt eine gerechtere Regierung darstellen als die der Menschen!", ereiferte Maroc sich trotz der Ermahnung weiter.

„Nein, *wir*, Maroc", entgegnete der Erste ruhig, „sobald *wir* das letzte Problem gelöst haben. Du hast uns etwas Entscheidendes verschwiegen."

Maroc zog die Augenbrauen hoch. Was erwartete ihn nun?

„Du hattest uns versprochen, das Mädchen zu finden, das die Zukunft der Sharièn sichern würde. Du hast sie gefunden und hierhergebracht. Was wir aber nicht wussten ...", er machte eine bedeutungsvolle Pause, „... du bist nahe Arimâgart mit deinem Valtórn abgestürzt. Und dieser *Absturz des Valtórnreiters* markiert den Beginn des Scheideweges, so lautet die Weissagung des Orakels. Es wäre deine Pflicht gewesen, uns darüber in Kenntnis zu setzen. Als Hüter des Orakels weißt du genauso um die Zeichen wie wir."

„Ich war beinahe tot", warf der Angesprochene ein und machte seiner Empörung weiterhin Luft, „ich hatte keine Möglichkeit, Euch eine Nachricht zu schicken. Ich habe es Euch heute Nacht vor dem Umsturz gesagt. Ein früherer Zeitpunkt war nicht möglich. Und was hätte das schon geändert? Der Scheideweg bedeutet nicht, dass alles vorbei sein muss."

„Der Scheideweg bedeutet, dass sich das Orakel für alle Zeit schließen und Vílevèna verloren sein wird, wenn wir das Ruder nicht augenblicklich herumreißen", erklärte der Erste mit Nachdruck, „darum haben wir noch viel weniger Zeit, als erwartet. Wir haben den Umsturz trotzdem durchführen lassen, da wir glauben, mit dem Sturz der Menschen tragen wir bereits einen großen Teil dazu bei, das Weltengefüge wieder in die richtige Richtung zu lenken. Ich kann nicht sagen, ob das genügt. Caras und Marocs erste Nachkommen werden nicht vor Ablauf eines Jahres zur Welt kommen."

„Das Mädchen wird kaum dazu imstande sein, ein Kind zu gebären, habt Ihr sie Euch einmal angesehen? Sie muss erst einmal aufgepäppelt werden. Sie sieht aus wie ein schmächtiger Junge", warf der Zweite zweifelnd ein.

„Vielleicht sollten wir darüber sprechen, wessen Verdienst es ist, dass sie so aufwachsen musste!" In Maroc regte sich immer stärkere Wut.

„Dieses kleine Drecksstück ist nichts wert. Sie ist schuld, dass mein Bruder an die Sâras'ski verraten und getötet wurde", mischte sich Baren ein, „wenn ihr Nachkommen wollt, solltet ihr euch eine der Töchter dieses reichen Narren hier nehmen. Die sind wenigstens wohl genährt. Was soll dieses Theater um irgendwelche Zeichen auf der Haut. Als ob jemand merken würde, wenn ihr euch die Bilder selbst draufpinselt."

„Ihr Menschen werdet nie begreifen, was es bedeutet, Angehöriger eines alten Volkes zu sein, das von den Göttern selbst auserwählt wurde, die Welt zu schützen", erwiderte Maroc leidenschaftlich.

„Schweigt jetzt! Wir haben Wichtigeres zu besprechen! Cara wird Kinder gebären, dafür sorgen wir schon."

„Ist das so", erklang es von der Tür. Ruckartig wandten die Männer die Köpfe.

37

- Wertlose Worte -

Caras Hals leuchtete so blutrot, als würde der ganze Ärger in ihr brodeln wie in einem kurz vor der Eruption stehenden Vulkan. Hier saßen fremde Männer, Mörder, dann Baren und sein Schoßhund und erlaubten sich, über *ihre* Zukunft zu entscheiden. Wagten es, ihr vorzuschreiben, wie sie ihr Leben leben sollte, wo sich die letzten zwanzig Jahre niemand um sie geschert hatte. Mit jedem Schritt, den sie in ihrem Leben tat, versank sie mehr und mehr in dem Sumpf einer Handlung, die nichts Gutes für sie geplant hatte. Warum wurde es nur noch schlimmer? Sie sollte eine Königin werden, hatten sie gesagt, aber was sie wirklich werden sollten, war wieder eine Sklavin. Nur auf eine andere Art.

„Ich kenne keinen von euch. Aber ich weiß, dass ihr allesamt Mörder seid. Ich weiß, dass Baren und Qaart kleine Jungen quälten. Ich weiß, dass sie mit einem Mann auf dem Adler verabredeten, die Menschen in den Aschedünen Essen gegen Wasser tauschen zu lassen, damit sie sich gegenseitig töteten. Ich weiß, dass der Kommandant der Sâras'ski gnadenlos Männer, Frauen und Kinder von den Bestien zerfleischen oder sie bei lebendigem Leibe verbrennen ließ. Ich habe gesehen, wie ihr vier Robenträger den Menschenanführern die Kehle durchgeschnitten habt. Einer von euch ließ Livris verbrennen, die in Silvánuba nicht unterwürfig genug waren, und warf mich zum Sterben in einen Brunnen. Ich sehe euren zukünftigen König dem Tod näher als dem Leben. Niemand von euch scheint ihn zu achten oder auch nur zu mögen. Und ich höre, dass ich seine Frau werden soll. Ich höre, dass auch ich nicht respektiert werde. Nicht einmal als Mensch. Auch nicht als angebliche Sharièn. Wie könnt ihr von mir erwarten, dass ich irgendetwas für euch tue?

Lange war ich eine Aschegestalt, ein Wesen, das für die Menschen hier oben nicht existierte, das weder den Sharièn, noch den Menschen etwas bedeutete. Dann war ich eine Sklavin, eine Livri ohne Rechte, geduldet um zu gehorchen, und auch in dieser Rolle wurde mir nach dem Leben getrachtet. Und nun soll ich genau das bleiben. Nur in ein schönes Kleid gesteckt und dieses Mal mit euren Bemühungen, dass ich nicht sterbe. Den Männern, die für all das Unglück und Elend der Menschen, Livris und Sharièn verantwortlich sind, soll ich helfen, eine neue Ordnung zu bilden. Eine gerechte, unter der die Menschen, Livris und Sharièn glücklich nebeneinander leben können. Hört ihr eigentlich selbst, was ihr da redet?"

Allen Zorn hatte sie in ihre Rede gelegt, die sie nicht hatte halten wollen. Aber die Worte waren aus ihr herausgesprudelt, als wäre ihr innerer Vulkan ausgebrochen. Was machte es schon? Was konnte sie besseres tun, als sich ihrem neuen Schicksal nicht kampflos unterzuordnen?

Das Schweigen, was auf ihre Worte folgte, war nicht bedrückt. Sie spürte es. Es war voller Zorn, weil sie nicht gehorchen wollte, weil sie das Spiel nicht mitspielen wollte. Ihre Worte hatten hier kein Gewicht. Sie würden es niemals haben.

„Wir haben zu tun, du kleine Hure, du ..." Qaarts Blick spießte sie auf.

„Eine Königin wirst du kleines Biest niemals für uns sein!", rief Baren gleichzeitig.

Drohend wandten sie sich ihr zu, als wollten sie sich auf sie stürzen.

Der Erste stellte sich ihnen in den Weg.

„Schluss damit!"

„Wagt es nicht, sie anzurühren", erklang die düstere Stimme eines Kapuzenträgers und Cara meinte, es wäre der, der sie in den Brunnen geworfen hatte. Sie erinnerte sich an diese ungewöhnlich schmalen Lippen. Langsam umrundete dieser die Männer und stellte sich mit dem Rücken zu Cara vor sie.

„Ich brauche Euch nicht!", rief sie hingegen, „wenn ihr mich töten wollt, könnt ihr das tun! Mir wurde so oft schon mit dem Tod gedroht, ich bin es leid. Wenn ihr wollt, dass ich bei diesem Wahnsinn mitmache, müsst ihr mich schon in Ketten legen."

„Beruhigt Euch, Cara", versucht der Zweite zu beschwichtigen.

„Wir haben etwas sehr Bedeutungsvolles zu tun, meine Herren. Doch stattdessen streiten wir miteinander wie kleine Kinder. Die Geschicke der Welt liegen in unseren Händen. Begreift ihr das nicht! Wir haben keine Zeit für derartige Auseinandersetzungen."

„Der Orakelspruch zum Absturz des Valtórnreiters nahe Arimâgart muss unbedingt ernst genommen werden.

Als Allererstes müssen wir uns diesem Thema stellen. Und zwar schnell", mahnte ein anderer Robenträger. „Bis zum Morgengrauen müssen wir beim Orakel sein und hören, was es uns zu sagen hat. Am Morgen sind die Magiaatiden vorüber und das Orakel wird auf ewig geschlossen sein. Wir müssen diese Chance nutzen, das Ruder noch herumzureißen."

„Das schaffen wir nur mit den Valtórn", sagte Maroc.

„Das Orakel verlangt Opfer", warf der Kommandant lauernd ein, „vergesst das nicht."

„Wir verlangen keinen Schutz, nur einen Rat. Diesen wird es uns ohne Opfer gewähren, denn die Prophezeiung sagt dieses Schicksal voraus."

Die Männer gingen wieder zur Tagesordnung über. Niemand achtete mehr auf Cara. Es war, als hätte sie nicht soeben die Wahrheit über diese Leute hier gesprochen. Als hätten diese Worte niemals deren Ohren erreicht und wären in der Bedeutungslosigkeit versunken. Sie dachte darüber nach, ob sie sich heimlich davonstehlen sollte, Hant und ihre Mutter suchen und dann mit ihnen fortlaufen. Sich irgendwo im Wald verstecken.

„Wir reisen mit Maroc und Cara. Deren Bündnis kann von den Göttern direkt besiegelt werden. Zwei von uns oberen Adepten begleiten euch", entschied jemand.

„Ich reise mit", beschloss der Adept mit dem schmalen Mund.

„Es heißt, je ein Vertreter eines jeden Volkes muss zur gleichen Zeit um Einlass ins Orakel bitten, um empfangen zu werden", erinnerte Maroc.

„Maroc, du bist das Sprachrohr der Sharièn. Du wirst hineingehen."

„Vielleicht darf ich mich als Mensch im Bunde anbieten", bot sich der Kommandant an. „Auch ich habe das Orakel bereits betreten dürfen, denn es gewährte mir die Gnade, Vasallen zu erhalten."

„Es steht Euch nicht zu", rief Maroc dazwischen. Er hatte mehr Farbe im Gesicht als bei der Zeremonie und wirkte etwas erholter. „Als Vertreter der Menschen sollten wir Baren mitnehmen. Er hat die Menschen aus den Aschedünen hierhergeführt und ist der Einzige, der das Recht hat, sie zu vertreten. Der Kommandant ist dazu nicht befugt!"

„Ich halte es durchaus für angebracht, den Kommandanten mitzunehmen. Er und ich waren vor kurzem dort. Er muss sein Opfer noch darbringen", schlug der Adept mit dem schmalen Mund vor.

Maroc warf einen abfälligen Blick auf den Kommandanten. Cara sah, wie es auch in seinem Innern brodelte, sein Hals glühte rot vor Zorn.

„Was soll dieses Opfer-Gerede?", verlangte einer zu wissen.

„Das Orakel fordert die Na'nan Felina als Opfer für seine neuen Vasallen."

„Das erlaube ich nicht!", warf Honestae aufgebracht ein.

„Wir könnten durchaus einige Pardúk gebrauchen. Ihr wisst nicht, wie schnell ihr das Land unter Kontrolle bekommt, und die Tiere wurden zum Großteil von den Valtórn gerissen."

„Es sind nur fünf Tiere", wich Torro aus, „mit weiteren Valtórn wäre uns mehr gedient."

„Das kommt nicht in Frage!", schaltete sich Maroc erneut ein.

„Genug!", donnerte der Erste, „die Zeit verrinnt. Wenn der Morgen graut, dann ist es zu spät, an unserem Schicksal noch etwas zu ändern. Ich fliege zusammen mit Maroc, Cara, dem Vierten, dem Kommandanten und Na'nan Felina. Auch Taarishienna begleitet uns, ebenso die Gesandten der Aschedünen und die beiden Ältesten des Schlots. Seht zu, dass genügend Valtórn bereitstehen."

„Ihr habt versprochen, Eure Verbündeten zu schonen!", wandte sich Maroc entsetzt an den Sprecher, „ich schulde Na'nan Felina mein Leben! Ohne sie wären weder ich noch Cara hier."

„Das stimmt", warf Cara ein, die dem Wortgefecht folgte, doch niemand beachtete sie.

„Maroc, ich schätze es, dass du am Leben bist. Doch mit deinem Sturz hast du uns in eine schwierige Lage gebracht. Und die Zeit verrinnt."

„Das ist kein Grund, Euch nicht an Euer Wort zu halten!"

„Wenn das Orakel etwas verlangt, sollten wir ..."

„Es verlangt *eine* Tochter der Ne'nors", schaltete sich Torro ein, „hattet Ihr nicht verkündet, das Mädchen Cara wäre ebenfalls eine Tochter Honestaes? Da sie nicht Königin sein will, kann sie uns deutlich nützlicher sein."

Honestae starrte Cara an und Cara starrte zurück. Sie glaubte es nicht. Sie spürte, dass es nicht wahr war. Und sie würde es so lange nicht glauben, bis ihre Mutter es ihr mit eigenen Worten bestätigte.

„Ein Schattenkönigspaar – mehr ist es doch nicht, was ihr uns zugestehen wollt! Als würdet ihr die Macht aus der

Hand geben. Ihr braucht Cara und mich der Nachkommen wegen, nicht weil ihr vorhabt, uns etwas zu schenken." Maroc konnte sich nicht beherrschen.

„Du warst bereit, diese Aufgabe auf dich zu nehmen. Es besteht also kein Grund, sich zu beschweren. Das offizielle Königspaar vor dem Volk werdet ihr sein."

„Dann sind sie nicht besser dran, als mit der Regentschaft der Menschen! Auch die habt ihr gelenkt!", fuhr Maroc auf.

„Sicher. Das ist der Grund, weshalb sich in dieser Welt kaum etwas ändert. Nur der Schein, lieber Maroc", erwiderte der Adept mit den schmalen Lippen höhnisch, „nur der Schein ist ein anderer. Aber das hast du doch vorher gewusst, nicht wahr? Ob die vier Ne'nors der freien Städte tot sind oder nicht, spielt für uns im Gunde keine Rolle. Bis genügend Nachkommen da sind, werden Jahrzehnte, wenn nicht Jahrhunderte vergehen. Erst dann werden die Sharièn wirklich zurückkehren."

„Also sorge dafür, dass dieses Mädchen so schnell wie möglich zum Gebären kommt. Wie gesagt, du warst bereit, das alles auf dich zu nehmen", versucht ein anderer die Diskussion zu schließen.

„Ich bin aber nicht bereit, das auf mich zu nehmen", ertönte Caras Stimme nun bedeutend lauter und weiterhin fassungslos von der Ignoranz dieser Männer.

38
Maroc

- Der Schattenkönig -

Trotz seiner unterdrückten Wut konnte Maroc nicht umhin, den Mut dieses kleinen dürren Geschöpfes zu bewundern.

Ihr Gesicht war noch immer blass, aber ihre Mine wirkte entschlossen. Sie hatte den blickdichten Kragen nicht angelegt, der zum Kleid gehörte, und ihre Wut leuchtete den Männern im Raum entgegen. Auch er zeigte seine rote Farbe am Hals offen.

Mit zu Fäusten geballten Händen trat sie einige Schritte in den Raum hinein und Maroc hatte Gelegenheit, sie näher zu betrachten.

Das weiße Kleid wirkte völlig fehl am Platz, wie eine Verkleidung, die man ihr angezogen hatte. Unter den kurzen Ärmeln schauten Verbände hervor, die sich beidseitig bis zu den Handgelenken zogen. Der weite Rock ließ sie noch dünner und kleiner erscheinen, als sie tatsächlich war. Das schwarze Haar war gekämmt, doch die Strähnen hingen ausgefranst und ungepflegt wie Unkraut über ihren Schultern. Ihr Gesicht zeigte keine Falten, die Haut spannte sich über die Wangenknochen. Tiefe Schatten lagen unter ihren großen kindlichen Augen und die Mundwinkel waren herabgezogen. Die Art ihres

Blickes sagte ihm, dass sie in ihrem jungen Leben schon viel gesehen hatte. Denn das war sie. Jung. Auch wenn sie eine von ihnen war. Er hingegen war einhundertzwanzig Jahre alt. Sein Äußeres verbarg dies gut und die Angewohnheit der Ältern, ihn als *Junge* zu betiteln, führte dazu, dass er sich manchmal wie ein Grünschnabel fühlte. Was er empfand, war Mitleid mit diesem Mädchen, wie auch Respekt für Caras Mut. Aber seine Vorstellungskraft reicht nicht aus, sich dieses Mädchen an seiner Seite vorzustellen.

„Du wirst eine Königin sein, Cara. Es ist vorbei mit dem Elend, dem Hunger und der ständigen Angst. Die Leute werden dir zujubeln", sagte der Zweite sanft zu ihr.

„Ich brauche niemanden, der mir zujubelt!", entgegnete sie scharf. „Ihr alle, ein Haufen selbstgefälliger Männer, sitzt hier in eurem Schloss, in eurem Prunk, nachdem ihr so viele Menschen getötet habt, und schmiedet Pläne über eure Zukunft. Ich will kein Teil davon sein! Mein ganzes Leben habe ich in den Aschedünen verbracht und niemals kam jemand, um uns zu helfen. Und jetzt bin ich nicht bereit, euch zu helfen!"

„Ich kann mir vorstellen, wie schwer es ist, alles plötzlich zu begreifen", wandte sich der Erste in mitfühlendem Ton an sie, aber Maroc erkannte an Caras Haltung, dass dieser bei ihr nicht anschlug. Ob sie in der Lage war, die fliegenden Gedanken zu nutzen? Ob er die Kraft dazu noch aufbringen konnte?

„Du wirst alles von uns bekommen, was du dir immer erträumt hast", schaltete sich der Dritte ein.

„Was wisst ihr davon, was ich mir erträumt habe. Fast alle Menschen, die mir wichtig waren, sind tot. Und die

Mörder sitzen in diesem Moment in diesem Raum unter euch! – Ich will nicht Teil eurer widerlichen Pläne sein!"

Ihr magerer Körper erzitterte vor Wut.

Maroc spürte das Bedürfnis in sich, sie zu trösten. Warum wusste er nicht. Vielleicht, weil sie so viel durchgemacht hatte in ihrem jungen Alter und weil sie dennoch den Mut und die Kraft besaß, sich gegen diese mächtigen Männer zu stellen. Er sammelte eine winzige Kraft in seinem Kopf und sandte ihr etwas davon. Würde sie die Botschaft empfangen können? Gespannt starrte er sie an, suchte nach einem Zeichen, dass sie die fliegenden Gedanken lesen konnte.

Plötzlich stutzte Cara, ihre Augen blinzelten, als begreife sie nicht, ob sie die Bilder mit den Augen oder mit dem Herzen sah. Sie schwieg und er sah an ihrem Blick, dass sie angestrengt nachdachte. Dann wandte sie den Kopf und ließ ihren Blick über die Männer schweifen. Ihre Augen trafen sich. Und sie schien zu begreifen, dass die Bilder des friedvollen Lebens von vor einhundert Jahren, die er ihr gesandt hatte, eine Botschaft von ihm waren. Er wollte ihr zeigen, wie es sein könnte in der Zukunft, um sie zu trösten. Um ihr zu zeigen, dass die Zukunft vielleicht besser aussehen könnte, als sie glaubte. Obwohl er sich in demselben Moment fragte, wie er sie mit einem Bild trösten könnte, an das er selbst nicht glaubte. Das er selbst nicht sah, weil die Männer in diesem Raum nur ein Spiel um Macht spielten.

„Du solltest mit deiner Mutter sprechen, Cara. Sie wird dir alles über die Sharièn erzählen. Sie hat dich so lange geschützt, wie es nötig war, um dein Überleben zu sichern. Nun hat sie uns geholfen, dich zu uns zu bringen, damit du deinen Platz in unserem Volk einnehmen kannst. Sie wird dir helfen, diese Bürde zu tragen", log der Zweite.

„Zuerst müssen wir den Weg zum Orakel einschlagen, um seinen letzten Rat zu empfangen. Also macht euch bereit. Die Zeit drängt", drängelte der Erste.

„Wir haben keinen Andúrien", wies der Dritte auf ein weiteres Problem hin.

„In erster Linie haben wir keine Zeit, zu diskutieren. Um Arimâgart herum verstecken sich genügend, es wird sich schon einer blicken lassen, wenn wir versuchen wollen, das Orakel zu betreten", erwiderte der Vierte.

„Das Problem werden wir auf dem Weg dorthin lösen. Und nun los. Maroc und Torro, seht zu, dass die Valtórn bereit sind!"

Es blieb ihm nichts anderes übrig, als dem Befehl Folge zu leisten. Es zog ihn selbst zum Orakel. Lange war er nicht mehr dort gewesen und hatte die Worte der Götter vernommen. Vielleicht würde er ihre weisen Worte heute ein allerletztes Mal vernehmen. Und vielleicht hatten sie eine Lösung parat, diese Welt zu retten, denn die Vier und die Menschen hatten sie definitiv nicht. Der andauernde Zwist zwischen den Bündnispartnern verurteilte die neue Regierung zum Scheitern, bevor sie sich richtig gebildet hatte. Aber das sollte erst einmal nicht seine Sorge sein.

Schweigend gingen er und Torro den Flur entlang. Der Hass zwischen ihnen lag spürbar in der Luft. Maroc hatte ihm nicht vergessen, dass er ihn auf der Treppe vor versammelter Gesellschaft zu Boden gestoßen hatte. Noch weniger, dass es ihm vorher nicht gelungen war, Torro zu überwältigen. Er hatte ihn töten wollen und tief in seinem Innern wollte er das noch immer. Die Demütigung, sich ihm unterordnen zu müssen, damit Torro die Valtórn befehligen konnte, nagte an seinem Stolz. Ka'ratak würde diesem Mann niemals folgen, es sei denn, Maroc gebot es ihm. In seinen Augen war Torro ein gewissenloser Mörder, während Maroc stets das Wohl der Sharièn im Blick gehabt hatte. Torro war für ihn die Ausgeburt der Schlechtigkeit der Menschen, die personifizierte Boshaftigkeit, die vernichtet werden musste. Aber er wusste, wir unklug alle Bemühungen in diese Richtung im Moment waren. Er war zu schwach.

Ob Ka'ratak begriff, dass er diesem Mann gehorchen sollte? Natürlich würde er das. Er vertraute Maroc blind, aber er musste auch spüren, dass er gegen seinen Willen handelte. Die Frage war, ob der Adler das erkannte und sich Torros Befehlen deshalb vielleicht verweigern würde.

„Sorge besser dafür, dass er gehorcht", gab ihm Torro zu verstehen, als hätte er seine Gedanken laut ausgesprochen.

„Du wirst dich nicht lange auf diesem Posten halten, das verspreche ich dir", knurrte Maroc daraufhin ohne ihn anzusehen.

„*Du* wirst nichts zu befehlen haben! Das Einzige, was du lenken wirst, ist eine Frau im Bett – und selbst die ist noch zu widerspenstig, als dass dir das gelänge", spottete der Kommandant und schritt schneller voran.

In Maroc kochte die Wut hoch, mehr darüber, dass er dem anderen körperlich unterlegen war als über dessen Worte. Wie gerne hätte er ihn spüren lassen, dass er keine Macht in seinem zukünftigen Königreich haben würde – dafür würde er sorgen, schwor er sich. Er würde nicht zulassen, dass dieser Schlächter seine Tiere quälte. Dieser Kommandant war ein gefährlicher Mörder – nichts weiter.

Während er in seinem Ärger Mühe hatte, mit Torro Schritt zu halten, und sich dessen Tod in den düstersten Farben ausmalte, erinnerte ihn sein Kopf plötzlich an etwas anderes.

Wortlos schalt er sich, dass er nicht mehr an Kariis gedacht hatte, seit er sie am nördlichen Tor zurückgelassen hatte. Warum hatten sie das Mädchen festgehalten? Wegen eines Blutbades in einem Gasthaus, hatten sie gesagt. Sie hatten eine Mörderin in ihr gesehen, obwohl sie damit sicher nichts zu tun hatte. Er hatte keine Wahl gehabt, redete Maroc sich ein. Er hätte riskiert, dass sie ihn nochmals unter die Lupe genommen und vielleicht erkannt hätten. Natürlich hatte er vorgehabt, sie zu holen. Aber er hatte bisher keine Zeit gehabt. Er hatte keine Kraft gehabt. Er hatte sich erst einmal um wichtigere Dinge kümmern müssen, entschuldigte er sich bei sich selbst. Sie hatte sicher Angst, aber in der Obhut der Patrons würde ihr nichts geschehen. Denn auch jetzt war keine Zeit, sie dort herauszuholen.

Auf dem Rückweg, sagte er sich, *wenn wir vom Orakel zurück sind. Das Erste, was ich tue, wird sein, Kariis aus der Zelle zu holen.*

Sie erreichten das Dach. Ka'ratak entdeckte Torro sofort und augenblicklich trat eine erhöhte Wachsamkeit in seine Augen.

„Dann werden wir dem Biest doch mal zeigen, wer sein neuer Herr ist", sagte Torro neben ihm und zog sein Schwert aus der Scheide.

Der Adler stieß einen Schrei aus und Maroc entschwand das Bauernmädchen aus den Sinnen.

39
Recaro

- Femima -

E r hetzte durch die Straßen, ungewohnterweise zu Fuß. Das braune, lockige Haar klebte an Stirn und Schläfen, doch er gönnte sich keine Pause.

Zu Beginn der Nacht hatte er geglaubt, alles in seiner Hand zu haben. Als Gatte von Honestaes ältester Tochter stand er an erster Stelle der Nachfolge von Honestae und Misero, was sein kleiner Bruder ihm versuchte streitig zu machen, indem er sich mit Farana verlobte. Doch Recaro hatte Honestae überzeugen können, den Posten des Kommandanten der Sâras'ski auf ihn zu übertragen, da er seit Jahren zuverlässiger Hauptmann der Patrons war. Mit diesem Schachzug nahm er Torro seine Stellung. Mit dessen eigenmächtigem Handeln war Honestae ohnehin nicht zufrieden. Schon am Tage der Verlobung ließ er seinen kleinen Bruder wissen, dass er *dieses eine Mal* im Leben gegen ihn verloren hatte – und auch in Zukunft nur noch zweiter sein würde.

Doch der Wind hatte sich schneller gedreht, als Recaro es erwartet hatte. Es war ihm nicht gelungen, die Livris am Tor aufzuhalten. Durch die Ankunft von Marocs Valtórn hatten die Patrons keine Chance gehabt. Die Livris hatten seine Garde buchstäblich überrannt. Recaro hatte die Verteidigung schließlich aufgeben müssen.

Wutentbrannt war er zum Herrenhaus Justeras gerannt, hatte sich durch den Hinterausgang geschlichen, um zu sehen, wie schlimm es bestellt war. Er hatte geglaubt, es wäre noch möglich, den Besatzern in den Rücken fallen. Doch dazu war er nicht gekommen. Er war gerade rechtzeitig an der Loge erschienen, um zu sehen, dass die Ne'nors und Na'nans hingerichtet worden waren und zu begreifen, dass ihm dasselbe Schicksal blühte. Denn er war bereits als Kommandant der Sâras'ski ausgerufen worden und die Thiennen planten, ihn anstelle Torros als Sündenbock hinzurichten. Die Thiennen waren die Verräter in dieser Geschichte, wer hätte das gedacht? Und Torro machte gemeinsame Sache mit ihnen. Wie hatte er das nicht kommen sehen können?

Seine schnelle Erkenntnis und die überstürzte Flucht durch die Dienstbotengänge hatten ihn vorerst gerettet. Aber für wie lange? Und wohin sollte er fliehen?

Alles, was er sich erarbeitet hatte, war zunichte gemacht. *Er* sollte auf dem Podium stehen, bejubelt als neuer Kommandant, der die Grenzen des Reiches sicherte. Stattdessen lief er weg wie eine Ratte!

Er dachte an Femima, während er lief. Hätte er sie nicht bereits umgebracht, so hätte er es spätestens jetzt getan. Dieses Miststück wäre wohl froh gewesen, ihn los zu sein. Hätte wohl hinter ihm hergelacht, hätte sie zusehen können, wie er flüchtete. Dieses dreckige, verräterische Stück! Seine Hände spürten noch ihr weiches Haar auf der Haut, an dem er gerissen hatten, während er mit dem Messer auf sie eingestochen hatte.

„Hallo? Ist dort jemand?", klang eine dumpfe Stimme aus einiger Entfernung.

„Femima", entfuhr es ihm, als hätte ihr leibhaftiger Geist zu ihm gesprochen. Er blieb stehen. Schweißtropfen rannen seinen Rücken hinunter wie kleine Ameisen.

„Hallo, ich brauche Hilfe!", klang es wieder und er begriff, dass es die Stimme einer lebendigen Frau war, die durch die Nacht schrie und trotzdem kaum zu hören war.

Er war zum nördlichen Tor gelaufen, um sich von dort nach Horré zurückzuziehen und sich wenigstens einen Pardúk zu besorgen. An einen Valtórn würde er nicht herankommen, aber mit einem Pardúk stiegen die Überlebenschancen beträchtlich.

Wieder ertönten die verzweifelten Rufe der Frau, deren Stimme ihm wieder Femimas geistiges Abbild vor Augen führte. Und obwohl er vorbeigehen wollte, folgten seine Schritte den Rufen.

Ihre Stimme führte ihn zum Eingangsbereich der Torunterführung. Die Frau schien dort im Wachraum des Tores eingeschlossen zu sein. Kein Wunder, dass niemand sie hörte, die Wachen waren allesamt abgezogen. Niemand war mehr hier. Aber es gab nun auch nichts mehr zu verteidigen, dachte er düster.

Warum ihn seine Neugier zu ihr hintrieb, konnte er sich nicht erklären. Recaro näherte sich dem Torbereich. Er war nicht abgesperrt, die Tür zur Wachstube ließ sich problemlos öffnen. Drinnen war es dunkel, das Mondlicht beleuchtete die Eisenstangen, hinter denen normalerweise niemand saß. Doch jetzt hatten sich zwei schmale weiße Hände um sie herumgelegt.

„Bitte, helft mir!", die Frau schien mitbekommen zu haben, dass er eingetreten war.

Sein Blick fiel auf das grüne Leuchten in der Finsternis. Furcht. Ein Geruch nach Angst und Schweiß kroch ihm in die Nase. Als blasser Nebel stieg sein Atem auf. Es war kalt hier.

Seine Hand packte die Lampe auf dem Tisch und entzündete sie. Ihr Schein brachte ein mageres junges Ding zum Vorschein. Sie war ärmlich gekleidet, eine Dienstmagd von einem der Dörfer. Ihre Haare waren lang und blond wie die von Femima, bevor sie mit Blut verklebt gewesen waren. Doch Femima hatte keine Angst vor ihm gezeigt, nicht einmal, als er sie getötet hatte. Voller Wut hatte Recaro das Grün an ihrem Hals erzwingen wollen, war absichtlich grausam gewesen, hatte sie bittere Schmerzen erleiden lassen, zum Zweck, dass sich ihre schwarze Abscheu in Angst verwandelte. Doch sie hatte sich geweigert, Angst zu empfinden. Und sein Jähzorn auf sie war immer weiter gewachsen, bis sie sich schließlich nicht mehr gerührt hatte.

Dieses Weibsstück hier zeigte die Angst, die er sehen wollte. Die er bei seiner Gemahlin hatte sehen wollen.

„Bitte, lasst mich hier raus!", klang ihre zitternde Stimme an sein Ohr.

Es war das Betteln, das er von Femima hatte hören wollen. Von Femima, die geschwiegen und geschluchzt hatte, aber mit keinem Wort um ihr Leben gefleht hatte. Nicht einmal um den Tod.

Recaro starrte das fremde Mädchen an, ließ den Schein der Fackeln ihre Züge mit denen der Vorstellung von Femimas verschmelzen. Sie hatte ihn nicht genügend geachtet. Sie war schuld daran, dass die Thiennen an die Macht gekommen waren. Sie hatte ihn betrogen, belogen, hintergangen. Das Gefühl, ihr den Dolch wieder und wieder ins Herz gerammt zu haben, hatte ihn nicht befriedigt. Es schien viel zu kurz für das Leid, was sie ihm zugefügt hatte.

„Hört Ihr mich? Bitte schließt die Tür auf. Ich bin unschuldig! Ich habe niemandem etwas getan."

„Doch", erwiderte er mit rauer Stimme, sah sie an und sah doch eine andere. „Alles hast du getan. Du bist eine Verräterin."

Seine Fäuste packten ihre Hände an den Gitterstäben und pressten sie voller Hass zusammen.

Das Mädchen stieß schrille Schreie aus, versuchte, sich voller Panik seinem Griff zu entwinden. Aber es gelang ihr nicht. Eine Faust hielt sie fest. Mit der anderen Hand angelte er keuchend nach ihrem Arm, zog sie mit einem Ruck gegen die Gitterstäbe. Ihr Kopf schlug laut dagegen. Sie schrie immer noch.

Ihre Angst brachte ihn in immer größere Raserei, als stachelte ihn die Macht, die er dadurch in sich spürte, noch weiter an. Je lauter sie schrie, desto mehr verstärkte er ihre Qualen und obwohl die Gitterstäbe zwischen ihnen lagen, konnte sie sich seinem Griff nicht entwinden. Sie schrie. Sie flehte und bettelte.

Femima, dachte er, blind vor Raserei, *Femima, Femima, Femima*. Endlich bekam das Drecksstück das, was es wirklich verdient hatte.

Stunden
nach
Mitternacht

*   *   *   *   *   *   *   *

40

- Die Werte eines Volkes -

Vehement hatte Felina darauf gedrängt, ihren Vater sprechen zu dürfen. Mehrmals wiesen die Patrons sie mit den Worten ab, sie solle sich an die Vier wenden. Also hatte sie den Ersten abgepasst, als er mit den anderen Männern des neuen Bündnisses den Sitzungssaal verlassen hatte. Er hatte zugestimmt. So stand Felina nun ihrem Vater gegenüber. Er wirkte alt, bleich und übernächtigt. Ein vollkommen anderes Bild, als das vor wenigen Tagen, bevor sie Honestae verlassen hatte. Seine Hände waren auf dem Rücken gefesselt. Er kniete auf dem Boden und es war ihm nicht gestattet, sich aus dieser demütigenden Haltung zu erheben. Der Vierte war als Aufseher anwesend.

Felina hatte erwartet, dass er sich einmischen würde, seine sarkastische Zunge nicht im Zaum halten würde. Aber er schwieg vollkommen teilnahmslos, als wäre er gar nicht da.

„Felina!", rief ihr Vater überrascht aus, als sie eintrat.

Seine Bewegung, die Hände nach ihr ausstrecken zu wollen, wurde von den Ketten aufgehalten.

Felina wusste nicht, was sie fühlte, als sie ihn sah. Er war ihr Vater und sie liebte ihn. Aber was er getan hatte, ließ keine Entschuldigung zu. Sie musste von ihm selbst hören, dass die Vorwürfe über ihn der Wahrheit entsprachen, sonst konnte sie diesen keinen Glauben schenken.

„Felina", wiederholte er, als sie weder antwortete, noch weiter auf ihn zutrat.

„Ich bin froh, dass du am Leben bist, Vater!", begann sie zögernd.

„Ich bin froh, dass du wohlbehalten zurück bist!", sagte er seinerseits. „Du hast dich verändert. Kind, wie siehst du aus?"

„Ich habe nicht viel Zeit, sagte mit der Thien. Keine Zeit, dir alles zu erzählen, was seit meiner Abreise geschehen ist. Aber ich muss etwas wissen, Vater."

„Was hast du auf dem Herzen, Kind?"

„Wie konntest du mich mit Primm verloben?", brach es aus ihr heraus. Ihre Lippen bebten und sie ballte die Hände zu Fäusten.

„Mein Kind", begann er, doch sie ließ ihn nicht ausreden.

„Was hast du dir gedacht? Dass ich dazu da wäre, deine Marionette zu sein? Dass ich mir das gefallen lassen würde? Femima ist tot, weil du sie mit diesem Monster verheiratet hast! Sind wir dir so wenig wert, Vater?"

Honestae sah ihr in die Augen.

„Ihr seid die Töchter eines Stadthalters. Ihr seid mit wichtigen Aufgaben betraut und es gehört zu euren Pflichten ...“

„Ich hätte niemals gedacht, dass ich dir einmal sagen würde, wie sehr ich von dir enttäuscht bin, Vater!" Ihr Herz schmerzte. Ein riesiger Kloß saß in ihrer Kehle.

„Trifft dich der Tod von Femima überhaupt nicht?", fragte sie, als er nichts erwiderte.

„Wie siehst du aus, mein Kind?", fragte er stattdessen und begutachtete ihre Garderobe, als wäre sie in Lumpen vor ihm erschienen.

Wie kann dieser Mann sagen, er wäre mein Vater, dachte sie bitter.

„Es gib noch etwas, das ich wissen muss."

„Was bedrückt dein Herz, mein Kind?"

„Ist es wahr, dass du die Sâras'ski gegründet hast? Ist es wahr, dass du wusstest, dass Torro der Kommandant ist? Dass du selbst ihn dazu gemacht hast? Und stimmt es, dass du weißt, was in Silvánuba vor sich geht? Von den Foltermethoden? Von den Grausamkeiten? Von der Sklavenfabrik?", sprudelten die Fragen aus ihr heraus, ohne dass sie es stoppen konnte.

Schwer atmend starrte sie ihn an, versuchte in seinen Augen zu lesen, hoffte darauf, dass er ihr entsetzt sagen würde, er hätte keine Ahnung davon gehabt.

Aber seine Augen offenbarten etwas anderes.

„Ich bedaure, dass du es auf diese Weise erfahren musstest. Ohne zu verstehen, dass diese Dinge nötig sind. Es geht um Lügen, Kind. Diese Kreaturen haben Talimont verraten. Die Livris sind keine Menschen wie du und ich. Sie sind Geächtete."

Doch sie unterbrach ihn.

„Nein", sagte sie. Ihr Herz brach in dem Moment in tausend Stücke, als sie ihm ins Gesicht sah.

„Der Einzige, der kein Mensch ist, bist du! Ich bin nicht länger deine Tochter!"

Damit wandte sie sich ab und lief hinaus.

41

Ta'rish

- Auf zum Orakel -

Ihr war übel. Und kalt. Angst hatte sie befallen wie Maden ein totes Tier und versuchte nun, sich ihrer vollständig zu ermächtigen. Die letzten zwanzig Jahre hatte sie in Angst verbracht.

Angst, dass Honestae sie finden könnte.

Angst, dass Cara etwas zustoßen könnte. Oder dass sie herausfinden könnte, wer sie ist. Dass sie sich in Gefahr begeben könnte.

Angst vor dem drohenden Hungertod. Vor den schrecklichen Sâras'ski.

Angst davor, sich in der Angst selbst zu verlieren.

Aber in dieser ganzen Zeit hatte sie niemals Angst davor verspürt, ihn wiederzusehen. Weil sie wusste, dass er nicht nach ihr suchte und weil sie geglaubt hatte, dass sie niemals wieder nach Talimont oder zu den Sharièn zurückkehren würde. Doch nun war genau das passiert. Sie war wieder da.

Sie hatte dabei zusehen müssen, wie man Honestae am Leben gelassen hatte, obwohl die Vier über seine Taten bestens unterrichtet waren. Und sie hatte *ihn* gesehen. Nur die Kapuze über seinen Augen und den schmalen Mund.

Urplötzlich hatte eine Angst Besitz von ihr ergriffen, so stark wie niemals zuvor.

Was für ein Mann war er in den letzten Jahren geworden? Was dachte und fühlte er, als er sie sah? Sie hatte seinen Blick in dem Moment gespürt, als der Erste ihren Namen laut ausgesprochen hatte. Er hatte sie sofort unter den vielen Menschen entdeckt. Dabei dürfte sie nach den Jahren der Entbehrung und des Leidens kaum wiederzuerkennen sein.

Ta'rish war allein. Die Vier hatten sich mit Maroc und ihren neuen Verbündeten zur Beratung zurückgezogen. Sie hätte draußen helfen sollen, die Menschen aus den Aschedünen zu versorgen, aber ihre Schritte hatten sie zurück in ihr zugewiesenes Gemach geführt. Dort angelangt hatte sie die Türen verschlossen. Das Gespräch mit Maroc hatte ihr gesagt, dass er Bescheid wusste. Dass er sehr wohl erkannt hatte, was den anderen verborgen geblieben war. Die ganze Zeit über.

Würde er sie verraten? Er schuldete ihr sein Leben, was ihn vielleicht dazu bewog, zu schweigen. Andererseits würde die Wahrheit ans Tageslicht kommen, sobald sie versuchten, das Orakel zu betreten. Und das musste auch *er* begriffen haben. Was würde *er* tun?

Es klopfte. Ihr Herz machte einen Sprung. Erst nach langem Zögern und wiederholtem Klopfen öffnete sie die Tür. Es war der Erste, der eintrat.

„Wir fliegen sofort", wies er sie ohne Begrüßung an, „du und deine Tochter, ihr begleitet uns. Maroc steht zwar wieder, aber er schwächelt. Ich befürchte, dass er uns unter den Händen wegstirbt, wenn du nicht mehr für ihn tun kannst. Das ist das Letzte, was wir brauchen."

„Ich habe kaum noch Kräfte", erklärte Ta'rish. Sie entsann sich an das letzte Gespräch mit ihm, zwanzig Jahre zuvor, in dem er weder Mitleid gezeigt, noch Hilfe angeboten hatte. In dem er klar gemacht hatte, wie wenig ihr Leben für die Vier wert war. Sie dachte daran, dass die Vier sie verraten und verkauft hatten, sie mehr oder weniger davon gejagt hatten und nun ohne eine Entschuldigung erwarteten, dass sie ihnen sofort wieder zu Diensten war.

„Sieh zu, dass du deiner Tochter bis zum Morgengrauen begreiflich machst, welche Bedeutung und Rolle sie zukünftig zu erfüllen hat. Ich möchte die angehende Königin Talimonts nicht in Ketten auf einen Valtórn zerren müssen", befahl der Erste ungerührt.

„Cara hat ihren eigenen Willen. Sie ist kein Kind mehr. Sie hat keinen Grund, euch zu dienen. Sie wird es auch nicht mir zuliebe tun. – Und wenn ich recht überlege, fällt auch mir kein Grund ein, euch behilflich zu sein, nach allem, was ihr mir angetan habt." Sie dachte an die Worte, die sie zu Cara gesagt hatte. Dass sie ein Zuhause haben würden. Ein Wunsch war das gewesen – mehr nicht.

Der Erste nahm seine Kapuze herunter. Kalt sah er ihr in die Augen.

„Dann habe ich keine Verwendung für sie. Wenn du Maroc nicht am Leben halten kannst, für dich auch nicht mehr. – Ich habe dich nicht gebeten, zu uns zurückzukehren. Du bist selbst gekommen, um Maroc zu helfen. Tu es oder lass es. Aber verschwende nicht meine Zeit."

„Ihr könnt nicht erwarten, dass ich alles vergesse, was ihr mir angetan habt", erwiderte sie bitter.

„Vielleicht erinnerst du dich daran, dass das Leben deiner Tochter von uns abhängt. Beeil dich. Wir haben nur bis zum Morgengrauen Zeit!"

„Was ist geschehen?"

Doch er antwortete ihr nicht.

Schweigend und voller Unruhe folgte sie ihm auf die Straßen hinunter. Obwohl es tiefe Nacht war, war das Treiben in Justera groß. Licht brannte in fast allen Häusern. Die Bürger und Patrons kümmerten sich wie angewiesen um die erschöpften Livris. Die Stimmung, das spürte Ta'rish sofort, war gedrückt. Angst, dass weiterhin furchtbare Dinge geschehen würden, hing wie ein dunkles schweres Tuch über den Dächern der Stadt und in kleinen grünen Perlen an den Hälsen ihrer Bewohner.

An der Treppe standen Patrons mit Fackeln, die sie empfingen. Vom Dach des Herrenhauses senkten sich die Schwingen der riesigen Adler auf den Platz vor dem Eingang hinunter. Unter der Führung von Maroc auf Ka'ratak und Torro auf einem zweiten Tier, landeten drei weitere große Vogel auf dem Boden. Maroc sah sie nicht an und auch sonst schenkte ihr niemand Beachtung. Sie ließ einen schnellen Blick über ihn schweifen. Er hielt sich noch tapfer, stellte sie fest. Aber er schonte sich nicht. Es war nicht gut gewesen, ihm das Schmerzmittel zu verabreichen, dachte sie, damit überschätzte er sich nur. Zudem würde es nicht lange wirken.

Sie entdeckte Cara, flankiert von zwei Patrons, wie eine Verbrecherin. Hant war an ihrer Seite. Neben ihnen standen zwei Frauen, die eine davon erkannte sie als Felina, die andere war Torros Braut, die das rote Kleid getragen hatte. Sie war in einem nicht weniger auffälligen Kleid erschienen. Es war mit grünen Smaragden besetzt, funkelte und schmiegte sich wie eine zweite Haut um ihren schmalen Körper. Man hatte sie wohl nicht davon unterrichtet, dass sie nicht in einer goldenen Kutsche ausfahren würden.

Baren und sein Handlanger waren ebenfalls vor Ort. Karuun und Moora aus dem Schlot zählten zu den Anwesenden. Und *er*. Er war auch dabei. Sie sah nur seine Kapuze, trotzdem spürte sie, wie seine Blicke die ihren trafen. Seine Lippen blieben dabei ein harter gerader Strich. Langsam, von seinen Augen verfolgt, ging sie zu Cara hinüber. Niemand hinderte sie daran. Ob er es wusste?

Der Erste befahl allen Anwesenden den Aufstieg auf die Rücken der Tiere. Der Zweite und der Dritte würden in Justera bleiben und die Lage überwachen, gab er bekannt, während sie dreizehn nun den Weg zum Orakel antreten würden.

Das Orakel war also das Ziel. Ta'rish fragte sich, weshalb sie alle gemeinsam diesen Ort aufsuchten.

Der Erste teilte die Tiere zu, doch Cara ließ sich nicht bevormunden.

„Ich fliege mit Hant oder mit niemandem", erklärte sie wütend und der Erste ließ ihr ihren Willen, setzte sich aber zu ihnen auf den Rücken des Tieres.

Torro hatte beide Na'nans zu sich aufs Tier genommen. Ta'rish sollte bei Maroc mitfliegen, auch Qaart stieg mit auf. Karuun und Moora, Baren und der Vierte bildeten mit ihren beiden Adlern den Abschluss.

Die Tiere flogen schnell. Scharf pfiff ihnen der Wind um die Köpfe. Gespräche waren daher kaum möglich. Niemand wusste, was der Besuch im Orakel bringen würde und während die einen um das Schicksal der Welt bangten, hatten die anderen nur ihr persönliches Schicksal vor Augen, um das sie sich sorgten. Schweigend vergingen die Stunden. Keiner schlief.

Sie erreichten das Orakel noch vor der Morgendämmerung. Das war gut so, denn niemand wusste, ob sich dessen Pforten bereits mit der Dämmerung schließen würden oder erst danach. Maroc führte die Schar an, da er den Weg zum Orakel bestens kannte. Ta'rish sah, wie sein Arm ihm schon wieder Schwierigkeiten bereitete. Und wie er diese Tatsache abermals ignorierte. Sie beobachtete wie seine Schwäche zunahm, sich in seinem ganzen Körper ausbreitete und wie eine schwere Last auf Rücken und Schultern drückte. Aber sie konnte nichts weiter tun, als ihm sorgenvolle Blicke zuzuwerfen. Sie hatte ihm gesagt, was ihm blühte, sollte er sich nicht schonen. Ein weiteres Mal würde sie ihn nicht retten können.

Es war still zwischen den Bäumen. Eine Stille jener bedrohlichen Art, die nur darauf warten ließ, dass sich die unheimlichen Schatten im Unterholz manifestierten und über sie herfielen. Tatsächlich entdeckten die Valtórn bald einige lauernde Pardúk zwischen den Stämmen des Toten Waldes. Mit warnenden Schreien machten sie die Gruppen darauf aufmerksam. Die säbelzähnigen Bestien verzogen sich in die Schatten. Einen Einzelnen anzugreifen wagten sie in der Meute, aber gegen fünf der gewaltigen Tiere würden sie unweigerlich den Kürzeren ziehen, das wussten sie scheinbar. Ein Adler nach dem anderen setzte seine Reiter am oberen Ende der gewaltigen Stufen direkt vor dem geschlossenen Tore ab und verzog sich dann hinauf an den Nachthimmel.

42

Maroc

- Das Geheimnis der Sylphe -

Es war kühl hier oben. Wind strich über die kahlen Stellen an seinem Kopf, anstatt wie gewohnt an seinen langen Haaren zu zerren. Das gab ihm das Gefühl, ein anderer zu sein. Als hätte er mit den Haaren ein Teil seiner Identität eingebüßt. Wehmütig betrachtete Maroc die mit dunkelgrünem Moos bewachsenen Mauern der heiligen Hallen, deren Hüter er gewesen war. Trotz der Dunkelheit reflektierte das Weiß der Steine das Mondlicht zwischen den grünen Stellen und gab den Anschein, als würden die Mauern von selbst leuchten. Einhundert Jahre war das her. Seitdem hatte er sie nicht mehr betreten. Doch fühlte es sich an, als wäre es gestern gewesen, als er das letzte Mal dieses Tor durchschritten hatte. Er wusste genau, wie das Innere des Orakels aussah. Er kannte jeden Stein darin, jedes Schriftzeichen und jedes Wort, das an den Wänden aufleuchtete. Jeder Text war ihm im Bewusstsein geblieben und doch – musste er sich eingestehen – hatte er einen Teil davon verdrängt. Vielleicht, weil er ihm nicht dienlich war. Wer wusste schon, ob all diese Worte wirklich der Wahrheit entsprachen?

Selbst über die Menschen legte sich ein Mantel der Ehrfurcht, während sie zu dem gewaltigen Tore aufblickten und das riesige Gebilde im hellen Mondlicht von Iranus und Irana betrachteten. Es war ihm, als würden die Monde sie heute Nacht bei ihrem schicksalhaften Gang beobachten.

Das Tor war verschlossen.

„Warum öffnet es sich nicht?"

„Gibt es ein Schlüsselwort?"

„Nein", erklärte Maroc und trat an das meterhohe Tor heran. Mondzeichen waren in den Stein geritzt, wie sie sich auch im Innern wiederfanden.

„Das Orakel allein entscheidet, wen es einlässt."

Er legte die Hand auf das Tor und versuchte, etwas zu empfangen. Er war der Hüter gewesen. Sie mussten ihm sagen, was sie tun sollten, um eingelassen zu werden. Und sie taten es.

Bilder schossen in seinen Kopf. Sie zeigten ihm das Volk der Menschen, wie es früher gewesen war. Das der Sharièn, wie er es in Erinnerung hatte. Und das der Andúrien, wie es einst gewesen war. Die Botschaft war deutlich. Und sie zeigten ihm noch etwas. Einen Maroc, der allein vor dem Tor stand, das sich vor seinen Augen schloss. Ein Schmerz schoss durch seine Brust, scharf wie ein Schwert. Er verstand.

„Was siehst du, Junge?", fragte Moora, die wie er als Adeptin des Windes, ihm angesehen hatte, dass er Signale empfing.

Er atmete schwer, als er sprach.

„Es ist, wie die Prophezeiung sagt. Ein Mensch, ein Sharièn und ein Andúrien müssen zur gleichen Zeit den Einlass erbitten."

„Was noch?", fragte Moora, die wohl spürte, dass das nicht alles war.

„Ich darf diesen Ort nicht mehr betreten", mit aller Macht versuchte Maroc zu verhindern, dass seine Stimme zitterte. Was er immer gefürchtet hatte, war eingetreten.

„Ein Hüter auf ewig verstoßen. Hattest du ihre Gnade erwartet?", spottete der Vierte.

Die Vier hatten ihn seines Amtes enthoben, als er das Orakel damals an die Andúrien verloren hatte und es ihm nicht gelungen war, es zurückzuerobern. Die ganzen Dekaden über hatte er sich eingeredet, es wäre eine Entscheidung der Vier gewesen. Hatte geglaubt, das Orakel selbst sähe ihn noch immer als Sprachrohr zwischen ihnen und den Sharièn. Und heute musste er sich eingestehen, dass er sich geirrt hatte. Alle Kraft schien ihn mit dieser Erkenntnis endgültig zu verlassen.

„Wir müssen uns beeilen", drängte der Erste mitleidslos, „wir müssen einen Andúrien finden. Sie haben sich um das Orakel verschanzt. Einer von ihnen wird hier sein. Vermutlich beobachten sie uns ohnehin."

Er drehte sich herum und setzte an, laut in den toten Wald hineinzurufen.

„Das ist nicht nötig", unterbrach Maroc ihn und wandte sich zu ihnen um. Er würde nicht länger schweigen. Sein erster Blick galt Ta'rish. „Zwei von ihnen befinden sich bereits in unserer Mitte."

Zweifelnd starrten ihn die anderen an.

„Die Zeichen der Sharièn mögen bei den Menschen vergessen sein", erklärte er, „so wie auch die Zeichen der Andúrien bei den meisten Sharièn vergessen sind."

„Was hat das zu bedeuten?" Der Vierte beobachtete ihn lauernd, während er sein blaues Feuer in den Händen spielen ließ. Maroc erkannte an seiner ungewöhnlichen Nervosität in den Fingern, dass er Bescheid wusste. Er hatte es von Anfang an gewusst, schoss es ihm plötzlich durch den Kopf. Dann sprach er weiter.

„Ich habe es gesehen, auch wenn es niemand von euch erkannt hat. Caras Sylphe besitzt kein Herz. Damit ist sie keine Sharièn." Er entblößte sein Abbild auf der Brust und das blaue Feuer des Vierten beleuchtete ein zierliches Herz, das in die Brust der Sylphe gezeichnet war, winzig und unscheinbar, aber deutlich erkennbar. Ohne Vorwarnung riss der Erste Cara den Ausschnitt herunter. Sie schrie wütend auf und hielt den Stoff fest, damit er nicht zu viel preisgab. Die winzigen Flammen beleuchteten auch ihre Sylphe und offenbarten die Wahrheit in Marocs Worten. Ihre Sylphe besaß kein Herz.

Eine Stille, so laut, dass sie das Gefühl verströmte, sich die Ohren zuhalten zu müssen, breitete sich aus. Marocs Stimme zerriss sie wie der Knall eines Schusses.

„Honestae ist ein einfacher Mensch und nicht der Vater dieses Mädchens, wie ihr die Leute habt glauben lassen. Eine Andúrien kann nur gezeugt werden, wenn die Mutter eine Andúrien ist. Und der Vater ebenfalls."

„Taarishienna!", rief der Erste entsetzt aus.

Auch ihr riss er den Ärmel ab, um das Bild des Gnoms zu enthüllen. Er besaß kein Herz.

Maroc fragte sich unwillkürlich, ob sie die Jahre zuvor das Herz selbst eingezeichnet hatte oder ob nie eines dagewesen war. Ob vielleicht niemand sie je um einen Beweis gebeten hatte, dass sie eine Sharièn war. Wahrscheinlich erinnerte sich kaum jemand, warum das vor so vielen Jahrzehnten niemand bemerkt hatte. Ein winziger verhängnisvoller Fehler, nicht größer als eine Pupille, dennoch mit einer Tragweite, die unfassbar schien.

„Was bedeutet das?", fragte Karuun mit kraftloser Stimme.

„Das bedeutet, dass dieses Kind nicht unsere Rettung ist, wie wir uns versprochen hatten", erklärte Moora. „Die Zeichen der beiden magischen Völker – wie hattet Ihr Vier das nicht wissen können und Euch Jahrzehnte lang täuschen lassen? Wie ist das möglich?" Es klang anklagend, etwas, was Maroc von Moora nicht kannte.

„Ihr habt es selbst nie erkannt!", griff der Erste sie an.

„Wir haben niemals einen Beweis über ihre Herkunft zu sehen bekommen, alter Mann", schoss sie zurück, „wir vertrauten stets auf euer Urteil!"

„War nun alles umsonst?", fragte Karuun.

Die Menschen schwiegen, während die Sharièn sich stritten.

Natürlich, sie haben keine Ahnung, worum es hier geht, dachte sich Maroc.

„Das heißt, ich kann jetzt gehen?", fragte Cara hoffnungsvoll, die wahrscheinlich nichts von alldem verstand. Mit Ausnahme der Tatsache, dass sie für die Sharièn nun keinen Wert mehr besaß.

Vielleicht ist das ihr Glück, dachte Maroc bitter.

Niemand beachtete sie.

„Das ist Verrat!", wandte sich der Erste an Ta'rish und seine Wut war ihm deutlich anzusehen.

Taarishienna blickte stolz in die Runde.

„Ich habe jahrelang unter euch gelebt, war eure Vertraute und den Sharièn immer treu ergeben", sprach sie, „ihr habt kein Grund, mich zu verurteilen! Ihr habt mich an den Menschen Honestae verkauft, als es euch passte. Ins Elend verstoßen, als ich euch nicht mehr von Nutzen war. Und trotzdem kehre ich zurück und bringe euch meine Tochter, um *euch* zu helfen. Was verlangt ihr noch?"

„Damit ist unser Plan zunichte!", grollte Karuun, „eine Andúrien kann die Sharièn nicht auferstehen lassen."

„Lasst uns die Worte des Orakesl anhören", mischte sich Moora ein. „Das Orakel wird uns sagen, was wir tun sollen. Alles andere wird die Welt zugrunde richten."

Der Teil des sichtbaren Gesichts des Ersten war grau geworden. Mit einem Mal wirkte er uralt.

„Wie kann es sein, dass wir das nicht gesehen haben?", fragte er mit schwacher Stimme wie zu sich selbst.

„Weil wir vergessen haben", erklärte der Vierte plötzlich. „So wie die Menschen unsere Zeichen vergessen haben. Und weil wir uns in unserer scheinbaren Sicherheit gesonnt haben, unsere Feinde wären verschwunden. Und auch wir die Erinnerungen an sie auslöschten, wie die Menschen es mit den Sharièn taten. Wie die Menschen die Existenz der Sharièn aus ihren Herzen und Köpfen verbannten, so verbannten auch wir die Andúrien aus unserer Realität. Aber es gibt sie noch. Wir haben ihnen nur ihre Existenz abgesprochen."

„Also gehöre ich nicht zu euch!", warf Cara erneut und mit Nachdruck ein, „ich bin *keine* von diesen Sharièn!

Dann will ich gehen! Ich verlange, dass ihr mich sofort gehen lasst."

„Vielleicht kannst du doch helfen", warf plötzlich Felina zaghaft ein. Der Erste winkte ab, doch Torro verschaffte ihr Gehör.

„Lasst sie sprechen", forderte er und Maroc sah den bedeutungsvollen Seitenblick, den er ihr zuwarf, sowie die Abscheu in ihrem Zucken des Gesichtes, was die anderen nicht wahrnahmen. Die Menschen waren nur auf die Farben fixiert worden, also hatten sie vergessen, subtilere Gefühle als Wut und Zorn anhand von Merkmalen zu lesen.

Felina tastete mit der Hand an ihrem Kragen herum, als würde sie sich vergewissern wollen, dass er ihre Abscheu verdeckte. Denn das zeigte Maroc ihr Verhalten. Dann sprach sie.

„Maroc gab mir ein Buch über die Geschichte Vílevènas. Darin stand etwas über die Abstammung der Völker. Cara muss keine reine Andúrien sein. Es wäre demnach möglich, dass Caras Vater einer der Sharièn ist, dann wärst du, Cara, ein Kind mit besonderen Kräften, da deine Mutter eine Andúrien ist. Laut Buch ist es eine verbotene Verbindung, die noch nie vorkam."

„Wir wissen, dass du in den Magiaatiden geboren wurdest, Cara. Das sollte dir ebenfalls spezielle Kräfte bescheren, die allen Völkern zugutekommen", ergänzte Maroc mechanisch, als in ihm die Erkenntnis durchsickerte, dass Felina recht haben könnte.

Sie schwiegen.

„Das gibt es nicht, gab es noch nie. Die Völker vermischen sich nicht. Der Vater wird einer der Andúrien gewesen sein", beharrte der Erste.

„Sag es uns, Totgeglaubte", zischte es aus dem Unterholz.

43
Ta'rish

- Schatten der Vergangenheit -

Die Valtórn stießen schrille Warntöne aus, doch es war zu spät. Aus der Luft hatten sie nicht kommen sehen, was durch das Dickicht zu ihnen herangekrochen war. Unheimliche Gestalten schlängelten sich durch Zweige und Geäst, schlichen sich die hohen Stufen hinauf. Erneut drangen aus dem Schutz des Toten Waldes wilde Pardúk auf die Lichtung am Fuße der steinernen Treppe.

Wie auferstandene Tote wirkten die Wesen, die Menschen ähnelten und noch etwas ganz anderes Düsteres an ihrer Erscheinung anhaften hatten als die Livris aus den Aschedünen.

Mein Volk, dachte Ta'rish, *wie fühlte es sich an, eine von ihnen zu sein?* Sie wusste es nicht mehr.

„Sag uns, wer der Vater des Kindes ist, Totgeglaubte", zischten sie erneut Taarishienna zu.

„Die Andúrien", entfuhr es dem Ersten.

Ta'rish starrte auf den Fremden hinunter. Sie war der Spinne ins Netz gegangen. Nach so vielen Jahren. Ein Volk, dem sie sich nicht zugehörig fühlte. Ein Verrat, den sie vor über einhundert Jahren begangen hatte, und der sie bis heute Morgen hierher verfolgt hatte. Und den sie nun ausbaden musste. All die Zeit hatte sie der Wahrheit nicht entrinnen können.

„Wir werden Euch dieses Tor nicht passieren lassen, todgeweihte Menschen und Sharièn. Im Morgengrauen wird sich dieses Tor für immer schließen und die Monde Iranus und Irana werden Vílevèna zerstören. So wie die Prophezeiung es versprochen hat."

„Das wird auch euer Verderben sein, ihr Narren!", rief der Erste wutentbrannt.

„Nein, wird es nicht", sagten Ta'rish und Maroc gleichzeitig.

Ta'rish traf Marocs Blick, der den seinen zur Seite wandte, sie nicht ansehen wollte. Trotzdem hatte sie Bedauern und Enttäuschung herausgelesen, was sein Hals nicht offenbarte.

„Was redet ihr da?", herrschte sie der Erste an.

„Die Schriften an den Wänden des Orakels besagen, dass die Andúrien als Einzige überleben können. Das ist eine Tatsache, die wir Sharièn aus dem Buch Vílevèna verbannt haben, weil wir nicht wollten, dass es wahr ist. Aber das Orakel hat in seinem Innern alles aufbewahrt. Ich weiß es, denn ich habe seine Inschriften oft gelesen", begann Maroc verbittert.

„Ja, erzähl den Todgeweihten, was uns die Wände des Orakels zuflüstern", zischten die Gestalten.

„*Vergeben die Völker ihre Chance, die Welt Vílevèna gemeinsam wieder in Einklang zu bringen, so sei das Geschenk des Lebens nicht mehr von Wert. Iranus und Irana werden nehmen, was sie gaben. Überleben wird einzig das Chaos, dessen Kraft aus der Zerstörung rührt.*"

„Was hat das zu bedeuten?", fragte Baren lauernd.

„Der Name der Andúrien leitet sich aus den alten Wörten *andúrater* und *riensa* ab", erklärte Ta'rish, „etwas, das ihr wohl vergessen habt, weil auch das aus den Büchern gestrichen wurde."

„*Andúrater*", murmelte Moora, „Zerstörung. *Riensa* ist die Kraft oder Macht, die die Monde unseren Völkern verliehen. Die Andúrien besitzen die Kraft der Zerstörung, die Sharièn, abgeleitet von *Sharamé* und *riensa*, die Macht durch Erschaffung."

„Ihr seht, wir sind das Chaos, wir werden überleben!", ereiferte sich die Gestalt.

Hinter den Baumstämmen johlten dessen versteckte Gefährten.

Ta'rish schwieg. *Kraft der Zerstörung* war nicht die einzige Bedeutung, die aus den beiden alten Wörtern abgeleitet werden konnte. Sie fragte sich, ob sie die Einzige war, die das wusste.

„Wir werden diese Tür passieren, koste es, was es wolle!", rief der Erste. Sein Unmut und seine Nervosität brachen sich in nur ganz dezenten Gesten Bahn. Aber Ta'rish bemerkte, wie sehr ihn die Erkenntnisse aus dem Konzept brachten.

„*Und wieder müssen ein Sharièn, ein Andúrien und ein Mensch zeitgleich den Einlass erbitten*", rezitierte der Andúrien weiter, „wir werden euch nicht hineinlassen. Die Pardúk dort unten werden euch zerfleischen und eure Valtórn können nichts dagegen ausrichten! Sie können hier nicht landen, wenn die Pardúk sie angreifen. Es ist nicht lange her, als sie einen eurer Reiter vom Himmel holten."

Sein Blick schien Maroc zu erfassen, seinen Armstumpf zu umwinden wie eine unsichtbare Schlange. Ta'rish sah, wie er zusammenzuckte.

„Wir zahlen jeden Preis!"

„Wir verlangen keinen Preis. Wir geben Euch diese Tür nicht frei. Ihr werdet allesamt untergehen."

„Wer ist der Vater des Kindes, Totgeglaubte", rief es zwischen den Stämmen hervor. „Wir verlangen zu wissen, *was* dieses Kind ist!"

In Ta'rish zog sich etwas schmerzhaft zusammen. Waren sie heute das Gericht, vor dem sie sich verantworten musste?

Im Osten hellte sich der Himmel auf.

„Sind wir deshalb hergeflogen", echauffierte sich Farana, „damit nun alle große Reden schwingen? Tu etwas, Torro!"

„Wir haben keine Zeit dafür", rief Torro zu dem Ersten gewandt. Er hatte ebenfalls den schwachen Lichtschimmer am Horizont entdeckt. „Lasst uns hineingehen. Dort werden wir fünf Pardúks erhalten, dann haben wir die Möglichkeit uns zu verteidigen und diesen Dreck von den Stufen des Orakels zu wischen."

„Dreck, Dreck", wiederholte der Andúrien gehässig, „nichts weiter sind wir für euch Sharièn. Und für euch Menschen auch nicht. Ihr glaubt, ihr wäret die Einzigen, die es verdienen, am Leben zu sein. Doch was habt ihr getan? Wie hoch ist das Blutgeld, das ihr für das Leben bezahlt, welches ihr führt? Mit wie vielen Lügen habt ihr eures gleichen gefüttert, bis sie glaubten, was ihr erdacht habt?"

„Was meint er damit? Er meint die Menschen!", Karuun blickte argwöhnisch zwischen dem Ersten und dem Vierten hin und her.

„Ihr wisst es nicht", grollte der Andúrien, „ihr wisst es nicht. Und dabei haben die Menschen das Gleiche mit euch getan! Ihr seid blind in eurem Tun, ihr dünkelhaften Narren!"

Für einen kurzen Augenblick wollte Maroc sich auf den Andúrien stürzen, doch Ta'rish streckte ihren Arm vor seiner Brust aus. Er stoppte abrupt in der Bewegung, ohne sie zu berühren.

„Lass ihn nur, Totgeglaubte! Bist du nicht diejenige, die alles auflösen kann? Solltest du nicht uns allen einmal die Wahrheit verkünden?"

Beklommenheit griff nach Ta'rishs Herz. Ihr Blick flog zu ihrer Tochter hinüber. Sie hatte sie nur schützen wollen, das Einzige im Leben, was nur ihr gehörte und was sie liebte. Sie hatte sich selbst schützen wollen. Würden die Völker das verstehen? Woher wussten die Andúrien so viel über sie?

Sie wandte den Blick nicht von Cara ab, während ihr die Gedanken durch den Kopf spukten. Cara war still geblieben. Sie sah ihr die Anstrengung an, mit der das Mädchen versuchte, dem Gespräch zu folgen. Sie verstand nichts. Wie die meisten hier. Es war an der Zeit, das Spiel zu beenden.

Ta'rish sah den Vierten an. Und dann sprach sie aus, was sie zwanzig Jahre über vor der Welt verschwiegen hatte.

„Cara ist deine Tochter."

Der Strich seiner schmalen Lippen bewegte sich nicht. Sein ganzer Körper schien zu einer Statue erstarrt. Sie fragte sich, ob er es geahnt hatte. Das Kind eines Sharièn und einer Andúrien. Etwas, das bisher unmöglich erschienen war, was es noch niemals gegeben hatte.

Caras Hals wurde schwarz. Niemand rührte sich und niemand sagte etwas.

Ohne Vorwarnung zog Torro plötzlich sein Schwert und das Klirren zerriss die Stille. Im gleichen Moment packte Maroc die Eisenpeitsche. Mit einem gemeinsamen Schrei stürzten sie sich auf die Andúrien, die auf den oberen Treppenstufen verharrten, und griffen sie an.

„Geht hinein!", schrie Maroc dabei.

Karuun, Baren und auch Qaart schlossen sich den beiden Kämpfenden an. Vielleicht würde es ihnen gelingen, die Andúrien eine Weile in Schach zu halten. Der Erste und der Vierte standen erstarrt vor dem Tor, als wüssten sie nicht, was nun zu tun war. Ta'rish fühlte sich verloren. Niemand sagte etwas zu ihr. Niemand redete über die Wahrheit, die sie soeben ausgesprochen hatte. Hatte sie überhaupt eine Bedeutung?

„Los, schnell!", rief plötzlich Felina, deren Gesicht weiß geworden war. Als wäre das der Startschuss, kam endlich Bewegung in die erstarrte Gruppe, „ein Mensch, ein Andúrien und ein Sharièn! Wir müssen durch das Tor, bevor die Sonne aufgegangen ist."

Der Erste trat an die schweren weißen Torflügel heran und berührte sie. Nichts geschah. Baren zog sich aus dem Getümmel zurück, war mit zwei Schritten neben ihm und berührte keuchend ebenfalls das Tor.

„Nun los", herrschte der Erste Ta'rish an und sie berührte als Dritte das Tor.

Es geschah nichts. Die Torflügel regten sich nicht.

„Warum passiert nichts?", fragte Baren angespannt.

Allesamt schickten panische Blicke Richtung Osten. Die Dämmerung war nur noch wenige Augenblicke fern. Die Monde verschwanden bereits am Horizont.

„Maroc, es funktioniert nicht!", rief Felina verzweifelt, doch er war im Kampf mit den Andúrien beschäftigt. Sie hörte die Vertégo knallen. Schreien und Brüllen folgte dem Geräusch.

Moora besah sich das Schauspiel.

„Das Orakel wird euch nicht empfangen", sagte sie dann, „es weiß, dass hier würdigere Vertreter der Völker weilen als ihr drei."

„Was wagst du, altes Weib, dich zu erdreisten!", der Vierte mischte sich ein.

„Sie hört die Stimmen", murmelte Cara plötzlich, die am Rand der Gruppe gestanden hatte. Ta'rish sah genau, dass sie nach der erst besten Fluchtmöglichkeit suchte.

Moora lächelte ihr zu.

„Die fliegenden Gedanken, Cara. Die Gabe der Windadepten. – Lasst die beiden Mädchen gehen!"

Farana, die bisher ungewöhnlich schweigsam und gelangweilt am Rand der Gruppen gestanden hatte, raffte ihr Kleid.

„Nicht du! Cara ist das Kind aus einer Verbindung der Sharièn und der Andúrien. Eine Verbindung, die als verboten gilt. Und Felina", sie blickte zu dem kämpfenden Maroc hinüber und sah dann Ta'rish an. „Wie Maroc mich durch die fliegenden Gedanken wissen ließ, ist sie das Kind einer Andúrien und eines Menschen, ihres Zeichens selbst ein Mensch, aber dennoch ebenfalls verbotener Abstammung. Ich denke, bessere Vertreter für unsere drei Völker werden wir nicht auftreiben können."

Ta'rish starrte Felina an und begriff nicht. Wer war dieses Mädchen? Gab es noch eine Andúrien in ihren Reihen? Sie war eine der Töchter Honestaes, entsann sie sich. Ihre Gedanken rasten, gruben aus den tiefsten verschlossenen Sehnsüchten ihres Herzens eine Erinnerung aus, an die zu glauben, sie sich nicht gestatten konnte. Eine Möglichkeit, auf die zu hoffen, sie zerstören würde, sollte sie sich als falsch herausstellen. Und noch mehr, wenn sie denn wahr wäre.

„Ich?", fragte Felina nun erschrocken, während Farana kreischte: „Die?"

„Du bist die Tochter Taarishiennas und Honestaes, das ist wahr", bestätigte der Erste unwillig, „Honestae ließ deine Mutter im Glauben, du wärest tot zur Welt gekommen und ließ dich von einer Amme aufziehen. – Trotzdem bist du nur ein Mensch."

Ta'rish hörte die Worte und sie hörte die Worte noch einmal, wie der Vierte sie ausgesprochen hatte. Vor über zwanzig Jahren. Sie war nie sicher gewesen, ob er ihr die Wahrheit gesagt hatte, ob dieses Kind noch am Leben war, hatte sich eingeredet, es wäre nicht möglich. Um damit fertig zu werden und nicht in einem Kummer zu ertrinken, den sie nicht ertragen könnte.

Ta'rish sank wie betäubt zu Boden. Es war wie schwarzer Nebel, der sich in ihrem Kopf ausbreitete. Sie blickte auf, sah zu den Männern und Frauen um sich herum und erkannte Gewissheit in der Haltung des Ersten und des Vierten. Felina, das reiche verschreckte Mädchen aus dem Gasthaus, dem sie angedroht hatte, es zu töten – war ihre erstgeborene Tochter.

Sie entsann sich an das Gefühl, als sie Felina an die Hand genommen hatte, um mit ihr vom Tor zum Herrenhaus Justeras zu fliehen. Es war ein ganz seltsames Gefühl gewesen.

Ein Menschenmädchen, mit blonden Haaren und grünen Augen – so klar und schön wie die deinen.

Es war, als hätte man ihr den Boden unter den Füßen weggezogen und ließ sie in ein dunkles, bodenloses Loch stürzen.

„Ihr wusstet das. Die ganze Zeit."

Niemand kümmerte sich zum sie. Felina starrte sie an, aber Ta'rish konnte nicht lesen, was sie empfand.

„Geht zum Tor, Mädchen, euch bleiben nur Sekunden", drängte Moora.

Unwillig traten die Männer beiseite, aber sie fügten sich der Anweisung. Moora nahm die beiden Mädchen an den Händen und zog sie zum Tor. Zögernd berührten Cara und Felina die weißen Torflügel. Der erste Sonnenstrahl trat über den Rand der Bäume. Das Orakel öffnete sich.

44

Felina

- Das Orakel der Spiegel -

Ängstlich und verwirrt trat Felina neben Cara durch das steinerne Tor, welches hoch über ihre Köpfe ragte. Die Informationen waren in einer Geschwindigkeit auf sie eingeprasselt, durch die sie keine Ruhe fand, diese zu verstehen und zu verarbeiten. Weder begriff sie die Zusammenhänge der Sharièn und der Andúrien, noch wer eigentlich wozu gehörte und warum.

Nun aber, da sie die geheimnisvolle Stätte betreten hatte, nahm das Innere des Orakels ihre gesamte Aufmerksamkeit gefangen. Nur wenige hatte je einen Fuß in diesen Ort setzen dürfen. Ausgerechnet sie hatte das Orakel dafür ausersehen, weil sie etwas Besonderes war. Was sie bis heute nicht gewusst hatte. Sie war das Kind einer Andúrien, der Angehörigen eines Volkes, dessen Namen sie noch nie gehört hatte. Eines Volkes, das anscheinend noch schlimmer und noch verbotener war als das der Sharièn. Was angesichts des Rachefeldzuges ihres Vaters gegen die Sharièn an Hass kaum zu überbieten war. Und Letzten Endes war ihre Mutter diese verrückte Heilerin. Ohne Gnade hatte sie drei Männer getötet, weil sie ihr im Weg gewesen waren. Und sie war äußerst seltsam. Felina konnte sich nicht mit dem Gedanken anfreunden, dass diese Frau ihre Mutter sein sollte. Ihre Mutter, die sie sich über die Jahre als wunderschöne junge Frau vorgestellt hatte, der sie ähnlich sah, die blondes Haar gehabt hatte wie sie. Aber diese Frau der Andúrien schien gar nichts mit ihr gemein zu haben. Vielleicht war das eine weitere Lüge. Und schlussendlich war Felina ein Mensch, weil ihr Vater menschlich war – aber irgendwie musste doch mehr in ihr stecken, sonst hätte das Orakel sie nicht auserwählt. Das gesamte Gefüge erschien ihr unglaublich kompliziert. Je weiter sie Caras Schritten folgte, desto gebannter tasteten ihre Blicke jeden Fuß des geheimnisvollen Ortes ab, als wollten sie jeden davon fest in ihr Gedächtnis bannen. Und desto mehr verflogen ihre Gedanken aus ihrem Kopf.

Im Innern des Orakels erstrahlte eine fast gleißende Helligkeit, als würde die Sonne höchstselbst durch die Kuppel in der Mitte scheinen. Die Wände verblieben im Schatten, Monde und Schriftzeichen leuchteten auf ihnen wie vom Licht der Sonne reflektiert. Der Ort wirkte wie aus einer anderen Welt entsprungen. Etwas Ehrfurchtvolleres hatte Felina noch nie gesehen.

Das Tor schloss sich, trotz der schweren Torflügel, beinahe lautlos hinter den beiden jungen Frauen und es wurde still. Der Kampfeslärm, das Schreien der Valtórn und das Fauchen der Pardúk verstummten. Hier drinnen befanden sie sich wie hinter einem Portal in einer vollkommen anderen Sphäre. Einzig ein sanftes Plätschern war zu vernehmen. Es rührte von der Quelle her. Wasser säumte einen langen Steg, der zum Herzstück des Orakels, einem runden Platz unterhalb der Kuppel führte.

„Was tun wir hier?", fragte Cara und ihre Stimme klang, als versuchte sie, die Ehrfurcht zu unterdrücken, die sie an diesem Ort verspürte.

„Ich weiß es nicht", erwiderte Felina und dachte daran, dass niemand sie instruiert hatte, was sie tun sollten. Alle hatten ständig davon gesprochen, dass sie das Orakel befragen müssten. *Aber was ist die Frage, die wir stellen sollen?*

Cara blieb stehen, betrachtete die Wände und folgte mit den Augen dem Steg bis zur Mitte. Felina tat es ihr gleich und stellte fest, dass diese nicht leer war. Auf dem Podest lagen Gestalten.

„Was ist das?", hauchte Felina. Der Anblick wirkte weder bedrohlich noch unheimlich, er hatte eher etwas Übernatürliches an sich. Felina hätte sich nicht gewundert, hätten sich die Gestalten als Feen vor ihnen erhoben.

Märchen, dachte sie dabei, *wie habe ich mich immer nach Geschichten von zauberhaften Wesen gesehnt. Aber sie sind alle verboten. Weil die Menschen nicht akzeptieren können, dass noch andere Völker neben ihnen existieren.*

„Komm", forderte Cara sie auf und schritt den Weg voraus.

Je näher sie kamen, desto mehr erkannten sie die Einzelheiten. Fünf Menschen, drei Frauen und zwei Männer, lagen zu einem Knäuel verschnürt auf dem Boden. Sie wirkten schwach, bewegten sich nur wenig. Felina war nicht sicher, ob sie noch am Leben waren. Das geheimnisvolle Bild der Feen verschwand aus ihrem Kopf. Ihr Herz pochte beängstigt, erinnerte sie sich doch an die Morde im Wirtshaus, den die seltsame Heilerin an den Männern begangen hatte. Ta'rish, die Caras Mutter war. Und auch ihre. Da waren sie wieder, die Gedanken.

Plötzlich entdeckte sie ein bekanntes Gesicht vor sich. Ihre Zofe! Die junge ängstliche Zofe, die angeblich ihre Kette gestohlen hatte. Ihr Vater hatte sie vor Felinas Abreise aus Honestae in den Kerker geworfen. Es war erst einige Tage her und doch schien es Wochen entfernt. Ohne nachzudenken, wollte Felina sich auf die Knie stürzen und das Mädchen befreien. Doch eine Stimme ließ sie innehalten.

„Seid willkommen im Orakel der Spiegel, Vertreter der drei Völker Vílevènas", hallte eine körperlose Stimme durch das Innere des Orakels. Sie war weder jung noch alt. Weder freundlich noch bestimmt. Sie klang seltsam hohl. Vielleicht war es nicht einmal eine Stimme. Vielleicht waren es nur einzelne Töne, die sich in ihren Köpfen zu Worten formten.

„Wer seid Ihr?", wagte Cara als erste eine Antwort.

„Das Orakel ist das Sprachrohr der beiden Monde Iranus und Irana. Einst erweckten wir die Welt Vílevèna zum Leben und besiedelten sie mit den drei Völkern, die diese Welt aufbauen und dann im Einklang miteinander auf ihr leben sollten."

„Warum sind diese Menschen dort gefesselt", fragte Felina, denn sie ließ das Schicksal ihrer Zofe nicht los. Sie beobachtete immer noch das Mädchen. Es war kaum dem Kindesalter entwachsen. Sie wusste nicht einmal, ob sie noch lebte. Ohne Aufforderung wagte Felina es aber nicht, näher zu treten.

„Das sind die Körper, die der Kommandant der Sâras'ski benötigt, um sich Pardúk zu erkaufen."

„Torro", flüsterte Felina und spürte dabei einen Stich im Herzen. Neben ihr sog Cara scharf die Luft ein.

„Um die Pardúk zu bekommen, wurde ihm aufgetragen, ein weiteres Opfer zu bringen. Die Tochter eines der Ne'nors von Talimont wurde versprochen. Sprängen die Körper jedoch freiwillig in die Quelle des Orakels, so würden ihre Leiber zu Valtórn und das zusätzliche Opfer wäre nicht von Nöten."

Die beiden schwiegen. Die Flut der Informationen strömte weiter auf sie ein wie ein reißender Fluss und hatte kein Erbarmen mit ihnen.

„Warum?", fragte Cara und ihre Stimme zitterte unmerklich. „Warum unterstützt das Orakel das Böse auf dieser Welt? Wenn ihr die Götter seid, die diese Welt schützen wollen, weshalb lasst ihr zu, dass der Kommandant noch mehr Bestien bekommt?"

„Wir besitzen nicht die Macht zu entscheiden, was ein jeder in dieser Welt tut. Das Orakel spiegelt den Wunsch seiner Besucher. Wer Schlechtes tun will, wird sich hier behelfen können, indem er Schlechtes tut. Wer Gutes tun will, wird sich hier behelfen können, indem er Gutes tut. Das Orakel spiegelt das, was die Seelen der Bittsteller verkörpern. Der Hüter des Orakels ist dafür zuständig, Schlechtes von hier fernzuhalten. Doch manchmal kann er das nicht."

Beide sahen sich fragend an.

„Ich verstehe das nicht", wagte Felina, zu sagen.

„Den Kommandanten verlangt es nach Stärke, Macht und Tod. Er erhält dies in Form der Pardúk, wenn er selbst bereit ist, diese Eigenschaften zu beweisen. Das tut er durch die Opfer, die er bereit ist, zu bringen. Ihr seht, wer hier liegt. Starke Männer sowie unschuldige Kinder. Die

Pardúk sind gewissenlose Wesen, die in ihrem Innersten die Seele des Kommandanten widerspiegeln.

Die Valtórn sind Sharièn, Andúrien und Menschen, die freiwillig hineingingen. Sie opferten sich selbst, um Gutes zu tun und sollen in ihrer Gestalt auch fortan Gutes vollbringen können. Nur wer diesen Schritt selbst geht, kann dies erlangen. Sie behalten ihre gute Seele."

Felina blieb nur ein Satz im Kopf: *Die Pardúk sind gewissenlose Wesen, die in ihrem Innersten die Seele des Kommandanten widerspiegeln.*

„Wir brauchen die Pardúk nicht. Bitte lasst diese Menschen gehen!", bat Felina.

„Es obliegt Eurem Ermessen, ob ihr sie eintauschen wollt oder nicht."

Felina wagte einen Schritt nach vorne. Nichts geschah, was sie als Billigung ihres Handelns interpretierte. Sie kniete sich auf den Boden und zerrte an den Fesseln. Die Gefangenen ächzten. Cara kam ihr zu Hilfe und riss an den Schnüren.

„Wach auf." Felina rüttelte an den Schultern der Bewusstlosen, doch teilweise blieben sie liegen. Zwei setzten sich nach einiger Zeit auf, wankten selbst dabei noch und schienen verwirrt.

„Wir müssen sie hier rausschaffen", sagte Felina und fragte sich, wie sie fünf Menschen tragen sollten.

Die Stimme sprach nun wieder.

„Hört zuerst die Worte des Orakels an. Es ist das einzige und letzte Mal, dass ihr diesen Ort betreten dürft. Die Menschen werden so lange am Leben bleiben, wie ihr euch im Orakel befindet."

„Warum sind wir hier?", fragte Cara und sah sich immer wieder suchend um, als erwartete sie, den Sprecher hinter einer Säule zu finden.

„Ihr seid weder hier, um Böses, noch um Gutes zu tun. Ihr seid eingetreten, um eine Antwort auf die Frage zu finden, wie die Welt gerettet werden kann, die dem Untergang geweiht ist. Ihr zusammen tragt das Erbe aller drei Völker in euch. Cara trägt ein einmaliges Erbe in sich: das einer Verbindung beider magischer Völker. Auch Felina entstammt einem der magischen Völker, auch wenn sie keine Kräfte in sich trägt. Und ihr seid durch euer Blut verbunden. Gemeinsam kann es euch gelingen, den Wandel der Völker zu drehen und das Bestehen Vílevènas zu sichern. Es liegt nur an Euch."

„Wie soll das möglich sein? Ich kann mich an keinerlei Kräfte erinnern, die ich je genutzt hätte", erklärte Cara.

„Du besitzt die Macht der fliegenden Gedanken. Unser ehemaliger Hüter trägt dieselbe Gabe in sich. Aber das Erbe, welches du außer diesem in dir trägst, vereint Erschaffen und Zerstören in dir. Wir vertrauen dir dieses Geheimnis an und lehren dich, es zu nutzen. Die Bedingung, es zu nutzen, ist, dass du mit niemandem darüber sprechen darfst. Die Entscheidung, wann und wie du von der Gabe Gebrauch machst, liegt in deinem Ermessen. Du kannst Vílevèna retten. Ob du es tust, entscheidest du allein."

„Wozu braucht ihr dann mich?", fragte Felina. Das unangenehme Gefühl, fehl am Platz zu sein, kam in ihr auf.

„Cara besitzt Kräfte, die du nicht nutzen kannst. Aber Cara allein kann damit nichts ausrichten. Ihr fehlt Wissen, welches dir gegeben ist. Nur gemeinsam könnt ihr die drei Völker dazu bringen, den richtigen Weg einzuschlagen."

Die letzte Dämmerung

*   *   *   *   *   *   *   *

45

- Rache -

Gemeinsam mit Felina schritt Cara durch das Tor hinaus aus dem Orakel der Spiegel. Die Worte, die ihnen das Orakel mitgegeben hatte, schwirrten in ihrem Kopf herum. Sie hatte Mühe, diese zu ordnen. Im Grunde war sie froh, dass sie nicht darüber sprechen durfte, sie hätte keinen klaren Satz zustande gebracht. Auch Felina schwieg über das Gehörte. Cara fasste nach der Hand ihrer Schwester. Ein Empfinden machte sich in ihre breit, was sich seltsam und fremd anfühlte. Es war anders, als wenn sie Hants Hand hielt, der stets wie ein Bruder für sie dagewesen war. Und doch waren sie Schwestern. Das Orakel hatte es ihnen bestätigt.

Sie traten hinaus in eine sonnige Morgendämmerung. Über eine Stunde mussten sie im Innern des Orakels verbracht haben. Der Kampfeslärm hielt inne. Ein jeder, ob Mensch, Sharièn oder Andúrien, senkte die Waffen. Spannung lag in der Luft, als brächten sie nun die Nachricht, auf die alle warteten. Und Cara wusste, dass sie sie enttäuschen würden.

„Es liegen fünf Menschen dort drinnen, die unsere Hilfe benötigen. Das Orakel gewährt uns die Möglichkeit, sie herauszuholen. Es wird aber nicht mehr zu uns sprechen. Sobald wir die Menschen hinausgebracht haben, schließen sich diese Tore für alle Zeit“, erklärte Felina.

„Was hat das Orakel gesagt?“, wollte der Erste wissen.

„Gibt es eine Lösung?“, fragte Baren.

„Uns wurde auferlegt, nicht darüber zu sprechen, bis auf diese eine Botschaft:

Das Orakel sendet eine letzte Botschaft an die Menschen, die Sharièn und die Andúrien. Es wird ihre allerletzte Hoffnung auf Rettung sein, denn Iranus und Irana sehen die Welt am Abgrund. Cara entstammt den beiden mächtigsten Geschlechtern Vílevènas, etwas, was es zuvor niemals gegeben hat. Die Monde geben euch eine letzte Chance, die Welt ins Gleichgewicht zu rücken. Wenn ihr alle bereit seid, das Mächtigste, was ihr jemals geschaffen habt, zu opfern, dann wird die Welt bestehen bleiben.

Mehr dürfen wir euch nicht sagen. Bitte helft uns jetzt, die Menschen dort herauszuholen“, bat Felina.

„Das Mächtigste: Dann muss das Mädchen also sterben. Wir opfern es im Feuer“, ignorierte Qaart Felinas Bitte und kam gleich zu seiner Lösung des Problems.

„Warum töten wir sie nicht sofort hier? Dann ist es erledigt", sagte Baren.

Cara wehrte sich innerlich dagegen, doch Angst sickerte in ihr Herz. Es kam genau so, wie sie es befürchtet hatten.

„Vielleicht sollten wir sie im Orakel opfern?"

„Was hat das Orakel noch gesagt. Das war nicht alles", forderte der Erste weitere Informationen.

„Wir dürfen euch nichts weiter sagen", beharrte Felina.

„Tauscht erst einmal die Livris ein", riet Torro, „es ist unsere letzte Chance, Pardúk zu bekommen! Oder noch besser: Bringt sie dazu, sich freiwillig zu opfern, dann haben wir noch zusätzliche Valtórn."

„Auf keinen Fall", herrschte Felina ihn an, „für dich mögen es keine Menschen sein, aber ihre Leben sind genauso viel wert wie die aller Versammelten hier!"

„Wir werden uns von zwei Mädchen keine Befehle erteilen lassen, Na'nan", schaltete sich der Vierte ein, „das Orakel mag zu Euch gesprochen haben, doch wenn Ihr die Botschaft nicht weitertragen könnt, dann seid Ihr nicht mehr von Nutzen. Forderungen zu stellen liegt nicht in Eurem Ermessen."

„Wir werden uns an die Weisung des Orakels halten", sagte Cara entschieden, „ohne mich wird es keine Rettung Vílevènas geben, ob ihr das nun wollt oder nicht. Und auch ob ich das will oder nicht."

„Das heißt, du bist der Schlüssel?", fragte Moora.

„Wir beide", erwiderte Cara.

„Dann tötet sie, diese Brut! Alle beide Mädchen", schrie einer der Andúrien.

„Wenn es nicht dein Tod sein soll, wessen dann? Na'nan Felinas? Sie wird sterben und du wirst Maroc also zum Mann nehmen und dich unseren Wünschen fügen?", fragte der Erste.

Cara blickte ihn regungslos an.

Wie können die Götter nur das Vertrauen haben, die Dummheit dieser Männer in Vernunft und Klugheit zu verwandeln, fragte sie sich fassungslos.

„Ihr habt es nicht verstanden", sagte sie nur.

„Ihr könnt nicht erwarten, dass ihr beide in das Orakel spaziert, wieder herauskommt, ohne dessen Weissagung vollständig mit uns zu teilen und dann auch noch anfangt, die Spielregeln vorzugeben. Ihr seid zwei Kinder!", knurrte der Vierte, „wir sollten Euch zwei gegen Pardúk eintauschen, da bin ich bei dem Kommandanten. Dann sehen wir auch, ob das Opfer das Richtige ist."

„Wage es nicht, meine Töchter anzugreifen", schrie Ta'rish ihn an. Cara spürt, wie sie all den Schmerz der ganzen Jahre in ihre Worte legte. Sie stellte sich vor die beiden Mädchen.

„Du selbst warst es einst, der sich gegen sein eigenes Volk stellte, im Wunsch diese Welt besser zu machen. Im Verlangen etwas zu retten, an das du früher geglaubt hast. Doch du bist blind geworden mit den Jahren. Was auch immer dich zerfressen hat, du bist nicht mehr der Mann, den ich einst zu lieben glaubte. Dem ich folgte, um dem Streit der Völker ein Ende zu bereiten. Du hast mich verkauft. Du hast mich verraten. Du hast mich geschwängert. Du hast getan, was du nicht tun wolltest aus Angst vor den Kräften, die dieses Kind entfesseln könnte. Vielleicht sind es sogar die Kräfte, die du dir vor etlichen

Jahren selbst gewünscht hast, um diese Welt zu heilen! Warum stellst du dich nun gegen dieses Geschenk der Götter?"

Alle schwiegen. Cara starrte ihre Mutter und den Vierten an.

Was haben all diese Leute getan, was dazu geführt hat, dass diese Welt so grausam ist, wie sie ist?, fragte sie sich.

Die Haltung von Ta'rish blieb angespannt. Der Vierte zeigte keine erkennbare Regung.

„Es genügt", sagte Torro in die Stille hinein, „wir holen uns jetzt die Pardúk, bevor das Tor sich schließt."

Er drängt sich an den anderen vorbei, doch Felina stellte sich ihm in den Weg und sah ihm fest in die Augen.

„Das lasse ich nicht zu!", sagte sie entschieden.

„Geh beiseite", raunte er und sie sah seinen mühsam unterdrückten Zorn an seinem bloßen Hals aufsteigen.

„Das Orakel wird dir nicht geben, was du begehrst."

„Aus dem Weg", setzte nun Farana ein, kam hinzu und stieß Felina zu Boden.

Instinktiv griff Cara nach ihrer Hand, wie um sie zu halten, und wurde mit zu Boden gerissen.

„Folge mir!", befahl Torro Farana, packte sie am Arm und lief mit ihr ins Innere des Orakels hinein.

„Nein!", schrie Felina.

Im Gegensatz zu Farana begriff Cara plötzlich, was Torro vorhatte. Das Orakel hatte es ihnen selbst gesagt. Es verlangte einen Preis für die Pardúk: Das Opfer einer Tochter der Ne'nors aus Talimont.

Das Tor war noch nicht geschlossen, sie konnte direkt hineinsehen. Mit den Augen verfolgte Cara, wie die beiden über den Steg zur Mitte und den liegenden Menschen eilten.

Farana schimpfte über seinen schnellen Gang, mit dem sie in ihrem engen Kleid nicht Schritt halten konnte.

„Ich bringe Euch den Preis für die fünf Pardúk!", rief Torro.

„Was für einen Preis?", fragte Farana noch, mühsam hinter ihm her stöckelnd.

Im gleichen Moment riss er sie rüde zu sich heran und stieß sein Schwert in ihren Körper. Sie röchelte, ihre schmale Gestalt zuckte. Mit einem ebenso brutalen Ruck zog er die Waffe wieder aus ihr heraus. Dann stieß sein Fuß sie in das plätschernde Wasser hinab.

„Gewährt mir die Pardúk", hörte Cara Torros Stimme aus dem Innern des Orakels hallen, „ich habe Euch den Preis dafür gebracht und ich habe fünf Menschen auserwählt."

Nacheinander zerrte er die schwachen Körper ins Wasser, die sich längst nicht mehr wehrten.

Felina rappelte sich auf, rannte auf ihn zu und schrie, als sie sah, was er tat. Doch bevor sie ihn erreicht hatte, hatte er alle fünf Opfer hinuntergestoßen.

„Wie konntest du das tun? Du barbarischer Mörder!", kreischte sie.

„Ich habe Euer Leben gerettet! *Ihr* hättet das Opfer sein sollen, Felina", rief er schwer atmend.

„Du hast Farana getötet und fünf unschuldigen Menschen, meine Zofe. Sie war noch fast ein Kind!", schrie Felina fassungslos und schlug mit den Fäusten auf seinen Rücken ein.

Er fing ihre Hände ab und hielt sie fest.

„Wir bekommen dafür fünf Pardúk. Die Livris sind nicht tot, Felina. Sie werden zu den Raubtieren, die wir brauchen, um uns vor den Andúrien zu schützen.“

„Und meine Schwester?“, schrie sie erneut. Cara hörte die Tränen aus ihrer Stimme heraus. Das Echo ihrer Schreie hallte nach.

„Ich brauche sie nicht mehr. Und geliebt habe ich immer nur Euch, Felina. Das ist die einzige Wahrheit für mich, die zählt.“

Zu weiteren Worten kam es nicht. Cara sah, wie plötzlich fünf Bestien aus dem Wasser auf den Steg sprangen. Sie knurrten und fletschten die Zähne. Zehn Paar wie Kohle glühende Augen suchten nach ihrem Anführer. Felina schrie angstvoll auf.

„Habt keine Angst, sie werden mir gehorchen“, versuchte Torro, Felina zu beruhigen.

Sie riss sich von ihm los und rannte hinaus. Torro folgte ihr mit den fünf Tieren durch die bereits halb geschlossenen Torflügel.

„Das war es dann“, sagte Baren, „gleich kommt keiner mehr hinein. Wir sollten zurückkehren.“

Unruhig rutschte Cara an den Rand der Treppe, eingeschlossen zwischen Torro mit den Pardúks und den Andúrien, die immer noch um die Stufen herum lauerten.

Die Andúrien lachten gehässig.

„Gleich ist es vorüber mit euch. Vílevèna ist dem Untergang geweiht!“

„Zieht Euch zurück!“, rief Torro scharf, „die Pardúk würden euch zerfleischen, bevor es den Euren gelänge, die Stufen zu erklimmen. Verschwindet im Toten Wald.“

Die Andúrien zögerten.

„Da habt ihr das Opfer interessant ausgewählt, Kommandant", bemerkte der Vierte süffisant.

„Ich gab dem Orakel, was verlangt war."

Torros ganze Haltung war angespannt. Er war nicht mehr als ein erbarmungsloser Mörder. Cara musste den Hass auf ihn und den Vierten in sich niederkämpfen. Sie wusste, dass sie sich jetzt nicht von ihren Gefühlen leiten lassen durfte. Das Orakel hatte alles in ihre Hände gelegt.

„Wir haben hier nichts mehr auszurichten, wir sollten zurück nach Justera fliegen und nach dem Rechten sehen", schlug Felina vor und rieb sich mit den Handflächen über die Arme. Cara spürte, dass sie nur noch fort von hier wollte. Der Mord an ihrer zweiten Schwester hatte sie innerlich womöglich zerbrochen. Angstvoll starrte sie auf die fünf Pardúk, die sich mit kehligem Knurren und zuckenden Schwänzen hinter Torro hielten, abwartend, dass er sie endlich auf ihre Opfer hetzte.

„Wir sind hergekommen, um das Orakel um Hilfe zu bitten. In wenigen Augenblicken sind die Tore für alle Zeiten verschlossen und ihr macht euren Mund nicht auf!", fuhr der Erste Felina an.

„Warum vertraut ihr dem Orakel nicht? Sonst hatte es doch keinen Sinn, hierherzukommen", sagte Cara.

„Wir legen das Schicksal der Welt in die Hände zweier einfältiger Mädchen." Der Vierte hatte gesprochen, verächtlich, und es klang noch etwas durch. Eine Stimmung, von der Cara nicht deuten konnte, was es für eine war.

„Wir sollten zurückfliegen, solange Torro die Andúrien noch in Schach halten kann. Dann sollten wir an unserer neuen Regierung weiterarbeiten und uns Talimont neu aufbauen. Maroc und Cara heiraten in einer feierlichen

Zeremonie. Es wird Ruhe zwischen den Menschen und den Sharièn einkehren. Die Andúrien haben wir nicht zu fürchten, Torro wird dafür sorgen. Und dann hoffen wir, dass die Götter uns wohlgesonnen sind, sobald der Frieden hier einkehrt", verkündete der Erste.

„Wir kommen nicht mit euch", erklärte Cara entschieden.

„Ihr müsst!"

„Nein, wir müssen nicht. Das Orakel hat den Schlüssel zur Rettung Vílevènas in Caras Hände gelegt. Wenn ihr weder uns noch dem Orakel vertraut, wie könnt ihr dann noch erwarten, dass es eine Rettung geben wird?", ereiferte sich Felina. Cara registrierte, dass sie sich sofort hinter ihre Entscheidung stellte, hierzubleiben, obwohl sie selbst soeben den Wunsch ausgesprochen hatte, zurückzufliegen. Der damit demonstrierte Beistand gab Cara einen zusätzlichen Halt.

„Wir hatten entschieden, dass Cara Maroc ehelichen und als Königin von Talimont ausgerufen wird", zeterte der Erste laut.

„Das will ich nicht. Ich werde nicht eure Marionette in eurem perfiden Spiel sein. Das war ich lange genug. *Wir* waren es lange genug."

„Wir haben dich nicht nach deiner Meinung gefragt. Du hältst dich daran, was wir befehlen." Der Vierte stellte sich auf die Seite des Ersten.

„Weil Ihr angeblich mein Vater seid? Mein Vater war Arem aus den Aschedünen. Er hatte ein großes Herz und starb als *seine* Bestien ihm die Kehle zerrissen", Cara machte eine wütende Geste Richtung Torro. Es gelang ihr nicht länger, ihren Hass zu verbergen. „Arem hat mich gelehrt, für mich selbst einzustehen. Ich werde nicht mit euch gehen. Und ich werde auch niemanden heiraten. Ihr verdient es nicht, dass das Orakel für euch richtet, was ihr in den letzten einhundert Jahren verdorben habt!"

„Komm her, du kleines Miststück!", mischte sich plötzlich Qaart ein. Er war frisch verwundet, hatte Kratzer von den Pardúk davongetragen. Seine Verbände waren verrutscht und zeigten die suppenden Wunden, die Cara ihm in Silvánuba beigebracht hatte.

Mit schnellen Schritten war er heran. Niemand hielt ihn auf und Cara sah keine Möglichkeit zur Flucht.

„Ich werde dir beibringen, zu tun, was man dir sagt, Hure!"

Er packte sie grob am Arm. Caras Herz begann zu rasen. Sie und Hant schrien gleichzeitig. Er warf sich auf Qaarts Rücken, doch der schüttelte ihn ab wie eine lästige Fliege.

Niemand sonst kam Cara zu Hilfe. Qaart drückte ihren Kopf auf den Boden, klemmte ihre Gliedmaßen mit seinen Beinen fest. Cara hörte Stimmen, die etwas schrien, aber sie nahm weder Worte noch Sprecher wahr. Das Blut rauschte in ihren Ohren, Adrenalin pumpte durch ihre Adern. Sie spürte Angst in sich, die so schnell stieg, wie die Flut drohte, jemanden zu ertränken, der sich nicht rechtzeitig an Land rettete.

„Hier habt Ihr sie!", grunzte Qaart, den es Anstrengung zu kosten schien, sie festzuhalten. „Soll ich Euch das kleine Biest noch gefügig machen? Ich zeige Euch, wie man am besten mit ihr umgeht."

Der Geruch seiner Wunden drang in Caras Nase, ihr wurde übel. Sein Gesicht war über ihr. Seine Hand fasste ihr zwischen die Beine. Unbändiger Hass stieg in ihr auf. Sie dachte daran, was er Hant angetan hatte. Was er ihr angetan hatte. Mit einem Ruck riss sie ihren Kopf herum, wand sich und biss ihm mit aller Kraft in die Nase. Qaart brüllte. Cara spuckte Blut und ein Stück Nase aus. Der unerwartete Angriff schwächte Qaarts Halterung und sie kroch unter ihm hervor. Seine Faust schlug zu Boden anstatt auf ihren Rücken.

Aus den Augenwinkeln sah sie Baren auf sich zukommen, Torro sein Schwert ziehen, die Pardúk die Zähne fletschen. Überall waren Hindernisse, es war, als wäre sie in einem Kessel aus Raubtieren und Menschen eingeschlossen, die ihrem Kampf zusahen, ohne Partei zu ergreifen. Was die Personen um sie her riefen, nahm sie nicht wahr.

Sie tat etwas, was sie bei normalem Verstand als Wahnsinn erachten würde, doch jetzt schien es ihr der einzige Ausweg. Denn sie besaß keine Waffe und Qaart interessierte sich nicht für die Pläne der Sharièn oder des Orakels. Er würde sie töten. Cara schlitterte zu Torro hinüber, an ihm vorbei, als wollte sie sich hinter seinem Rücken verstecken. Qaart war ihr dicht auf den Fersen. Torro wollte ausweichen, doch sein Blick streifte Felina. Er stellte sich dem grobschlächtigen Mann halbherzig in den Weg, zog sein Schwert, ohne es zu benutzen. Cara wusste, dass er nicht für sie Partei ergreifen würde und dass er sie schon gar nicht retten würde. Sie hatte etwas anderes im Sinn. Den Augenblick, den Qaart brauchte, um Torro zu umgehen, rannte sie direkt auf die Pardúk zu.

Sie hörte das Geschrei hinter sich, die Aufregung, dass die Bestien sie zerreißen könnten. Die Befehle an Torro, er sollte sie zurückpfeifen. Und er tat es. Ein Pfiff genügte und die Pardúk taten nicht mehr, als sie mit hungrigen Blicken zu beobachten und unzufrieden zu knurren.

Qaart zögerte. Doch als er näher trat und die Raubtiere sich nicht rührten, fasst er Mut und trat zwischen sie.

Cara schlug das Herz bis zum Hals.

„Du bist ein jämmerlicher Kerl", sagte sie laut, „erbärmlicher Hund, der Baren mit eingeklemmtem Schwanz hinterherwinselt und nur Befriedigung darin findet, Schwächere zu quälen."

„Komm her, du kleines Miststück", keuchte er.

„Du bist ein kleiner feiger Köter, Qaart. Du hast die Sharièn doch gehört. Ich soll ihre Königin werden. Du wirst für alle das bezahlen, was du getan hast!"

Sie sah die Ader an seinem Hals pulsieren. Seine Kiefer mahlten. Er schwitzte. Vielleicht vor Angst vor den Pardúk, vielleicht vor Schmerzen, die seine Verletzungen verursachten.

„Ich denke, meine erste Amtshandlung wird sein, dich zum Kammerdiener von meinem Freund Hant zu befördern", flüsterte sie so leise, dass nur er ihre Worte hören konnte.

Ihre Drohung brachte das Fass in seinem Innern zum Überlaufen. Voll unbändigem Zorn schlug er auf sie ein, einzig mit dem Ziel, sie zu Tode zu prügeln. Doch Cara hatte das vorausgesehen und war hinter den Tieren abgetaucht. Seine Faustschläge trafen die Pardúk. Ein Brüllen, ein Knurren, und das erste Tier hatte sich in seiner Kehle verbissen. Sein Schreien ging in dem bezeichnenden Gurgeln unter, als seine Kehle sich mit Blut füllte.

Cara hockte mit angezogenen Knien und dem Kopf auf der Brust hinter den fünf Tieren. Ihr Herz raste vor Angst, dass sie sie ebenfalls angriffen. Sie zitterte am ganzen Leib. Die furchtbaren Geräusche holten Erinnerungen in ihr vor, gegen die sie sich nur schwer wehren konnte. Panik schnürte ihre Lunge und ihr Herz ein.

Erst langsam nahm sie das Geschrei im Hintergrund wahr.

„Torro! Pfeift die Bestien zurück! Wie konntet ihr das zulassen! Ihr hattet einen Befehl!", die Stimme des Ersten schäumte vor Wut.

Zwei Pfiffe ertönten und die Tiere ließen von ihrem Opfer ab.

„Die Tiere hatten Befehl, das Mädchen nicht anzurühren. Sie folgen aufs Wort, das garantiere ich Euch. Aber ich kann ihnen nicht vorschreiben, sich nicht zu verteidigen, wenn sie selbst angegriffen werden. Es sind immer noch Bestien, keine Schoßkatzen", erklärte Torro verächtlich.

„Ihr mordet schon wieder in unseren Reihen", regte sich Baren auf.

„Wir können keine Verbündeten gebrauchen, die eigenmächtig entscheiden, wen sie zusammenschlagen, noch dazu wenn es sich um vom Orakel auserwählte Personen handelt", warf der Vierte ein. „Ihr solltet Eure Gefolgsleute sorgfältiger aussuchen, Baren!"

„Cara, ist dir etwas geschehen?", hörte sie nun Felinas verängstigte Stimme.

Niemand traute sich wohl zwischen die Tiere, um nach ihr zu sehen. Sie atmete tief ein und aus, mehrmals, und erhob sich dann.

Noch immer gafften die Tiere sie an, doch sie machten keine Anstalten, sie anzugreifen. Cara sah über den böse zugerichteten Leichnam hinweg.

„Cara!", rief ihre Mutter erleichtert und griff sich ans Herz.

Felina half Hant auf, der beim Angriff auf Qaart zu Boden gestürzt war.

„Kommen wir endlich zum Schluss, mit diesem Theater", rief der Erste, „wir haben viel zu tun und verschwenden hier nur unsere Zeit. Ruf die Adler herunter und lasst uns nach Justera zurückfliegen, dort kümmern wir uns um alles weitere."

„Ich komme nicht mit", sagte Cara erneut und trat langsam zwischen den Pardúk hindurch wieder zu den anderen.

„Du hast sie hergebracht, Maroc. Nun sieh zu, dass sie bei dir bleibt", versuchte der Erste verärgert, die Diskussion endlich zu schließen.

In dem Moment fiel Cara auf, dass Maroc sich schon längere Zeit nicht zu Wort gemeldet hatte. Wie alle anderen blickte sie sich suchend um. Dann entdeckte sie ihn zwei Treppenstufen weiter unten. Er lag auf dem Rücken. Er stand nicht mehr auf.

„Der macht es nicht mehr lange", meinte Baren hämisch.

„Ich bin hier von Verrätern und Nutzlosen umgeben", fluchte der Erste. „Ich kehre zurück nach Justera. Baren begleitet mich. Du, Vierter, hast uns hintergangen. Du bist nicht länger willkommen im Kreise der Adepten. Taarishienna, auch dich will ich nicht mehr sehen. Ich kann Aufwiegler nicht gebrauchen. Ihr bleibt hier zurück.

Seht selbst, was euch aus wird. Maroc nehme ich mit. Der Kommandant möge die Pardúk nach Justera bringen. Karuun, Moora und Felina kommen mit uns."

„Dass er seine Braut getötet hat, scheint Euch nicht zu kümmern", entfuhr es Felina.

Der Erste sah sie an.

„Nein, es kümmert mich nicht. Das Orakel hat ein Opfer verlangt und er hat es ihm gegeben. Du hättest ebenso an ihrer Stelle sein können. Also beschwere dich nicht. Steig mit auf."

„Ich werde hierbleiben. Cara braucht mich."

„Ihr habt Eure Untertanen wirklich gut im Griff", bemerkte Baren ironisch, „welch gelungener Anfang für eine neue Regierung, Adept! – Zerschlagen, noch bevor sie offiziell gebildet ist. Ich frage mich, warum ich in diesem Spiel noch brav mitspielen soll?"

„Es bleibt bei unserer Abmachung, Baren. Lasst uns umkehren, wir können hier nichts mehr ausrichten. Dass Qaart von den Pardúk zerrissen wurde, hat er selbst zu verschulden." Der Erste wurde zusehends wütender.

„Ihr steigt auf die Valtórn, allesamt", befahl Torro in drohendem Unterton in die Runde. „Diese Pardúk gehorchen mir. Und es braucht nur einen Befehl, damit sie auch eure Kehlen zerreißen. Wir werden *alle* zurückfliegen und dann in Justera entscheiden, was wir tun. Die Mädchen werden bis dahin ausreichend Zeit haben, sich zu sammeln und uns dann sicher berichten, was das Orakel für eine Weissagung für uns hatte."

Geifernd schlichen die Bestien um sie herum.

„Ihr braucht nicht glauben, dass ihr abhauen könnt. Rauf auf die Tiere! Ruf sie, Maroc."

Cara, die zuerst glaubte, der Angesprochene hätte das Bewusstsein verloren, hörte sein leises Pfeifen. Doch zu mehr schien er nicht mehr in der Lage zu sein.

Die Tiere über ihren Köpfen senkten sich hinunter.

„Ich werde es tun, Cara", raunte Hant plötzlich, der an sie herangetreten war.

Dann wandte er sich um und rannte.

Cara blickte ihm verwirrt nach, begriff zu langsam, was er vorhatte. Ihre Hand griff nach seiner, aber er war schon weg. Sie starrte ihm nach, wie er in das Innere des Orakels rannte, sich durch den offenen Spalt drängte, vorbei an den Pardúk und dem überraschten Kommandanten. Als der begriff und versuchte, ihn aufzuhalten, war es zu spät.

Hant stürzte sich kopfüber in die Quelle des Orakels. Nur Sekunden später brach ein Valtórn aus dem kühlen Nass hervor. Das Tier schoss zum Tor hinaus, dessen Flügel sich hinter ihm mit einem lauten steinernen Knall verschlossen. Hant fegte die Pardúk einige Treppenstufen hinunter, drehte eine Schleife und kehrte zurück. Jeder, der nicht auswich, wurde von seinen Flügeln beiseitegeschoben. Er setzte auf, streckte einen Flügel aus. Cara hatte keine Zeit nachzudenken. Sie packte Felinas Hand und zog sie mit sich. Sie kletterten auf seinen Rücken und er hob ab, bevor ihn jemand aufhalten konnte.

Die Sonne trat über den Rand des Horizonts und erleuchtete die Szenerie unter ihnen mit einer Morgenschönheit, die der Grundstimmung nicht im Entferntesten angemessen erschien.

46
Ta'rish

- Wie die Zeit Dinge verändert -

Der Weg die Klippen hinunter war steil. Immer wieder glitt sie auf Rollsplit aus, der unter ihren Füßen nachgab.

Da war sie nun. Erneut verstoßen von denselben Männern, denen sie einst vertraut hatte. Wieder, nachdem diese sie hoffnungsfroh in ihre Reihen aufgenommen hatten.

Cara war fort. Erneut. Und ihr Schicksal war aufs Neue ungewiss. Alles schien sich zu wiederholen. Hatte Ta'rish wirklich geglaubt, dass alles gut werden würde? Zumindest hatte sie an Maroc geglaubt. An seine Vision. Daran, dass die Wiederauferstehung der Sharièn wenigstens dem Elend in den Aschedünen ein Ende machen würden. Sie hatte sich dafür entschieden, ihn zu unterstützen, hatte geglaubt, damit eine Art Wiedergutmachung zu leisten für das Schicksal, das sie einst über die Bewohner von Caritae hereingebracht hatte. Hatte zu Iranus und Irana gebetet, dass ihre Tochter Cara noch am Leben sein möge.

Doch von dieser Vision war nichts mehr übriggeblieben. Die Sharièn und die Menschen mussten nun beide gleichermaßen um ihre Auslöschung fürchten. Denn alle Visionen und alle Bemühungen führten nicht dazu, dass diese Welt, die sie ihr Zuhause nannten, überlebte. Denn ihre Bewohner schienen einfach nichts richtig zu machen.

Taarishienna würde nachhause gehen. In ein Zuhause, das ihr fremd war. In das sie mit genauso wenig Güte und Begeisterung aufgenommen werden würde, wie in das Zuhause der Sharièn oder das der Menschen. Und dieser Gedanke machte ihr klar, dass es keinen Ort auf dieser Welt gab, an dem sie noch willkommen war. Was blieb ihr?

Plötzlich entdeckte sie unter sich den Zipfel einer Kutte. Sie stockte im Gehen. Split löste sich unter ihren Füßen und rollte die Felsen hinunter auf die Kutte, die zu dem Zipfel gehörte.

Knirschend biss sie die Zähne vor Ärger über sich selbst zusammen. Der Vierte wandte seinen Kopf nur leicht, aber sie wusste, dass er sie entdeckt hatte. Sie hatte nicht mit ihm gerechnet. Hatte er sich nicht in die andere Richtung aufgemacht? Was wollte er bei den Andúrien?

Und da entdeckte sie auch diese Kreaturen zwischen den Steinen, wo sie bisher bereits verborgen gewesen waren. Beinahe unsichtbar, in ihre grauen Kutten gehüllt, dass sie selbst wie Steine wirkten. Nun erhoben sie sich von ihren Positionen und Ta'rish musste feststellen, dass sie viel mehr waren, als sie zuvor erspäht hatte. Die Gestalten streiften die Kapuzen von ihren Köpfen, die sie zur Deckung genutzt hatten. Sie sahen aus wie Menschen. Nicht einmal so schrecklich elend wie die Bewohner der Aschedünen. Einfach wie Menschen.

Erstaunlich, dachte sie bei sich, *ich habe vergessen, dass sie aussehen wie wir. — Ich sehe aus wie sie. Wie die Sharièn und die Menschen. Die einzigen Unterschiede sind die Male.*

336

Plötzlich klang das Zischen ihrer Stimmen an Ta'rishs Ohren, als wäre es die ganze Zeit schon dagewesen, ohne dass sie es bemerkt hatte. Und mit dem Entblößen ihres Antlitzes verwandelte sich das Zischen in eine gewöhnliche Stimme.

„Komm nur, Totgeglaubte", sprachen sie, „folge uns zum Fahlen See."

Der Abstieg würde Tage dauern, so langsam wie sie vorankam. Ihre Tritte waren zögerlich, denn sie fürchtete, dass sich die Steine lockern und sie den steilen Hang abrutschen würde. Niemand half ihr. Von allen Seiten spürte sie die Blicke auf ihrem verbrauchten Körper.

„Warum tötet ihr mich nicht", murmelte sie und wusste, dass die Andúrien sie hörten.

„Du hast die Art deines Todes selbst gewählt, Taarishienna. Dein Ableben wird einsam sein."

Sie bemerkte, dass der Vierte vor ihr stehen geblieben war. Er blickte nicht zu ihr hin. Und doch fragte sie sich, was sie noch für ihn empfand. Nach allem, was gewesen war. Und was nicht gewesen war.

„Nichts", erwiderte er auf eine Frage, die sie nicht gestellt hatte, und dennoch galt die Antwort ihr.

Dabei wusste sie nicht einmal, ob sie bereit war, mit ihm zu sprechen. Das letzte Mal, als sie das getan hatte, hatte er sie in den Arm genommen und in jener kurzen Nacht der Schwäche Cara gezeugt.

„Ich habe nichts gespürt, als ich das Kind sah", sagte er, ihr immer noch den Hinterkopf zugewandt. „Ich habe sie in einen Brunnen werfen lassen und hatte nicht vor, zurückzukommen."

Ta'rishs Brust zog sich bei seinen Worten schmerzhaft zusammen. Sie fühlte sich nicht in der Lage, etwas zu erwidern. Wie konnte er sein eigenes Kind nicht lieben? Hatte sie etwas anderes erwartet? Hatte sie gedacht, er würde ihnen um den Hals fallen und sie wie eine verlorene Frau und Tochter in heller Freunde bei sich aufnehmen?

„Du hast wohl gehofft, dass wir beide tot wären", rang sie sich dann durch, eine Wahrheit auszusprechen, die von ihrem Herzen Besitz ergriffen hatte, obgleich sie die Bestätigung nicht hören wollte. Aber sie musste sie hören, denn sie wollte sicher sein, dass sie sich in ihm nicht täuschte. Der Mann, der er einmal gewesen war, war er heute nicht mehr. Das spürte sie, seit sie ihm wieder gegenübergestanden hatte. Die Aura aus Hass und Gram umhüllte ihn wie eine unsichtbare schwere Wolke.

„Tatsächlich", bestätigte er ihre Worte emotionslos, „tatsächlich habe ich gewünscht, dass ihr dort unten ein schnelles Ende finden würdet."

„Wir haben gelitten – zwanzig Jahre im Elend gehaust. Weil du mich verraten hast."

„Du bist aus freien Stücken gegangen. Um dein Leben zu schützen. Niemand hat dir befohlen, in den Aschedünen zu bleiben. Du hast es getan, weil du dich verstecken wolltest. Weil du Angst hattest, dass Honestae dich finden würde. Dass die Sharièn dich finden würden oder die Andúrien. Aber in der Asche hast du dich sicher gefühlt, nicht wahr? Denn Asche schwächt die Kräfte der Magie."

In ihr kam etwas hoch, was sie für vergessen gehalten hatte. Gefühle, die sie meinte, nicht mehr erwecken zu können, wenn sie an ihn und daran dachte, dass es seine

Schuld war, dass sie dieses schreckliche Leben hatte auf sich nehmen müssen. Hass. Starker brodelnder Hass, der durch ihre Adern pulsierte wie eine Verkettung vieler kleiner Explosionen. Sie wusste, wie deutlich das Schwarz an ihrem Hals zu sehen sein musste. Sie würde nicht verstecken, was sie fühlte.

Als wären ihre Gedanken eine Aufforderung gewesen, nahm der Vierte die Kapuze ab und wandte langsam den Kopf. Sie sah seinen Blick zu ihrem Hals wandern. Sein Gesicht zeigte keine Regung, sein Hals änderte nicht seine Farbe. Die Gleichgültigkeit, die er ihrem Hass, geboren aus so viel Schmerz und Leid, entgegenbrachte, ließ die Explosion in ihrem Innern nach draußen dringend. Mit einem durchdringenden Schrei stürzte sie sich auf ihn und riss ihn zu Boden. Beide rutschten gemeinsam den Hang hinunter. Mit bloßen Fäusten schlug sie auf ihn ein.

Der Vierte schleuderte sie zur Seite und Ta'rish rutschte den Abhang noch einige weitere Fuß hinunter, während er Halt fand. Doch all der Schmerz, für den sie ihn verantwortlich zeichnete, der sich über die Jahre angestaut hatte, brach sich jetzt Bahn und sie rappelte sich auf, stürzte erneut auf ihn zu. Mit einer einfachen Armbewegung wehrte er sie ab und machte sich seinerseits auf, den Berg hinabzusteigen.

„Ich will dich nicht töten", sagte er nur, „aber ich tue es, wenn du mir keine andere Wahl lässt."

„Dann töte mich, du Monster!", schrie sie außer sich und startete einen neuen erfolglosen Angriff. „Mein Inneres ist schon so lange tot. Das einzig Wichtige für mich war, meine Tochter zu schützen. Jetzt muss ich das nicht mehr. Also töte mich, du Ungeheuer! Bring zu Ende, was du angefangen hast."

Sie konnte nichts mehr fühlen. Ihr ganzer Körper schien taub. In ihrem Kopf tönte ein Dröhnen, das vielleicht nicht einmal wirklich existierte, und doch war es so allumfassend, dass sie meinte, nicht einmal ihr Schreien könnte es übertönen. Alles, was sie wollte, war, dass er ihr ein Messer ins Herz stieß und ihrem ganzen sinnlosen Leben ein Ende bereitete. Ihren Schmerz auslöschte, ihr die Gewissheit gab, dass nichts Gutes in ihm mehr übrig geblieben war auf dieser Welt. Denn was sie noch weniger ertrug als sein Verrat, war die Gleichgültigkeit. Die Gleichgültigkeit ihrem Leid und dem Leid seiner Tochter gegenüber. Wie hatte sie diesen Mann je lieben können? Wie hatte sie je daran glauben können, dass er wirklich eine bessere Welt schaffen wollte. Es war nie wahr gewesen. Er hatte von Anfang an gelogen.

Ein vierter Angriff gelang ihr nicht. Mehrere Arme packten sie von hinten, eine Schlinge wurde über ihren Hals geworfen und zugezogen, als wäre sie ein verletztes Tier. Ta'rish schrie und tobte weiter, ungeachtet dessen, ob man sie erwürgte oder nicht. Irgendwann hatten die Andúrien sie gefesselt und geknebelt. Ihr Schreien war verebbt. Sie vermochte sich nicht mehr zu rühren. Den Vierten betrachteten sie argwöhnisch, hielten Abstand zu ihm. Ta'rish konnte nicht mehr tun, als zu zusehen.

Einer der Andúrien wandte sich ihm zu.

„Ihr Geist ist verwirrt von Hass. Die Totgeglaubte ist eine von uns. Sie hat ihre Aufgabe nicht erfüllt, darum liegt die Gunst, sie zu töten, bei uns. Ihr seid keiner von uns.

Verschwindet von hier, wenn Euch Euer Leben lieb ist, Sharièn." Das letzte Wort sprach er abfällig.

Der Vierte sagte nichts.

„Bildet Euch nichts darauf ein. Ihr bleibt nicht am Leben. Aber ich brauche mir nicht die Hände schmutzig machen, wenn Vílevèna nun untergeht und Ihr mit ihr."

„Auch die Andúrien werden es dann nicht überleben", sagte der Vierte.

Der andere lachte rau.

„Wir kontrollieren Zerstörung und können in ihr überleben. Ihr nicht. Und die Menschen ohnehin nicht. Dann werden wir endlich das haben, was diese Welt gebraucht hätte. Gleichheit überall. Denn es wird nur noch uns Andúrien geben. Und dann können wir beweisen, dass wir aus dem Chaos wieder etwas erschaffen können. Diese Fähigkeiten, die ihr Sharièn in eurer Hochnäsigkeit uns immer abgesprochen habt. Denn *Andúrater* bedeutet nicht allein *Zerstörung*. Es steht sinnbildlich für den Untergang etwas Bestehendem, aus dem ganz Neues erwachsen kann. Und das nennt man *Schöpfung*. Ganz ähnlich zu *Sharamé*, der *Erschaffung*. Und damit stehen sich die Bedeutungen unserer Völker näher, als alle glauben mögen. Aber Ihr wisst das, nicht wahr?"

Ja, er weiß das, dachte Ta'rish, während das Blut noch in ihrem Kopf rauschte. *Er weiß um die Ähnlichkeit. Ein Grund, aus dem er mich einst in die Reihen der Sharièn holte. Um zu beweisen, dass wir gemeinsam mehr erreichen könnten, als wenn wir gegeneinander hetzten. Aber von diesem Mann ist nichts mehr übrig.*

„Ihr habt das Mädchen vergessen", hörte Ta'rish seine Worte und horchte aus ihren Gedanken auf. „Vielleicht wird sie euren Plan zunichtemachen."

„Das Orakel gab ihr Macht. Niemand weiß, welche. Doch ihr habt sie verloren. Also seid auch ihr verloren. Ihr habt von jeher versucht, Gleichheit dadurch zu erzeugen, dass ihr Ungleiches ausmerzt. Nun müsst ihr mit der Dummheit leben, die ihr begangen habt. – Nun wenigstens nicht mehr allzu lange. Die Monde werden Vílevèna zerstören. Nun geht."

Sie zerrten Ta'rish mit sich fort.

47

Thien Justera

- Die Antwort -

Er blieb zurück. Die Andúrien verschwanden mit ihrer Gefangenen den Berg hinab und ließen ihn, wo er war. Er blieb lange an dieser Stelle, harrte dort aus und blickte in die Ferne. Bald würde es zu Ende sein. Bald würde nichts mehr von dieser Welt übrig sein als Staub, Asche und verlorene Träume. Er glaubte nicht, dass die Andúrien der Zerstörungswut der Monde trotzen könnten. Doch der Gedanke bescherte ihm nur Gleichgültigkeit.

Ebenso wie der Gedanke an Taarishienna. Die Schuld, die er auf sich geladen hatte, hatte ihn dazu gebracht, alle Gefühle in seinem Innern abzustellen. Sonst hätte er sich selbst töten müssen, wäre ihm dies nicht gelungen. Einen anderen Ausweg hatte es nicht gegeben. Er selbst hatte den Stein ins Rollen gebracht, der nun alles Leben zerstören würde. Obwohl seine Intention immer gewesen war, es zu retten. Vielleicht war es besser, dass das Ende nahe war.

Es schien ihm nichts mehr wichtig auf dieser Welt. Die Jahre über hatte er mit den Vier immer mehr Macht an sich gerissen, immer mehr die Menschen, ihre Gedanken und Gefühle kontrolliert, um sie voll und ganz zu beherrschen.

Und dann kam dieser dämliche Maroc mit seinen Ideen und pfuschte ihm in seine Pläne. Darüber war er sehr wütend gewesen. Doch plötzlich schienen auch diese Wut und das Bestreben nach Macht überhaupt nicht mehr existent zu sein. In Gleichgültigkeit versenkt wie alles andere in seinem Leben. Wann war das geschehen?

Erst als es Abend wurde, begriff er es.

Es war passiert, als Cara aus dem Orakel gekommen war. Das Kind, das er verdammt hatte, ohne von seiner Existenz zu wissen. Cara, die eigentlich nur ein Werkzeug Marocs und der Vier hätte sein sollen, um die Macht der Sharièn zu sichern, hatte plötzlich die *eine*, viel größere Macht erhalten, um damit zu bewirken, was er vor Jahrzehnten hatte tun wollen. Sie war in der Lage, diese Welt zu retten.

Wie sehr hatte er darum gekämpft, selbst derjenige sein zu dürfen. Wie sehr hatte er versucht, das Orakel von sich zu überzeugen, doch er hatte nie Gehör gefunden. Cara war nun in der Lage dazu. Nach so langer Zeit. Warum sollte er noch Interesse daran haben? War es nicht vergebene Mühe und Zeit gewesen? Hatten die Sharièn und die Menschen nicht alles dafür getan, sich gegenseitig zu zerstören, und hatte er sich nicht aktiv daran beteiligt? Wäre ein Miteinander überhaupt noch denkbar?

Oder war es die Chance, auf die er gewartet hatte, drehte sich urplötzlich sein Denken. Wäre es möglich. Vorstellbar? Sie war von seinem Blut ... auch wenn er sie nicht kannte ... auch wenn er nichts empfand, wenn er sie ansah. So trug sie doch sein Erbe in sich. Wäre es nicht in etwa so, als hätte er selbst diesen Erfolg? Wenn auch zu spät? Vielleicht war es noch nicht zu spät.

Was waren die Worte des Orakels gewesen, die Cara und Felina ihnen übermittelt hatten? Er überlegte und erinnerte sich an die Worte Felinas, die die Nachricht vorgebracht hatte.

Das Orakel sendet eine letzte Botschaft an die Menschen, die Sharièn und die Andúrien. Es wird ihre allerletzte Hoffnung auf Rettung sein, denn Iranus und Irana sehen die Welt am Abgrund. Cara entstammt den beiden mächtigsten Geschlechtern Vílevènas, etwas, was es zuvor niemals gab. Die Monde geben euch eine letzte Chance, die Welt ins Gleichgewicht zu rücken. Wenn ihr alle bereit seid das Mächtigste, was ihr jemals geschaffen habt, zu opfern, dann wird die Welt bestehen bleiben.

Und mit einem Mal begriff er die Bedeutung dieser Worte. Die anderen hatten sie nicht verstanden. Sie hatten aufgebracht diskutiert, doch die wahre Bedeutung dieser Worte nicht erfasst. Er verstand sie so plötzlich, ohne daran zu zweifeln, dass er richtig lag. Und er begriff somit auch den Weg, der gegangen werden musste, wenn sie alle überleben wollten. Er war so blind gewesen. So blind wie alle anderen.

Vielleicht, dachte er, *ist das meine Prüfung. Zu warten. Mit der Schuld, die ich auf mich geladen habe. Zu leiden. Wie ich das Leid anderer verursacht habe.*

Er würde niemals wieder zurückholen können, was er mit Taarishienna einmal gehabt hatte. Liebe würde sein kaputtes Herz nie wieder zulassen. Niemals würde er Cara als sein Kind oder Felina als die Tochter der Frau ansehen können, die er einst geliebt hatte. Aber vielleicht würde er eine Art Buße für seine Taten leisten können. Vielleicht würde er dann eines Tages mit dem Wissen sterben können, dass er wieder gut gemacht hatte, was er angerichtet hatte – auch wenn das die Toten nicht zurückholen und das ertragene Leid nicht verschwinden lassen würde.

48

 *orro*

- Ein neues Bündnis -

D er Flug zurück war von vehementer Streiterei
begleitet. Während Maroc nur vor sich
hindämmerte, brüllten sich Torro, Baren und
der Erste gegenseitig an.

„Ihr Sharièn wart so lange in der Versenkung verschwunden! Ihr habt weder das Recht, noch die Fähigkeiten, die Macht an euch zu reißen! Ihr habt soeben
bewiesen, dass ihr nicht das Zeug dazu habt!", schrie Torro
gegen den Flugwind an.

„Wir werden das Mädchen wiederfinden und dann wird
der Plan durchgezogen!", gab der Erste verbissen zurück.
„Sie wird den Sharièn Kinder gebären und eine Zukunft
schenken. Ich dulde keinen Aufstand! Seid froh über die
Stellung, die Ihr bekommen habt! *Ihr* solltet brennen
anstelle Eures Bruders, Torro."

„Und doch habt Ihr Euch für mich und gegen meinen
Bruder entschieden! Was das Mädchen angeht – nichts
wird dieses kleine Biest, verlasst Euch darauf. Ich habe
ihren Charakter vom ersten Tag hier erlebt. Die wird sich
Euch nicht beugen."

„Was hindert uns daran, die Hure zu opfern? Sie kann
sich nicht ewig irgendwo verstecken oder sich hinter

Pardúk verkriechen. Sie ist nichts wert. Wir sollten sie verdammt nochmal töten, dann kann diese Welt wenigstens weiterbestehen. Sie muss ohnehin sterben", warf Baren ein.

„Dann finde sie!", spottete Torro.

„Ich glaube nicht, dass das alles ist", gab Karuun zu bedenken. „Es ist zu einfach nur dieses eine Mädchen zu opfern, damit die Welt wieder in geordneten Bahnen läuft. Das glaube ich nicht. Das Orakel muss etwas anderes in seiner Botschaft versteckt haben."

„Maroc sollte die Botschaft besser deuten können als wir. Als Hüter des Orakels sprach er früher oft zu den Göttern", warf Moora ein.

Sie wandten ihre Blicke zu dem Ohnmächtigen.

„Der wird uns nicht mehr helfen können. Da Ihr Eure Heilerin verstoßen habt, wird es für ihn keine Rettung mehr geben." In Barens Worten schwang kein Bedauern mit.

„Was soll das heißen, dass das nicht die Lösung ist? Die Botschaft war eindeutig, dass wir das Mädchen opfern sollen! Sie hat das Blut der Mächtigsten und zur Sicherheit opfern wir die Schwester gleich mit, dann geht nichts schief", setzte Baren nach.

„Das Orakel spricht oft in Rätseln", erklärte der Erste, „aber es ist nicht leicht, diese zu verstehen. Wir sind alt und weise."

„Ihr seid alt und senil!", spottete Baren. „Ihr könnt eure eigene neu gegründete Regierung nicht einmal einen Tag halten! Ihr verstoßt die einzige Heilerin, die ihr noch habt. Ich weiß nicht, weshalb ich mit euch zusammenarbeiten sollte. Weshalb die Menschen, die mir folgten, nun auch euch folgen sollten. Ich sehe das wie der Schlächter hier – mag er oder auch sein Bruder es gewesen sein. Wenn wir in Justera ankommen, werden wir unseres Weges ziehen und uns in einer der anderen Städte niederlassen. Dann teilen wir das Land untereinander auf."

„Was erdreistet Ihr Euch, Baren? Das Land gehört von jeher den Sharièn und es gehört ihnen nun wieder. Ihr lebt nur aus unserer Gnade hier."

„Den Menschen wurde dieses Land ebenso geschenkt!"

„Den Menschen, aber nicht den Livris", ergänzte Torro, „Ihr habt kein Recht, hier oben zu leben."

„Wenn wir das Rätsel des Orakels nicht richtig interpretieren und wenn wir das Mädchen Cara nicht finden, wird diese Welt ohnehin einstürzen. Und dann ist niemand mehr da, der das Recht hat, hier zu leben", klangen Mooras Worte aus dem Hintergrund. Ihre Stimme hatte mit den Jahren an Kraft eingebüßt und klang schwach im Flugwind.

„Wie kann es sein, dass das Leben von uns allen an diesem einen Kind hängen soll. Sie hätte längst sterben können, was hätten die Götter getan, wäre sie in den Aschedünen verreckt? Hätten sie sich dann ein anderes Opfer gesucht?"

„Der Streit wird zu nichts führen, Livri!", bellte Torro. „Ich nehme die Valtórn und sende die verbliebenen Pardúk aus. Sie werden Cara aufspüren."

„Wer sagt, dass wir Euch trauen können, Torro?"

Er zuckte nur mit den Schultern.

„Niemand. Wenn Ihr es nicht tut, dann werdet Ihr Cara niemals finden, wenn sie nicht selbst bereit ist, zurückzukommen. – Mit dem da könnt ihr nicht mehr rechnen."

Verächtlich wies er auf Maroc.

„Ja, da liegt er, Euer König", höhnte Torro weiter, „sie ist nutzlos, Eure Marionette. Der strahlende Held, der die Sharièn zurück an die Macht bringen wollte, raus aus der Unterdrückung. Nichts ist davon übrig. Mit seinem übertriebenen Ehrgeiz hat er es verdorben, das habt Ihr selbst gesehen. Er war so besessen davon, Euch zurück zur alten Macht zu verhelfen, dass er versäumte, die Zeichen des Verfalls zu erkennen, der diese Welt heimsucht. Er hat sich blind gestellt, hat geglaubt, alle Probleme würden sich lösen, hättet Ihr nur die Macht zurückübernommen und das schicksalhafte Mädchen gefunden. Aber er hat sich so getäuscht, nicht wahr. Er hat für Euer Volk mehr ruiniert, als dass er gerettet hat!"

„Eure Kräfte sind verloren, alte Männer! Ihr habt euch allzu lange an eine Lüge geklammert", spottete Baren.

Karuun, Moora und der Erste blieben stumm.

„Seht zu, dass Ihr Cara findet. Aber Ka'ratak wird Euch nicht folgen", sagte der Erste schließlich.

„Oh, keine Sorge, das wird er", Torro stieß mit der Stiefelspitze gegen Maroc, „der kommt mit mir."

49

- Erkenntnisse -

Auf dem Rücken eines Valtórn gen Horizont zu fliegen, das hatte sie sich einst erhofft. Über die Ländereien gleiten, den Wind in Haaren und Gesicht zu spüren, vor sich den Rücken Marocs auf dessen Valtórn zu sehen, der ihr die unendlichen Weiten Vílevènas offenbarte.

Dass sie auf einem Valtórn sitzen würde, um gezwungen zu werden, das Orakel zu betreten und dann eine Stunde später auf einem anderen fliehen würde, um nicht getötet zu werden, hätte sie sich niemals ausgemalt.

Was das Orakel gesagt hatte ...

Sie schielte zu Cara hinüber, die mit versteinertem Gesicht auf den Horizont starrte. Cara war ihre Schwester, geboren von derselben Mutter – der verrückten Heilerin, die alle Männer im Gasthaus getötet hatte. Allein der Gedanke war absurd. Trotzdem spürte Felina, dass es wahr war. Das Orakel hatte es ihnen bestätigt. Femima und Farana hatten sich äußerlich stark geähnelt, Felina hingegen glich ihnen kaum, abgesehen davon, dass sie alle drei blonde Haare hatten wie ihr Vater.

Dass das angebliche Grab ihrer Mutter das einer Amme gewesen war, hatten die Mädchen im Kindesalter nicht begriffen. Für sie war die Amme die Frau, die sie seit der Geburt aufgezogen hatte. Felina fragte sich, ob sie eine Livri gewesen war. Und warum ihr Vater das getan hatte. Er war nicht nur der Gründer der schrecklichen Sâras'ski, er hatte noch weitere furchtbare Eigenschaften an sich, die Felina ihm nie zugetraut hätte. Aber sie hatte entschieden, dass er nicht länger ihr Vater sein würde. Sein Einge-ständnis und seine damit verbundene Ansicht über die Menschen in den Aschedünen, sowie seine Auffassung von Wahrheit und Lüge, hatten sie zu dieser Entscheidung bewogen.

„Wo will er hin?", fragte sie Cara laut, da der Wind ihnen in den Ohren pfiff, und deutete auf Hant, der in Gestalt des riesigen Adlers zielstrebig nach Osten flog.

„Vermutlich dorthin, wo er sich auskennt. In die Aschedünen. Vielleicht will er von dort aus auch versuchen, das Gelbe Meer zu überfliegen." Sie zuckte mit den Schultern und streifte Felina mit einem sonderbaren Blick.

Felina entging nicht, dass ihre Farbe am Hals orange leuchtete. Sie fragte sich, wo dieses Mädchen nur immer die Hoffnung hernahm, wo sie doch die meist gejagteste Person Talimonts war. Und die Mächtigste. Doch die Art und Weise, aus der ihre Macht bestand, schien so grotesk wie die Hoffnung an ihrem Hals. Vielleicht machte es deshalb Sinn. Auch wenn sie ihn zugegebenermaßen nicht erkannte.

„Wir werden also fliehen? Und hoffen, dass Vílevèna nicht untergeht und die Sharièn dich niemals finden?" Noch während Felina die Frage stellte, ahnte sie, dass es so nicht enden würde. Sie spürte, dass das Ende näher war, als sie vielleicht dachte. Der Gedanke jagte ihr einen Schauer über den Rücken.

„Nein. Aber wir benötigen einen Unterschlupf, bis ich entschieden habe, was ich tue."

Sie sagte nicht: wir. Und Felina fragte sich plötzlich, weshalb sie Cara überhaupt begleitete.

„Wer ist er eigentlich? Dein Bruder?", fragte Felina dann. Der schmale große Junge an Caras Seite mit der beständigen Wut im Herzen war ihr schon in Silvánuba aufgefallen.

„Nein. Ein guter Freund. Mein einziger Freund eigentlich."

„Du hattest keine Freunde?"

„Doch, früher. An einem Ort, an dem jeder einzelne Mensch jede einzelne Stunde des Tages darum kämpft zu überleben, ist für so etwas nicht viel Platz. Und meist sterben sie sowieso."

Felina schwieg. Sie schämte sich ihrer selbst, ohne zu wissen, warum. Silvánuba hatte ihr zwar einen Einblick in das Grauen beschert, was die Livris erwartete, wenn sie dem Elend der Aschedünen entronnen waren. Aber sie würde niemals in der Lage sein, diese Qualen nachzuvollziehen.

Cara warf ihr einen Seitenblick zu, sie schien Felinas Stimmung zu spüren, aber sie reagierte nicht. Ob es daran lag, dass Cara es gewohnt war, die Gefühle anhand der Farbe des Halses abzulesen, oder weil sie Felinas schlechtes Gefühl nicht abmildern wollte, blieb offen.

„Sein Name ist Hant", fuhr sie stattdessen fort, „Es lag immer Hass auf seinem Hals. Hass und Wut und Zorn waren alles, was er kannte. Aber sie haben ihn überleben lassen.""

„Wie seid ihr Freunde geworden?""

„Wir haben einmal etwas füreinander getan, als wir noch Kinder waren. Und meine Eltern waren freundlich zu ihm. Das kannte er nicht. Ta'rish und Arem waren immer freundlich und hilfsbereit, ganz gleich wie schlecht es ihnen ging.""

„Hat Ta'rish – hat deine Mutter jemals etwas gesagt? Darüber, ob du noch Geschwister hast? Über ihr früheres Leben?""

„Sie hat von den alten Zeiten der Sharièn gesprochen, manchmal. Ich wusste, dass sie nicht in den Aschedünen geboren worden war. Aber ich verstand nie, weshalb sie sie nicht verlassen wollte. Ich glaube, nicht einmal Arem wusste viel von ihrem Vorleben.""

Felina schwieg eine Weile.

„Warum hat Hant das getan? Denkst du, ein Valtórn kann zurückverwandelt werden?"", fragte sie weiter.

Cara blickte in die Ferne. Die Farbe der Schuld zeigte sich an ihrem Hals.

„Ich denke, dass er etwas wieder gut machen wollte. Dabei war es meine Schuld.""

Mehr sagte sie nicht und sie schien auch nicht bereit, mehr darüber zu erzählen.

Felina hatte die Frage nach der Rückverwandlung gestellt, obwohl Maroc ihr die Antwort bereits früher gegeben hatte – als sie noch nicht wusste, was diese Antwort überhaupt bedeutete. Eine Verwandlung war ein Opfer, gleich ob aus freien Stücken oder gezwungen, und damit war die Verwandlung endgültig. Je länger sie darüber nachdachte, desto mehr glaubte sie, dass Hant das gewusst hatte, als er in die Quelle des Orakels gesprungen war.

„Wir sollten im Adlerhorst landen, dort wird niemand sein", schlug Felina dann vor, um das Thema zu wechseln. „Ich kenne mich dort aus, das ist nahe der Stadt Honestae. Das ist nicht zu weg entfernt, aber weit genug, dass wir dort bleiben können, ohne dass sie uns sofort finden."

„Gut, zeig uns den Weg!"

Felina beschrieb die Route und Hant folgte ihr ohne Umschweife. Sie fühlte Erleichterung in sich aufsteigen, dass er den Weg in die Aschedünen abbrach.

Etwas später landeten sie wie von Felina beschrieben in dem gut versteckten Horst nahe der Stadt. Tatsächlich war er leer. Sie erinnerte sich daran, dass ihr Vater wohl Wachen aufgestellt hatte, aber da die Valtórn alle ausgeflogen waren und nicht aufgehalten werden konnten, hatten sie ihre Posten wohl aufgegeben. Hant landete etwas unbeholfen. Die beiden Mädchen mussten sich an seinen Federn festhalten, damit sie nicht kopfüber von seinem Rücken stürzten.

„Die Tiere werden noch ausgeflogen sein. Sie folgen Ka'ratak, dem Valtórn, der Maroc gehört."

„Wer ist er?", fragte Cara, als Hant sicheren Stand gefunden hatte.

„Ka'ratak? Ich weiß es nicht", gab sie zu. Felina musste sich eingestehen, dass sie Maroc nie danach gefragt hatte. Wie wenig Interesse sie an seinem Leben gehabt hatte, entsann sie sich, weil er in ihren Augen nichts weiter als ein Bediensteter gewesen war.

Ihr Blick fiel auf die Hütte. Kampfspuren waren zu erkennen. Die Krallen der Valtórn hatten das Dach übel zugerichtet. Dunkle Flecken fanden sich im Sand. Ein unbestimmter Schmerz machte sich in ihrer Brust breit. Es war noch keinen Mond her, dass sie hier zuletzt mit Maroc gestanden hatte, unverhohlen mit ihm geflirtet hatte, weil sie in ihm eben nicht mehr als einen Untergebenen gesehen hatte, der ihr den Hof machen wollte. Wie scharf sich doch der Wind gedreht hatte, seit sie diesen Ort das letzte Mal verlassen hatte. Als wäre ihr letzter Abend hier schon Ewigkeiten her und sie plötzlich um Jahre gealtert.

„Hant, bleib hier", flüsterte Cara dem Tier liebevoll zu.

Sie sah sich um, nahm einen Holzeimer vom Boden auf, der inmitten des Sandes lag und ging zu dem kleinen Brunnen nahe der Hütte. Sie spülte den Sand ab, schöpfte den Eimer voll Wasser und stellte ihn vor Hant ab, der seinen Schnabel dankbar darin versenkte.

Felina beobachtete, wie zögerlich der Vogel Caras Berührungen zuließ. Behutsam stich sie mit einer Hand über die Federn an seinem Kopf und legte die andere wie tröstend auf seinen tropfenden Schnabel.

„Warum hast du das getan", murmelte sie und sah ihm tief in die gelben Augen.

Der Vogel blickte zurück, ließ mit keinem Zeichen erkennen, ob er ihre Worte verstand. Deutlich offenbarte Caras Hals ihre Schuldgefühle, als sie sich abwandte, ihn losließ und wortlos an Felina vorüber in die Hütte hinein-schlich. Da sie nicht wusste, was sie tun sollte, folgte Felina ihr. Und schon wieder stieg das Gefühl der Nutzlosigkeit in ihr auf.

Das einzige Licht war das der Monde, welches gespenstisch durch die Ritzen, Fenster und Türen drang. Sand rieselte durch das zerstörte Dach, verhüllte das verwüstete Innere der Baracke, als versuchten die mikroskopisch kleinen Steine zu verdecken, was hier geschehen war. Felina ließ ihren Blick schweifen. Sie entdeckte Reste von Fesseln auf dem Boden. Der schlecht gezimmerte Holztisch war umgestürzt, das wenige Geschirr daneben zerbrochen.

Cara durchwühlte derweil schweigend die offenstehende Truhe und holte Hose und Hemd heraus, die Maroc gehört hatten.

Ohne etwas zu sagen, streifte sie das Kleid ab. Felina wollte nicht hinsehen, und doch starrte sie auf ihren mageren Körper, der so ausgemergelt, kraftlos und krank wirkte, obwohl diese junge Frau doch so eine unglaubliche Stärke zeigte. Und dann dachte sie an ihre Schwestern, die immer mit ihrer makellosen Erscheinung geprotzt hatten, sich für ihre extrem schlanken Figuren als besonders hübsch und begehrenswert selbst gefeiert hatten. Es schien so absurd, wenn man Caras Körper einmal gesehen hatte. Der Gedanke, extrem schlank sein zu wollen, während andere so viel Leid und Hunger durchmachten, dass sie ganz abgemagert waren, schien mit einem Mal bizarr. Und es war das erste Mal, dass Felina Dankbarkeit empfand, wenn sie an ihren Körper dachte. Der nicht krank und ausgezehrt war. Der vielleicht nicht perfekt war, aber was brachte ihr Perfektion, die mit Leid erkauft war? Und wer definierte eigentlich perfekt? Wie widersinnig das Leben war, wenn die einen das Essen wegwarfen, um noch dünner zu werden, während die anderen dankbar für nur einen Bissen davon gewesen wären, um ihren Körper am Leben zu erhalten. Und sie lebten nicht an verschiedenen Ufern eines Meeres und wussten nichts von dem anderen.

Nein. Sie lebten als Sklaven unter ihnen, um deren Leid sich niemand scherte. Felina empfand eine ungeheure Scham, denn ihr wurde bewusst, dass sie selbst nicht besser gewesen war als ihre Schwestern. Vielleicht war sie etwas freundlicher zu den Livris gewesen. Aber sie hatte genauso Essen vor den Augen ihrer Dienerinnen fortgeworfen, weil sie einem falschen Ideal entsprechen wollte. Sie hatte geflucht und geheult, wenn sie sich im Spiegel betrachtet hatte, weil sie sich als zu hässlich empfunden hatte, zu rundlich, was die von ihrer Schwester absichtlich zu eng geschneiderten Kleider noch schlimmer hervorgehoben hatten. In den letzten Tagen hatte sie gelernt, dass niemand sie zu dick oder zu hässlich fand mit Ausnahme von sich selbst. Sie hatte gelernt, dass sie, wenn sie es schaffte, sich selbst mit ihrer äußeren Erscheinung wohlzufühlen, dass dann die Frage nach der Perfektion in den Hintergrund trat. Dass der Gedanke, sie wäre für Männer nicht begehrenswert, nicht stimmte. Und sie hatte schmerzhaft gelernt, dass ein perfektes Aussehen nichts über den Menschen aussagte. Farana war kein guter Mensch gewesen und der schöne Torro der schlechteste Mensch überhaupt. Und dann war da Cara mit ihrem kranken und geschundenen Körper. Trotzdem besaß diese junge Frau Schönheit. Eine subtile, eine, die nicht auf die körperliche Erscheinung reduziert war und auch nicht vordergründig von ihr herrührte. Sondern ihre Stärke, ihr Mut und ihr unerschütterliches Selbstvertrauen verliehen ihr eine innere Schönheit, die nach außen strahlte. Etwas, das Farana nie gehabt hatte. Aber etwas, von dem Felina sich wünschte, diese Art von Schönheit ebenfalls eines Tages besitzen zu können.

„Was willst du tun, Cara?", fragte Felina, nachdem Cara sich Marocs Kleider übergeworfen hatte.

„Und was kann ich tun?"

„Als erstes kannst du mir einen Gefallen erweisen", bat Cara sie, „nimm deinen Kragen ab und sei offen zu mir. Wenn ich in meinem Leben etwas gelernt habe, dann ist es, niemandem zu vertrauen. Aber ich habe nie gelernt, Gefühle der Menschen in Gesichtern zu lesen."

Unwillkürlich fasste Felina sich an den Hals. Sie wusste, dass sie sich ohne den Kragen nahezu nackt fühlte, gläsern und durchschaubar. Dennoch kam sie Caras Bitte nach. In ihren Reihen hätte es geheißen, sie hätte sich mit dem gemeinen Volk gleichgestellt. Aber vielleicht war das genau richtig so. Ihre Verlegenheit spiegelte sich an ihrem Hals wider, das wusste sie.

„Du gewöhnst dich dran", tat Cara diese Tatsache ab und der Ton darin sagte ihr, dass sie Felina um etwas gebeten hatte, das ihr selbstverständlich erschien.

„Was wirst du nun tun?", fragte Felina und unterdrückte den Impuls, ihren Hals mit den Händen zu schützen.

Cara wandte sich von ihr ab und starrte auf die Scherben im Sand. Dann sprach sie wie zu sich selbst.

„Noch vor ein paar Tagen war ich ein namenloses Mädchen aus den Aschedünen. Ich bin geflohen, um nicht verrecken zu müssen. Die Flucht wurde verraten und wir landeten in einem Massaker. Ich entkam. Und wurde aufgenommen an einem Ort, an dem Sklaven gemacht werden für die freien reichen Städte, von denen wir uns Hilfe versprochen hatten. Auch von dort entkam ich und hoffte auf Hilfe in einer Stadt. Doch es kam zu einem

Hinterhalt der Sharièn und plötzlich fand ich mich im Mittelpunkt eines Konfliktes zwischen drei Völkern wieder, die mir allesamt fremd waren. Ich, als Kind aus beiden Welten, sollte die Königin des Landes werden und als Gebärmaschine dienen. Noch bevor ich das alles richtig begriffen hatte, schleppten sie mich zum Orakel, wo ich erneut als eine Art Auserwählte auserkoren wurde. Plötzlich soll ich die Macht über die Entscheidung erhalten, ob diese ganze Welt Vílevèna zugrunde geht oder ob sie bestehen bleiben darf. Und wenn sie bleibt, bin ich die Einzige, die einen Preis dafür zahlt."

„Vielleicht gibt es eine andere Lösung, eine die wir noch nicht erkannt haben", sagte Felina.

„Hast du Angst?", fragte sie dann.

„Ich sah den Tod so oft", entgegnete Cara tonlos, „und ich habe täglich damit gerechnet, dass er mich holt. Ich frage mich nur, wofür ich so oft entkommen bin, damit ich ihm nun doch begegnen soll."

„Das bedeutet, du glaubst nicht, dass die Welt bestehen bleibt?"

„Das eine spielt wie das andere für mich keine Rolle, hast du das nicht verstanden? Am Ende eines jeden Weges werde ich tot sein. Ich bin nur das Mittel zum Zweck, zufällig, weil meine Mutter den falschen Mann geliebt hat. Und weil sie sich Trost gewünscht hat für etwas, was man ihr genommen hatte. Dich." Ihre Worte waren nicht bitter, aber die Farbe der Hoffnung schwand an ihrem Hals und schlug in eine blaue Färbung über. „Bleibt diese Welt bestehen, lebst zumindest zu weiter."

„Das kann es nicht sein. Hant hätte dich nicht von dort weggebracht, wenn er nicht an einen anderen Weg glauben würde!" Felina suchte nach einem anderen Ausweg.

„Er wollte mich nur schützen. Ich war mit der Situation überfordert. Schon weil sie mich dort sofort an Ort und Stelle töten wollten. Ich brauchte erst einmal Zeit, um mir über mein Schicksal klar zu werden. Es ändert sich aktuell etwas oft", ließ sie einen leichten Sarkasmus in ihren Worten aufglimmen.

„Die Entscheidung liegt bei dir", flüsterte Felina mit trockener Kehle. Sie konnte sich der Angst nicht erwehren, die sich jäh durch ihre Brust grub. Cara war der Mensch in Vílevèna, der es am wenigsten verdiente, zu sterben. War das Schicksal wirklich so grausam zu ihr?

„Nein, die Entscheidung liegt bei allen gemeinsam – den Sharièn, den Andúrien und den Menschen. Sie entscheiden über meine Art zu sterben und über ihr eigenes Schicksal. Ich entscheide mich nur dafür, zu ihnen zu gehen."

„Also wirst du es tun? Wann?"

„Gib mir Zeit bis in die Nacht. Dann fliegen wir nach Justera zurück. Ich werde mich ihnen in der Morgendämmerung gegenüberstellen, wenn die Farben am Hals der Menschen nicht zu sehen sind."

50

orro

- Eine unerwartete Wendung -

Zorn wallte in ihm auf, wie gewöhnlich, wenn sich ihm jemand widersetzte. Hatte er es sich einfacher vorgestellt? Hatte er geglaubt, die Valtórn würden seinen Befehlen folgen, nur weil er Marocs Körper mit sich schleifte?

Er tat sich schwer damit, sich einzugestehen, dass er genau das geglaubt hatte. Er war es gewohnt, den Willen von Tieren zu brechen. Die Pardúk schienen keine Seelen zu besitzen, sie waren Bestien, die allein körperliche Stärke einschüchterte. Das hatte er sich stets zunutze gemacht. Doch die riesigen Adler ließen ihn nicht an sich heran. Als hätten sie verstanden, was auf dem Flug gesprochen worden war. Natürlich war das unmöglich, sagte er sich. Der einzige Grund, warum sie ihn mit ihren scharfen Schnäbeln noch nicht längst zerrissen hatten, war, dass er Marocs Körper in seiner Gewalt hatte. Das war aber auch schon alles.

„Ihr entspringt derselben Quelle", bellte er zornig und stieß mit der Schwertspitze in Richtung Ka'rataks, „ihr seid Gaben des Orakel wie die Pardúk. Ihr habt keine Seele und keinen Verstand! Ich bin schon früher auf euren Rücken geflogen. Lausiges Federvieh!"

„Das wird dir nicht helfen." Maroc war aufgewacht. Torro wandte sich überrascht um, immer darauf bedacht, den bedrohlichen Raubvogel im Auge zu behalten.

Marocs Gesicht war aschfahl, seine Züge schmerzverzerrt. Der Blick war nicht klar. Torro registrierte, dass es nur ein letztes Aufbäumen seines Körpers war, bevor dieser seine Seele gehen lassen würde.

„Ich nehme an, auch du hast nicht vor zu helfen", sagte er in vernichtendem Tonfall.

Maroc krümmte sich, brauchte einige Minuten, bevor er antwortete. Torro ihm die Qualen an, die seinen Körper schüttelten.

„Ich brauche Taarishienna", brachte der am Boden Liegende hervor.

„Deine neuen Freunde haben sie verbannt, du hast wohl Pech gehabt, Adlerhüter. Nun wird nichts mit König und Königin. Ihr habt eure Pläne wohl nicht sorgfältig genug vorbereitet."

„Wo ist das Mädchen Cara?"

„Wahrscheinlich bald genauso tot wie du."

Wieder dauerte es einige Zeit, bis er antwortete.

„Es kann nicht alles umsonst gewesen sein", keuchte er.

„Eure Welt ist verloren. Die Sharièn haben keine Zukunft, Maroc. Was bleibt, ist nur eine Handvoll törichter alter Männer. Dazu habt ihr es vollbracht, die gesamte Welt dem Abgrund zu weihen. Dein Volk hätte besser daran getan, sein Schicksal zu akzeptieren."

Maroc starrte ihn an, als verstünde er den Sinn seiner Worte nicht.

„Du hattest immerhin recht", erzählte Torro weiter, immer halb zu Ka'ratak gewandt, um einem Angriff rechtzeitig ausweichen zu können, „Cara ist der Schlüssel zu allem. Aber nicht zum Aufstieg der Sharièn. Nur wenn sie stirbt, kann diese Welt weiterbestehen."

„Warum?" Verständnislosigkeit breitete sich in seinem Gesicht aus.

„Ach, hättest du doch besser zugehört", feixte Torro, während er um ihn herumschritt wie ein Pardúk um seine Beute. „Nun bleibt mir nichts weiter, als dir beim Sterben zuzusehen."

Maroc verließen die Kräfte, sein Körper erschlaffte. Er wollte etwas erwidern. Es gelang ihm nicht.

Torro war im Begriff, sich abzuwenden, doch dann entdeckte er etwas Seltsames. Marocs Armstumpf verlängerte sich langsam. Er wuchs, als würde er von unsichtbarer Hand in die Länge gezogen. Argwöhnisch sah Torro genauer hin und auch Maroc richtete noch einmal seine Augen auf den Vorgang. Nackte Angst spiegelte sich plötzlich in ihnen, als hätte er eine Erklärung für diese Seltsamkeit.

„Töte mich. Du musst es tun", krächzte er kraftlos und blickte zu Torros Schwert.

Torro starrte weiter auf den Stumpf. Er begriff nicht, was vor sich ging. Er kam näher zu ihm heran und betrachtete den Prozess der Verwandlung vor seinen Augen. Feine Haare wucherten aus dem wachsenden Stumpf, die Haut wurde dunkel, immer mehr Haare sprossen heraus, bis sie sich zu einem glatten glänzenden Fell verdichteten. Da verstand er, was vor sich ging. Entschlossen steckte Torro sein Schwert in die Scheide zurück. Mit kaltem Blick sah er dem Schauspiel des Vergehens und Verwandelns zu.

„Ka'ratak, mein Bruder", waren die letzten Worte, die dem Sterbenden über die Lippen kamen.

Dann brachen seine Augen, die Verwandlung seines Körpers schritt indessen unaufhaltsam voran. Torro beobachtete, wie Marocs lebloser Körper wuchs und sich in die Gestalt eines Pardúk verwandelte. Die Verletzung, der verstümmelte Arm, musste von einem Pardúkbiss herrühren. Das war eine neue Erkenntnis für ihn, dass der Biss den Körper anscheinend vergiftete. Er kannte niemanden, der einen Biss dieser Bestie bisher überlebt hatte. Dieses Gift verwandelte denjenigen also nach seinem Tod ebenfalls in eine Bestie, sollte er lange genug am Leben sein, dass es seinen Körper vollständig durchdringen konnte. Pardúk verletzten nicht. Sie töteten. – *Hätte ich das doch nur früher gewusst*, dachte er, *dann hätte ich meine eigenen Pardúk züchten können, anstelle auf das Orakel angewiesen zu sein.*

Aber vielleicht war das nur möglich, weil Maroc so lange am Leben geblieben war oder die Heilerin ihre Finger im Spiel gehabt hatte. Wer wusste das schon.

Marocs Herz begann wieder zu schlagen. Mit einem kehligen Knurren erwachte das Tier aus dem Sterbebett, um als der lebendige Tod auf die Jagd zu gehen.

Torro konnte sich eines zufriedenen Grinsens nicht erwehren.

„Willkommen zuhause", flüsterte er.

Ka'ratak stieß einen klagenden Laut aus.

13. Tag des Wintermondes im Jahre 100

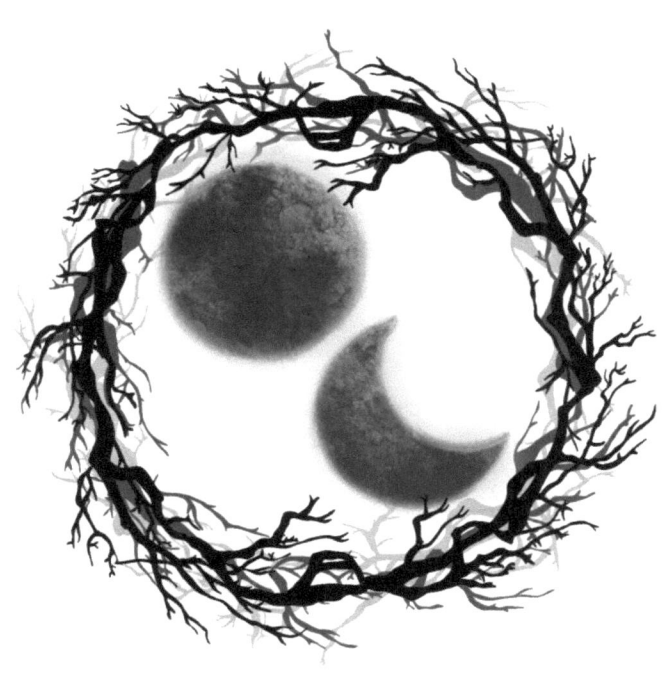

51

- Das Wissen der Alten -

Cara blieb in dieser Nacht allein. Sobald Felina in Marocs ehemaliger Bettstatt eingeschlafen war, schlich sie sich hinaus zu Hant. Tief atmete sie die frische Nachtluft ein, die frei von Staub und Gestank war, etwas, was ihr hier oben auf dem Plateau noch am besten gefiel. Es war der Geruch von Freiheit, den sie einatmete. Noch eine Illusion von Freiheit, der sie sich erlaubte, hinzugeben. Wenigstens für einen Moment. Der Adler war noch wach und beäugte sie wachsam. Cara trat an ihn heran und streichelte behutsam sein Gefieder. Er ließ es geschehen. Unter ihrer Hand spürte sie das Zittern, das dabei durch sein Federkleid lief.

„Du hättest das nicht tun müssen, mein treuer Freund", flüsterte sie, „nun bleibst du für immer in dieser Gestalt. Dabei hättest du hier oben endlich frei sein können, wenn der Streit der Völker bald vorüber sein wird."

Er gab kein Zeichen, dass er ihre Worte verstand. Sein Schnabel tippte sacht gegen die Verbände an ihren Armen. Beide Arme waren von der Schulter bis zum Handgelenk einbandagiert. Felina hatte Cara geholfen, mit Marocs Stoffresten und Alkohol, den sie in der Hütte gefunden hatten, die tiefen Kratzer zu säubern und diese neu zu verbinden.

„Es tut mir leid", sagte sie und fühlte ein leichtes Schuldbewusstsein, „das ist mein Weg, die Dinge auszuhalten."

Seine gelben Augen reflektierten das Mondlicht und schienen in der Dunkelheit zu glimmen. Er fixierte sie weiter.

„Jeder hat seinen Weg, Hant. Du hast einen anderen gewählt."

Hant erhob sich, schüttelte sein Gefieder und bewegte sich unruhig.

„Du willst, dass ich aufsteige, mein Lieber? Wo willst du hin?"

Hants Augen blitzten in der Dunkelheit und sein Kopf ruckte nach Norden.

„Über die Frostberge? Weit weg von hier, nicht wahr? Vielleicht wäre es das Beste. Wenn alle meine Kräfte so sehr fürchten und ich ohnehin sterben soll. Dabei kann ich diese angeblichen Kräfte nicht einmal nutzen. Sollen sie sich doch selbst helfen."

Trotz ihrer Worte stieg sie nicht auf seinen Rücken. Nach einer Weile des unbeholfenen Hin-und-Her-Hoppelns begriff Hant, dass sie nicht mit ihm fliehen würde und nahm wieder an ihrer Seite Platz.

„Ich hätte in dieses Becken springen und mit dir fortfliegen sollen", murmelte sie und lehnte ihren Kopf an sein weiches Gefieder, „ich wünschte, das hätte ich tun können."

Sie strich über die Verbände an ihren Armen.

„Ich werde nicht davonlaufen, Hant."

Eine Weile schwieg sie, lehnte an seinem Gefieder und spürte den Herzschlag des Raubvogels.

„Wenn die Monde diese Welt zerstören möchten, weil die drei Völker, die sie geschaffen haben, es nicht wert sind, zu überleben, warum tun sie das dann nicht? Warum geben sie ihnen noch eine Chance weiterzuleben und dafür ein Rätsel zu lösen, was keinen Sinn ergibt? Als ob die Lösung alle Probleme auslöschen würde. Was beweisen sie schon damit, einen Menschen mehr oder weniger zu töten, als sie bereits getan haben? Im Grunde spielt es doch keine Rolle. Es macht keinen Sinn."

Wieder kam ihr ihre Gabe in den Sinn, die sie nicht zu nutzen verstand. Das Orakel hatte ihr gesagt, was sie zu tun imstande war. Es war so einfach. Und doch so mächtig. Und gefährlich. Und der Grund, weshalb sie sterben sollte.

Dann erinnerte sie sich an die Kraft der fliegenden Gedanken, eine Gabe der Adepten des Windes der Sharièn. Auch diese sollte sie besitzen. Wenn sie recht überlegte, glaubte sie, Maroc hätte sie einmal bei ihr angewandt. Allerdings würden nur Adepten des Windes untereinander Nachrichten austauschen können. Maroc, der Einzige, von dem sie wusste, dass er Windadept war, war vielleicht schon tot. Und wenn nicht, dann war er trotzdem zu weit weg.

Sie überlegte weiter und ihr kam die alte Frau in den Sinn. Unbedeutend hatte sie im Hintergrund gestanden. Sie musste uralt sein. Und weise. Sie war auch eine Windadeptin. War diese Gabe der fliegenden Gedanken etwas, was die Adepten des Windes der Andúrien ebenso beherrschten? Cara überlegte. Sie wusste, dass Felina etwas von einem Buch erzählt hatte, das sie gefunden hatte. Ein Buch über die Sharièn und deren Kräfte. Ob sie das noch bei sich trug? Sicher nicht, dachte sie, aber die innere Unruhe siegte. Sie streichelte ein letztes Mal Hant, erhob sich und kehrte in die Baracke zurück. Cara ging vor dem Bett in die Hocke und betrachtete Felinas schlafendes Gesicht. Ihre Augen tasteten es Stück für Stück nach Ähnlichkeiten ab, suchten etwas, was sie an ihr eigenes Spiegelbild erinnerte. Aber sie fand nichts Vertrautes. Vorsichtig rüttelte sie mit einer Hand an Felinas Arm, um sie zu wecken. Es dauerte einen Moment bis sie begriff, was Cara von ihr wollte. Schlaftrunken erinnerte Felina sich an die Zeilen des *Buches Vílevèna*.

„Das Buch ist in meinem Gemach in Justera geblieben. Darin stand, dass die Andúrien die Kräfte der Zerstörung besäßen", erklärte sie. „Die Sharièn schufen Dinge und die Andúrien zerstörten sie. Die Kräfte der Andúrien waren nicht lesbar."

„Also bedeutet das, die Kräfte der beiden Völker sind genau das Gegenteil: die Sharièn erschaffen und die Andúrien zerstören", wiederholte Cara nachdenklich, „was können die Sharièn?"

„Der Adept des Feuers konnte bei den Sharièn das Feuer heraufbeschwören, also Flammen – blaue Flammen in der Hand, habe ich schon gesehen. Und Feuerstellen entzünden", entsann sich Felina.

„Dann müssten die Andúrien ein Inferno heraufbeschwören können, zerstörende Brände. Vulkanausbrüche", schlussfolgerte Cara.

„Ja, das klingt logisch."

„Und die anderen?", fragte Cara gespannt weiter.

„Der Wasseradept der Sharièn herrscht über die Formen des Wassers. Vielleicht kann er Regen bringen oder Flüsse entstehen lassen oder derartiges", vermutete Felina.

„Dann werden die Andúrien Überschwemmungen und Sturmfluten beschwören können", ergänzte Cara. Sie setzte sich auf das Bett neben Felina.

„Der Erdadept soll den Atem Vílevènas nutzen können, einen Heilungszauber", fuhr Felina fort.

„Der Atem Vílevènas – aber das macht wenig Sinn, wenn die Andúrien einfach töten könnten. Dann hätten sie doch ganz leicht alle sterben lassen können."

„Ta'rish – unsere Mutter", es fiel Felina immer noch schwer, diesen Begriff für die ihr fremde Frau auszusprechen, „sie soll doch eine Andúrien sein."

Cara blickte Felina an. Sie dachte angestrengt nach. Wieder passte etwas nicht zusammen.

„Meine Mutter muss den Atem Vílevènas beherrscht haben. Die Sharièn haben selbst gesagt, dass sie die stärkste Heilerin war und damit ihnen nahegestellt und anderen überlegen. Sie hat ein kleines Mädchen geheilt – mit Heilkräutern – das schon beinahe tot war. Ich habe so sehr darum gebettelt, sie möge ihr das Leben retten, obwohl sie gesagt hat, es wäre zu spät", erinnerte sich Cara an die kleine Gélii aus dem Nachbarzelt in den Aschedünen.

„Sie hat Maroc vor dem Tode bewahrt, nachdem er seinen Arm durch einen Pardúkbiss verloren hatte", erklärte Felina.

„Aber dann ergibt das keinen Sinn."

Sie schwiegen für einen Moment und jede grübelte vor sich hin.

„Es sei denn, wir irren uns", bemerkte Felina nach einer Weile leise.

„Wie meinst du das?"

„Ich habe gelernt, dass es sich lohnt, ganz genau hinzusehen. Dass man nicht alles glauben soll, was einem gesagt wird, nur weil es bequemer ist, als die Wahrheit herauszufinden."

Cara musste unwillkürlich lächeln. Sie spürte immer mehr Sympathie für diese junge Frau in sich aufsteigen.

„Was meinst du damit?"

„Vielleicht ist es nicht, wie alle sagen. Vielleicht ist die Geschichte, wie die Sharièn sie aufgeschrieben haben, nicht richtig. – Die Geschichte, die wir Menschen in Bücher gebannt haben, ist es nicht. Wir haben verschwiegen, was wir einst dem Volk der Sharièn antaten. Was wäre, wenn es bei den Andúrien genauso ist? Wenn die Sharièn nicht die Wahrheit geschrieben haben?"

Caras Herz schlug schneller.

„Die Menschen glauben, dass die Sharièn böse sind, eine Art Hexer, die ausgerottet werden müssen, weil sie ihnen Schlechtes wollen."

„Da sind wir nicht ganz von der Wahrheit entfernt, wenn wir bedenken, dass sie gerade die Oberhäupter der Menschen ermordet haben." Cara suchte nach dem Schlüssel in ihren Worten, konnte sich aber einer leichten Ironie nicht erwehren.

„Die Menschen hingegen verbrennen die Sharièn und alle, die damit zu tun haben könnten, bei lebendigem Leib. Obwohl die Sharièn ihnen doch gar nichts getan haben, nicht wahr? Das steht nur in einem Buch. Das heißt, bei den Menschen steht es in *keinem* Buch, denn es ist einfacher, die Existenz von ihnen zu leugnen. Es gibt nicht einen Beweis dafür, dass die Sharièn etwas Schlechtes getan hatten, bevor sie ermordet wurden."

„Und die Andúrien? Was haben die damit zu tun?" Aufmerksam hörte Cara jedem einzelnen Wort von Felina zu.

„Warum sind die Kräfte der Andúrien in diesem Buch, in diesem *einen* Buch, verfasst von den Sharièn, welches angeblich die Wahrheit erzählt, geschwärzt? Ist das ein Zufall? Warum haben die Andúrien sich nicht die Macht zurückgeholt und die beiden anderen Völker zerstört, wenn sie doch so bösartig und mächtig sind?"

„Du meinst, es könnte ganz anders gewesen sein?"

„Cara, warum sollten Götter eine Welt als Zeichen ihrer Liebe erschaffen und diese mit drei Völkern bevölkern, von denen eines von Grund auf böse ist?"

Der letzte Satz hallte in Caras Kopf nach wie ein Echo.

Sie hatten nur einen Anhaltspunkt, von dem sie wussten, dass er wahr war. Nämlich, dass Ta'rish, eindeutig eine Angehörige der Andúrien, die gleiche – und vielleicht stärkere Macht – besaß wie die Sharièn. Daher wäre es genauso möglich, dass die Andúrien die fliegenden Gedanken in ähnlicher Art und Weise beherrschten.

„Wenn wir die Erdadepten als Heiler betrachten, und die Andúrien viel stärker wären als die Sharièn …", überlegte Cara weiter.

„… dann könnten die Feueradepten statt eines Infernos vielleicht größere Feuer entzünden, die Flammen stärker lenken. Vulkane ausbrechen lassen, wäre gar nicht abwegig, denn sie bringen fruchtbare Asche." Felina zeigte immer mehr Begeisterung für ihre Theorie.

„Bei uns gab es keine fruchtbare Asche", bemerkte Cara, „sie vergiftete nur das Wasser und sorgte dafür, dass die Böden tot blieben."

„Es war zu viel Asche – und keine aus dem Vulkan, Cara. Es war die Asche der verbrannten Stadt, die das Land sterben ließ. Und von oben wurden Holz und Menschen verbrannt, so viele, dass die Ascheberge wuchsen und die Erde nicht mehr atmen konnte."

„Woher weißt du das?", fragte Cara irritiert.

„Ich habe viel in der Thien'tia gelesen, um mich vor den Hänseleien meiner Schwestern zu verstecken. Dort gab es viele wissenschaftliche Bücher, im Prinzip waren sie sehr langweilig, aber einiges habe ich mir wohl gemerkt."

„Was ist mit dem Wasser?"

„Was wäre, wenn sie die Wellen steuern könnten? Wenn sie über Ebbe und Flut entscheiden könnten? Wenn sie Wüsten fluten und zu fruchtbarem Land machen könnten?"

„Schreibt man diese Gabe nicht den Sharièn zu?", entgegnete Cara.

„Wer sagt, dass das stimmt? Wenn die Sharièn nicht mehr könnten, als es regnen zu lassen? Wenn ihre Mächte nie so grandios gewesen sind, wie sie es vorgaben? Hast du jemals *gesehen*, dass sie große Kräfte eingesetzt haben?"

Cara schüttelte den Kopf.

„Ich auch nicht."

„Hieß es nicht, ihre Kräfte schwänden?"

„Was wäre, wenn die Geschichte eine andere war?"

Cara konnte nicht mehr stillsitzen. Sie erhob sich und lief durch den Raum. Scherben knackten unter ihren wie gewohnt mit Stoffstücken eng umwickelten Füßen, die sie vor Verletzungen schützten. Es war noch immer dunkel, das Mondlicht genügte gerade, um die Silhouetten in der Baracke zu erkennen.

„Wir können es ausprobieren. Die Windadepten beherrschen die fliegenden Gedanken. Ich denke aber, dass es nur über kurze Distanzen funktioniert. Vielleicht ist auch Blickkontakt nötig, ich weiß es nicht."

„Möglicherweise können die Andúrien diese Gabe über weit entfernte Strecken nutzen."

„Wenn das funktioniert –"

„– dann ist das der Beweis, dass die Sharièn gelogen haben."

Die beiden sahen sich an. Die Müdigkeit war plötzlich wie weggeblasen.

„Das könnte bedeuten, dass alles gelogen ist: die Geschichten aller drei Völker. Keine davon ist wahr. Es gibt die mächtigen Kräfte inzwischen überhaupt nicht mehr oder sie sind nur noch Schatten von dem, was sie einst waren – oder von dem, was erzählt wird, was sie einst angeblich gewesen sein sollen."

„Diese alte Frau, die mit uns geflogen ist, von den Sharièn – Moora hieß sie. Sie ist eine Windadeptin. Sie kann die fliegenden Gedanken nutzen. Frag sie nach der Geschichte, wie sie wirklich gewesen ist. Sie ist sehr alt. Wenn jemand noch etwas davon erzählen kann, dann sicher sie!", drängte Felina.

„Ich weiß nicht wie", erwiderte Cara. Unsicherheit machte sich in ihr breit.

„Du musst es versuchen. Wenn wir Gewissheit wollen, dann bekommen wir sie nur von ihr. Und die Zeit läuft uns davon. Versuch, dich zu konzentrieren. Versuch, ihr eine Nachricht zu schicken!"

„Wir wissen nicht, ob sie uns die Wahrheit erzählen wird", sagte Cara zögernd.

„Nein. Aber wenn wir es nicht versuchen, wird es auch niemand anderes. Ich glaube, alle sind im Moment daran interessiert, zu überleben."

Cara spürte in sich hinein, wie das Orakel sie angewiesen hatte. Es hatte ihr gesagt, dass sie die Kräfte in ihrem Innern finden würde, wenn sie tief in sich hineinhorchte. Und nach einigen Atemzügen fand sie, was sie suchte. Wie ein Puzzleteil, das herausgefallen war, abseits ihrer Gefühle und Gedanken. Es lag da, in einer Ecke ihres Bewusstseins, eingestaubt und vergessen. Kaum hatte sie es entdeckt, erkannte sie es sofort. Es war kein Zweifel möglich, auch wenn sie es nie zuvor bemerkt hatte. Cara spürte tiefer in sich hinein, in ihr Innerstes, in die Tiefen ihrer geschundenen Seele. Und sie setzte dieses Puzzleteil ein. An die Stelle, an die es hingehörte. Ein Strom von Energie durchflutete plötzlich ihre Brust. Sie hatte das Gefühl, der Wind würde sie mit sich tragen, doch als sie die Augen öffnete, saß sie noch immer fest auf ihrem Platz.

„Und?", fragte Felina ungeduldig.

„Ich habe es. Ich versuche es. Ich brauche Federn."

Obwohl sie es nie in sich vermutet hatte und ihr niemand sagte, wie es funktionierte, spürte sie intuitiv, was sie tun musste.

Sie zog Felina mit sich hinaus zu Hant und zupfte ihm gut ein Dutzend Federn aus seinem Kleid. Sie nahm die größten an sich. Der Adler zeigte keine Begeisterung, aber er ließ sie gewähren.

„Für weite Strecken braucht es große Federn", erklärte Cara Felina dabei, „ich schicke die Frage hinaus und die können mir antworten. Ohne Federn funktioniert es nur auf kurzen Distanzen."

Es war eine Frage, eine einfache Frage, die sie mit dem Wind auf die Reise schickte: „Was ist vor einhundert Jahren und davor in Vílevèna wirklich geschehen?" Und sie hoffte nur, dass diese Frage ihr Ziel erreichen und verstanden werden würde. Denn sie wusste nicht, wie sie den Weg steuern sollte, den die Federn nahmen. Mit dem Wind segelten sie über das Land wie kleine Schwalben und entschwanden in der Nacht.

Schweigend, erwartungsvoll und mit klopfendem Herzen saßen die Mädchen beieinander. Felina hatte sie auf einen steinernen Balkon geführt. Der lag neben dem Gitter, das die Adler vor den Menschen schützte – oder umgekehrt. Aber dessen Tor war offen und die Adler waren ohnehin in der Lage, über das Gitter hinüberzufliegen. Von dort aus hatten sie eine direkte Sicht auf die Frostberge. Cara hatte den Kopf erhoben und ließ sich den Wind ums Gesicht wehen, mit jedem Windstoß hoffend, dass er eine Antwort zu ihr tragen würde. Dabei betrachtete sie die Frostberge, die das Licht der beiden untergehenden Monde wie unzählige Kristalle am Horizont widerspiegelten.

Und dann, unerwartet, nachdem die Morgendämmerung bereits vorüber war und die Sonne hoch am Himmel stand, kamen sie. Antworten. Mehr als nur eine. Sie trudelten erst als Federn und dann als Worte und Sätze verschiedener Stimmen in Caras Kopf ein. Allesamt klangen sie alt. Eine jede erzählte ihre eigene Geschichte.

Und aus diesen Perspektiven auf die Ereignisse vor einhundert und mehr Jahren formte sich allmählich eine Reihe von Bildern in Caras Kopf. Ein Szenario, das all die Worte zu einem Einblick in die Geschichte der drei Völker verband.

Sie hörte und sah zu, als liefe das Geschehen noch einmal direkt vor ihr ab. Sie schloss die Augen und schaute zu, wie sich die Worte zu bildhaften Erinnerungen formten, als wäre sie selbst dabei gewesen.

Flammen loderten zum schwarzen Himmel hinauf, qualvolle hohe Schreie zogen sich durch die Nacht. Der Boden war getränkt mit Blut, das im Schein der Feuer schwarz glänzte, als hätte es Pech geregnet. Schwerter schnitten Kehlen durch, trennten Gliedmaßen ab und stießen wehrlos Verletzte in die Flammen. Die Zeichen auf der Haut glühten, doch keines der Male, wie Cara wahrnahm, besaß ein Herz. Nur die Zeichen der Mordenden. Die Sharièn töteten die Andúrien.

Die Übrigen vertrieben sie außer Landes, stießen sie die Klippen hinab, wenn sie ihnen nicht mehr habhaft werden konnten. Und irgendwann waren alle besiegt.

„Sammelt euch!", rief einer der Ältesten. „Sammelt euch, und lasst uns unseren Sieg über die Vernichter feiern, Volk der Sharièn!"

Jubel brandete auf, obgleich die Flammen noch immer in die Höhe schlugen und der Gestank des Todes sie einrahmte wie der Mief einer Kloake.

„Die Andúrien sind besiegt! In Zukunft werden wir und die Menschen vor ihren bösen Kräften sicher sein! Verbreitet die Kunde, dass die gefährlichen Mächte ausgemerzt sind!"

Die Überlebenden des Massakers zogen sich in einen großen Wald zurück und der Wald wurde zum Toten Wald, kahl und vergiftet, sodass die Sharièn und die Menschen nicht mehr zum Orakel vordringen konnten.

Das Bild wandelte sich. Die Monde drehten sich mit großer Geschwindigkeit um Vílevèna, und Cara wurde klar, dass gerade Jahre verstrichen, wenn nicht Jahrzehnte. Sie sah Streit zwischen den Sharièn und den Menschen aufkommen und sie sah, wie die Sharièn mit ihren Kräften drohten, um die Menschen kleinzuhalten. Und dann beobachtete sie die Hinterlist der Menschen, wie sie in der Dämmerung, als die Sharièn ihre Kräfte nicht nutzen konnten, diese hinterrücks angriffen und ebenso qualvoll töteten wie die Sharièn einst die Andúrien. Nachdem sie ihr grausames Werk getan hatten, traten die Ne'nors der Menschen zusammen und gründeten das Bündnis der fünf freien Städte in Talimont und Talival, die nun von der Hexerei befreit waren. Niemals, schworen sie sich, sollte wieder ein Angehöriger des Volkes der Sharièn einen Fuß in dieses Land setzen und niemals wieder einen einzigen Menschen unterdrücken können. Die Überlebenden der Sharièn flüchteten unbemerkt in den Schlot des Vulkans und in die Frostberge. Und die Menschen glaubten, sie hätten diese Brut für alle Ewigkeit ausgemerzt.

Cara öffnete ihre Augen. Sie blinzelte, blickte hinaus in die Ferne und doch ins Leere. Die Völker hatten sich untereinander betrogen. Anstatt das zu tun, was die Götter ihnen aufgetragen hatten – nämlich in Frieden und Einklang zu leben – meuchelte jedes Volk das andere. Aus Hass aufeinander, der aus Ängsten geboren worden war, die Sagen entsprangen. Und dann schlich sich noch eine Stimme, eine Stimme, die weder Mann noch Frau war, eine Stimme, wie das Grollen eines Tieres, das Fauchen einer Bestie in ihren Verstand, sandte Worte und erzählte, was nur jemand wissen konnte, der selbst die Inschriften des Orakels gelesen hatte. Und Cara hörte zu.

„Was ist?", wollte Felina wissen. „Hast du etwas gehört? Hat die alte Frau dir geantwortet?"

Cara berichtete in wenigen Sätzen von den Geschehnissen, die ihr sowohl von Andúrien als auch von der alten Sharièn zugetragen worden waren.

„Es waren viele Stimmen", schloss sie, „es waren Überlebende beider Völker, die mir die Geschichte auf ihre Weise erzählten. Als wären einige von ihnen selbst dabei gewesen."

„Die Sharièn leben länger als die Menschen", sagte Felina, „es wäre nicht unmöglich, dass es einige wenige Überlebende aus dieser Zeit gibt."

„Die Vernichtung der Andúrien muss über einhundert Jahre her sein, vielleicht zweihundert. Ich kann es nicht genau sagen."

„Uns wurde gelehrt, dass Märchen und Sagen Lügen sind. Darum sind sie bei uns verboten. Weil unser Volk sich der Wahrheit verschrieben hat. Von den Andúrien habe ich nie gehört. Man wispert heimlich, dass die Sharièn eine Art böser Hexer waren und nur Sagengestalten, die man sich ausgedacht hat, um Kinder zu ängstigen. Nur ihren Namen zu nennen, steht schon unter Strafe. Ich habe vor kurzem entdeckt, dass die Thiennen die Bücher umschreiben lassen. Die Sharièn darin gibt es nicht mehr, als hätten sie niemals existiert."

„Alle drei Völker haben versucht, sich gegenseitig zu vernichten, und sie tun es noch. Wie können die Mondgötter ein Einsehen mit ihnen haben und sie alle verschonen, nur wenn ich mein Leben dafür lasse, wie alle glauben? Wie kann es sein, dass ich der Schlüssel sein soll zwischen all der Macht und all dem Hass, der sie nicht einen wird. Selbst wenn ich tot bin. Das macht keinen Sinn."

„Sie glauben, dass du das Mächtigste bist, was sie je geschaffen haben. Eine verbotene Verbindung, die niemals sonst vorgekommen ist", erklärte Felina.

„Das kann nicht sein. Das Orakel sagte, das Mächtigste, was sie je erschaffen haben, muss geopfert werden. Dann würde Frieden einkehren und alle Völker könnten gemeinsam weiterleben. Doch mein Tod ändert nichts an ihrem Hass und ihrer Streitsucht."

„Das ist es!", rief Felina plötzlich.

„Was meinst du?"

„Die Geschichte, die dir die Alten gerade schickten. *Hass* aufeinander trieb die Völker auseinander. *Hass* ist eine große Macht. Aber woher kam der Hass?"

Cara zuckte mit den Schultern.

„Von ihrer *Angst*. Die Menschen hatten Angst vor den angeblichen Kräften der Sharièn, wurden von ihnen unterdrückt und zerstörten sie. Die Sharièn hatten Angst vor den angeblich mächtigeren Kräften der Andúrien und merzten sie aus. *Angst* ist eine große Macht. Eine Macht, mit der man besser führen kann als mit Güte, wie viele denken. Torro und mein Vater nutzen die Angst der Menschen, um sie zu lenken."

„Sie nutzten die Angst der Livris vor den Sâras'ski, um sie dort unten zu lassen. Sie nutzten die Angst vor einem grausamen Feuertod der Livris, um sie zu kontrollieren, obwohl sie Menschen sind, genau wie sie selbst", bestätigte Cara ihre Worte. „Angst ist ein übermächtiges Gefühl und die Völker haben es selbst geschaffen. Weil sie nie versucht haben, die anderen Völker zu verstehen und mit ihnen diese Welt aufzubauen. Es war immer einfacher, die anderen die Bösen sein zu lassen."

„Wenn die Angst der Völker voreinander verschwände, dann könnten sie zusammen in Frieden leben. So ist es doch? Vielleicht ist das die Lösung … setz deine Gabe ein, Cara und lass die Farben an unseren Hälsen verschwinden! Mach alle Völker gleich!"

Cara verstand Felinas Gedanken, aber sie hatte nicht das Gefühl, dass es der richtige Schritt wäre, den Menschen die Farben zu nehmen. Sie schüttelte den Kopf.

„Nein, das ist es nicht. Das ist nicht die Lösung."

„Die Farben haben vielleicht nichts mit den Kräften zu tun, aber sie wären der erste Schritt, verstehst du? Sie wären der erste Schritt, die Menschen und die anderen Völker auf die gleiche Ebene zu heben." Cara sah den Glanz in Felinas Augen, ihre Euphorie, aber sie selbst spürte diese nicht.

„Vielleicht wären sie das. Aber diese Maßnahme nimmt nicht die Angst vor der Macht der anderen. Es ist nur eine optische Gleichheit. Es ändert nicht das Denken und Fühlen der Völker, nur weil es nicht mehr sichtbar ist."

Felina nickte nun, aber das Funkeln in ihren Augen blieb. Unwillkürlich musste Cara an sich selbst denken und ihren fortwährend orangen Hals, für den Hant sie ständig gerügt hatte, weil er ihre Hoffnung in Zeiten zeigte, in der es eigentlich keine gab. Eine winzige Ähnlichkeit, die sie in ihrer Schwester fand. Dieser Gedanke entlockte ihr ein Lächeln. Und sie spürte, wie auch in ihr etwas Hoffnung aufkeimte.

„Angst kann man nur besiegen, wenn man aufeinander zugeht. Wenn man mutig ist. Das Orakel sagt, dass jedes Volk sich für die anderen Völker öffnen muss, um miteinander zu leben. Dass die Angst voreinander verschwinden muss. Und das kann kein Zauber lösen."

„Nein. Aber Wissen kann das."

„Das Wissen über die wahre Geschichte?", fragte Cara.

„Ich hatte lange Angst vor den Sharièn, wie vor einem bösen Schatten, obwohl ich wusste, dass er nicht existiert. Dann traf ich Maroc, oftmals hier oben, wo wir jetzt sitzen. Er erlaubte mir einen Blick jenseits meiner bisherigen Existenz. Anfangs hatte ich davor Angst, doch mit jedem Schritt verlor ich etwas davon und er überzeugte mich, ihnen zu helfen. Allerdings muss ich gestehen, dass ich zwar jetzt keine Angst mehr vor den Sharièn habe, aber mein Wunsch, sie zu unterstützen, ist vergangen. Sie haben genauso gelogen wie alle anderen. Sie haben genauso wenig Anrecht auf die alleinige Führung dieser Welt wie die Menschen oder die Andúrien."

„Wer hat denn dann Anspruch? Die Livris?", fragte Cara zweifelnd.

„Nein. Es muss gleich verteilt sein. Kein Volk darf über die anderen herrschen, alle müssen es gemeinsam schaffen. So hat das Orakel es einst bestimmt und so haben die Götter es schon immer gewollt."

„Was also sollen wir tun?"

„Ich fliege zurück und du versteckst dich hier", schlug Felina vor. „Ich werde versuchen, es ihnen zu erklären. Sie müssen erfahren, was du durch die fliegenden Gedanken gehört hast – vor allem von dem letzten!"

„Niemand wird dir zuhören", mutmaßte Cara.

„Als ob dir jemand zuhören würde", gab Felina dennoch entschlossen zurück, „du wärst tot, bevor du ein Wort sagen könntest. Denn auch vor dir haben sie Angst."

14. Tag des Wintermondes im Jahre 100

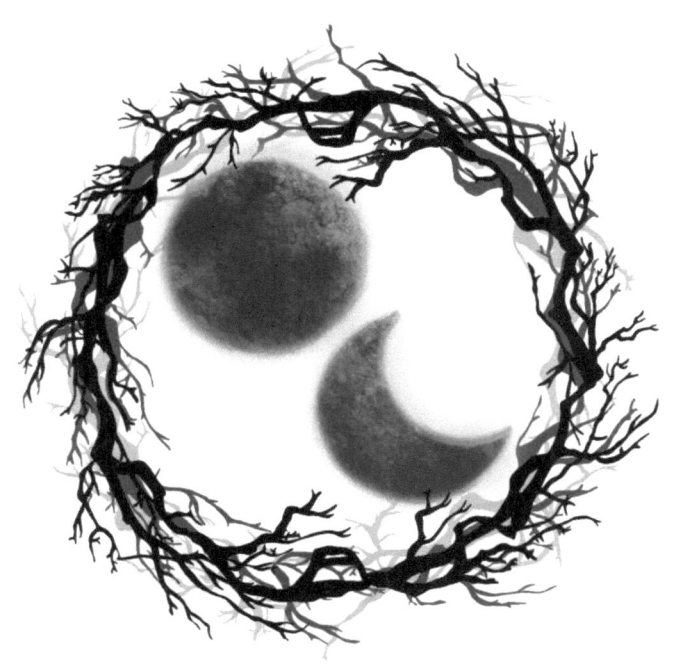

52

- Der Preis der Wahrheit -

C ara hatte sich nicht überreden lassen, im Versteck zu bleiben. So brachte Hant sie rechtzeitig zur abendlichen Dämmerung zurück nach Justera. Er hatte ihr deutlich gezeigt, was er von ihrer Entscheidung hielt, doch sie hatte darauf beharrt. Felina begleitete sie wie ein Schatten und auch sie hatte Cara wissen lassen, dass sie es nicht für klug hielt, sich so offen der Meute zu stellen. Aber sie ließ sich nicht beirren. Sie spürte, dass es der einzig richtige Weg war, den sie nun antrat.

Die Abenddämmerung brach herein und sie erspähte Justera unter sich. Wie erwartet, war ihr Kommen längst beobachtet worden. Die Menschen sammelten sich auf den Straßen und Patrons spickten die Stadtmauer, als Hant das Dach des Herrenhauses erreichte. Doch das Dach schien als Landeplatz nicht geeignet. Schon von weitem sahen sie auch dort Menschenansammlungen.

„Wir sollten dort nicht landen", bemerkte Felina. Hant wich bereits aus und suchte nach einer anderen Möglichkeit.

„Wir müssen mit ihnen reden. Wir müssen dort landen", drängte Cara, und versuchte erfolglos, ihre Angst zu unterdrücken.

Die Hoffnung hatte am Tage überwogen, während sie sich mit Felina über die Geschichte der drei Völker unterhalten hatte. Doch nun verspürte sie weniger davon und mehr Furcht. Ungewöhnlich eigentlich, hatte sie doch sonst immer das Gefühl der Hoffnung vorangetrieben. Angst hemmte nur, wie sie wusste. Angst war in ihrer Situation nicht dienlich.

Sie hatte neue Stoffstücke über die Schultern und Arme gebunden, bevor sie aufgebrochen waren, damit Felina nicht sehen konnte, was sie vor dem Abflug getan hatte. Ihre Haut, oder das Bisschen, was davon übrig war, schmerzte bei jeder Bewegung. Das leicht verkrustete Blut riss bei jeder Bewegung erneut ein. Sie hatte Angst, sich zu stellen. Trotzdem hatte sie fest entschlossen entschieden, dass sie nicht das Opferschwein spielen würde. Sie hatte um ihr Leben gekämpft, war immer wieder herausgekrochen aus der Asche.

Alle wollten letztendlich überleben, sagte sie sich. Sie musste sie dazu bringen, ihr zuzuhören.

Hant fand eine halbwegs freie Stelle auf den Zinnen der Stadtmauer. Doch die Wachen hatten die Waffen bereits am Anschlag. Hant stieß ein lautes Kreischen aus und streckte bedrohlich die Flügel in die Höhe, sodass Cara und Felina sich festklammern mussten, um nicht von seinem Rücken zu rutschen. Ihre Arme schmerzten stark.

„Bleibt, wo ihr seid!", rief Cara den Patrons zu, „Ich bin nicht zurückgekommen, um mich von euch aufspießen zu lassen."

Ihre Worte drangen auch zum Dach des Herrenhauses hinüber. Sie erkannte drei Adepten in ihren Roben, außerdem Baren. Den Kommandanten der Sâras'ski sah sie nicht.

„Hört mich an!", verlangte sie und konnte nicht verhindern, dass ihre Stimme zitterte. Sie wagte es nicht, den schützenden Rücken des Raubvogels zu verlassen.

Die Menschenmenge auf den Straßen schwieg atemlos. Sie waren also bereit, zuzuhören. Das gab ihr neuen Mut.

„Wir glauben, dass Ihr den Worten des Orakels eine falsche Bedeutung beigemessen habt", begann sie laut und mit pochendem Herzen.

„Das Orakel heißt Euch, das Mächtigste zu opfern. Und Ihr glaubt, dass ich diese Macht innehabe, von der es sprach, weil ich zwei der mächtigsten Völker Vílevènas entstamme. Aber ich sage Euch, das stimmt nicht! Ich bin eine Adeptin des Windes und meine Kräfte der fliegenden Gedanken reichen genauso weit wie die der Sharièn und der Andúrien. Ich habe Euch gefragt, alle von Euch, die diese Gabe besitzen. Und Ihr habt mir die wahre Geschichte dieser Welt erzählt."

„Diese Geschichte weicht von allen bisher niedergeschriebenen ab", ergänzte Felina. „Die Bücher der Menschen sind genauso falsch wie die Schriften der Sharièn."

Protestgemurmel wallte mit dem Wind hinauf aufs Dach.

„Das Mächtigste, was je von den Völkern geschaffen wurde, ist Cara. Sie beweist es selbst durch die Kräfte, die sie nutzen kann. Also hört auf, euch neue Lügen auszudenken", polterte der Erste.

„Ich habe Eure Worte gehört. Trotzdem werde ich Euch eine Geschichte erzählen, zur Abwechslung eine wahre. Holt die Andúrien. Holt die alte Moora und den einstigen Hüter des Orakels Maroc hierher. Sie werden Euch meine Worte bestätigen."

In knappen Sätzen berichtete Cara von der Geschichte Vílevènas, so wie sie diese bereits Felina erzählt hatte. Außerdem berichtete sie von den Worten des vermeintlichen Tieres, das die Inschriften des Orakels gesandt hatte.

„Einst bevölkerten die beiden Monde Iranus und Irana unsere Welt Vílevèna mit drei unterschiedlichen Völkern. Zwei von ihnen wurden mit höheren Kräften ausgestattet und sollten sich um den Aufbau und das Fruchtbarmachen dieser neuen Welt kümmern.

Die Sharièn besaßen schwächere Kräfte, die ihnen die Götter schenkten, um den Alltag leichter zu bewältigen, doch sie sollten mit den Jahren abnehmen und nur noch während der Magiaatiden erstarken.

Die Andúrien erhielten stärkere Kräfte, sie sollten das Land mit aufbauen und es richten, auch ihre Kräfte würden mit den Jahren abnehmen.

Nach etwa einhundert Jahren sollten die Kräfte dieser beiden Völker langsam verschwinden und die drei Völker damit annähernd gleichgestellt werden und im Gleichgewicht miteinander leben. Die Götter wünschten, dass die Völker sich untereinander vermischten, dass Eintracht zwischen ihnen herrschte. Letzten Endes sollten vereinzelte Personen bleiben, die noch etwas mehr Macht besäßen, um den anderen zu helfen.

Dies alles geht aus den Inschriften des Orakels der Spiegel hervor. Jemand, der diesen Ort oft betreten haben muss und die Inschriften allesamt auswendig kennt, hat sie mir gezeigt. Und die alten überlebenden Andúrien und Sharièn, welche die fliegenden Gedanken nutzen können, sowie Na'nan Felina von Honestae haben mir die weitere Geschichte erzählt:

Der Plan der Götter ging nicht auf. Missgunst entstand zwischen den Völkern. Die Sharièn schrieben ihre eigene Version der Geschichte auf, in der sie die Andúrien als zu mächtig und zu gefährlich, dafür sich selbst als Erschaffer und Weisen darstellten. Die Völker begannen, sich um das *heilige Land* Talimont zu streiten, da es die meiste Sicherheit bot und sich das Orakel in unmittelbarer Nähe befand. Doch die Sharièn vertrieben die Andúrien in die Schatten und beanspruchten das Orakel und somit den Kontakt zu den Göttern für sich allein. Die Menschen lehrten sie Demut und erhoben sich selbst als Götter über sie.

Die Macht der beiden Völker schwand mit den Jahren, wie die Monde es geplant hatten. Doch durch ihre Lügen in den Geschichten hatten sie die Wahrheit schließlich vergessen, nämlich, dass das Verlieren der Fähigkeiten ein natürlicher Prozess sein sollte. Um sich und ihre Macht zu schützen, verboten sie die Verbindung zwischen den Völkern unter strengster Strafe. Da ein jedes das Recht zu herrschen für sich beanspruchte, brach Krieg zwischen den beiden magischen Völkern aus. Die Andúrien wurden von den Sharièn vertrieben und vernichtet, bis kaum noch welche von ihnen übrig waren. Die letzten Überlebenden sammelten sich an ihrem Zufluchtsort, dem Fahlen See. Zur Strafe ließen sie den Toten Wald entstehen, der es den

Sharièn schwer machen sollte, zum Orakel zu gelangen. Nun herrschten die Sharièn über den Menschen. Nach vielen Jahren wollten sich die Menschen von den Sharièn nicht mehr unterdrücken lassen. Sie begannen deren Macht und Kräfte anzuzweifeln, schürten Angst vor ihnen, sahen sie als Hexer. Auch hier entspann sich Kriegsstimmung. Eines Tages töteten die Menschen hinterrücks die Sharièn in der Dämmerung, verbrannten sie bei lebendigem Leib, als sie keine Kräfte mehr besaßen. Seitdem gaben die Sharièn der Dämmerung den Namen Blutsonne.

Die Menschen schrieben ihrerseits die Geschichtsbücher um, die Andúrien und die Sharièn tauchten darin nicht auf, denn man glaubte, beide Völker ausgemerzt zu haben.

Der Weg zum Orakel war für die Menschen nicht mehr zugänglich, niemand wagte sich durch den Toten Wald und so geriet seine Existenz in Vergessenheit. Niemand kannte mehr die Worte des Orakels, welche Einigkeit der drei Völker wünschten, da diese drei die Säulen der Welt darstellen sollten.

Die verbliebenen Sharièn flüchteten in den Schlot. Talimont und Talival schotteten sich vom Rest der Welt ab.

Die Menschen lebten in Frieden und Wohlstand, bis die Sharièn wieder aus ihren Löchern krochen und sich zum Schein als Wissenschaftler unter ihr Volk mischten, um sich zurückzuholen, was vermeintlich ihnen gehört. Die Menschen hatten alles Wissen über sie verboten und schließlich vergessen, anhand welcher Zeichen die anderen Völker zu erkennen waren. Doch auch die Andúrien schliefen nicht und wagten einen Vorstoß, die Sharièn und die Menschen zu unterwandern. Womit niemand rechnete, war wohl, dass eine Andúrien ein Bündnis mit einem Sharièn einging, eine folgenschwere Entscheidung, die dazu führte, dass die Menschen erneut Krieg führten, dieses Mal gegen sich selbst, weil sie überall Hass und Verrat sahen. Dabei lösten sie aus, was uns an den heutigen Punkt geführt hat, nämlich, dass die Welt vor dem Abgrund steht."

Was Felina und die fliegenden Gedanken der Andúrien und Sharièn ihr davon nicht gebracht hatten, hatte ihr die grollende Stimme erzählt. Und alles von dem fügte sich nahtlos in ein Bild zusammen. Ein Bild, von dessen Echtheit sie überzeugt war, auch wenn niemand es wahrhaben wollte.

„Das sind Lügen", rief Honestae, der ebenfalls auf dem Dach bei den anderen stand. „Nichts als Lügen!"

„Ihr erzählt eine Geschichte, die ihr nicht beweisen könnt! *Niemand* aus den damaligen Zeiten kann das bezeugen, denn niemand von damals weilt mehr unter uns", rief der Zweite.

Cara ließ sich nun nicht mehr einschüchtern, nachdem sie alles ausgesprochen hatte.

„Fragt Moora, sie ist eine von Euch, auch sie schickte ihre Worte zu mir. Holt die Andúrien und Maroc. Eine Eurer Stimmen las mir die Inschriften des Orakels vor. Der weiß, was an den Wänden geschrieben steht. Ihr könnt nicht all das verleugnen, nur weil die Wahrheit nicht in eure Realität passt."

Sie wusste nicht, wessen Stimme es gewesen war. Ihr Gespür meinte, es müsse Maroc sein, doch seine Stimme war eine andere.

„Maroc ist tot!", rief einer zu ihnen hinüber.

„Nein", hauchte Felina und leise zu Cara gewandt, „bist du sicher, dass er dir Worte geschickt hat?" Cara sah ihr an, wie sehr sie sich beherrschen musste, die Fassung zu wahren. Sie spürte das Zittern ihrer Arme, sah die blaue Färbung ihres Halses.

Cara nickte stumm.

„Sie lügen", sagte sie leise.

„Diese Welt wird untergehen, ihr alle wisst das. Es sei denn, wir opfern den Göttern das Mächtigste, das wir geschaffen haben. Das ist Cara, die einer verbotenen Verbindung enstammt. *Du* bist eine Gefahr für diese Welt. Und mit deinem ehrenvollen Tod kannst du alle retten." Baren wagte sich einige Meter auf die Mauer vor.

Hant kreischte warnend und schlug mit den Flügeln. Der Mann blieb stehen.

„Was Ihr geschaffen habt, ist Angst. Die gefürchtete Macht, welche Ihr so weit verbreitet habt und die ein jeder Bewohner dieser Welt so sehr in seinem Herzen trägt, ist damit zur mächtigsten Macht geworden. Diese Angst hält Euch davon ab, friedlich miteinander zu leben, alle drei Völker. So wie die Götter es vorgesehen hatten, als sie diese Welt schufen. Ihr hört und seht nicht hin. Mein Tod wird Euch nicht retten."

Wütende Schreie, spöttisches Lachen schallte von den Straßen und vom Dach zu ihnen hinüber. Die Menschen auf dem Platz unter ihnen riefen wüste Beschimpfungen zu ihnen hinauf.

„Die Menschen fürchten die Sharièn, weil ihnen immer wieder eingetrichtert wurde, dass es Hexer seien. Die Andúrien fürchten die Sharièn und die Sharièn die Andúrien, weil jeder von dem anderen glaubt, dass er ihn betrügen will. Die Livris fürchten die Sâras'ski und die Menschen hier oben ebenfalls. Die Bürger fürchten, ihre Gefühle offen zeigen zu müssen. Frauen fürchten dieses vor ihren Ehemännern. Ihr habt eine Kultur der Angst geschaffen, in der sich niemand sicher fühlt und jeder Verrat durch den anderen fürchtet. Nichts davon wird sich ändern, wenn ihr einen Mord an einem Mädchen begeht", pflichtete Felina Cara bei.

„Ein Versuch wäre es wert", ereiferte sich Baren, „was macht ein Leben mehr oder weniger aus in einer Welt, die auf Leichen errichtet ist, ihr einfältigen Kinder."

„Was macht es aus, ein Leben zu schonen als Zeichen für eine Zukunft, die ihr wünscht?", rief Felina. „Ihr habt diese Zukunft selbst in der Hand, ihr entscheidet, ob ihr es wert seid, weiterzubestehen oder ob ihr euch in die Verdammnis begebt."

„Ich sage, wir opfern beide Mädchen, schließlich heißt es, sie sind Schwestern. Damit sollten wir auf der sicheren Seite sein!" Barens listige Blicke streiften sie, während er versuchte, sich zum Redeführer der Menschen zu machen. Er hatte nicht vergessen, dass Qaart und sein Bruder tot waren und sie wusste, dass er ihr die Schuld daran gab.

„Hört mich an", rief Cara wieder, doch das Stimmengewirr ließ ihre Worte nicht mehr zum Dach hinüberdringen.

Pfeile schwirrten plötzlich auf sie zu, doch Hants scharfe Augen entdeckten sie und er stieß hinauf in die Lüfte. Wieder krallten sich die Mädchen an ihm fest. Sie blieben unverletzt.

„Sie mal", rief Felina von oben und deutete auf eine kleine Kolonne, die sich vor dem Stadttor befand, „Sâras'ski!"

Auch Cara blickte hinab und sah genauer hin.

„Nein", sagte sie, „der Mann mit der Kapuze – und Andúrien."

Auch Felina erkannte nun den Vierten, der mit etwa Eindutzend Gestalten, allesamt auf Pardúks reitend, am Tor ankam. Ihre Erscheinung hatte allerdings nichts mit den uniformierten Patrons oder Sâras'ski gemein.

„Seht!", schrie sie hinab und auch die Wachen am Tor meldeten in diesem Augenblick die Ankunft des Trosses.

„Wollen sie angreifen? Oder Frieden anbieten?"

Gespannt verfolgten sie, was unter ihnen geschah, während Hant so weit nach oben stieg, dass von den Geschossen der Patrons keine Gefahr für sie ausging.

Die Ankömmlinge schienen keinen Streit zu suchen, denn von oben waren keine Kampfhandlungen auszumachen. Die Adepten, Baren und die anderen stiegen vom Dach des Herrenhauses hinunter und trafen sich mit den Andúrien auf dem großen Platz.

Hant wartete in der Luft ab und umrundete die Stadt mehrmals, damit sie sehen konnten, was vor sich ging. Die Ankömmlinge wurden in die Stadt eingelassen.

Unerwartet empfing Cara Worte in ihrem Kopf, die Nachricht eines Mannes, dessen Stimme sie nicht kannte.

Steigt herunter. Dein Vater ist hier, Mädchen. Deine Mutter hätte sterben sollen, doch um des Friedens Willen, haben wir sie verschont. Sie warten auf dich. Wir wollen ein friedliches Übereinkommen erzielen.

Cara wiederholte die Worte für Felina.

„Ob das eine Falle ist? Dem Thien Justeras ist nicht zu trauen", warnte Felina.

„Warum haben sie meine Mutter hergebracht, wenn sie doch ihren Tod wollten? Vielleicht führen sie etwas im Schilde", fragte Cara ebenfalls misstrauisch. Diese plötzliche Wendung verunsicherte sie.

„Sie haben dir ihre Geschichte geschickt, Cara. Vielleicht sind die Andúrien jetzt diejenigen, die die anderen zur Besinnung bringen."

„Vor dem Orakel machten sie nicht gerade einen friedlichen Eindruck."

Solange sie zögerte, machte auch Hant keine Anstalten, sie hinabzubringen. Nach einer Weile erreichten sie wieder Worte.

Dein Vater lässt mich ausrichten, dass er deine Ansichten zur Lösung des Rätsels teilt. Er hat uns, die Überlebenden der Andúrien, überzeugt, ein letztes Mal zu versuchen, einen friedlichen Weg einzuschlagen. Gemeinsam mit den Sharièn und mit den Menschen.

„Das ist eine Falle, Cara", warnte Felina erneut, als sie ihr die Worte berichtete.

„Wenn ich nicht den Mut habe, mich ihnen zu stellen, wird es keine Lösung geben", beharrte Cara.

Die Angst, die sie zuvor verspürt hatte, war nicht mehr in ihr. Zwar zog sich Misstrauen durch ihren Verstand, weil sie wusste, dass sie vorsichtig sein musste. Aber ihr Herz hatte sich wieder der Hoffnung zugewandt. In ihrem Innern war sie fest davon überzeugt, dass sie die drei Völker mit Worten zur Besinnung bringen konnte. Und nun sollte sie von ungeahnter Seite Unterstützung erhalten.

„Das stimmt nicht", erwiderte Felina, „du bist nicht Teil der Lösung. Du magst den Anstoß zum Umdenken gegeben haben, aber du bist nicht diejenige, die das umsetzen muss. Wir können uns verstecken und schauen, ob die Völker es schaffen, ihre Angst zu besiegen. Und danach kannst du frei leben. Wenn du jetzt dort hinuntergehst, Cara, dann werden sie dich töten. Und wenn sie es nur tun, um zu sehen, ob sie nicht recht behalten haben. Ich bitte dich, geh nicht."

„Ich habe keine Angst vor ihnen", sagte Cara. Sie spürte die Hoffnung in ihr stärker werden als die Zweifel. Wie früher. Wie immer.

„Das sehe ich", gab Felina mit einem Blick auf ihren orange leuchtenden Hals trocken zurück.

„Ich gehe hinunter. Steigt ihr wieder hinauf, aber bleibt in der Nähe, falls etwas passiert", gestand Cara ihr zumindest zu.

Hant stieg höher, als passte ihm ihre Entscheidung nicht. Cara strich ihm sanft über die Federn, während der Wind an ihrem Haar riss.

„Mein lieber Freund", sagte sie dicht an seinem Kopf, „ich werde es beenden. Hilf mir, nach unten zu kommen."

Nur widerwillig folgte Hant ihrem Wunsch und landete in sicherer Entfernung zu den Menschenmassen. Felina blieb auf meinem Rücken. Cara sprang herunter, ihre Arme schmerzten heftig.

Die Menschen wichen vor ihnen zurück und bildeten eine Gasse hin zu den Adepten. Manche Hälse leuchteten rot, manche grüne, aber hin und wieder zeigte sich eine orangene Färbung. Das bestärkte Cara in ihrem Tun. Aufrecht und ohne zu wanken ging sie den Weg zu den Adepten durch die Menge, bis sie ihnen gegenüberstand. Sie spürte, dass sie nicht willkommen war. Ihr Blick fiel auf ihre Mutter. Sie stand im Hintergrund, an den Rücken eines Pardúk gefesselt war. Ein Schmerz zog sich durch Caras Brust.

„Danke, dass du zu uns heruntergekommen bist, Cara", begann der Vierte. Sie bemerkte, wie er sich um Freundlichkeit in der Stimme bemühte, etwas, was er wohl Jahrzehnte lang nicht getan hatte.

„Die Adepten haben mich verbannt. Doch ich bin gemeinsam mit den Andúrien zurückgekehrt. Ich weiß genauso wie du, dass die Worte des Orakels falsch gedeutet wurden. Ich bin der Verräter aus den Reihen der Sharièn, der vor Jahren eine Andúrien einschleuste, um zu beweisen, dass wir keine Angst vor ihnen haben müssen. Mein Plan schlug fehl und ich wandte mich davon ab. Aber ich weiß, dass du die Wahrheit sprichst.

Die Angst ist es, die diese Welt zugrunde richtet. Nicht dein Leben oder Sterben. Du hast keine Bedeutung für diese Welt. Aber du kannst helfen, die ersten Schritte zu gehen, um diese Ängste zu besiegen. Die Menschen wünschen sich Gleichheit. Eine Gleichheit, die wir Adepten ihnen nahmen, als wir ihnen die Farben am Hals brachten, um sie damit unter Kontrolle zu behalten. Ich glaube, dass das Orakel dir die Macht gab, die Farben zu löschen."

„Denk an deine Stellung!", warnte der Erste, der in unmittelbarer Nähe zum Vierten stand.

Cara empfand immer noch Abneigung gegen den Vierten. Aber sie nahm die Hand, die er ihr im übertragenen Sinne reichte.

„Es geht hier nicht darum, dass eine Dynastie mit einer erzwungenen Vermählung gerettet wird. Es geht auch nicht darum, andere zu vernichten. Es geht darum, die Ängste voreinander abzubauen. Die Gleichheit, von der ihr sprecht, kann nur hergestellt werden, wenn ein jeder Angehörige eines Volkes den anderen als gleich respektiert", sagte Cara.

„Du kannst den ersten Schritt machen, und den Menschen die Farben am Hals nehmen, sodass niemand mehr seine Gefühle offen zeigen muss. Darauf können wir aufbauen", forderte der Vierte immer noch in einem halbwegs freundlichen Tonfall.

Caras Instinkt sagte ihr, dass sie vorsichtig bleiben sollte. Sie wusste, dass sie die Macht besaß, die Farben am Hals der Menschen und Sharièn zu löschen. Doch wäre das wirklich ein guter Anfang? Wäre das die richtige Entscheidung?

„Zu Respekt zählen Rechte. Was es braucht, sind gleiche Rechte für Männer und Frauen. Für Sharièn, Andúrien, Menschen und Livris. Eine Unterscheidung, die es nicht mehr geben sollte. Die Livris sind Menschen. Eine optische Gleichheit reicht nicht aus", forderte Cara.

Immer stärker fasste sie Vertrauen in sich, dass sie das Ruder herumreißen könnte. Die ersten Schritte waren gemacht. Der Verstoßene war in Frieden zurückgekehrt. Die Andúrien waren in Frieden eingelassen worden. Die Vier zeigten sich gesprächsbereit und hielten wohl auch Baren im Zaum.

„Ich werde die Farben an den Hälsen aller Bewohner Vílevènas löschen", versprach sie daher und sah die Vier und Baren auffordernd an, „sobald Ihr eine Einigung getroffen habt, wie der Frieden geschaffen und gehalten werden kann. Wie ein respektvoller Umgang miteinander möglich ist. Wie Ihr das Land der Livris wieder aufbaut. Und wie Ihr die Ängste zwischen den Völkern abbaut."

Sie wusste selbst nicht, woher sie den Mut nahm, vor allen so zu sprechen. Sie sah aus dem Augenwinkel Hant achtsam um die Stadt kreisen und wusste, dass er scharf beobachtete, was vor sich ging. Doch er schien keine Gefahr zu wittern. Das bestärkte sie erneut in ihren Worten. Sie wandte sich an die Menschen, die um sie herum standen.

„Felina sagte mir, dass die vier freien Städte Talimonts für Wahrheit, Ehrlichkeit, Barmherzigkeit und Gerechtigkeit stehen. Und die fünfte Stadt in Talival, die vor den Aschedünen dort existierte, für Wohltätigkeit. Vor einhundert Jahren habt ihr ein Bündnis der Menschen geschaffen, um diese Eigenschaften zu leben. In euren Herzen wünscht ihr das und seid bereit, dafür einzustehen. Also lernt, diese Worte gemeinsam umzusetzen. Ängst und Hass sind nicht notwendig. Die vermeintlichen Kräfte der Sharièn und der Andúrien reichen nicht so weit, wie die Menschen glauben. Sie sind nur noch Überreste aus Zeiten der Entstehung der Welt. Und mit diesen Überresten können sie euch helfen, Caritae wieder aufzubauen, die Livris zu heilen.

Was ihr aber braucht, ist Vertrauen. Vertrauen in euch und Vertrauen darauf, dass ihr euch untereinander nichts Böses wollt. Seht euch das Elend an, welches mit den Aschegestalten eurem Hass und eurer Angst entwachsen ist. Ihr Menschen hier oben in Talimont habt gelernt, wegzusehen. Ihr Sharièn und ihr Andúrien habt gelernt, nur das zu sehen, was ihr sehen wolltet. Mein Vater Arem hat mich gelehrt, hinzusehen. Er sagte mir, als ich ein Kind war: *Nur wer weiß, wie Leid aussieht, wird stark genug sein, eines Tages dagegen anzukämpfen.* Und das müssen wir alle gemeinsam tun. Gegen Angst, gegen Hass und gegen Leid."

Schweigend sahen die Menschenmassen zu ihr hin. Niemand sagte etwas. Aber sie nahm damit wahr, dass der Protest in den Reihen verstummt war.

Ein Kreischen ertönte aus der Luft, ein Schreien. Cara warf den Kopf in den Nacken, um zu sehen, was dort oben geschah. Unerwartet traf sie ein harter Stoß in den Rücken. Die Luft blieb ihr weg. Rauschen erfüllte ihre Ohren, Nebel ihren Kopf. Ihr Mund füllte sich mit einer dickflüssigen Flüssigkeit und sie spürte dieselbe warm über ihr Kinn laufen. Dann trugen sie ihre Beine nicht mehr. *Die Farben*, dachte sie in diesem Augenblick, *ich wollte die Farben noch verschwinden lassen. Sie haben nichts als Unglück über die Menschen gebracht.*

„Damit wäre das wohl erledigt", waren die letzten Worte, die sie hörte.

Sie erkannte die Stimme. Es war in der Nacht gewesen, auf dem Dach Barens in den Aschedünen, als ein scheinbarer Retter ihnen zur Flucht verhelfen wollte. *Wir halten euch nicht auf,* hatte er gesagt, *aber wir werden euch nicht helfen.*

Der Nebel zog sie hinab wie ein schwerer Schleier und legte sich über sie, als würde er sie zudecken. Und dann war alles vorbei.

orro

- Blutsbande -

Was folgte, war eine Stille, die endlos lang schien. Doch schon nach wenigen Augenblicken wurde sie durch das Kreischen einer Frau zerrissen. Der Valtórn, auf dem sie saß, stieß vom Himmel herab und kam neben Caras zusammengesunkenen Körper auf dem Boden auf. Staub wirbelte um sie herum und gab ihnen den Anschein von etwas Gespenstischem. Die Frau machte Anstalten, hinabzuspringen, doch das Tier spannte die Flügel erneut. Mit den Klauen griff es sich Caras leblosen Körper und erhob sich sogleich in die Lüfte, verschwand mit wenigen Flügelschlägen über die Stadtmauer. Zwei schnell hintereinander abgeschossene Pfeile folgten ihnen, trafen ihn und seine Reiterin jedoch nicht.

Torro, der sich mit einem Pardúk am Rande der versammelten Menschenmenge befand, erkannte Felina auf dem Rücken des Adlers. Er blickte ihr nach. Seine Gedanken rasten, was er tun könnte, um ihr zu helfen. Schnell warf er einen Blick auf den Schützen. Und erkannte seinen Bruder.

Ohne, dass er es vorgehabt hätte. Ohne, dass er es wollte. Ohne, dass er daran dachte, ob das Tier ihm gehorchen würde, stieg er auf den Rücken des Pardúk, der ein kehliges Knurren hören ließ, und hetzte ihn gnadenlos durch die Menge. Die Menschen wurden umgerissen, als sich die Bestie ihren Weg bahnte. Torro hatte nur Recaro im Blick.

Sein Bruder stand auf der Treppe einer kleinen Bühne, die zum Zwecke der Feierlichkeiten des hundertjährigen Bündnisses errichtet worden war. Pfeil und Bogen in seinen Händen waren ganz klar als Eigentum der Patrons der Stadtwache mit weißen Bändern gekennzeichnet. Recaro entdeckte sein Kommen. Sein Blick flackerte, als würde er fiebern. Ohne zu zögern legte er einen neuen Pfeil auf die Sehne. Seine Hände waren verklebt von Blut, wahrscheinlich von dem Patron, dem er die Waffen abgenommen hatte, dachte Torro.

„Bin *ich* nicht der Kommandant!", schrie er Torro entgegen, während er auf ihn zielte. „Bin *ich* nicht ausgerufen als Kommandant? Sollte nicht *ich* auf diesem Tier reiten, wenn ich schon für deine Taten verurteilt bin, kleiner Drecksbruder!" Seine Stimme kratze, als hätte er die Nacht zuvor durchgezecht. Mit den letzten Worten ließ er den Pfeil los. Der schnellte auf Torros Gesicht zu. Gleichzeitig setzte der Pardúk unter ihm zum Sprung über die Köpfe der Menge hinweg an. Das Geschoss streifte nur Torros Hüfte, riss Uniform und Fleisch auf. Den zweiten Pfeil wehrte Torro mit dem Schwert ab. Dann hatte der Pardúk Recaro erreicht. Voller Zorn stieß ihm Torro den Bogen aus der Hand, sprang vom Pardúk und trat seinen Bruder mit dem Stiefel zu Boden.

„Du hast deinen Vater und mich verraten, Torro, deine Familie!"

Erfüllt mit endlosem Zorn, trat Torro ihm ins Gesicht. Unter einem hässlichen Knacken brach Recaros Nase. Er ließ einen Schmerzenslaut hören, aber seinen Hohn erstickte das Blut nicht, das aus seiner Nase rann und sein Kinn hinabtropfte.

„Ich habe eure kleinen Gespielinnen ausgemerzt, Bruder!" Er spuckte. Noch mehr Blut rann über seine Lippen und tropfte auf seine schwarzrote Uniform. „Die ganzen Huren der Sharièn sind jetzt tot und die letzte kriege ich auch noch, verlass dich drauf! Sie sind alle tot!"

Torro riss das Schwert hoch, sein ganzes Denken und Fühlen setzte aus, als er es zum letzten Schlag erhob. Sein Kopf war nicht mehr in der Lage, seine Emotionen zu beherrschen.

„Brudermörder!", grölte Recaro, „Vatermöder! Du bist die Ausgeburt der Hexer, Torro. Du hast dein Leben lang Unschuldige ermordet, wehrlose Frauen und Kinder, und jetzt kannst du es nicht." Er lachte ein irres Lachen, spuckte dabei erneut Blut. „Jetzt kannst du es nicht! Sieh es ein, dass wir eins sind, du gewissenloser Bastard, von demselben Blut und demselben Vater. Hätte ich diese dürre Dirne nicht getötet, hätte die Ehre wohl dir gebührt. Du –"

Doch ein Gurgeln brach seine Worte ab. Der Pardúk Torros hatte sich mit einem Knurren auf den am Boden Liegenden gestürzt und sich wie ebenfalls in rasendem Zorn in seiner Kehle verbissen.

Torro stand daneben, das Schwert immer noch zum Stoß erhoben. Unfähig, auszuführen, was er schon hunderte Male zuvor getan hatte.

54

Felina

- Das Ende -

Felina weinte, fragte Hant fortwährend, ob Cara noch am Leben war, obwohl er nicht reagierte. Mit kräftigen Flügelschlägen stieg er höher und entfernte sich von der Stadt. Nicht weit von dort landete er auf einer Wiese am Rande des Silvá Sees, weit genug entfernt von Justera und Silvánuba, wohin ihnen in diesem Moment so schnell niemand folgen würde.

Felina rutschte in großer Eile von seinem Flügel herunter und stürzte neben den Krallen des Tieres auf die Knie. Trotz seiner Kraft hatte er Caras Körper sehr behutsam auf dem Boden abgelegt. Felina getraute sich nicht, die Spitze des Pfeils, die gut einen Fuß breit aus Caras Brust ragte, zu berühren. Das Geschoss hatte sie unerwartet im Rücken getroffen und war durch die Mitte des Körpers getrieben worden.

„Ich habe gesagt, geh nicht", schluchzte Felina, „ich habe dich doch gebeten, es nicht zu tun."

Sie nahm Caras schlaffe Hand, suchte nach einem Puls, tastete dann ihren Hals ab, an dem das farbige Leuchten der Kehle erloschen war. Sie spürte nichts. Wieder wandte sie sich den Armen zu, dabei löste sie die engen Verbände und entdeckte die frischen Schnitte an ihren Armen. Deren

Kruste riss ein, als sie Caras Arm bewegte, doch es floss kein Blut.

Es bestand kein Zweifel. Cara war tot.

Hant stieß Cara mit dem Schnabel an und schüttelte sein Gefieder. Unruhig ruckte sein Kopf immer wieder hin und her, ungelenk hopste er um sie herum, stieß sie immer und immer wieder an bis er irgendwann begriff. Tief betrübt senkte er den Kopf und verharrte in stummer Trauer neben Felina.

„Sollen sie alle verdammt sein", flüsterte Felina voller Kummer und fasste nach dem Schnabel des Adlers, mehr um sich daran festzuhalten, als ihn zu trösten. Tränen rannen ihr übers Gesicht. Tief saß der Schmerz um dieses Mädchen, ihre neu gewonnene Schwester. Eine junge Frau, die allen Widrigkeiten getrotzt hatte bis zuletzt. Sie hatte sogar jene retten wollte, die sie zur Schlachtbank geführt hatten.

Ein Zittern lief durch die Erde, wie eine Pferdeherde, die an ihnen vorbeidonnerte. Doch es war nichts zu hören. Das Zittern wiederholte sich und wurde stärker. Ein unheimliches Donnern setzte ein, das aus den Tiefen der Erde selbst zu kommen schien.

Hant wurde nervös. Sein Kopf ruckte hin und her und Felina sah auf.

Dunkle Wolken hatten sich am Himmel zusammengeballt wie eine Mauer und verdeckten die Sonne. Scharfer Wind riss plötzlich an Hants Gefieder und Felinas Haaren, als wollte er sie von diesem Ort wegzerren. Die Erde bebte erneut und heftiger. Felina entdeckte eine dichte graue Rauchwolke, die hinter ihnen aufstieg.

„Der Vulkan bricht aus!", schrie sie entsetzt.

Hant schien die bedrohliche Lage ebenfalls zu verstehen.

Ein weiteres Beben schüttelte die Erde, sodass Felina sich mit allen Vieren auf dem Boden halten musste. Hant schlug mit den Flügeln und setzte zum Flug an. Er packte Felina mit der einen Kralle und Caras toten Körper mit der anderen und hob mit ihnen ab. Die Krallen hielten Felina behutsam und trotzdem unangenehm am Arm gepackt, sodass ihr Körper in der Luft hing wie ein einzelnes Blatt an einem Ast. Mit dem anderen Arm hielt sie sich ängstlich an seinem Bein fest. Sie fürchtete, entweder ihr Arm würde im Flug ausgerenkt werden oder er könnte sie versehentlich fallen lassen.

Ihr Blick irrte über das Land und die Städte unter ihnen, die allmählich kleiner wurden. Die Rauchsäule aus dem Schlot hingegen breiter. Kurz darauf brach das Magma aus dem Schlot hervor, heiß und rot glühte es in der Dunkelheit wie die Augen eines Drachen, der aus der schlafenden Erde erwachte. Eine gigantische Aschewolke trat aus, Blitze zuckten daraus auf das Land hinunter.

„Wir müssen weg, Hant, nach Norden in die Berge – oder nach Süden übers Meer, die Monde werden alles vernichten", schrie Felina in größter Panik, klammerte sich Halt suchend fester an das Vogelbein.

Dabei fragte sie sich, ob das Weglaufen überhaupt Sinn ergab. Sie dachte an Caras Mutter – ihrer beider Mutter – , die noch gefesselt in Justera weilte. Sie wusste, dass sie der einzige Mensch war, der Cara noch etwas bedeutet hatte. Aber sie würde sie nicht retten können. Wenn diese Welt zum Untergang verdammt war, würde sie nicht einmal sich selbst retten können.

Hant war unterdessen eine Schleife geflogen und befand sich nun erneut vor Justera. Über der Stadt stiegen soeben die Valtórn auf, die unter der Führung von Ka'ratak noch dort waren. Aus den Toren sah Felina Pardúk mit Menschen, Sharièn oder Andúrien auf ihrem Rücken flüchten. Die gewaltige Aschewolke drohte alsbald Justera unter sich zu begraben. Sie war diejenige der vier Städte, die dem Schlot am nächsten erbaut worden war.

„Flieg, Hant, schnell!", kreischte Felina unter dem ohrenbetäubenden Donnern des Gewitters und des Vulkanausbruchs.

Es war ihr nicht möglich, sich mit ihm zu verständigen. Die Tiere schienen jedoch miteinander zu kommunizieren. Zumindest sah es so aus, auch wenn ihre Schreie unter dem Dröhnen von Erde und Himmel für Felina nicht zu hören waren. Eine heillose Panik war in der Stadt ausgebrochen, jeder Mensch, Sharièn, Andúrien und jedes Tier versuchten, sich zu retten. Von hier oben erkannte Felina das immense Ausmaß der Katastrophe. Selbst, wenn es einen sicheren Ort gäbe, an dem man Schutz suchen könnte – niemand von denen, die zu Fuß unterwegs waren, würde diesen lebend erreichen. Die Valtórn und vielleicht auch die Pardúk wären ihre einzige Möglichkeit zur Rettung.

Die Erde bebte, das Donnern des ausbrechenden Vulkans mischte sich mit dem Donnern des Gewitters. Ascheteilchen flirrten durch die Luft.

Sie überflogen die Stadt und Felina entdeckte Torro im Hof auf dem Rücken eines Pardúk. Er schien Befehle zu erteilen. Sie sah ihn gestikulieren und das Tier wild herumreißen. Ka'ratak hopste nebenher, schrie und hackte auf

Torro ein, der ihn mit seinem Schwert abwehrte, da sein Pardúk auf den Valtórn überhaupt nicht reagierte. Einen kurzen Moment schwenkte Torros Blick zum Himmel und erspähte sie, dann konzentrierte er sich weiter auf den Angriff des Adlers, gab nebenher Anweisungen, kümmerte sich nicht mehr um sie. Einer der Thiennen versuchte ebenfalls, Ka'ratak zu beruhigen, doch der Raubvogel wurde nur wütender. Hant setzte zur Landung an. Felinas Kreischen, er solle weiter fliegen, blieb unbeachtet. Ihr Herz schlug in großer Angst vor dem, was sie dort unten finden würde. Und vor dem Gedanken, dass jede Sekunde, die sie zögerte zu fliehen, ihr eigenes Ende sein könnte.

Menschen lagen in den Straßen, sie konnte gar nicht sagen, wie viele es waren. Sie erblickte einen der Thiennen regungslos am Boden liegen. Weitere Riesenadler kamen ihnen entgegen. Ihre Rücken waren mit Menschen beladen, Kinder im Wesentlichen, in den Krallen trugen sie je zwei Erwachsene hinauf und wandten sich nach Norden.

„Komm weg hier, Hant", bettelte Felina. Ihre Furcht, das Magma könnte sich in wenigen Augenblicken seinen Weg durch diese Stadt suchen und alles und jeden, der dann noch hier war, zu einem Teil davon machen würde, wurde mit jeder Sekunde größer.

Abrupt landete Hant an der Seite Ka'rataks. Diesmal stürzte Felina zu Boden, da ihre Hände vor Angst zu sehr zitterten und der Vogel die Kralle kurz vor dem Aufsetzen öffnete.

Bevor sie sich allein wieder aufrappeln konnte, war plötzlich Torro an ihrer Seite und half ihr auf.

„Felina!", rief er mit einer Stimme, die ihr immer noch ins Herz ging, auch wenn sie kaum hörbar war. Der drohende Untergang ließ keinen Platz für dieses Thema. Sie richtete sich auf, machte sich von Torro los und drängte sich zu Hant hinüber.

„Wir müssen hier wieder weg, Hant, bitte!", rief sie verzweifelt, doch der Adler, immer noch Caras leblosen Körper in den Klauen, schien etwas zu suchen. Er verständigte sich mit Ka'ratak.

„Wir kommen hier nur auf dem Rücken der Valtórn weg oder wir sind alle des Todes", stellte der Thien Justeras nüchtern fest. Er war derjenige, der sich um Ka'ratak bemüht hatte.

Felina entdeckte Ta'rish an der Treppe des Herrenhauses. Sie war zusammengesunken. Die Hände waren ihr nach wie vor auf dem Rücken gefesselt, aber nicht mehr an einen Pardúk. Sie rührte sich nicht. Erneuter Zorn entbrannte in Felina bei diesem Anblick. Und der überwog ihre Angst.

„Ihr habt Cara getötet, ihr Verräter! Ihr habt es nicht anders verdient!", schleuderte Felina ihm ihre Wut entgegen.

„Ich bringe Euch in Sicherheit, Felina!"

Torro packte sie mit festem Griff, als erwarte er ihre Gegenwehr bereits. Felina spürte eine innere Anspannung. Sie wollte nicht zulassen, dass Torro darüber bestimmte, wohin sie ging. Selbst jetzt nicht, wo die Welt am Abgrund stand, und sie nicht an der Aufrichtigkeit seiner Worte zweifelte. Doch ihre vehemente Gegenwehr nützte nichts. Ihr Widerspruch blieb ungehört. Torro trug sie trotz strampelnder Beine zu Ka'ratak hinüber, der erneut mit dem Schnabel nach ihm hackte, allerdings nicht nahe genug herankam, um einen von ihnen ernsthaft zu verletzen.

„Nimm sie auf den Rücken, du Untier! Ich weiß, dass du mich verstehst. Nimm sie und Maroc. Aber ich muss mit euch kommen, sonst wird er ihr etwas antun. Verstehst du das? Ihr könnt ihn nicht lenken. Oder du musst ihn zurücklassen."

Felina zweifelte an Torros Verstand, der plötzlich mit dem Adler sprach, als wäre er ein Mensch. Sie blickte sich nach Maroc um, aber sie konnte ihn nirgends entdecken. Zwei Andúrien schleppten sich vorbei, orientierungslos. Drei Menschen rannten in die andere Richtung und verschwanden um eine Straßenecke.

„Statt dein Leben zu retten solltest du anderen helfen!", schrie Felina Torro an, schlug mit den Fäusten auf seinen Rücken ein. Er sollte sie loslassen!

Torro stockte kurz. Er blickte dem Adler fest in die Augen.

„Du kannst Maroc nicht allein mitnehmen, er ist eine Gefahr. Für alle."

Ka'ratak hielt plötzlich still. Er fixierte Torro mit seinen gelben Augen und es schien, als würde er ihm am liebsten sofort das Genick brechen. Doch dann neigte er den Rücken und fächerte seinen Flügel aus. Torro setzte Felina hinauf. Dann wies er den beiden umherirrenden Andúrien einen Platz auf Hants Rücken zu, der genauso wie Ka'ratak diese Handlung plötzlich bereitwillig geschehen ließ. Schließlich führte Torro seinen Pardúk zu Felina hinauf. Panisch starrte sie die Bestie an. Was sollte sie tun, wenn die sie angriff? Warum nahm er dieses Vieh mit? Wollte er sie bewachen?

„Du musst keine Angst haben", sagte Torro nur und hielt mit seiner Bestie so weit Abstand, wie es auf dem Rücken des Tieres möglich war.

„Wir fliegen, bevor es zu spät ist", sagte Torro und wollte Ka'ratak ein Zeichen geben. Doch Felina unterbrach ihn.

„Warte", sagte sie entschieden.

Donnern und Geschrei traten plötzlich in den Hintergrund, nur für einen Moment. Der Thien Justeras stand unten. Er machte keine Anstalten, sich um einen Platz auf dem Rücken der Vögel zu bemühen. Felina zögerte. Sie hatte ihn immer gehasst. Und er hatte sie immer aus dem Weg haben wollen. Aber er hatte Cara unterstützen wollen, zumindest zuletzt. Gut, vorher hatte er sie beinahe im Brunnen verrecken lassen. Aber er war Caras Vater. Konnte sie ihn wirklich guten Gewissens zurücklassen? Wo er hier vor ihnen stand und wissentlich in den Tod ging, sich nicht einmal aktiv um die einzige Möglichkeit der Rettung bemühte, die ihm blieb. Vielleicht würden sie ohnehin alle sterben, dann spielte sein Leben oder Sterben an diesem Ort keine Rolle. Sie sah sich um, aber kein anderes Lebewesen außer ihm und Ta'rish waren noch in ihrer Nähe, das sie hätten mitnehmen können.

Was für eine bittere Erkenntnis, dachte sich Felina, *ich kann die Eltern des Mädchens retten, was wegen ihnen ihr Leben lassen musste. Weil ihr Zorn, ihr Hass und ihre Angst die Völker in den Abgrund getrieben haben. Die Tochter dieser beiden hätte alles wieder zurechtrücken können. Aber man hatte sie getötet. Hinterrücks ermordet. Gewissenlos und gnadenlos.*

414

„Steigt auf!", forderte sie den Thien Justera nach wenigen Sekunden des Zögerns auf und machte eine einladende Geste mit der Hand. Das Dröhnen wurde wieder lauter. Donnerschläge zogen sich durch die Luft, die vor Spannung knisterte.

Er warf die Kapuze ab. Das erste Mal, seit sie ihn kannte. Der Thien Justera – oder auch der Vierte – zeigte sein Gesicht, das mit dem Mal der Sharièn gezeichnet war, einem Salamander zum Zeichen des Feueradepten. Blasse Augen blickten sie an. Mit der Kapuze war jegliche bedrohliche Aura von ihm abgefallen. Stattdessen wirkte er alt und gebrechlich.

„Ich wollte dich dem Orakel opfern", sagte er laut genug, dass sie ihn zwischen dem Donnern und Dröhnen von Himmel und Erde hören konnte, „und ich würde es immer noch tun, wenn es meinen Plänen dient."

„Steigt auf und nehmt Ta'rish mit", forderte Felina ihn dennoch entschlossen auf. Sie wollte dringend von hier fort.

Tatsächlich folgte er ihrem Wunsch, warf sich Ta'rish über die Schulter, die in den Fesseln der Andúrien nicht selbst gehen konnte, und kletterte zu den Andúrien auf Hants Rücken.

Torro verlor keine weitere Zeit und gab Ka'ratak ein Startzeichen. Er hob ab, Hant folgte ihm, doch unter dem großen Gewicht hatte das Tier Mühe, emporzusteigen und an Geschwindigkeit zu gewinnen.

„Du kannst uns helfen", rief Felina zu dem Vierten hinüber, „das Versteck der Vier in den Frostbergen, zeig es uns. Vielleicht haben wir eine Möglichkeit, dort zu überleben."

Die beiden Valtórn strengten sich an, zu den anderen aufzuschließen, die bereits vorausgeflogen waren. Nur knapp entkamen sie der nahenden Aschewolke, die sich wie ein Leichentuch über die Stadt und nahe Dörfer senkte. Als Felina zurückblickte, sah sie kaum noch etwas von Justera oder den zugehörigen Ländereien. Ausnahmslos wurde alles von der schwarzen Wolke vollständig verschluckt.

Torro saß neben Felina, doch er berührte sie nicht und versuchte weiter, den Abstand zu wahren, der möglich war und den sie wünschte. Der Pardúk lag gehorsam hinter ihm, ihm schien das Fliegen nichts auszumachen. Felina erkannte die Überreste von Blut an seinen Schnurrhaaren.

„Warum nehmen wir diese Bestie mit? Er wird die Überlebenden auffressen", sagte sie verärgert.

„Er ist Maroc", erklärte Torro knapp. „Hätte ich ihn besser töten sollen?"

Felina starrte ihn entgeistert an.

„Ich glaubte, das wäre nicht in Eurem Sinne." Es war kein Spott in seiner Stimme, den Ausdruck in seinen Augen vermochte sie nicht zu deuten.

„Das ist nicht wahr!", stieß sie hervor.

Torro antwortete nicht.

„Maroc würde niemanden töten! Und er war nicht im Orakel, er kann kein Pardúk sein!", versuchte sie sich selbst zu überzeugen.

„Das Gift der Bestie, die seinen Arm abgerissen hat, hat ihn wohl zu dem gemacht, was er nun ist. Ich weiß nicht, warum das bisher nie passiert ist. Vielleicht sind die Zauberkünste dieser Hexe dort drüben schuld." Er deutete mit einem Kopfnicken zu Hant hinüber, der Ta'rish auf seinem Rücken trug.

„Maroc hätte niemandem die Kehle zerbissen", sagte sie überzeugt.

„Vielleicht ist es Euch ein Trost zu wissen, wen er getötet hat."

Sie schwieg. Maroc konnte unmöglich diese Bestie dort sein. Das konnte nicht sein. Sie hatte vor ein paar Stunden noch mit ihm gesprochen. Das Schicksal konnte einfach nicht so grausam zu ihm sein.

Sie wandte ihr Gesicht von ihm ab. Blickte hinunter zu Caras Leichnam, der im Wind zwischen den Krallen des Adlers schwankte. Wieder traten ihr Tränen in die Augen. Wieso hatten sie sie töten müssen? Weil die Lösung für diese schrecklichen Männer so viel einfacher schien, als sich mit ihren selbstgemachten Problemen zu beschäftigen.

„Er hat ihren Mörder getötet, Felina", sagte Torro, „meinen Bruder."

Es schwang etwas in seiner Tonlage mit, an dem sie spürte, dass er die Wahrheit sagte. Sie sah ihn nicht an und blickte stattdessen in die Ferne, zu den Frostbergen, um die sich ebenfalls Gewitterwolken zusammenbrauten und Blitze zuckten.

Maroc war nicht mehr. Statt seiner eine Bestie, vor der man sich in Acht nehmen musste. Und er hatte Femimas und Caras Tod gerächt. An die Frage, ob Torro Trauer bei dem Verlust seines Bruders empfand, kam sie nicht, weil es unvorstellbar erschien, dass jemand einen so schlechten Menschen vermissen könnte.

Die Adler erreichten die Frostberge. Es wurde bitterkalt. Ihre Haut fühlte sich an wie Eis. Selbst hier oben war das Beben der Erde noch zu spüren. Soweit sie erkennen konnte, wenn sie zurückblickte, riss der Schlot weiter auf. Immer mehr Magma strömte daraus hervor. Mittlerweile breitete sich die Aschewolke über ganz Talimont aus und verwandelte das Land in ein schmutziges Grab.

Sie landeten im Schnee, was die Valtórn für gewöhnlich nicht taten, wie Felina von Maroc wusste. Aber da die Tiere erschöpft waren, blieb ihnen nichts anderes übrig. Felina fror mittlerweile erbärmlich, denn der eisige Wind hatte sie schon während des Fluges ausgekühlt. Selbst Ka'rataks dichtes Gefieder hatte als Schutz nicht ausgereicht. Ihr ganzer Körper zitterte, sie spürte ihre Zehen nicht mehr. Torro zog sein weißes Obergewand, welches er noch von der Feier trug, aus und gab es ihr. Das Leid überwog ihren Stolz und sie nahm den dünnen Stoff, um wenigstens etwas Abhilfe gegen die schneidende Kälte zu schaffen.

Der Thien Justeras war bereits auf der Suche nach dem Eingang zum Versteck der Vier und bahnte sich einen Weg durch den Schnee. Etwa zwanzig Valtórn waren hier oben gelandet. Die Kinder krochen ihnen dicht in die Federn, um sich zu wärmen, während die Erwachsenen bibberten. Es waren Andúrien unter ihnen, Menschen aus Justera, Sharièn, Livris. Aber Felina wurde schnell bewusst, dass es keine hundert waren, die sich hier sammelten. Ihre Augen suchten den Horizont ab. Weitere Adler waren nicht zu sehen.

„Hier ist es!", rief der Thien Justera über den Berg, „hier ist der Eingang. Kommt euch aufwärmen, wir entzünden ein Feuer."

Das Versteck entpuppte sich als ein groß angelegtes und gut ausgebautes Höhlensystem innerhalb des Berges. Es war ausreichend groß, dass gut und gern doppelt so viele Personen dort drinnen Platz gefunden hätten. Der Thien koordinierte die Verteilung der Flüchtenden und wählte Helfer aus, die Decken verteilten und einen Teil der Nahrungsvorräte ausgaben. Ein jeder machte sich nützlich und kaum einer sagte ein Wort mehr als zur Organisation notwendig.

Nachdem die Flüchtenden versorgt waren, kümmerte Felina sich um die Valtórn. Die Tiere hatte keine Möglichkeit, sich wie sie eine schützende Unterkunft zu suchen. Es blieb ihnen nichts anderes übrig, als im Schnee auszuharren und sich unter mehreren Felsvorsprüngen zu verteilen, um sich dort notdürftig vor Sturm und Eis zu schützen.

Im Innern des Verstecks entzündete der Thien Justera die Fackeln und Feuerschalen mit seinen blauen Flammen, aber sie waren sehr schwach. Ohne zu zögern, räumte er Bücher aus den Regalen und warf sie ins Feuer.

„Sie haben keinen Nutzen mehr", erklärte er, als Felina ihm dabei zusah, „so können wir wenigstens helfen, die Feuer am Leben zu erhalten. Meine Kraft vermag das nicht mehr lange."

„Warum kümmert Ihr Euch plötzlich um die, die Ihr immer verachtet habt?", fragte sie.

Er antwortete ihr nicht.

„Ihr habt die ganzen Schriften über Jahrzehnte gesammelt und selbst niedergeschrieben, und nun verbrennt ihr alles?", fragte eine Frau, die ihn ebenfalls beobachtete.

„Sie sind nichts wert. Es sind nur Lügen", erwiderte Thien Justeras. Er wandte bei diesen Worten das verdeckte Gesicht nicht der Frau, sondern Felina zu. Sie fragte sich, was für ein Mann er früher gewesen war. Vor etlichen Jahren. Sie hatte das Gefühl, dass es einen Grund für seine Verbitterung und seinen Hass gab, der vielleicht nicht immer da gewesen war. Aber spielte das noch eine Rolle? Jetzt ging es nur darum, zu überleben.

Das Beben der Erde war selbst im Innern des Berges noch zu spüren. Niemand wusste, wie lange sie in ihrem Versteck in Sicherheit sein würden.

Also packte auch Felina ein paar Bücher und warf sie in die Feuerschale zu den blauen Flammen. Das Feuer verzehrte sie langsamer als gewöhnliche Flammen. Winzige Glutfunken und Ascheteilchen stoben durch die Feuerschale und flirrten durch die Luft. Als würde es schneien. Aber dem war nicht so.

Plötzlich rief jemand ihren Namen. Felina blickte auf. Der Schneider Heranz humpelte auf sie zu. Sein Gesicht war eingefallen, Angst und Schmerz hatten frische Furchen in seinen Zügen hinterlassen. Wie ein Kind nahm er Felina in die Arme und drückte sie fest an sich. Felina erwiderte die Umarmung.

„Primm ist tot", klagte er. Tränen liefen ihm übers Gesicht und tropften in ihren Nacken. Trotz dessen spürte sie die Erleichterung in seinem Körper darüber, dass die Qualen dieser Liebe nun ein Ende gefunden hatten.

Sie wusste nicht, ob es angebracht wäre, ihr Beileid auszudrücken.

„Er hat es sicher verdient", schniefte Heranz, „er wollte die Livris aufhalten, als sie ihre Kinder auf einem der Andler in Sicherheit bringen wollten. Da hat ihn eines der Tiere angegriffen. – Dennoch fühle ich einen unerträglichen Schmerz."

„Er hat so viele Menschen gequält und Euch auch", sagte sie nur. „Femima und Farana haben es ebenfalls nicht geschafft." Heranz nahm sie fester in den Arm.

„Femima hat Euch geliebt wie ihr eigenes Kind, Felina. Das sollt Ihr wissen. Die Maske, die sie spielte, war für sie eine schwere Bürde. Sie hat es nur getan, um Euch zu schützen. Und sich selbst jeden Tag mit ihrem Gewissen geplagt. Was sie durch Recaro erlitten hat, ist unvorstellbar. Ihr größter Wunsch war, dass Ihr nicht dasselbe Schicksal erleiden müsst."

„Ihr wusstet davon?", fragte Felina tonlos, „warum habt Ihr ihr nicht geholfen?"

„Bitte verzeiht mir, Na'nan Felina. Ich verfügte nicht über genügend Macht, um ihr zu helfen. Ich konnte nicht einmal mit selbst helfen. Ich bat sie oft, zu gehen, aber sie entschied ein ums andere Mal zu bleiben – wegen Euch."

Tief trafen Felina seine Worte. Ihr Herz schmerzte, wenn sie an ihre Schwester dachte. Wenn sie daran dachte, wie sie sie gehasst hatte.

„Es ist nicht Eure Schuld, Na'nan Felina", sagte er.

„Bitte verzeiht, Heranz. Ich wollte Euch keinen Vorwurf machen", sagte sie leise. Das Gefühl der Schuld ließ sich nicht abschütteln. „Ich frage mich nur, warum sie sterben musste."

„Ihr müsst wissen, eine Gesellschaft ist nur so viel wert wie die Werte, die ein jeder Mitbürger wahrt. Manch einer hält sich nicht daran. Entscheiden die anderen dann wegzusehen, anstatt ihn zur Verantwortung zu ziehen, ist diese Gesellschaft nicht das wert, wofür sie steht."

„Ihr wart nicht der Einzige, der davon wusste", wurde ihr klar.

„Richtig. Recaros, Primms und Faranas Verhalten war ein offenes Geheimnis in Talimont. Aber man ließ sie gewähren. Die Ne'nors, die Thiennen. Wie soll jemand in dieser Gesellschaft einem anderen helfen, wenn das Fehlverhalten stillschweigende Akzeptanz findet? Femima konnte auch mir nicht helfen, so gern sie es getan hätte. Darum war ihr Weg, Euch zu schützen, ein schmerzvoller, aber sie hatte keine andere Wahl. Es ist nicht Eure Schuld, es war ihre Entscheidung. Ich hoffe, Ihr könnt das verstehen, und trotz allem Ihr Andenken mit Wohlwollen in Euch behalten anstatt mit Hass. Denn dafür ist sie gestorben – dass sie versucht hat, sich gegen diese falsche Gesellschaft aufzulehnen und andere zu schützen."

Felina wischte sich die Tränen aus den Augen, die bei Heranz Worten hineingetreten waren. Bitterkeit überschwemmte die Trauer. Sie würde Femima niemals ansehen und ihr sagen können, dass sie sie trotz allem liebte. Sie würde ihr niemals sagen können, dass sie in ihr keinen schlechten Menschen sah. Dafür war es nun zu spät.

„Was ist aus Cara geworden, ist sie am Leben?", fragte Heranz nach einer kurzen Pause und wischte sich die nassen Augen.

Felina blinzelte die restlichen Tränen weg und schüttelte den Kopf. Sie nahm den Schneider bei der Hand und führte ihn eine dunkle, in den Stein gehauene Wendeltreppe hinauf. Oben angekommen betraten sie ein kleines Zimmer, eine Kammer, die jetzt fast leer war. Zuvor hatte sie zur Lagerung von Möbelstücken und Decken gedient, die nun für die Flüchtenden ausgegeben worden waren.

Caras Körper lag auf dem nackten Boden. Das weite, ehemals weiße Hemd Marocs, welches sie trug, war braun von getrocknetem Blut. Felina hatte den Pfeil am Schaft abgebrochen, da sie sich nicht getraut hatte, ihn herauszuziehen. Dann hatte sie Caras Hände genommen, und sie über die Wunde gelegt. Im Raum stand ein Mann, vollkommen reglos, und sah auf sie hinunter. Es war der Thien Justeras.

„Armes Kind", sagte Heranz bedauernd, der sich nicht um die Anwesenheit des anderen scherte, „sie war so furchtlos. Ihr sinnloser Tod wird unser aller sein, fürchte ich."

Der Thien regte sich, seine Stimme war leise.

„Sie hat erkannt, was auch ich gesehen habe. Ich sprach mit den Adepten und mit Baren, mit Torro. Doch niemand glaubte mir, dass ihr Tod nicht die Lösung wäre. Endlich erklärten sie sich bereit zu verhandeln. Unter der Bedingung, dass Cara daran teilnimmt."

„Ihr habt sie in eine Falle gelockt! Wer gab Befehl, sie zu töten?", fragte Felina. Sie konnte nicht verhindern, dass Wut und Schmerz in ihrer Brust hinaufkrochen wie zwei Schlangen, die sich immer enger um ihr Herz wanden. „Sie ist Eure Tochter, ist Euch nicht einmal das heilig? Ihr selbst wart es, der sie im Brunnen verrotten lassen wollte. Ihr habt kein Herz!"

Sein Blick war immer noch auf den Leichnam gesenkt.

„Sie war meine Tochter, doch ich kann nichts davon fühlen. Manche Fragmente von unserem Innersten sterben durch einen schrecklichen ertragenen Schmerz ab und kehren niemals wieder. Ein Preis, den wir für unsere Fehler bezahlen. Heute habe ich gesehen, dass Cara einen Teil von mir in sich trägt. Und heute habe ich gesehen, wie sie gestorben ist. Wie auch der letzte Teil von mir.

Ich hätte nichts tun können. Niemand hätte das. Recaro von Misero schoss diesen Pfeil ab. Zuvor tötete er ein Bauernmädchen im Wachhaus des nördlichen Tores und beschaffte sich dort Waffen. Anstatt zu fliehen, da ihn als Kommandant die Hinrichtung erwartete, kehrte er zurück und erschoss das Mädchen. Niemand hat damit gerechnet."

Recaro. Er hatte Femima getötet und auch Cara. Und dann ... ein Bauernmädchen. Kariis, schoss es Felina durch den Kopf. *Kann es sein, dass Recaro auch sie getötet hat?*

Wie viele Leichen hatte sie auf ihrem Weg nur hinterlassen? Anstatt zu helfen, wie Felina es vorgehabt hatte, als sie vor Tagen aus Honestae weggegangen war, hatte sie nur Elend über alle gebracht.

„Wo ist er?", fragte sie tonlos.

„Torro hat ihm keine Gnade erwiesen. Sein Pardúk riss ihn in Stücke."

Torros Pardúk – Maroc.

Sie hatte plötzlich das Gefühl, der Boden würde unter ihren Füßen nachgeben. Die ganze Welt schien in einen bodenlosen Abgrund voller Hass und Schmerz zu fallen.

424

Nichts blieb mehr. Und alles, was gut war, wurde zuerst ausgelöscht. Wie um dem Schlechten mehr Raum zu geben. Sie konnte nichts empfinden über die Tatsache, dass Recaro tot war. Keine Erleichterung, keine Genugtuung. Keine Freude, keine Trauer.

„Hass und Angst haben alles in diesem Land zerstört", sagte sie, „Männer des Adels töten wahllos Frauen, Ehefrauen und einfache Bauernmädchen. Die Livris wurden jahrelang schrecklich gefoltert aufgrund eines Mythos. Brüder töten Brüder. Thiennen und Haushofmeister opfern Zofen, verbrennen Andersdenkende auf dem Scheiterhaufen. Sharièn wurden getötet und töten wieder, um sich zu rächen. – Wahrscheinlich haben die Götter recht, Heranz. Eine Bevölkerung wie diese – die keine Werte hat außer zum schönen Schein – hat es einfach nicht verdient, zu überleben. Vielleicht ist das unsere letzte Erkenntnis, die wir mitnehmen müssen, bevor diese Welt endgültig zugrund geht."

Die Tür öffnete sich ein weiteres Mal. Ta'rish trat ein. Felina hatte sie vorhin mit Wasser und etwas zu Essen versorgt, ihre Fesseln entfernt. Sie hatten nicht miteinander gesprochen. Ta'rish sah auch jetzt niemanden an und sprach nicht. Sie hatte vorher bereits alt ausgesehen, nun wirkte sie beinahe wie ein Geist, der schon nicht mehr sie selbst war. Mit hängenden Schultern trat sie an den Leichnam ihrer Tochter heran und sank neben ihm zu Boden. Stumme Trauer schüttelte ihren mageren Körper.

Felina wandte sich ab und verließ die Kammer. Sie wollte die Eltern des Mädchens mit ihrem Schmerz allein lassen. Die Worte von Heranz und des Vierten hatten ihr gezeigt, dass alles verloren schien. Die Götter wussten von den Verbrechen der drei Völker. Nach Talimont würden sie die Frostberge in sich zusammenstürzen lassen, da war sich Felina sicher. Sie würde trauern und sich nützlich machen, zumindest die Kinder nicht spüren lassen, was hier vor sich ging. Sie waren nicht die Schuldigen an diesem Untergang, den die Völker selbst verursacht hatten. Nur die Leidtragenden.

55
Ta'rish

- Unrecht möge vergehen -

Der Schmerz ebbte nicht ab, aber er hörte auf, sie zu schütteln. Nach langer Zeit, so fühlte es sich an – vielleicht war auch nicht viel davon vergangen – war sie in der Lage, ihren Oberkörper wieder aufzurichten. Ihr Blick fiel auf das blutgetränkte Männerhemd, auf die schwarzen zotteligen Haare und das bleiche, für ihr junges Alter schon viel zu stark gezeichnetes Gesicht. Es wirkte nicht friedlich. Es spiegelte das Erlebte von jemandem, der gekämpft hatte und schließlich zur Einsicht gezwungen worden war, dass Aufgeben der einzig mögliche Weg blieb.

Ta'rish spürte, dass sie nicht allein war. Sie erinnerte sich daran, dass der Raum voller Leute gewesen war. Vorhin. Aber die waren längst gegangen. Einer war geblieben. Sie wusste es, ohne sich umzudrehen, ohne ihn anzusehen. *Er* stand hier. Nach so langer Zeit, nach so vielen Jahren heimlicher Liebe, Jahren schrecklichen Leides, Entfremdung und Hass, fanden sie sich am Grab ihrer Tochter wieder. Vereint in der Zerstörung dessen, was sie geliebt hatten. Ein letztes Mal. Bevor der Berg ihr aller Grab werden würde.

Ihre innere Wut auf ihn war verraucht. Es gab keinen Grund mehr für sie, sich auf ihn zu stürzen. Es gab für nichts mehr einen Grund.

„Unrecht möge vergeh'n,

zerfallen zu Staub

Und mit dem Wind verweh'n.

Möge, der die Saat einst pflanzte,

Zerbrechen am Ende,

Als er auf unseren Gräbern tanzte", sagte sie in einem leisen Singsang, als spräche sie ein Gebet.

„Ist es das?", fragte er, ohne die Augen von Cara abzuwenden. „Ist das der Hass, den du gepflanzt hast?"

„Die Angst wurde vor ewigen Zeiten gesät. Der Hass entwuchs erst aus ihr wie ein Baumstamm aus einem Keim. Dieser Spruch stärkte nur den Stamm, der sich längst im Wachsen befand."

„Durch dein Versteck in den Aschedünen hast du alle Menschen dort unten zu Elend und Tod verurteilt", sagte der Vierte langsam.

„Maroc hat es mir bereits vor Augen geführt", erwiderte Ta'rish.

„Mit diesem Spruch hast du Rache üben wollen an jenen, die in Talimont lebten und frei und glücklich waren."

„Die die Menschen in den Aschedünen quälten", berichtigte sie.

„Gegen wen richtete sich deine Rache? Wer säte die Saat der Angst und des Hasses?"

Seine Frage blieb unbeantwortet.

Ta'rish entsann sich an den Tag, als sie mit der zwölf-jährigen Cara zu einem Felsvorsprung am Rande der

Aschedünen gegangen war. Um etwas auszuführen, mit dem sie lange gehadert hatte. Um ein Zeichen zu setzen. Sich im Stillen aufzulehnen gegen das Leben, wie es war und das sie nicht ändern konnte. Vor dem sie zu viel Angst hatte, es zu verlassen, auch wenn es das größte Elend bedeutete. Um ihre Art der Buße zu tun. Und danach hatte sie es verdrängt. Hatte versucht, niemals wieder daran zu denken. Hatte damals längst gewusst, was ihr Maroc noch einmal deutlich vor Augen geführt hatte.

Diese Art der Magie brauchte viel Zeit. Was sie der Erde gegeben hatte, würde sie sich nehmen, wenn die Zeit reif war. Sie hatte Silvánuba brennen lassen, das Unrecht, das dort geschah. Sie hatte die Menschen in Talimont erfahren lassen, was sie getan hatten. Ein jeder kannte nun das Verbrechen, das den Livris widerfahren war. Und erneut brannten die Feuer. Der Vulkan schluckte alles und jeden, ob schuldig oder nicht. Und das Ende – das war nun nah.

Aber es war noch ein Unrecht, das sie zu bestrafen gedacht hatte. Von dem sie wollte, dass alle davon erfuhren, sobald die Zeit reif war.

„Ich habe versucht, wieder gut zu machen, was *wir* getan haben – was wir als Sharièn getan haben."

Jetzt wandte er sich um.

„Du hast etwas vergraben", mutmaßte er.

Ta'rish nickte langsam.

„Es ist nicht allein das Unrecht, das die Menschen an den Sharièn begingen", begriff er.

„Nein. Es ist genauso das Unrecht, welches die Sharièn an den Andúrien begingen. Vor so vielen Jahrzehnten."

„Was hast du dort vergraben?", fragte der Vierte mit trockener Stimme.

Da sah sie ihn an. Ruhig. Ohne Hass. Ohne Trauer. Ohne Furcht.

„Haare derer, die die Saat einst pflanzten. Sie sollten als Letzte sterben. Nachdem die Qualen ihrer Taten sie bis an ihr Lebensende gequält hatten. Nachdem sie dabei zusehen mussten, wie alles andere zu Grunde ging. Hätte es Cara nicht gegeben, hätte ich mich in den Aschedünen nicht versteckt. Dann wäre Caritae nicht zerstört worden", flüsterte sie.

„Der Zauber hat uns also lange genug am Leben gelassen, um zuzusehen. So ist Caras Ende unser Ende", vermutete er.

„So ist es."

„Ich tanze nicht", sagte er nach einer Weile leise.

„Du hast geglaubt, wir könnten noch etwas retten, was nicht mehr zu retten ist. Es ist alles zerstört. Es ist vorbei."

Ta'rish legte sich auf den nackten Boden, mit dem Kopf auf die Brust ihrer Tochter. Sie schloss die Augen. Sie wusste, dass ihr Herz in wenigen Augenblicken aufhören würde zu schlagen.

Sie hatte ihren Tod selbst gewählt.

„Ich glaubte, ich könnte wieder aufnehmen, was ich vor Jahrzehnten begonnen hatte. Um die Völker zu einen. Cara war der Segen, der ich nicht sein durfte. Doch dein Zauber holt mich nach so vielen Jahren ein. Ich spüre es. Das war dein Ziel, nicht wahr? Warum hast du Cara zu den Sharièn gebracht? – Du hast selbst geglaubt, sie könnte die Rettung sein, auf die alle warten nicht wahr? Du hast geglaubt, sie würde heilen, was wir verbrochen haben."

„Ich habe geglaubt, mein Zauber könnte ungeschehen gemacht werden, weil sie die Kraft dazu besäße. Aber ich hatte vergessen, was ich getan hatte", murmelte sie.

„Was hast du noch getan?", fragte er.

„Caras Haar lag mit im Bündel, das ich in der Erde vergraben habe", waren die letzten Worte, die Ta'rish über die Lippen kamen.

56

- Die Farben -

*T*a'rish kam auf Felina zu. Sie war gerade dabei, Lager für die Kleinsten zu richten, damit sie schlafen konnten.

„Kann ich dich sprechen?", fragte sie zögernd.

Felina blickte auf, sah die Frau an. Diese Frau, eine seltsame Heilerin, Mörderin, die ihre Mutter war. Sie nickte und verließ mit ihr den Raum, um die Kinder nicht zu stören.

„Ich weiß nicht, ob ich dir eine Mutter sein kann. Ich denke, dass du das nicht einmal möchtest. Du hattest Angst vor mir, das kann ich verstehen. Vielleicht verachtest du mich, weil ich diese Männer getötet habe."

Felina sagte nichts und wartete gespannt darauf, was sie von ihr wollte.

„Die ganzen Jahre habe ich geglaubt, du wärst tot zur Welt gekommen. Cara war das Einzige in meinem Leben, was ich hatte, das Einzige, wofür ich noch existierte. Das Einzige, wofür ich eine ganze Stadt ins Unglück stürzte, Tausende Leben zur Auslöschung freigab. Nur, um es zu behalten und vor dem Hass deines Vaters zu schützen. Der Schmerz um dich und die Angst davor, dass auch Cara mir genommen werden könnte, haben mein ganzes Leben bestimmt. Doch ich habe meine Schuld eingestanden. Und ich werde Buße dafür tun.

Ich weiß nicht, ob ich das für dich sein kann, was ich für Cara war. – und es tut mir leid", erklärte sie stockend.

Felina erinnerte sich an den Anfang, als die Ta'rish als seltsame mordende Heilerin kennengelernt hatte. Sie hatte Angst vor ihr gehabt, denn sie hatte sie bedroht. Doch später hatte sie ihr geholfen, das Tor zu öffnen und auf sie acht gegeben.

„Das musst du nicht sein", sagte Felina, „ich war mein ganzes Leben lang allein und bin erwachsen. Ich brauche keine Mutter mehr, die für mich sorgt. Meine ältere Schwester hat sich um mich gekümmert."

Der Schmerz um Femima stach ihr ins Herz, als sie die Worte aussprach. Sie spürte, wie sehr die Frau ihre Worte trafen. Sie war nicht imstande, etwas für diese Frau zu empfinden als Mitleid und immer noch etwas Furcht. Sie war ihr nach wie vor fremd.

„Aber ich könnte jemanden brauchen – falls wir überleben – der Caras Andenken mit mir bewahrt. Der mir hilft, die Leute daran zu erinnern, was sie durchgemacht hat und wofür sie gestorben ist. Sie wollte nicht viel. Nur in Frieden leben, aber sie wollte frei sein. Macht und Ansehen bedeuteten ihr nichts."

Ta'rish lächelte schwach und tätschelte unbeholfen Felinas Hand, die diese ihr gereicht hatte.

„Ich werde tun, was in meiner Macht steht."

Ta'rishs Bild verschwamm merkwürdig vor ihren Augen.

„Na'nan Felina?", riss sie eine vertraute Stimme aus ihrem Traum. Sie schreckte auf, spürte immer noch die Müdigkeit in ihren Gliedern, die schwer wie Blei wogen. Sie brauchte einen Moment, um sich zu orientieren. Die Stimme gehörte zu Torro, der vor ihr stand. Und da merkte sie, dass sie in einer Ecke aus Säcken eingeschlafen war und dass sie soeben geträumt hatte. Sie erinnerte sich daran, dass sie den innigen Wunsch verspürt hatte, mit sich und ihrer Trauer allein zu sein, zu verarbeiten, was geschehen war. Zu akzeptieren, dass es auch für sie vielleicht bald vorbei sein könnte. Doch innerhalb des Zufluchtsortes hatte sie keine Ruhe gefunden. Also hatte sie sich in Arbeit gestürzt und geholfen, wo sie nur konnte. Und dann war sie irgendwann vor Erschöpfung in einer Ecke eingeschlafen.

Der Traum hatte sich seltsam echt angefühlt. Sie nahm sich vor, mit Ta'rish zu reden, sollten sie überleben.

„Ich möchte Euch sprechen, Na'nan Felina", klang Torros Stimme ihren Geist weich umschmeichelnd, „bitte. Bitte verzeiht, dass ich Euch geweckt habe."

Widerwillig, das Gefühl ihre Beine wie schwere Gewichte hinter sich herzuschleifen, folgte sie ihm hinunter in die Bibliothek, in eine Ecke der teilweise leergeräumten Bücherregale, in der sie ungestört miteinander reden konnten.

„Wo habt Ihr Maroc hingebracht?", fragte sie, nachdem sie wieder zu sich gekommen war.

„Er befindet sich an einer Kette am Eingang des Verstecks. Er wird nicht gefährlich, ich passe auf. Ich habe Erfahrung mit den Pardúk. – Felina, ich möchte ..."

„Versteht er, was wir sagen?", unterbrach Felina ihn schnell. Sie wollte andere Themen um alles in der Welt vermeiden.

Torro zuckte mit den Schultern.

„Ich weiß es nicht. Normalerweise sind Pardúk seelenlose, von Grund auf bestialische Raubtiere, die abgerichtet werden. Er benimmt sich anders. Vielleicht blieb ihm ein Teil seiner Seele erhalten. – Felina, können wir bitte ..."

„Würde er mich angreifen, wenn ich zu ihm gehe?" Gnadenlos ignorierte sie seine Versuche, über sein Thema zu sprechen.

„Ich passe auch Euch auf, Felina." Sie spürte, wie er dem Drang widerstand, ihr näherzukommen.

Felina kreuzte die Arme vor der Brust. Sie erwiderte nichts, sondern ging mit verschränkten Armen an Torro vorbei, der zu einem erneuten Gespräch ansetzte, stieg die Treppe hinunter zum Durchgang nach draußen, wo der Pardúk Maroc angekettet auf dem Boden döste.

„Maroc", flüsterte Felina, „Maroc, erkennst du mich?"

Ihr Herz pochte. Einmal aus Angst davor, dass er sie angreifen könnte. Und einmal, weil ihr Verstand sich weigerte, zu glauben, dass Maroc wirklich dieses Schicksal ereilt hatte. Er hatte so sehr gekämpft. Er hatte immer nur sein Volk retten wollen. Doch er hatte übersehen, dass das vermeintliche Recht seines Volkes nicht das Richtige war. War das seine Strafe dafür, dass er zu blind gewesen war, um das Richtige zu sehen? Er war der Hüter des Orakels von Arimâgart gewesen. Er hatte die Inschriften des Orakels gekannt. Aber er hatte die Wahrheit verdrängt. Genauso wie die Menschen es getan hatten.

Der Pardúk hob seinen Kopf und die kleinen Augen glühten wie Kohlen in der Dunkelheit. Zögernd hielt sie ihm ihre Hand hin, damit er daran schnuppern konnte. Doch sein Blick fiel auf jemanden hinter ihr, und er ließ ein kehliges Knurren hören.

„Bleib ruhig", sagte Torro streng.

Felina ignorierte Torro. Sie streichelte Maroc behutsam über den Kopf, unsicher, ob er begriff, wer sie war. Er ließ es geschehen, sein Blick blieb wachsam und sein Körper angespannt.

„Bitte lasst mich mit ihm allein, Torro."

„Es tut mir leid Na'nan, ob die Welt nun untergeht oder nicht, aber das Risiko, dass er Euch zerfleischt, weil er mehr Bestie in sich hat als Mann, kann ich nicht eingehen."

„Armer Maroc", flüsterte sie leise, „nun war alles umsonst. Cara ist tot. Du bist nicht mehr du selbst und hast deinen Kampf verloren. Aber du bist dem falschen Ziel gefolgt und hast deinen Weg mit Leichen gepflastert. Femima und Kariis mussten sterben, weil sie dir helfen wollten. Du hast nur noch dein Ziel im Auge gehabt. Du hast an eine Wahrheit der Sharièn geglaubt, obwohl du es besser hättest wissen müssen. Du kanntest die Inschriften von Arimâgart, denn du bist lange der Hüter des Orakels gewesen. Du hast sie Cara geschickt, als sie die fliegenden Gedanken benutzte. Als es zu spät war, hast du dich daran erinnert. Aber am Ende hat es ihr nicht geholfen. Trotzdem tut es mir leid, dass es für dich so enden musste."

Sie wollte ihm einen Kuss auf den Kopf geben, doch er fletschte die Zähne und sie schreckte zurück.

Torro riss an der Kette, die das Tier um den Hals geschlungen hatte.

„Wenn du ihr ein Haar krümmst, wird dich mein Schwert aufspießen, lass dir das gesagt sein!", fuhr er auf.

„Torro!"

„Na'nan Felina, er ist kein Mensch oder Sharièn mehr. Vielleicht übernimmt der Instinkt bald alles in ihm. Er ist gefährlich. Lasst uns wieder zurückgehen."

Da sie selbst eine steigende Angst verspürte, folgte sie Torros Aufforderung und ging mit ihm zurück in die Höhle.

„Felina, ich bitte Euch, hört mich an", versuchte Torro es erneut, bevor sie die Treppe hinaufstiegen.

„Ihr widert mich an, Torro. Es gibt nichts, was Ihr mir noch zu sagen hättet." Sie wollte an ihm vorbei, doch er verstellte ihr den Weg.

„Ich würde alles tun, Felina – *alles*, was Ihr verlangt. Ich habe Farana geopfert, um Euch zu retten. Ich habe mein Leben lang nur nach meinem Ehrgeiz, nach Ruhm und Ehre gestrebt. Habe versucht, meinem Vater und meinem Bruder zu beweisen, dass ich der bessere Mann bin. Aber ich verstehe immer mehr, dass das nicht von Bedeutung ist – Ihr liebt mich, Felina."

Sie sah ihn an, hörte die weiche Stimme an ihrem Ohr, doch ihr Zauber war erloschen. Ihr Herz blieb kalt.

„Selbst wenn wir alle mit Vílevèna untergehen, Felina", sprach er weiter, als sie nichts erwiderte, „lasst mich wissen, dass Ihr mich noch liebt. Mein Geist könnte niemals Ruhe finden, wenn ich diese Gewissheit nicht haben kann. Lasst mich beweisen, dass ich zu mehr fähig bin, als das, was Ihr von mir denkt!"

Da brach sie ihr Schweigen.

„Ich hatte mich in Euch verliebt, das ist wahr. Jahre scheint es her zu sein, wie in einem anderen Leben oder einer anderen Welt. Als die Sonne über Talimont schien und mein größtes Problem der Konkurrenzkampf zwischen mir und meinen Schwestern war. Als ich Euch für einen edlen Mann der Patrons hielt, der unser Land treu und tapfer verteidigte. Doch ich entschied mich dafür, von zuhause fortzugehen. Und als ich das tat, sah ich, auf welche Weise diese Welt wirklich funktionierte. Und ich sah, was für ein Mensch Ihr in Wirklichkeit seid. Ihr seid ein Mörder, Torro. Nicht nur einer, der im Kampf Feinde tötet, sondern jemand, der wehrlose Frauen und Kinder ermordet. Ich kann niemals wieder etwas für Euch empfinden."

Sie sah ihm fest in die Augen.

„Ihr habt mir das schon am Abend des Balls deutlich gesagt. Und ich habe über Eure Worte nachgedacht. Ich bin bereit, Buße zu tun, Felina. Ich bin bereit, alles zu tun, was Ihr verlangt, um wieder gut zu machen, was ich getan habe. Ich bin fähig, mich zu ändern, mein Leben zu ändern. Die alte Welt ist ohnehin zerbrochen. Sollte es morgen eine neue geben, dann werde ich alles dafür geben, diese mit Euch aufzubauen, gemeinsam mit den Livris. Auch sie sollen einen Platz darin haben, so wie Ihr es wünscht. – Mir ist erst durch Eure Worte bewusst geworden, dass ich im Unrecht war, Na'nan. Und ich bedaure, so lange diesen Weg gegangen zu sein. Denn alles, was ich immer wollte, wart Ihr. Alles andere hatte keine Bedeutung."

Sie schwieg eine Weile. Torro ging vor ihr auf die Knie.

„Vergebt mir, ich flehe Euch an. Ohne Eure Gunst ist mein Leben nichts wert. Selbst wenn es nur noch ein paar Stunden andauert. Dann hätte ich mich ebenso von den Lavamassen begraben lassen sollen."

Eine Erkenntnis reifte in ihr. Endlich antwortete sie.

„Ihr werdet dafür sorgen, dass dieses Land wieder aufgebaut wird. Mit den Sharièn, Andúrien, Menschen und Livris. Ihr werdet die niedrigste Arbeit tun und ohne Rang und Namen bis zum Ende Eures Lebens dafür sorgen, dass die Livris und alle anderen ein besseres Leben haben werden. – Falls es einen Morgen gibt, an dem die Götter uns das gestatten. Ihr habt diesen Weg mit uns gewählt, also geht ihn mit uns weiter oder sterbt. Das ist das, was Ihr als Buße tun könnt, wenn Eure Worte aufrichtiger Natur sind. – Aber seid Euch gewiss, dass ich niemals Liebe für Euch empfinden werde. Nachdem, was Ihr getan habt, ist das unmöglich."

„Sie wären heute ohnehin alle gestorben, Felina. Sind meine Taten immer noch von so großer, schrecklicher Bedeutung? Keiner von denen hätte überlebt."

„Das spielt keine Rolle, Torro. Es geht um Euer Herz, das diese Verbrechen begangen hat. Euer Denken, diese Menschen für Euch als wertlos zu erachten. Ihr könnt selbst entscheiden, ob Ihr Buße tut und den Weg mit uns geht. Aber wenn Ihr bleibt, werdet Ihr für den Rest Eures Lebens alles tun, um uns zu helfen. Lieben oder heiraten werde ich Euch niemals."

Am Abend oder am nächsten Morgen – wer wusste das schon – hatten sich die Überlebenden im Hauptsaal versammelt. Die Angst unter ihnen war groß. Die meisten glaubten, dass der Vulkanausbruch nur der Anfang war. Der Beginn einer Apokalypse, bei der Vílevèna völlig unbewohnbar gemacht werden würde. Es wurde nicht viel gesprochen, man ertrug den Schmerz um die Toten und die Angst vor der Zukunft schweigend und in Gemeinschaft. Die Zeit verstrich, ohne dass jemand einen Blick dafür hatte.

„Ma, die Farben sind weg", sagte ein kleiner Junge im Schein der blauen Flammen plötzlich, während die meisten still vor sich hin dösten.

„Dann dämmert es, mein Sohn", erwiderte die Mutter schwach.

„Nein", beharrte das Kind, „sie sind schon ganz lange nicht mehr da, noch nie war eine Dämmerung so lang!"

Sie blickten sich untereinander an. Tatsächlich waren die Farben an ihren Hälsen verschwunden, auch Felinas Kehle, die sich nicht mehr verdeckt hatte, seit Cara sie darum gebeten hatte, zeigte nichts mehr an. Sie zögerten, überlegten, ob es vielleicht nur am Zeitempfinden hier drinnen lag. Schließlich erhob sich Torro und schritt hinab, nach draußen.

„Es ist Tag, seit Stunden", sagte er nur, als er zurückkehrte.

Es kam Bewegung in die Leute.

„Vielleicht war es Caras letzter Wunsch. Wir hatten kurz vor ihrem Tod darüber gesprochen. Sie wollte uns von der Last der Farben befreien. Das sagte sie auch noch, als sie mit den Vier sprach", erinnerte sich Felina.

„Sind wir jetzt alle gleich?", fragte der Junge wieder.

„Wir sind schon alle gleich, immer gewesen", sagte Felina. „Wir sind drei Völker, die verschiedenes Aussehen und Gaben besitzen, so wie du braune Haare hast du dieses Mädchen dort blonde. So wie einer kämpfen kann und ein anderer musizieren. Doch anstatt uns die Musik des Musizierenden anzuhören und die Kampfkunst des anderen zu betrachten, zogen wir Mauern voller Angst zwischen uns und ein jedes Volk behauptete, das Recht läge auf seiner Seite. So tat es der Adel der Menschen den Bürgern gegenüber und die Menschen des Plateaus den Menschen im Tal gegenüber. Und wir vergaßen, dass wir alle gleich sind. Wir sind alle Bewohner dieser Welt und hatten alle gemeinsam die Aufgabe, diese zu schützen. Und haben alle gemeinsam versagt."

„Ist es nun zu spät? Wenn wir doch jetzt wissen, dass wir alle gleich sind, können wir dann nicht weiterleben?"

Die Frage des Kindes wog schwer im Raum und nicht einmal der Torro schien es übers Herz zu bringen, diese Frage ehrlich zu beantworten.

„Ich und der Vierte, Torro und Baren werden nach draußen gehen und uns mit den Valtórn umsehen und abschätzen, wie weit das Ausmaß der Zerstörung bereits gekommen ist", erklärte der Erste.

Felina erhob sich und stieg zu der Kammer hinauf, in der Caras Leichnam lag, um den Vierten zu holen. Es war still hinter der Tür. Sie drückte die Klinke herunter und spähte hinein.

Cara lag auf dem Rücken, wie sie sie dort hinterlassen hatte. Auf ihrer Brust hatte Ta'rish ihren Kopf abgelegt und sich an ihre Seite gelegt, einen Arm um ihren Körper gelegt. Auf der anderen Seite Caras lag der Vierte. Er hatte seine Hand auf den Arm von Ta'rish gelegt, der Cara umschlang.

Ihre Seelen waren gegangen. Das Zittern der Erde erstarb in diesem Moment und das Donnern des Gewitters verstummte.

Epilog

Sie klappte das Buch zu, das sie in den Händen hielt und schaute auf den schwarzen Hügel aus erkaltetem Lavagestein, der an dieser Stelle auffällig aus dem Gras ragte. Er wirkte wie ein Mahnmal, das an die schreckliche Tragödie erinnerte, als der Vulkan einst ausgebrochen war. Sie hatte die Geschichte darüber soeben zu Ende gelesen.

Das Mädchen strich mit der Hand über den Namen, der unter dem Titel *Die Geschichte Vílevènas* prangte: Na'nan Felina von Caritae. Das war ihre Urgroßmutter.

„Ob die Geschichte wahr ist?", fragte sie, als sie spürte, dass jemand hinter sie trat.

„Manche glauben, es wäre nur ein Märchen."

„Es ist eine traurige Geschichte. Dieses arme Mädchen Cara musste so viel durchmachen und am Ende haben sie sie wie ein Lamm zur Schlachtbank geführt. Und trotzdem ist die Welt untergegangen."

Neben der Erhöhung aus schwarzem Stein war ein Grab errichtet worden, eine Statue war das einzige sichtbare Zeichen dafür, denn mittlerweile war Gras über die Stätte gewachsen. Die Statue zeigte ein Mädchen, das, wie sie wussten, Cara darstellen sollte. Die weiße Skulptur stand auf einem Tisch aus weißem Stein, der auf einem Bein stand, aber so fest in der Erde verankert war, dass er nicht umkippte. Auf dem Boden des Tisches waren drei deutlich kleinere Figuren zu sehen, die verschlungen zu Caras Füßen lagen. Das Mädchen auf dem Rücken, ein Mann und eine Frau, die sie umschlungen hatten. Darunter hatte der Künstler seinen Namenszug in den Stein geritzt: Heranz Fernald. Am Fuße des Tisches wuchsen Blumen, aus denen die Kinder manchmal Kränze flochten und diese zum Zeichen des Gedenkens der Statue um den Hals hängten.

„*Eine* Säule – für *ein* Volk, in dem jeder gleich und doch anders sein darf. Sie ist weiß, weil es keine Farben an den Hälsen der Menschen mehr gibt. Und weil alle Farben in der Farbe weiß vereint sind." Der Junge kannte die Geschichte.

„Ich finde es immer noch schrecklich, was Cara durchgemacht hat. Sie wollte nichts weiter als frei leben. Es ist schon seltsam. Ihre Eltern haben schreckliches Leid über die Welt gebracht und Cara hätte es richten können. Das Orakel hatte sie dazu ausersehen, die Welt zu heilen. Aber ihre Mutter hatte, obwohl sie sie angeblich nur schützen wollte, mit einem Zauber bereits dem Tod geweiht. Schon viele Jahre zuvor. Eine unvorstellbare Tat. Wie gramvoll muss diese Frau gewesen sein, über das was ihr angetan wurde. Ich weiß nicht, ob man Mitleid mit ihr haben sollte oder ob sie nur eine furchtbare Mörderin war."

„Caras Ermordung war eine schreckliche Tragödie. Aber sie hat diese Welt geheilt, wenn sie auch selbst ihr Leben verloren hat. Erst durch ihren Mut haben die Völker gelernt, das zu tun, was die Götter von ihnen erwarteten: zusammenzuhalten, um zu überleben. Sie haben sich geschworen, zukünftig als ein Volk zu leben. Damit haben sie die Götter besänftigt und konnten neu beginnen. Und eine Gesellschaft auf Werten aufbauen, die diese lebt", erklärte er.

„Das hätten sie schon viele Jahre früher und ohne so viele Opfer haben können. Ich frage mich, ob die Magie der Sharièn oder der Andúrien zu Beginn der Welt wirklich so stark gewesen ist. Aber das weiß niemand mehr." Eingehend betrachtete sie die Statue.

„Es wurde viel zerstört und viele sind umgekommen. Das Orakel liegt in Trümmern, keine einzige Stadt blieb verschont. Es heißt, die Lavaströme liefen bis ins Gelbe Meer hinein und endeten erst beim Wald der Säulen. Niemand weiß mehr etwas aus der Zeit des Anfangs", sagte er.

Sie wandte sich um und blickte auf die Stadt hinter sich. Es hieß, sie wäre nicht so groß wie die Städte es damals gewesen waren, und ihr fehlte die schützende Mauer. Auch die prächtigen Gärten auf den Dächern der Häuser, wie es sie früher in Honestae gegeben haben sollte, waren nicht nachgebaut worden. Überhaupt fehlte es an Luxus. Dafür besaß jeder Bürger genug zum Leben.

„Es muss sehr lange gedauert haben, die neue Stadt zu errichten. Meine Urgroßmutter Felina hatte bestimmt, dass sie Caritae heißen soll, wie die Stadt im Tal, die damals von den Menschen zerstört und zum verkohlten Herz der Aschedünen wurde. Das bedeutet Barmherzigkeit. Denn die Götter zeigten Barmherzigkeit, als sie sie am Leben ließen. Sie beschloss, zukünftig auch allen anderen Barmherzigkeit zeigen."

Er lachte.

„Hast du das Buch gelesen oder auswendig gelernt?"

„Du irrst dich übrigens. Es gibt wohl Zeugen dieser Zeit vor dem Krieg", antwortete sie altklug, „die Valtórn. Und außerdem haben meine Eltern mir diese Geschichte schon huntertmal erzählt, aber nun wollte ich sie einmal selbst lesen."

„Ja, aber die Valtórn können nicht sprechen."

Sie verließ den Platz, er folgte ihr.

„Komm weiter, mein Alter", sagte sie zu dem Tier, das an einer Leine hinter ihr hertrottete. Es sah tatsächlich alt aus, das Maul schien die Zähne verloren zu haben und er schlich kraftlos hinter ihr her. Seine Augen glühten schwach im Tageslicht.

„Maroc bewegt sich nur noch, wenn man ihn hinter sich herzieht", beschwerte sie sich, „ich kann gar nicht glauben, dass diese Tiere früher wirklich so gefährliche Bestien gewesen sein sollen. Maroc ist zahmer als eine Schildkröte."

„Mein Urgroßvater Torro ist auf ihnen geritten und hat eine ganze Armee von ihnen befehligt. Sie sollen brutale Mörder gewesen sein."

„Weißt du, zu jeder fünften Nacht kommt ein Adler zu uns in den Hof und es sieht aus, als würde er mit ihm sprechen. Es heißt, die beiden sollen Brüder gewesen sein. Der Legende nach hätte Ka'ratak sich vor langer Zeit, im Krieg der Sharièn und Andúrien für Maroc geopfert. Aber vielleicht hat Felina sich das auch nur ausgedacht. Meine Urgroßmutter liebte Märchen." Sie zuckte mit den Schultern. „Trotzdem kommt immer noch ein Adler zu ihm. Ich glaube, sie hatte einen Hang zur Romantik, weil die wahre Geschichte so furchtbar war. In diesem Buch steht zumindest nichts darüber.

Mit deinem Urgroßvater brauchst du nicht prahlen. Er war ein schrecklicher Mörder."

„Ja, er war ein sehr schlechter Mensch, das stimmt. Er hat sich wohl nach dem Untergang beinahe zu Tode geschuftet, um alles wieder mit aufzubauen. Ohne ihn hätte Felina es sicher nicht geschafft. Aber verziehen hat ihm deine Urgroßmutter nie."

„Was er getan hat, war unverzeihlich. Wie kann man so einen Menschen dann noch lieben? Sie hat schon Größe genug gezeigt, ihn am Leben zu lassen."

„Er hat wenigstens eingesehen, dass sein Handeln falsch war und den Rest seines Lebens Buße getan", versuchte der Junge noch, zumindest etwas Ehre an Torro zu lassen.

„Aber das macht den Mord an wehrlosen Menschen nicht ungeschehen und bringt die Toten nicht zurück. Ich könnte auch keine Liebe mehr für so jemanden empfinden."

Er holte sie mit schnellen Schritten ein, drehte sich im Gehen um, und lief rückwärts vor ihr her. Sie schritt schneller, um ihn zu Fall zu bringen, doch er schien ein geschickter Rückwärtsgänger zu sein.

„Das verstehe ich. Aber hätte sie ihm nicht verzeihen können, nachdem er sich dann so geändert hat? Nachdem er dann so sehr mitgeholfen hat, dass sie überleben können."

„Ich weiß nicht, ob sie ihm jemals verziehen hat. Das hat sie nicht in das Geschichtsbuch geschrieben. Geheiratet hat sie irgendwann jemand anderen und auch dein Urgroßvater schien eine Frau gefunden zu haben, die ihn haben wollte. Sonst wärst du heute kaum da."

Sie lachte. Mit den Jahren waren die Schatten der Vergangenheit kürzer geworden und hatten ihren Schrecken teilweise eingebüßt. Für die jungen Menschen entsprachen die vergangenen Ereignisse eher dem Charakter einer Schauergeschichte gepaart mit Märchen, Mythen und Legenden.

Er schwieg.

„Was ist?", fragte sie nach einer Weile und dachte daran, dass es früher einmal die Möglichkeit gegeben hatte, die Gefühle an den Hälsen der Menschen abzulesen. Ob es nicht viel leichter gewesen war, sich mit diesen Farben zu verständigen? Sie verstand nicht so recht, warum die Menschen diese Gabe nicht als Geschenk gesehen hatten.

„Es steht nicht in deinem Geschichtsbuch, weil es keine Rolle in der Geschichte Vílevènas spielt", begann er zögernd.

Sie blieb stehen und sah ihn fragend an. Er schwieg verlegen.

„Nun sag schon", forderte sie ihn ungeduldig auf.

„Mein Urgroßvater hat niemals jemanden gefunden. Er hat immer nur Felina geliebt. Sie soll eine sehr schöne Frau gewesen sein."

„Das war sie, siehst du doch an mir", sagte sie mit einem Augenzwinkern, um ihm das Erzählen zu erleichtern, und lauschte trotzdem gespannt.

„Torro hat nie eigene Kinder gehabt. Er hat sich damals um zwei Waisenkinder gekümmert, die den Vulkanausbruch überlebt hatten. Eines davon war aus den Aschedünen und eines von einer Bauersfrau. Er hat sie allein großgezogen. Ich stamme genau genommen gar nicht von ihm ab."

„Na so ein Glück", scherzte sie, um die gedrückte Stimmung zu überspielen, „dann muss ich die Freundschaft doch nicht beenden."

„Ich habe mich allerdings immer gefragt, ob man ihm nicht hätte irgendwann verzeihen sollen. Er hat viel Gutes getan", murmelte er in einem beinahe entschuldigenden Tonfall.

„Ich denke nicht", entschied sie, ließ die Leine los und lief mit wippendem Zopf die Wiesen hinunter.

„Ich glaube schon", erwiderte er und rannte ihr nach.

Ende

Nachwort & Dank

Liebe Leserin, lieber Leser,

vielen Dank, dass Du mich bis zum Ende dieser Geschichte begleitet hast. Ich hoffe, es ist mir gelungen, für alle Figuren ein würdiges (wenn auch teilweise sehr trauriges) Ende zu finden. Außerdem hoffe ich, dass ich dich mit der gesamten Trilogie mit all ihren komplexen Verwicklungen und Intrigen fesseln konnte und du das letzte Buch genauso verschlungen hast wie die ersten beiden Bände. Und vielleicht lässt es dich nachdenklich zurück.

Was meinst du, hätte man Torro irgendwann verzeihen können? Was denkst du über Ta'rish, die ihr Kind nur schützen wollte, aber ein ganzes Volk vernichtete? Auch wenn sie nicht die Mörderin war, war sie tatsächlich nur das Opfer? Cara hätte nicht sterben müssen, hätte sie sie mit ihrem Zauber nicht dem Tode geweiht. Trotzdem ist es ihr gelungen, die Völker zusammenzubringen. Eine Bitte an dich: Hinterlasse gerne eine kurze Bewertung bei Amazon, Thalia oder Leserportalen, denn so hat diese Geschichte eine Chance auf mehr Sichtbarkeit.

Der Abschlussband hat leider ein Jahr länger gedauert, als ich eingeplant hatte. Die letzten Wochen vor der Veröffentlichung habe ich wirklich überall geschrieben, überarbeitet und jede freie Minute genutzt, um endlich fertig zu werden: im Bett, am Strand, im Café, am Flughafen, im ICE. Vor der Arbeit, nach der Arbeit, am Wochenende, im Urlaub und manchmal nachts. Ich wollte dieser Geschichte unbedingt ein richtiges Ende geben.

Diese Geschichte war ein Experiment für mich. Ich hatte keine komplette Handlung im Kopf, als ich Band 1 veröffentlichte. Auch beim Erscheinen von Teil 2 wusste ich noch nicht, wie ich diese Geschichte zu Ende führen werde. Es war eine komplizierte Aufgabe, alle Handlungsstränge in Band 3 zusammenzuführen, da die ersten beiden Teile nicht mehr veränderbar waren.

Mein herzlicher Dank geht wieder an meine Testleserin und meine Illustratorin, die es trotz knappem Zeitplan geschafft haben, diese Geschichte besser zu machen und ihr einen einzigartigen Rahmen zu verleihen. Ich danke meinem Liebsten für seine großartige Unterstützung in den letzten Wochen, der mir Zeit zum Schreiben freigeschaufelt hat, wo es ging, mich immer wieder motiviert hat weiterzumachen und stets für ausreichend Cappuccino, Gummibärchen- und Schokoladenvorräte gesorgt hat, damit mein Gehirn den vielen Verwicklungen dieser Geschichte noch folgen kann.

Herzliche Grüße
Lavea